Het Deense meisje

www.boekerij.nl

[redacted]

Armando Lucas Correa

Het Duitse meisje

De Joodse Hannah en haar familie proberen te ontkomen
aan de dreigende Tweede Wereldoorlog,
maar is hun vluchtroute wel veilig?

BOEKERIJ

Eerste druk 2018
Vierde druk 2019

ISBN 978-90-225-8855-0
ISBN 978-94-023-1063-4 (e-book)
NUR 302

Oorspronkelijke titel: *The German Girl*
Vertaling: Maya Denneman en Daniëlle Stensen
Omslagontwerp: DPS Design & Prepress Studio, Amsterdam
Omslagbeeld: © iStockphoto / Getty Images
Zetwerk: Mat-Zet bv, Soest

Published by arrangement with the original publisher, Atria Books, a division of Simon & Schuster, Inc.

Voor mijn kinderen Emma, Anna en Lucas

Voor Ana Maria (Karman) Gordon, Judith (Koeppel) Steel en Herbert Karliner, die zo oud waren als mijn kinderen nu zijn toen ze in 1939 in de haven van Hamburg aan boord gingen van de St. Louis

Mijn getuigen zijn jullie.

JESAJA 43:10

Herinneringen zijn gebeurtenissen waar je niet langer aan wilt denken.

JOAN DIDION

DEEL 1

Hannah en Anna

Berlijn - New York

Hannah

Berlijn, 1939

Ik was bijna twaalf toen ik besloot mijn ouders te doden.

Ik had mijn plan al klaar. Ik zou naar bed gaan en wachten tot ze sliepen. Dat merkte ik altijd, want papa deed steevast de grote, zware, openslaande ramen dicht en sloot de dikke bronsgroene gordijnen. Dan zei hij wat hij elke avond zei na het avondeten, dat in die tijd niet veel meer was dan een dampende kom smakeloze soep: 'Er is niks aan te doen. Het is voorbij. We zullen hier weg moeten.'

Waarop mama begon te schreeuwen en hem met overslaande stem verwijten maakte. Ze ijsbeerde door het appartement – haar fort in het hart van een zinkende stad, ze was er in geen vier maanden uit geweest – tot de vermoeidheid toesloeg. Ze omhelsde papa en na verloop van tijd kwam er een einde aan haar zwakke gejammer.

Dan zou ik een paar uur wachten. Ze zouden niet tegenstribbelen. Ik wist dat papa het al had opgegeven en bereid was los te laten. Mama zou moeilijker worden, maar ze nam zo veel slaappillen dat ze diep in slaap zou zijn, ondergedompeld in haar jasmijn- en geraniumextracten. Hoewel ze de dosis geleidelijk aan had verhoogd, werd ze nog altijd midden in de nacht huilend wakker. Dan haastte ik me naar hun kamer om te zien wat er aan de hand was, maar door de halfopen deur zag ik slechts mama ontroostbaar in papa's armen liggen, als een klein meisje dat een vreselijke nachtmerrie had gehad. Alleen was voor haar wakker zijn de nachtmerrie.

Niemand hoorde mij meer huilen, niemand deed er iets aan. Papa zei me dat ik sterk was. Ik zou hoe dan ook overleven. Maar mama niet. Het leed knaagde aan haar. Zij was het kind in een huis waar het daglicht niet langer welkom was. Al vier maanden lang huilde ze elke nacht, sinds de straten bezaaid waren met glasscherven en het er voortdurend stonk naar buskruit, metaal en rook. In die periode begonnen ze na te denken over ons vluchtplan. Ze besloten dat we het huis waarin ik was geboren zouden verlaten. Ik mocht ook niet meer naar school, waar toch al niemand meer met me omging. Op dat moment gaf papa me mijn tweede fototoestel.

'Zodat je net als Ariadne een spoor kunt achterlaten om uit het labyrint te komen,' fluisterde hij.

Ik dacht dat ik me maar beter van hen kon ontdoen.

Ik overwoog aspirine in papa's eten te doen of mama's slaappillen te pikken, want zonder zou ze het nog geen week uithouden. Het enige probleem was de onzekerheid. Hoeveel aspirine zou hij moeten binnenkrijgen om een dodelijke maagzweer te krijgen? En hoe lang zou mama zonder slaap kunnen? Iets bloederigs was geen optie, want ik kon niet tegen bloed. Dus konden ze maar het beste de verstikkingsdood sterven. Ik moest een dik verenkussen op hen duwen. Mama had altijd duidelijk aangegeven dat ze het liefst wilde dat de dood haar in haar slaap zou overvallen. 'Ik kan geen afscheid nemen,' zei ze altijd, en dan keek ze me recht in de ogen of, als ik niet luisterde, pakte ze mijn arm vast en kneep erin met het beetje kracht dat ze nog had.

Op een nacht werd ik schreeuwend wakker omdat ik droomde dat ik mijn misdrijf al had gepleegd. Ik zag de levenloze lichamen van mijn ouders, maar kon er geen traan om laten. Ik voelde me vrij. Nu zou niemand me meer dwingen te verhuizen naar een achterbuurt, mijn boeken, foto's en camera's achter te laten en te leven met de angst om door je eigen vader en moeder te worden vergiftigd.

Ik beefde. Ik riep: 'Papa!' Maar er kwam niemand. 'Mama!' Maar er was geen weg terug. Wat was er van me geworden? Hoe had het zo kunnen eindigen? Wat moest ik met de lichamen doen? Hoe lang zou het duren voor ze gingen ontbinden?

Men zou denken dat het zelfmoord was. Niemand zou er vragen bij stellen. Mijn ouders hadden al vier maanden lang zwaar te lijden. Anderen zouden me als wees zien, ik zou mezelf als moordenaar zien. Mijn misdrijf stond in het woordenboek. Ik heb het opgezocht. Wat een afschuwelijk woord. Van alleen al het uitspreken ervan kreeg ik de rillingen. Parenticide. Ik probeerde het te herhalen maar dat lukte niet. Ik was een moordenaar.

Het was gemakkelijk om mijn misdrijf, mijn schuld en mijn pijn te identificeren. Maar mijn ouders dan, die van plan waren zich van mij te ontdoen? Hoe noemde je het als je je kinderen vermoordde? Of was dat zo'n vreselijke daad dat er niet eens een woord voor bestond? Dat betekende dat ze ermee weg zouden komen. Terwijl ik het volle gewicht van hun dood en dat misselijkmakende woord moest dragen. Je kunt je ouders vermoorden, je broers en je zussen. Maar niet je kinderen.

Ik sloop door de kamers, die steeds kleiner en donkerder leken, in een huis dat binnenkort niet meer van ons zou zijn. Ik keek omhoog naar de onbereikbare plafonds en liep door gangen met de portretten van een familie die stukje bij beetje aan het verdwijnen was. De lamp met de sneeuwwitte kap in papa's bibliotheek filterde het licht dat de gang in kwam waar ik gedesoriënteerd stilstond, niet in staat me te bewegen. Ik keek hoe mijn bleke handen goud kleurden.

Ik opende mijn ogen en was in mijn slaapkamer, omringd door de boeken die ik al zo vaak gelezen had en de poppen waarmee ik nooit had gespeeld en wat ook nooit zou gebeuren. Ik sloot mijn ogen en voelde dat het niet lang meer zou duren voor we zouden vluchten op een enorme oceaanstomer zonder bestemming vanuit een haven in dit land waar we nooit hadden thuisgehoord.

Uiteindelijk heb ik mijn ouders niet gedood. Dat hoefde helemaal niet. Papa en mama waren de schuldigen. Ze dwongen me samen met hen in de afgrond te springen.

De geur was ondraaglijk geworden in het appartement. Ik snapte niet hoe mama kon leven tussen die muren die, bekleed met mosgroene zijde, het kleine beetje daglicht dat er in deze tijd van het jaar was, opslokten. Het rook er naar opsluiting.

We hadden minder tijd om te leven. Ik wist het, ik voelde het. We zouden de komende zomer niet meer in Berlijn doorbrengen. Mottenballen in de kasten moesten mama's wereld conserveren. De penetrante geur van kamfer vulde het appartement. Ik had geen idee waarom ze dat probeerde te beschermen, aangezien we toch alles kwijt zouden raken.

'Je ruikt als de oude mevrouwen van de Grosse Hamburger Strasse,' zei Leo plagend. Leo was mijn enige vriend, de enige die me durfde aan te kijken zonder dat hij me wilde bespugen.

De lente in Berlijn was koud en regenachtig, maar papa vertrok vaak zonder jas. Als hij in die tijd de deur uitging, wachtte hij niet op de lift maar nam de trap. De treden kraakten als hij eroverheen liep. Ik mocht de trap niet gebruiken. Hij deed het niet omdat hij haast had, maar omdat hij geen andere flatbewoners wilde tegenkomen. De vijf gezinnen op de verdiepingen onder ons wilden ons weg hebben. Degenen die eerst onze vrienden waren, waren niet langer vriendelijk. Degenen die papa vroeger bedankten of bij mama en haar vriendinnen in het gevlij probeerden te komen door haar te complimenteren met haar goede smaak, en haar om advies vroegen hoe ze een felkleurige handtas bij hun modieuze schoenen konden laten passen, haalden nu hun neus voor ons op en konden ons elk moment van iets beschuldigen.

Mama bracht weer een hele dag binnen door. Elke ochtend deed ze na het opstaan haar robijnen oorbellen in en zette ze haar prachtige dikke haar vast, waar haar vriendinnen haar altijd om benijdden als ze in de theesalon van Hotel Adlon verscheen. Papa noemde haar de Godin, omdat ze zo gefascineerd was door de bioscoop. Nooit miste ze de première van een film met de echte godin van het witte doek, 'La Divine' Greta Garbo, in het Palast.

'Ze is Duitser dan wie dan ook,' hield ze altijd vol wanneer ze het over de goddelijke Garbo had, die eigenlijk Zweeds was. Maar in die tijd waren er alleen stomme films en kon het niemand iets schelen waar een ster geboren was.

Wij hadden haar ontdekt. Wij hadden altijd geweten dat ze aanbeden zou worden. We schatten haar eerder op waarde dan ieder ander, en daarom heeft Hollywood haar opgemerkt. En in haar eerste sprekende film zei ze in perfect Duits: 'Whisky – *aber nicht zu knapp!*'

Soms als ze terugkwamen van de bioscoop was mama nog in tranen. 'Ik ben dol op films die slecht aflopen,' legde ze uit. 'Lachfilms zijn niet aan mij besteed.'

Ze liet zich steevast in papa's armen vallen, één hand tegen haar voorhoofd gedrukt en de ander om de zijden sleep van een avondjurk geklemd, boog haar hoofd achterover en begon Frans te praten.

'Armand, Armand...' herhaalde ze dan zwak en met een zwaar accent, net als La Divine.

En papa noemde haar dan 'mijn Camille'.

'*Espère, mon ami, et sois bien certain d'une chose, c'est que, quoi qu'il arrive, ta Marguerite te restera,*' antwoordde ze dan hysterisch lachend. 'Dumas klinkt niet in het Duits, hè?'

Maar tegenwoordig ging mama nergens meer heen.

'Te veel kapotte ruiten,' was haar smoes sinds de verschrikkelijke pogrom van afgelopen november, toen papa zijn baan kwijtgeraakt was. Hij was op zijn werkkamer op de universiteit gearresteerd en meegenomen naar het bureau aan de Grolmanstrasse, opgesloten om een misdaad die we niet begrepen. Hij deelde een vensterloze cel met Leo's vader, *Herr* Martin. Na hun vrijlating kwamen die twee dagelijks bij elkaar en daardoor werd mama nog bezorgder, alsof de mannen een vlucht beraamden waar zij nog niet klaar voor was. Angst weerhield haar ervan haar fort te verlaten. Ze was constant gespannen. Vroeger ging ze altijd naar de elegante salon in Hotel Kaiserhof, een paar straten verderop, maar uiteindelijk zat die vol met de mensen die ons haatten, degenen die dachten dat ze zuiver waren en die Leo de Bruten noemde.

In het verleden schepte ze wel eens op over Berlijn. Als ze naar Parijs ging om te winkelen, verbleef ze altijd in het Ritz, en als ze papa vergezelde naar een lezing of concert in Wenen, in het Imperial. 'Maar wij hebben het Adlon, ons Grand Hotel aan Unter den Linden. La Divine heeft daar gelogeerd, en het onsterfelijk gemaakt op het witte doek,' zei ze dan.

In die tijd probeerde ze al uit het raam turend een reden te vinden voor wat er allemaal gebeurde. Waar waren haar gelukkige jaren gebleven? Waar was ze toe veroordeeld, en waarom? Ze had het gevoel dat ze moest boeten voor de misdaden van anderen: haar ouders, grootouders, al haar voorouders door de eeuwen heen.

'Ik ben een Duitse, Hannah. Ik ben een Strauss. Alma Strauss. Is dat dan niet genoeg?' zei ze tegen me in het Duits en toen in het Spaans en in het Engels en uiteindelijk in het Frans. Alsof er iemand naar haar luisterde, alsof ze haar boodschap heel duidelijk wilde laten overkomen in alle vier de talen die ze vloeiend sprak.

Ik had met Leo afgesproken om die dag foto's te gaan maken. We zagen elkaar elke middag in het café van *Frau* Falkenhorst vlak bij de Hackescher Markt. Als ze ons zag, moest de eigenaresse altijd glimlachen en ze noemde ons 'bandietjes'. Dat vonden we leuk. Als één van ons iets later was, bestelde de eerste een warme chocolademelk. Soms spraken we af in het café bij de uitgang van station Alexanderplatz, waar de schappen vol lagen met snoepjes in zilverpapier. Als hij me dringend wilde spreken wachtte Leo me op bij de krantenkiosk vlak bij mijn huis, zodat we geen van onze buren tegen hoefden te komen die ons altijd meden, ook al waren ze dan onze huurders.

Om mijn ouders te gehoorzamen, nam ik niet de met tapijt beklede trap die steeds stoffiger werd, maar de lift. Die stopte op de tweede verdieping.

'Hallo, Frau Hofmeister,' zei ik, en ik glimlachte naar haar dochter, Gretel, met wie ik vroeger altijd speelde. Gretel was verdrietig omdat ze nog niet zo lang geleden haar mooie witte pup had verloren. Ik had medelijden met haar.

We waren even oud, maar ik was een stuk langer. Ze keek naar de grond. En Frau Hofmeister had het lef om tegen haar te zeggen: 'We nemen de trap. Wanneer gaan ze toch weg? Ze brengen ons in zo'n lastig parket...'

Alsof ik het niet kon horen. Alsof alleen mijn schaduw in de lift stond. Alsof ik niet bestond. Dat is wat ik wilde: dat ik niet bestond.

De families Ditmar, Hartmann, Brauer en Schultz woonden in ons gebouw. Ze huurden hun appartementen van ons. Het gebouw was al in het bezit van mama's familie vóór haar geboorte, dus zij waren degenen die weg moesten gaan. Zij kwamen hier niet vandaan. Wij wel. Wij waren Duitser dan zij.

De deur ging dicht en de lift begon te zakken. Ik kon Gretels voeten nog zien.

'Viezeriken,' hoorde ik.

Had ik dat goed gehoord? Wat hadden wij gedaan om dat te verdienen? Welke misdaad hadden we begaan? Ik was niet vies. Ik wilde niet dat mensen me vies vonden. Toen ik de lift uitkwam, verstopte ik me onder de trap zodat ik ze niet weer tegen hoefde te komen. Ik zag ze het gebouw verlaten. Gretel hield haar hoofd nog steeds gebogen. Ze keek om, zocht mij, misschien omdat ze haar verontschuldigingen wilde aanbieden, maar haar moeder duwde haar vooruit.

'Wat sta je daar nou te staren?' schreeuwde ze.

Luidruchtig rende ik de trap weer op, in tranen. Ja, tranen van woede en machteloosheid omdat ik niet tegen Frau Hofmeister kon zeggen dat ze viezer was dan ik. Als ze last van ons had, kon ze hier gewoon weggaan. Het was ons gebouw. Ik wilde tegen de muren slaan en de kostbare camera stukgooien die mijn vader me had gegeven. Mama begreep niet waarom ik zo boos was toen ik binnenkwam.

'Hannah! Hannah!' riep ze naar me, maar ik negeerde haar.

Ik ging naar de badkamer, trok de deur met een klap achter me dicht en zette de douche aan. Ik huilde nog steeds. Ik wilde ermee ophouden, maar dat lukte niet. Volledig gekleed en met mijn schoenen nog aan stapte ik in het brandschone bad. Mama riep me nog steeds, maar liet me uiteindelijk met rust. Het enige wat ik nog hoorde was het geluid van het kokendhete water dat over me heen stroomde. Ik liet het in mijn ogen komen tot die prikten, in mijn oren, mijn neus, mijn mond.

Ik trok mijn kleren uit en ook mijn schoenen, die zwaar waren van het water en mijn viezigheid. Ik zeepte me in, smeerde mama's badzout op me, die mijn huid irriteerde en wreef met een witte handdoek om van het laatste spoortje onzuiverheid af te komen. Mijn huid was rood, zo rood alsof ze eraf zou vallen. Ik draaide het water zo heet als ik kon verdragen. Toen ik onder de douche vandaan kwam, viel ik op de zwart-witte tegels neer.

Gelukkig waren mijn tranen nu op. Ik droogde me af, hard schrobbend over deze huid die ik niet wilde en die, als God het wilde, af zou vallen na alle hitte waaraan ik haar had blootgesteld. Ik bekeek elke porie voor de beslagen spiegel: gezicht, handen, voeten, oren – alles – om te zien of ergens nog een spoor van onzuiverheid te ontdekken was. Ik wilde wel eens weten wie nu de viezerik was.

Bevend ging ik ineengedoken in een hoekje zitten. Ik voelde me een homp vlees en botten. Dit was mijn enige schuilplaats. Ik wist wel dat ik, hoe ik me ook waste, mijn huid verschroeide, mijn haar knipte, mijn ogen uitstak, doof werd, hoe anders ik me ook zou kleden of welke andere naam ik ook zou aannemen, of hoe anders ik ook zou praten, altijd als onzuiver gezien zou worden.

Het zou geen slecht idee zijn geweest om bij de eminente Frau Hofmeister aan te kloppen en te vragen of ze met eigen ogen wilde zien dat ik geen vlek op mijn huid had, zodat ze Gretel niet uit mijn buurt hoefde te houden en dat ik geen slechte invloed had op haar kind, dat net zo blond, perfect en onberispelijk was als ik.

Ik ging naar mijn kamer en kleedde me geheel in het wit en roze, de zuiverste kleuren die ik in mijn kast kon vinden. Ik zocht mama op en gaf haar een knuffel, omdat ik wist dat ze me begreep, ook al had zij besloten het huis niet meer te verlaten zodat ze niemand onder ogen hoefde te komen. Ze had van haar kamer een fort gemaakt, dat op zijn beurt werd beschermd door de dikke pilaren van het appartement, in een gebouw gemaakt van gigantische stenen blokken en ramen.

Ik moest opschieten. Leo was vast al op het station, heen en weer schietend om de mensen die een trein moesten halen niet in de weg te lopen.

Van hem wist ik tenminste dat hij me schoon vond.

Anna

New York, 2014

De dag dat pap verdween, was mam zwanger van mij. Amper drie maanden. Ze had me nog weg kunnen laten halen, maar dat heeft ze niet gedaan. Ze bleef hopen dat pap zou terugkomen, zelfs nadat ze de overlijdensakte had ontvangen.

'Kom eerst maar met bewijs, DNA, dan praten we verder,' was wat ze altijd zei.

Misschien dacht ze dat pap, omdat hij op een bepaalde manier nog steeds een vreemde voor haar was, zo mysterieus en op zichzelf was hij, elk moment weer kon komen opdagen.

Pap heeft nooit geweten dat ik geboren zou worden.

'Als hij had geweten dat hij een dochter kreeg, zou hij er nog zijn,' zei mijn moeder al zolang ik me kan herinneren elk jaar in september.

De dag dat pap niet meer thuiskwam, had mam het plan opgevat een diner voor twee te bereiden in onze ruime eetkamer, bij het raam van waaruit je de bomen van Morningside Park kunt zien, verlicht door de bronzen straatlantaarns. Ze zou hem het nieuws vertellen. Ze heeft die avond evengoed de tafel gedekt, omdat ze weigerde te geloven dat hij niet meer zou terugkomen. De fles rode wijn heeft ze nooit opengemaakt. De borden zijn nog dagen op het witte tafelkleed blijven staan. Het eten eindigde in de vuilnisbak. Die avond ging ze zonder eten naar bed, zonder te huilen en zonder haar ogen te sluiten.

Ze keek naar de grond toen ze me dit vertelde. Als het aan haar had gelegen zouden de borden en de fles wijn nu nog op tafel staan, en wie weet de beschimmelde, uitgedroogde maaltijd ook nog wel.

'Hij komt wel weer terug,' hield ze vol.

Ze hadden het wel over kinderen krijgen gehad. Ze zagen het als mogelijkheid in de verre toekomst, iets voor op de langere termijn, een droom die ze niet zouden opgeven. Waar ze allebei zeker van waren was dat als ze ooit kinderen zouden krijgen, een jongen Max zou gaan heten en een meisje Anna. Dat was het enige wat pap van haar had geëist.

'Dat ben ik mijn familie verschuldigd,' had hij gezegd.

Ze waren vijf jaar samen geweest, maar ze had nooit iets uit hem gekregen over zijn jaren op Cuba of over zijn familie.

'Ze zijn allemaal dood,' was het enige wat hij zei.

Zelfs na al die tijd zat mam dat nog steeds dwars.

'Je vader is een mysterie. Maar hij is het mysterie waar ik mijn hele leven het meest van heb gehouden.'

Dat enigma proberen te ontrafelen was een manier om zich van haar last te ontdoen. De oplossing vinden was haar straf.

Ik heb zijn zilverkleurige digitale camera nog. Eerst bladerde ik uren door de foto's die hij op de geheugenkaart had staan. Er was er niet één van mam. Waarom ook? Ze was tenslotte altijd aan zijn zij. Ze waren allemaal vanaf dezelfde plek op het smalle woonkamerbalkon gemaakt. Foto's van de opkomende zon. Regenachtige dagen, heldere dagen, donkere of mistige, oranje dagen, violetblauwe dagen. Witte dagen, waarop alles bedekt was met sneeuw. Altijd de zon. Zonsopgang met een horizon verborgen achter een bonte schakering van gebouwen in een stil Harlem, schoorstenen die witte rook uitstootten, de East River tussen twee eilanden. Steeds maar weer de zon, goudkleurig en groots, soms warm lijkend en soms koud, gezien door onze openslaande glazen deuren.

Mam vertelde me dat het leven net een puzzel is. Ze staat op en doet een poging het juiste stukje te vinden, probeert alle mogelijke combinaties uit om die verre landschappen van haar te creëren. Ik leef om ze uit elkaar te halen zodat ik kan ontdekken waar ik vandaan kom. Ik maak mijn eigen legpuzzels uit de foto's die ik thuis van de beelden op paps camera heb uitgeprint.

Vanaf de dag dat ik erachter kwam wat er echt met pap is gebeurd, en mam vond dat ik wel voor mezelf kon zorgen, heeft ze zich in haar slaapkamer opgesloten en ben ik haar verzorgster geworden. Ze heeft van haar slaapkamer haar toevluchtsoord gemaakt, het raam dat uitkijkt over de binnenplaats zit altijd dicht. In mijn dromen zag ik haar diep in slaap vallen door de pillen die ze altijd nam voordat ze naar bed ging, verzwolgen door haar grijze lakens en kussens. Ze zei dat de pillen hielpen de pijn te verzachten en haar te verdoven. Soms bad ik, zo zachtjes dat ik het zelf bijna niet kon horen, dat ze niet meer wakker zou worden en dat haar pijn voor altijd zou wegblijven. Ik kon er niet tegen haar zo te zien lijden.

Elke dag voordat ik naar school ga, breng ik haar een kop zwarte koffie zonder suiker. 's Avonds zit ze als een geest met mij aan het avondeten terwijl ik verhalen verzin over mijn lessen. Ze luistert, brengt een lepel naar haar mond en glimlacht naar me om haar dankbaarheid te tonen dat ik nog steeds bij haar ben, en voor het maken van de soep die ze uit plichtsgevoel opeet.

Ik weet dat ze elk moment kan verdwijnen. Waar moet ik dan naartoe?

Elke middag als mijn schoolbus me bij ons appartementencomplex afzet, is het eerste wat ik doe de post halen. Ik kijk of er rekeningen bij zijn die betaald moeten worden, die geef ik aan mam, ik bereid het eten voor en maak mijn huiswerk.

Vandaag hebben we een grote envelop gekregen met gele, witte en rode strepen en in grote letters de waarschuwing NIET VOUWEN. Hij is aan mam geadresseerd en heeft een Canadese afzender. Ik leg hem op de eettafel, ga op mijn bed liggen en begin in het boek dat ik op school heb gekregen. Een paar uur later schiet me ineens te binnen dat ik de envelop nog niet heb opengemaakt.

Ik klop op mams slaapkamerdeur. Ze zal vast denken: op dit uur? Ze doet alsof ze slaapt. Stilte. Ik blijf kloppen.

De avonden zijn heilig voor haar; ze probeert in slaap te vallen om de dingen te herbeleven die ze niet langer kan doen, en te denken aan hoe haar leven had kunnen zijn als ze het lot had kunnen ontlopen of het gewoon had kunnen uitwissen.

'Er is vandaag een pakje gekomen. Ik denk dat we het samen moeten openmaken,' zeg ik, maar er komt geen reactie.

Ik blijf bij de deur staan en open hem dan voorzichtig om haar niet te storen. Het licht is uit. Ze ligt te dutten, haar lichaam lijkt bijna gewichtsloos, midden op de matras. Ik controleer of ze nog ademhaalt, er nog is.

'Kan het niet tot morgen wachten?' mompelt ze, maar ik blijf staan waar ik sta.

Ze sluit haar ogen en doet ze dan weer open, draait zich om naar mij. Het hallicht achter me verblindt haar even, omdat haar ogen zo aan het donker gewend zijn.

'Van wie is het?' vraagt ze, maar daar heb ik geen antwoord op.

Ik sta erop dat ze met me meekomt en zeg dat het haar goed zal doen om op te staan.

Uiteindelijk lukt het me haar over te halen. Wankel op haar benen staand, strijkt ze haar steile zwarte haar glad dat al maanden niet meer is geknipt. Ze steunt op mijn arm en we schuifelen naar de eettafel om te kijken wat er naar ons is opgestuurd. Misschien is het een verjaardagscadeau voor mij. Iemand heeft eraan gedacht dat ik twaalf word, dat ik groot ben geworden, dat ik besta.

Ze laat zich langzaam op een stoel zakken, met een uitdrukking op haar gezicht die lijkt te zeggen: 'Waarom heb je me gedwongen mijn bed uit te komen en mijn routine in de war gebracht?'

Als ze de naam van de afzender ziet, pakt ze de envelop en drukt hem tegen haar borst. Haar ogen worden groot en ze zegt plechtig: 'Hij komt van je vaders familie.'

Wat? Maar pap had helemaal geen familie! Hij kwam alleen op deze wereld en verliet hem net zo, helemaal alleen. Ik weet dat zijn ouders zijn omgekomen bij een vliegtuigongeluk toen hij negen was. Voorbestemd voor ongeluk, had mam een keer gezegd.

Na hun dood was hij opgevoed door Hannah, een oudere tante van wie we aannamen dat ze was overleden. We hadden geen idee of ze contact hadden gehouden via de telefoon, brieven of e-mails. Zijn enige familie. Naar wie ik ben vernoemd.

Het pakketje is vanuit Canada verstuurd maar komt eigenlijk uit Havana, de hoofdstad van het Caraïbische eiland waar pap is geboren. We maken het open en zien dat er een tweede envelop in zit. VOOR ANNA, VAN HANNAH staat in groot, beverig handschrift op de buitenkant. Volgens mij is dit geen cadeau. Er zitten waarschijnlijk documenten in of zo. Het heeft vast helemaal niets met mijn verjaardag te maken. Of misschien komt deze brief wel van de laatste persoon die pap in leven heeft gezien en die eindelijk heeft besloten ons zijn spullen toe te sturen. Na twaalf jaar.

Ik ben zo zenuwachtig dat ik niet stil kan zitten. Ik sta op en ga weer zitten. Ik loop naar de hoek van de kamer en weer terug. Ik speel met een haarlok, draai en draai eraan tot hij in de knoop zit. Het voelt alsof pap weer bij ons is. Mam maakt de tweede envelop open. Er zitten alleen contactafdrukken van oude foto's in, heel veel negatieven en een – Duits? – tijdschrift uit maart 1939. Op de cover staat een foto van een lachend blond meisje, en profil.

'Het Duitse meisje,' vertaalt mam de titel van het tijdschrift. 'Ze lijkt op jou,' zegt ze.

Door deze foto's krijg ik het gevoel dat ik aan een nieuwe puzzel kan beginnen. Ik ga me vermaken met al deze afbeeldingen die ons hebben bereikt vanaf paps geboorte-eiland. Ik ben dolblij met deze ontdekking, maar ik had gehoopt op paps horloge, een erfstuk van zijn grootvader Max, zijn witgouden trouwring of zijn bril zonder montuur. Dat zijn de details die ik ken van pap uit de foto die ik altijd bij me houd en die elke nacht naast me slaapt onder een kussen dat van hem is geweest.

Het pakketje heeft niets met pap te maken. In elk geval niet met zijn dood.

We herkennen geen van deze mensen. Het is lastig om iets te kunnen ontwaren op zulke kleine, vage afdrukjes die eruitzien alsof ze een schipbreuk hebben overleefd. Pap zou erop kunnen staan. Nee, dat is onmogelijk.

'Deze foto's zijn meer dan zeventig jaar oud,' legt mam uit. 'Ik denk dat zelfs je opa toen nog niet was geboren.'

'We moeten ze morgen laten afdrukken,' zeg ik, en ik uit mijn enthousiasme zo min mogelijk, zodat het haar niet te veel wordt. Ze bestudeert de mysterieuze afbeeldingen, gezichten uit het verleden die ze een plaats probeert te geven.

'Anna, ze zijn van voor de oorlog,' zegt ze, zo serieus dat ik ervan schrik. Nu snap ik er nog minder van. Over welke oorlog heeft ze het?

We bladeren door de negatieven en komen een vergeelde, oude ansichtkaart tegen. Ze pakt hem voorzichtig op, alsof ze bang is dat hij anders uit elkaar zal vallen.

Op de ene kant staat een schip, op de andere een bericht.

Mijn hart slaat op hol. Dit kan een aanwijzing zijn, maar de datum op de kaart is 23 mei 1939, dus ik denk niet dat het iets met paps verdwijning te maken heeft. Mam behandelt de ansichtkaart alsof ze een archeoloog is, alsof ze zijden handschoenen zou moeten dragen zodat ze hem niet beschadigt. Voor het eerst in tijden lijkt er weer een beetje leven in haar te zitten.

'Het is tijd om te ontdekken wie pap is,' zeg ik, en ik gebruik de tegenwoordige tijd net zoals mam doet als ze het over hem heeft. Ik kijk naar het gezicht van het Duitse meisje.

Ik weet zeker dat mijn vader niet terugkomt en dat ik hem op die zonnige dag in september voor altijd ben kwijtgeraakt, maar ik wil meer over hem weten. Ik heb verder niemand. Op mijn moeder na, die opgesloten leeft in een donkere kamer, overweldigd door sombere gedachten die ze met niemand wil delen. Ik weet dat er soms gewoon geen antwoorden zijn en dat we dat moeten accepteren, maar ik snap niet waarom ze tijdens hun huwelijk niet meer over hem te weten is gekomen, niet heeft geprobeerd hem beter te leren kennen. Maar ja, zo is mam nu eenmaal.

Nu hebben we een project. Ik tenminste. Ik denk dat we op het punt staan een belangrijke aanwijzing te ontdekken. Mam gaat weer naar haar kamer, maar ik ben nu in staat haar uit haar passiviteit te halen. Ik houd me vast aan dit object dat ons door een ver familielid is toegestuurd dat ik dolgraag wil leren kennen. Ik zet de kleine kaart tegen de lamp op mijn nachtkastje en dim het licht een beetje. Dan stap ik in bed, trek de lakens over me heen en kijk naar de foto tot ik in slaap val.

Op de ansichtkaart staat een lijnschip. De St. Louis van de Hamburg-Amerika Lijn. De boodschap is in het Duits: *Alles Gute zum Geburtstag, Hannah.* Met als afzender: *Der Kapitän.*

Hannah

Berlijn, 1939

Toen ik de gigantische, donkere houten deur van binnenuit openrukte, bonkte de bronzen klopper er zonder dat dat de bedoeling was tegenaan. Het lawaai weergalmde door het stille gebouw waarin ik me niet langer beschermd voelde. Ik bereidde me voor op de luidruchtigheid van de Französische Strasse, waar het wemelde van de rood-wit-zwarte vlaggen. Mensen liepen langs en botsten tegen elkaar op zonder hun excuses aan te bieden. Het leek wel of iedereen op de vlucht was.

Ik bereikte de Hackesche Höfe. Vijf jaar geleden was Herr Michael, een vriend van papa, daar nog de eigenaar van. De Bruten hadden het van hem afgepakt en hij had de stad moeten verlaten. Zoals elke middag stond Leo me in de deuropening van de binnenplaats van Frau Falkenhorsts café op te wachten. Daar stond hij, met die ondeugende blik van hem, klaar om te klagen dat ik zo laat was.

Ik pakte mijn fototoestel en schoot een paar kiekjes van hem. Hij poseerde in verschillende houdingen en lachte. De deur van het café ging open, een man met een vlekkerig rood gezicht kwam naar buiten en nam een vlaag warme lucht en de geur van bier en tabak met zich mee. Toen ik dichter bij Leo was, bereikte het aroma van warme chocolademelk in zijn adem me.

'We moeten hier weg,' zei hij.

Ik glimlachte en knikte.

'Nee, Hannah. We moeten weg van dit alles,' herhaalde hij en hij had het over deze stad.

Deze keer begreep ik hem: we wilden allebei niet tussen al die vlaggen blijven wonen, tussen de soldaten en al het geduw en gedrang. Ik ga met je mee, waarheen je maar wilt, dacht ik bij mezelf toen we op een drafje vertrokken.

We renden tegen de wind, de vlaggen en de auto's in. Ik probeerde Leo bij te houden terwijl hij zich verder haastte, bedreven in het ontwijken van deze mensen, die zichzelf zuiver en onoverwinnelijk vonden. Als ik bij Leo was, waren er momenten dat ik het lawaai uit de luidsprekers of het schreeuwen en zingen van de marcherende mannen niet eens hoorde. Dan dacht ik dat ik nooit gelukkiger kon zijn, ook al wist ik dat het maar tijdelijk was.

We lieten het Stadtschloss en de Dom achter ons en liepen de brug op zodat we op de reling leunend naar de rivier de Spree konden kijken. Het water was net zo donker als de muren van de gebouwen die erlangs stonden. Mijn gedachten dwaalden af terwijl ik naar de stroming staarde. Het voelde alsof ik mezelf erin kon gooien en me mee kon laten voeren, waardoor ik nog onzuiverder zou worden. Maar die dag was ik schoon, dat weet ik zeker. Niemand waagde het me te bespugen. Ik was net als zij. Van de buitenkant, tenminste.

Op foto's had het water van de Spree vaak een zilveren glans, waarboven de brug opdoemde als een schaduw. Ik stond in het midden, boven de kleine boog, toen ik Leo geërgerd hoorde roepen.

'Hannah!'

Waarom moest hij me nou uit mijn dagdroom halen? Op dat moment was er niets belangrijker dan me helemaal van mijn omgeving te kunnen afsluiten en me voor te stellen dat we nergens heen hoefden.

'Er staat iemand foto's van je te maken!'

Pas toen zag ik de dunne, slungelige man met een beginnend buikje. Hij had een Leica in zijn handen en probeerde op me scherp te stellen. Ik draaide me om en bewoog me om het hem moeilijk te maken. Het was vast een Bruut die ons ging aangeven, of een van de verklikkers die voor het politiebureau aan de Iranische Strasse werkten.

'Hij heeft jou ook gefotografeerd, Leo. Vast niet alleen mij. Waarom zou hij dat doen? Mogen we dan zelfs niet op onze brug zijn?'

Mama vond dat we niet door de stad moesten zwerven omdat er zo veel ruwe handhavers waren. Niemand vond het nodig een masker op te zetten voordat hij je beledigde. Wij waren de belediging, zij waren de rede, het plichtsbesef, de handhaving. De Bruten vielen ons aan, schreeuwden allerlei vernederingen, en wij hoorden te zwijgen terwijl ze ons schopten.

Ze hadden onze smet ontdekt, onze onreinheden, en ons veroordeeld. Ik glimlachte naar de man met de Leica. Hij had een enorme mond. Er druppelde een dikke, transparante vloeistof uit zijn neus. Die veegde hij met de achterkant van zijn hand weg en hij drukte nog een paar keer op het knopje van zijn toestel. Maak zo veel foto's als je wilt. Stuur me maar naar de gevangenis.

'Kom, we pakken zijn camera af en gooien die in de rivier,' fluisterde Leo in mijn oor.

Ik bleef maar naar deze pathetische figuur kijken, die vuil naar me grijnsde en zich bijna voor mijn voeten gooide om de beste hoek te vinden. Ik wilde hem bespugen. Zijn grote, natte neus was walgelijk. Hij was net zo groot als de neuzen op de spotprenten van de onzuiveren op de voorpagina van *Der Stürmer*, het tijdschrift dat ons haatte en heel populair was geworden. Ja, hij moest er zo eentje zijn die ervan droomde door de Bruten te worden geaccepteerd. Smerige schoften, zoals Leo ze vaak noemde.

Ik begon te trillen. Leo ging ervandoor en trok me als een lappenpop met zich mee.

De man begon te zwaaien en probeerde ons in te halen. Ik hoorde hem schreeuwen: 'Jongedame! Hoe heet je? Ik moet je naam weten!'

Dacht hij nou echt dat ik zou stoppen om hem mijn naam, achternaam, leeftijd en adres te geven?

We probeerden tussen het verkeer te verdwijnen en staken de straat over. Er reed een volle tram langs. We zagen dat de man nog steeds op de brug stond. We lachten en hij had het lef om 'Tot ziens!' te schreeuwen.

We gingen naar het café van Georg Hirsch aan de Schönhauser Allee. Dat was ons favoriete café, waar we ons vaak volpropten met snoep en de hele middag konden blijven zonder bang te hoeven zijn te worden beledigd. Leo had altijd trek en het water liep me al in de mond bij de gedachte aan verse *Pfeffernüsse*, ook al waren de feestdagen allang voorbij. Die met een suiker- en anijslaagje vond ik het lekkerst, terwijl Leo het liefst die met kaneel had. Met witte vingers en neuzen deden we dan de Brutengroet, die Leo veranderde in het stopsignaal van een verkeersagent. Wat was Leo toch een grapjas, zou mama zeggen.

Toen we bijna bij het café waren, bleven we plotseling als verstijfd op de straathoek staan. De ramen van het café waren ook ingegooid! Ik maakte foto na foto en kon aan Leo zien dat hij verdrietig was. Er kwam een groepje keurig in de pas marcherende Bruten de hoek om, ze zongen een hymne die een ode was aan perfectie, puurheid en het land dat alleen van hen zou moeten zijn. Vaarwel, Pfeffernüsse!

'Nog een teken dat we weg moeten gaan,' zei Leo somber toen we weer verder renden.

Weggaan. Ik wist: niet van deze straathoek, van de brug, of Alexanderplatz. Echt weg.

Hoogstwaarschijnlijk wachtten ze ons thuis op om ons gevangen te nemen. Als het niet de Bruten waren, dan was het mama wel. We zouden hier niet zonder kleerscheuren vanaf komen.

Op station Hackescher Markt stapten we in de voorste wagon van de sneltram. We zaten tegenover twee vrouwen die de hele rit lang klaagden dat alles zo duur was, dat het voedsel schaars was geworden en dat het tegenwoordig zo moeilijk was om goede koffie te krijgen. Telkens wanneer ze met hun handen wapperden, gaven ze walmen van zweet vermengd met rozenparfum en tabak af. Degene die het meest praatte had een rode lipstickvlek op haar voortand. Het leek wel een snee. Ik wierp vluchtige blikken op haar en begon zonder het te beseffen te transpireren. Het is geen bloed, zei ik tegen mezelf terwijl ik naar haar gigantische neus staarde. Ze voelde zich ongemakkelijk onder mijn doordringende blik en wapperde met haar hand naar me om me te laten ophouden met staren. Ik sloeg mijn ogen neer en haar muffe geur drong mijn neusgaten binnen. De conducteur in zijn blauwe uniform kwam naar ons toe om naar onze kaartjes te vragen.

Tussen station Zoo en station Savignyplatz keken we uit het raam naar de zwart geworden gevels. Smoezelige ramen, een vrouw die een vuil tapijt uitklopte op een balkon, mannen die bij het raam zaten te roken, en overal rood-wit-zwarte vlaggen. Leo wees in de Fasanenstrasse naar een schitterend gebouw, vlak bij de kruising, dat in brand stond. Er steeg rook op uit de verbrijzelde koepel. Niemand anders keek naar het verwoeste gebouw. Iedereen voelde zich vast schuldig. Men wilde liever niet zien wat er met de stad gebeurde. De vrouw met de vlek op haar tand boog nu ook het hoofd. Dat deed ze niet alleen omdat ze de rook niet wilde zien, ze durfde ons nu ook niet meer aan te kijken.

We stapten bij het eerstvolgende station uit en liepen een paar straten terug naar de Fasanenstrasse. We namen de zijstraat die langs het gebouw liep. Door het vocht en het roet bladderde de pleisterlaag van de muur. Voordat we onder het raam van Herr Braun aankwamen, hoorden we zijn radio zoals altijd al op vol volume schallen.

Het was een walgelijke, dove oude man. Leo noemde hem de Bruut, net als alle andere zogenaamd zuivere mensen en degenen die bruine hemden droegen. We gingen onder het raam van zijn sjofele eetkamer zitten, tussen de sigarettenpeuken en smerige plassen. Het was onze favoriete schuilplaats. Soms zag de Bruut ons en schreeuwde beledigend het woord dat met een J begint en dat Leo en ik weigerden uit te spreken. Zoals mama ons steeds voorhield: we waren in de eerste plaats Duitsers.

Leo begreep niet waarom ik foto's maakte van de plassen, de modder, de peuken, de afbrokkelende muren, de glasscherven op de grond, de ingeslagen winkelruiten. Ik vond die beelden veel meer waard dan die van de Bruten of de gebouwen met hun vlaggen, dat was een Berlijn waar ik niet naar wilde kijken.

Zelfs de rook van het brandende gebouw kon de vieze adem van de Bruut met zijn mengelmoes aan geuren van knoflook, tabak, schnaps en oude varkensworst niet overvleugelen. Hij bleef aanhoudend spugen en zijn neus snuiten. Ik wist niet waar mijn maag zich meer van omdraaide: de stank van zijn huis of de aanblik van zijn gezicht. Maar ja, dankzij zijn slechthorendheid konden wij horen wat er in Berlijn gebeurde.

Thuis mochten we niet meer naar de radio luisteren, een krant kopen of telefoneren.

'Het is gevaarlijk,' had papa gezegd. 'Laten we de problemen nou maar niet gaan opzoeken.'

De Bruut zette de radio verschillende keren op een andere zender. Het nieuws – of de voorschriften, zoals Leo het noemde – zou over een paar minuten beginnen en de Bruut bleef maar rondlopen en lawaai maken. Uiteindelijk ging hij vlak bij het raam zitten. Leo trok me net weg op het moment dat de Bruut uit het raam keek. We lagen slap van het lachen. Wat kenden we zijn gewoonten toch goed.

Leo wist dat ik hier wel de hele dag kon blijven zitten, dat ik me veilig voelde als ik bij hem was. Als we samen waren, dacht ik niet aan mijn wegkwijnende moeder of aan papa, die zo vastbesloten was ons leven te veranderen.

Leo was een hartstochtelijk mens. Hij liep niet, hij rende, had altijd haast, een doel; er was altijd wel iets wat ik móést zien. Hij kwam ook in verschillende wijken om te weten wat er allemaal gebeurde in onze stad, die stukje bij beetje aan het instorten was. Soms mengde hij zich tussen de Bruten die schreeuwend door de straten marcheerden met hun vlaggen, maar ik durfde niet met hem mee te doen. Hij sprak zenuwachtig, als iemand die voorzag dat we niet veel tijd meer hadden. Ons enige rustmomentje was hier, tussen het vuil en spuug van de Bruut, dankzij een oude radio waarvan het volume helemaal opengedraaid was.

Leo was ouder dan ik. Twee maanden. Daardoor ging hij ervan uit dat hij volwassener was, en ik ging erin mee omdat hij mijn enige vriend was, de enige die ik volledig kon vertrouwen.

Soms bespioneerde hij zijn vader, die samen met mijn vader iets in zijn schild voerde sinds ze elkaar hadden ontmoet in de politiecel aan de Grolmanstrasse, die volgens Leo naar urine stonk. Hij kwam met de meest angstaanjagende ideeën, die ik verkoos te negeren. We wisten dat ze iets groots aan het plannen waren, iets waarbij wij wel of niet betrokken zouden zijn. Ik dacht niet dat ze ons zouden achterlaten of ons naar een speciale school buiten Berlijn zouden sturen, of in ons eentje naar een ander land waar ze een andere taal spraken, zoals sommige van Leo's buren met hun kinderen hadden gedaan. Maar ze waren wel iets van plan, daar was hij zeker van. En dat maakte me bang.

Herr Martin was een accountant die al zijn cliënten was kwijtgeraakt. Hij en Leo deelden een kamer in een kosthuis op de Grosse Hamburger Strasse 40. Hun gebouw stond naast een opvanghuis vol vrouwen, oude mensen en kinderen; allerlei mensen van wie ze niet weten wat ze ermee moeten of waar ze heen te sturen, in een wijk waar mama nooit een voet in zou zetten.

Leo's moeder had weten te ontsnappen naar Canada om bij haar broer, schoonzus en hun kinderen die ze niet kende te gaan wonen. Leo en zijn vader hadden niet de hoop zich op korte termijn bij hen te voegen. Ze zochten naar 'andere vluchtmogelijkheden', zoals Leo het noemde. Mijn vader maakte deel uit van het plan. Volgens Leo stuurde hij ook geld naar Canada sinds ze onze bankrekeningen in Berlijn hadden gesloten.

Daar was ik wel blij om. We zouden elke beslissing accepteren die onze ouders namen, als die maar inhield dat Leo en ik en beide gezinnen bij elkaar bleven. Leo was ervan overtuigd dat mijn ouders hulp boden aan zijn vader, die op zwart zaad zat zonder de mogelijkheid om te kunnen werken, zodat zij ook zouden kunnen vluchten.

Leo vergezelde zijn vader altijd naar zijn ochtendbesprekingen met papa. Hij deed alsof hij niet luisterde en druk was met iets anders zodat ze gewoon doorgingen met praten over hun plannen. Ik grapte altijd dat hij de spion van de Martin-Rosenthalsamenwerking was. Maar zijn ogen en oren openhouden was iets wat Leo zeer serieus nam.

Ik mocht niet op bezoek komen in zijn nieuwe huis.

'Het is het niet waard, Hannah. Wat heeft het voor zin?'

'Het kan toch niet erger zijn dan deze vreselijke galerij waar we zo veel tijd doorbrengen.'

'Frau Dubiecki wil liever niet dat we bezoek ontvangen. Ze is een rotmens, dat misbruik maakt van onze situatie. Niemand mag haar. En papa zou er alleen maar kwaad om worden. Bovendien is er niet eens plek om te zitten.'

Hij pakte een stuk zwart brood uit zijn zak en stopte een grote homp in zijn mond. Mij bood hij ook wat aan, maar ik hoefde niet. Ik had geen eetlust meer en at alleen omdat het moest. Maar Leo verslond het brood en terwijl hij dat deed, kon ik even goed naar hem kijken.

Leo ademde energie uit elke porie. Hij was vol kleur: hij had een blozende huid en bruine ogen.

'Het bloed stroomt door mijn lijf!' riep hij vaak met gloeiende wangen uit. 'Jij bent zo bleek dat ik bijna door je heen kan kijken. Ik kan je binnenkant zien, Hannah.' Dan werd ik altijd rood.

Hij gebaarde niet zo veel en dat was ook niet nodig, want binnen één zin drukte zijn gezicht ontelbare emoties uit. Als hij iets tegen me zei, moest ik wel opletten. Hij bestookte me met zijn woorden. Hij maakte me zenuwachtig, maakte me aan het lachen en trillen, allemaal tegelijk. Als je naar Leo luisterde was het altijd alsof de stad elk moment kon ontploffen.

Hij was lang en mager. Hoewel we even groot waren, leek hij een paar centimeter groter door zijn dikke, golvende haar, dat eruitzag alsof het nog nooit was gekamd. Als hij iets belangrijks wilde gaan zeggen, beet hij bijna tot bloedens toe op zijn lip. Hij had angstige, grote ogen en zijn wimpers waren de donkerste en langste die ik ooit had gezien. 'Ze bereiken me altijd eerder dan jijzelf,' zei ik vaak plagend. Ik benijdde hem zo. Die van mij waren net als die van mijn moeder, zo licht dat ik geen wimpers leek te hebben.

'Die heb je ook niet nodig,' zei hij dan om me te troosten, 'met die grote blauwe ogen van je.'

Door de stank besefte ik dat we nog steeds in die smerige galerij zaten.

De Bruut liep rond in zijn kamer. Hij kwam alleen buiten voor zijn boodschappen.

Leo had me verteld dat de Bruut vroeger in de slagerij van Herr Schemuel had gewerkt, een paar straten verderop. Tot hij de eigenaar had aangegeven. Hij voelde zich machtig sinds de Bruten aan de macht waren. Ze gaven hem de vrijheid om iemand die net zo onbeduidend was als hij zelf te maken of te breken.

Op die vreselijke nacht in november waar iedereen het nog steeds over had, waren de ramen van Herr Schemuels winkel ingegooid en was zijn zaak gesloten. Vanaf dat moment had de stank de stad overgenomen. De stank van kapotte leidingen, rioollucht en rook. Herr Schemuel werd gearresteerd en er was niets meer vernomen van de man die het beste vlees van de wijk had verkocht.

Nu zat deze Bruut dus zonder werk. Ik was nieuwsgierig wat Herr Schemuels ondergang hem had opgeleverd.

Berlijn zat vol Bruten. In elke straat was wel een burgerwacht. Iedereen die anders dacht, iedereen die uit een gezin kwam dat niet in hun plaatje van een gezin paste, werd aangegeven, vervolgd en het leven onmogelijk gemaakt. We moesten voorzichtig zijn met ze, net als met de verraders die dachten dat ze zichzelf konden redden door ons te beschuldigen.

'Je kunt je beter in huis opsluiten met de deuren en ramen dicht,' zei Leo. Maar wij tweeën konden niet op één plaats blijven. En wat maakte het ook uit, zolang onze ouders toch voor ons zouden beslissen waar we naartoe gestuurd zouden worden?

Het was voor de Bruten moeilijk te zien wat ik was. Ik kon op de parkbankjes zitten die verboden voor ons waren en ik kon in de tramwagons stappen die voor het zuivere ras waren bestemd. Als ik wilde, had ik ook een krant kunnen kopen.

Leo zei altijd dat ik door kon gaan voor wie dan ook. Aan mijn uiterlijk was niets te zien, hoewel ik vanbinnen van alle vier de grootouders de schandvlek had geërfd die de Bruten zo haatten. Voor Leo gold hetzelfde. Ze dachten dat hij een van hen was, hoewel hij vond dat zijn neus of blik hem konden verraden. Maar het kon Leo weinig schelen, want hij was een vluchtexpert en rende harder dan de geweldige Jesse Owens.

Maar bij mijn eigen volk werkte het feit dat ik kon doorgaan voor wie ik maar wilde zonder bespuugd of geschopt te worden tegen me. Ze dachten dat ik me voor hen schaamde. Ik was nergens geliefd en hoorde bij beide kampen niet thuis, maar dat vond ik niet zo heel erg. Ik had Leo.

We verborgen ons vaak op de galerij van de Bruut om te ontdekken wat er gaande was. Op middagen dat we geen tijd hadden om erheen te gaan, werd Leo zenuwachtig, bang dat hij een nieuwsfragment had gemist dat ons lot zou kunnen veranderen.

De bakkerszoon, die trots was op zijn gigantische neus, onderbrak ons. Ik keek naar de grond. Hij was een vriend van Leo en als Leo met hem wilde gaan spelen moest hij dat doen. Ik zou wel iets anders verzinnen.

'Ben je alweer met haar?' riep zijn vriend. 'Kom uit dat vieze hol en vergeet dat Duitse meisje.' Toen hij me zo noemde, sprak hij elke lettergreep duidelijk uit en trok een vies gezicht. 'Laat haar toch. Ze denkt dat ze beter is dan wij. Kom, we gaan bij het gevecht op de hoek kijken. Ze slaan elkaar verrot. Kom!'

Leo zei tegen hem dat hij niet zo hard moest praten en moest opzouten.

'*Liebchen, Liebchen, Liebchen,*' zei hij aanstellerig, en toen verdween hij weer.

Leo probeerde me te troosten. 'Luister maar niet naar hem,' zei hij zacht. 'Hij is maar een schoffie.'

Ik wilde naar huis gaan om mijn neus groter te maken, mijn haar te krullen en het zwart te verven. Ik had er genoeg van dat mensen niet zagen wat ik was. Misschien was ik wel geen kind van mijn ouders, maar een wees, een echte 'zuivere' wees die was geadopteerd door een rijk onzuiver echtpaar dat dacht superieur te zijn omdat ze geld, juwelen en onroerend goed bezaten.

Het journaal op de oude radio van de Bruut wekte me uit mijn zelfmedelijden. We zouden ons aan nieuwe regels en wetten moeten houden. Ik schrok van deze nieuwe verordeningen, die als een luide brul weergalmden. Het deed pijn.

We moesten al onze bezittingen inventariseren. Velen van ons moesten hun naam veranderen en ons onroerend goed, onze huizen en bedrijven verkopen voor een door hen vastgestelde prijs.

We waren monsters. We hadden het geld van andere mensen gestolen. We hadden slaven gemaakt van mensen die minder hadden dan wij. We maakten het erfgoed van dit land kapot. We hadden de Duitsers uitgebuit. We stonken. We geloofden in andere goden. We waren kraaien. We waren onzuiver. Ik keek naar Leo en naar mezelf. Ik zag niet wat nou het verschil was tussen hem, Gretel en mij.

De zuivering was begonnen in Berlijn, de smerigste stad van Europa. Krachtige waterstralen zouden onze straten schoonspoelen tot ze zuiver waren.

Ze wilden ons niet. Niemand wilde ons.

Leo trok me overeind en we gingen. Ik liep hem verdwaasd achterna. Ik liet me meeslepen.

De Bruut kwam met een zelfgenoegzaam gezicht bij het raam staan, blij zoals alle Bruten dat de zuivering, waarmee hij in zijn eigen wijk al was begonnen, goed op dreef kwam. Dat werd hoog tijd! Het moment was gekomen om de ongewenste personen te vermorzelen, ze te verbranden en verstikken tot er bij hen in de buurt niemand meer in leven was en er niemand meer was om hun perfectie, hun zuiverheid, te bezoedelen.

Met de zelfverzekerdheid die voortvloeit uit de macht om te kunnen vernietigen, te zijn wie hij was, verheven boven alle anderen, met het gevoel dat hij God was in zijn prachtige bunker omringd door sigarettenpeuken en modder, spuugde hij met een weergalmend geluid nog een dikke kledder speeksel uit.

Anna

New York, 2014

Vandaag werd ik eerder wakker dan anders. Ik krijg het gezicht van het Duitse meisje maar niet uit mijn hoofd. Ze heeft dezelfde gelaatstrekken als ik. Ik wil klaarwakker zijn zodat ik haar kan vergeten. De vergeelde ansichtkaart van het schip staat op mijn nachtkastje, waar ik ook paps foto bewaar.

Het is mijn lievelingsfoto van hem. Hij lijkt me recht aan te kijken. Zijn donkere haar is naar achter gekamd, zijn grote, halfdichte ogen en dikke zwarte wenkbrauwen zijn verborgen achter een bril zonder montuur, hij heeft een zweem van een glimlach op zijn dunne lippen. Pap is de knapste van de hele wereld.

Als ik iets over school moet bespreken, wil praten over wat er die dag is gebeurd of mijn zorgen met iemand wil delen, pak ik zijn foto en houd hem onder de lamp met de ivoren lampenkap met grijze eenhoorns erop die galopperen tot het licht uitgaat en ik in slaap val.

Soms drinken we samen thee. We delen een chocoladekoekje of ik lees hem een passage voor uit een bibliotheekboek voor een schoolopdracht.

Als ik een presentatie voor mijn Spaanse les moet oefenen, doe ik dat met pap. Hij kan geweldig goed luisteren, is zo begrijpend en rustig.

Mam heeft me een keer verteld dat zijn lievelingsboek als kind *Robinson Crusoe* was, en op mijn eerste schooldag gaf ze me dat cadeau.

Ze legde haar magere handen op mijn schouders, keek me aan en zei: 'Zodat je snel zult leren lezen.'

Ik keek naar de spaarzame illustraties van die twee mannen in lompen op een onbewoond eiland en vroeg me af waarom er niet meer plaatjes stonden in dit boek van ruim honderd bladzijden dat pap zo leuk had gevonden. Ik zag niet in wat er zo interessant was aan een boel pagina's vol zwarte letters op een witte achtergrond, zonder enige kleur.

Toen ik eenmaal kon lezen, probeerde ik het te ontcijferen. Ik sprak elk woord, elke lettergreep hardop uit, maar ik vond het nog steeds erg moeilijk. Die ingewikkelde zinnen schenen me zo vreemd toe, ik kwam al niet voorbij de eerste: 'Ik werd geboren in het jaar 1632, in de stad York, uit een goede familie, hoewel niet uit dat land afkomstig, want mijn vader was een buitenlander...'

Er werd niets gezegd over honden of katten, manen die zoek waren of betoverde bossen. Dus moest het wel een avonturenboek zijn. Eén mysterie opgelost.

Ik begon het samen met pap te lezen, lettergreep voor lettergreep. Elke avond veroverden we een pagina. Eerst was het een worsteling, maar algauw liepen de zinnen vloeiend zonder dat ik het zelf doorhad.

Dat verhaal over een man die schipbreuk leed op een eiland waar maar twee seizoenen waren, regenachtig of droog, ver weg van de bewoonde wereld met zijn vriend Vrijdag, die hij van de kannibalen had gered, zo vol hoop. En later begon ik mijn eigen avonturen te verzinnen.

Dan zat pap vast op een verlaten eiland, en zou ik met mijn majestueuze schip over de zeeën en oceanen varen en vreselijke stormen en enorme golven trotseren tot ik hem gevonden had.

Maar vandaag is geen leesdag. Ik moet hem vertellen over het pakketje uit Cuba; een echt familierelikwie. Want als iemand iets weet over die boot en de boodschap in het Duits, is hij het wel. Ik zal mam overhalen naar een fotowinkel te gaan om de foto's te laten afdrukken. Ik weet dat hij me zal helpen uitpluizen wie het zijn. Zijn ouders zullen er ook wel op staan, of zelfs zijn grootouders, want voor zover ik weet zijn de foto's van vóór de Tweede Wereldoorlog, de ergste oorlog van allemaal.

Elke ochtend als ik opsta, pak ik de foto en druk er een kus op. Dan zet ik koffie voor mam. Dat is de enige manier om ervoor te zorgen dat ze opstaat.

Als ik koffiezet, adem ik door mijn mond omdat ik misselijk word van de geur. Maar mam vindt het lekker en ze wordt er wakker van. Ik breng haar grote mok voorzichtig naar haar kamer en houd hem bij het oor vast om me er niet aan te branden. Het is als een soort toverdrank, die haar met een schok uit haar verdoving doet ontwaken. Ik klop twee keer, maar zoals gewoonlijk komt er geen reactie. Ik doe de deur langzaam open en het licht van de hal komt met me mee naar binnen.

Dan zie ik haar: ze is lijkbleek, beweegt niet, haar ogen zijn omhoog gerold en haar kin wijst naar het plafond. Haar lichaam ligt helemaal gedraaid. Ik laat de koffiemok vallen, die met een klap op de vloer terechtkomt en vlekken maakt op de witte slaapkamermuren.

Ik ren de gang op, krijg met moeite de voordeur open, sprint naar de derde verdieping en klop aan bij meneer Levin. Als hij opendoet, springt zijn hond Tramp tegen me op. 'Ik kan nu niet met je spelen, er is iets met mijn moeder.' Meneer Levin ziet hoe bezorgd ik kijk en slaat een arm om me heen. Ik kan de tranen niet langer binnenhouden.

'Er is iets met mam!' zeg ik, want wat ik het meeste vrees kan ik niet uitspreken. Dat ik haar kwijt ben, dat ze er niet meer is, dat ze me in de steek heeft gelaten. Van nu af aan heb ik niet alleen mijn vader verloren maar ook mijn moeder, en ben ik wees. Misschien moet ik mijn appartement, mijn foto's en mijn school achterlaten. Wie weet waar ze me heen zullen sturen. Misschien wel naar Cuba. Ja, ik zou de maatschappelijk werkers die me komen halen kunnen vragen of ze mijn familie op Cuba voor me willen zoeken. Mijn oudtante Hannah, de enige die ik nog heb op deze wereld.

Ik ren de trap weer af, met Tramp. Meneer Levin neemt de lift. Ik ben er als eerste en blijf voor mams slaapkamerdeur staan wachten, ik durf niet naar binnen te kijken. Mijn hart gaat wild tekeer. Het bonst zo hard dat mijn hele lijf er pijn van doet. Meneer Levin komt heel rustig binnenlopen, doet het licht aan en gaat op mams bed zitten. Hij pakt haar bij haar pols om te voelen of ze een hartslag heeft, kijkt dan naar mij en glimlacht.

Hij roept haar naam: 'Ida! Ida! Ida!', maar haar lijf beweegt nog steeds niet.

Dan zie ik dat mams armen zich ontspannen. Ze draait haar hoofd iets naar links, alsof ze ons probeert te ontwijken. Er komt weer kleur op haar wangen en ze lijkt zich te ergeren aan al het licht in de kamer.

'Maak je geen zorgen, Anna, ik heb al een ambulance gebeld. Het komt wel goed met je moeder. Hoe laat komt de schoolbus?' vraagt de enige vriend die ik in dit hele universum heb en die toevallig het baasje is van de geweldigste hond van ons flatgebouw.

Mam ziet dat de tranen over mijn wangen stromen en het lijkt wel of dat haar verdrietiger maakt dan ooit. Het is alsof ze zich schaamt en me vraagt haar te vergeven, maar te zwak is om ook maar één woord uit te brengen. Ik ga naar haar toe en geef haar een voorzichtige knuffel. Ik wil haar geen pijn doen.

Ik droog mijn tranen en ren naar beneden om de bus te halen. Vanaf de straat zie ik dat meneer Levin op ons balkon blijft staan kijken of ik wel word opgehaald. Als ik de bus in stap en door het gangpad naar mijn plekje loop, kunnen de andere kinderen zien dat ik heb gehuild. Ik ga achterin zitten en het meisje met de vlechten dat voor me zit, draait zich om en kijkt naar me. Ze denkt vast dat ik straf heb gehad omdat ik iets verkeerd heb gedaan: mijn huiswerk niet gemaakt, mijn kamer niet opgeruimd, mijn ontbijt niet opgegeten, of mijn tanden niet gepoetst voor ik van huis ging.

Vandaag kan ik me onmogelijk op mijn lessen concentreren. Gelukkig vallen de leraren me niet lastig met vragen die ik niet kan beantwoorden. Ik weet niet of mam een paar dagen in het ziekenhuis moet blijven en of ik misschien een tijdje bij meneer Levin kan logeren.

Als ik na school thuiskom, staat mijn vriend weer op het balkon. Ik denk dat dat betekent dat mam in het ziekenhuis is en dat ik een logeerplek zal moeten zoeken.

Zonder de chauffeur gedag te zeggen stap ik de bus uit en hang dan een paar minuten rond bij de ingang van de flat omdat ik niet naar binnen wil. Ik zie dat de Japanse wilde wingerd die tegen ons gebouw op groeit alweer groene scheuten krijgt.

Zoals elke dag pak ik de post, en dan ren ik de trap op. Als ik binnenkom, holt Tramp op me af en begint me te likken. Ik ga op de grond zitten en aai hem een tijdje, om uit te stellen dat ik de woonkamer in moet gaan. Als ik dat uiteindelijk toch doe, zie ik meneer Levin, nu met Tramp bij zijn voeten. Mam zit in een leren leunstoel naast de open balkondeur. Ze glimlachen allebei. Mam staat op en loopt naar me toe.

'Het was niks ernstigs,' fluistert ze in mijn oor zodat meneer Levin het niet hoort. 'Het zal niet weer gebeuren, dat beloof ik, meisje van me.'

Het is lang geleden dat ze me zo heeft genoemd.

Ze streelt mijn haar en ik nestel mijn hoofd tegen haar borst zoals ik deed toen ik nog klein was en niet wist wat er met pap was gebeurd en nog hoopte dat hij terug zou komen, dat hij ieder moment binnen zou kunnen komen lopen. Ik doe mijn ogen dicht en adem diep in. Ze ruikt naar schone kleren en zeep.

Ik omhels haar en we blijven zo een paar minuten staan. Plotseling lijkt de kamer gigantisch en voel ik me duizelig worden. Niet bewegen, blijf nog even bij me. Hou me vast tot je moe bent en me niet meer kunt knuffelen. Tramp likt aan mijn voeten en wekt me uit mijn dagdroom, maar als ik mijn ogen open, zie ik dat mam staat en glimlacht, met kleur op haar wangen. Ze is weer zo mooi.

'Haar bloeddruk was te laag geworden. Het komt helemaal goed,' zegt meneer Levin.

Mam bedankt hem, maakt zich van me los en gaat naar de keuken.

'En nu gaan we eten,' kondigt ze aan terwijl ze de ruimte binnenstapt waar ze de afgelopen paar jaar niet meer is geweest.

De tafel is al gedekt: servetten, borden en bestek voor drie. De geur van zalm met kappertjes en citroen komt uit de oven. Mam brengt de schotel naar de tafel en we gaan eten.

'Morgen gaan we naar een fotowinkel in Chelsea. Ik heb al een afspraak gemaakt.'

Als ik dit hoor, kom ik de schrik van vandaag een beetje te boven. Ik voel me wel schuldig; ik weet dat ik soms heb gewenst dat ze niet wakker zou worden, dat ze haar ogen niet meer zou openen en gewoon bleef slapen, verlost van de pijn. Ik weet niet hoe ik haar kan vragen me te vergeven. Maar we gaan nu uitzoeken wie de mensen op die foto's zijn, en ik voel dat mam de controle terugkrijgt, of in elk geval wat energie.

Ik loop met meneer Levin mee naar zijn appartement. Onderweg komen we een chagrijnige buurvrouw tegen, die een hekel heeft aan de geweldigste hond van het gebouw.

'Het is een smerige straathond,' heeft ze een paar keer tegen andere buren gezegd. 'Hij zit vast onder de vlooien.' Iedereen denkt dat ze gek is.

Maar Tramp begroet haar evengoed. Het kan hem niet schelen dat ze hem afwijst. Hij heeft een hangoog, hij is een beetje doof en heeft een knik in zijn staart. Daarom vindt de oude vrouw hem niks. Meneer Levin heeft hem gered en spreekt Frans tegen hem.

'*Mon clochard*,' noemt hij hem. Hij heeft me verteld dat de hond van een oude Franse mevrouw is geweest, die net als hij alleen woonde. Ze werd dood gevonden in La Touraine, een van de oudste appartementengebouwen aan Morningside Drive.

Toen herinnerde ik me plotseling dat mam altijd zei: 'We wonen in het Franse deel van Manhattan.' Dat was in de tijd dat ze me nog verhaaltjes voor het slapengaan vertelde.

Toen de conciërge de deur van de oude Franse dame openmaakte, ontsnapte Tramp en konden ze hem niet vangen. Een week later zag meneer Levin tijdens een van zijn ochtendwandelingetjes de hond de steile trap van Morningside Park op sjokken. Tramp ging bij zijn voeten zitten.

'Mon clochard,' noemde hij hem, en de hond maakte een sprongetje.

Gehoorzaam volgde Tramp de gedrongen oude man met borstelige grijze wenkbrauwen naar zijn appartement. Van toen af aan was hij zijn trouwe metgezel. De dag dat hij Tramp aan mij voorstelde, zei hij ernstig: 'Volgend jaar word ik tachtig, en op die leeftijd tel je de minuten die je nog hebt. Ik wil niet dat mijn clochard nog een keer hetzelfde overkomt. Zodra ze mijn deur openbreken om te zien waarom ik niet opendoe, wil ik dat mijn hond de weg naar jouw huis weet.'

'Mon clochard,' zei ik met mijn Amerikaanse accent tegen Tramp, en ik aaide hem.

Ook al mocht ik van mijn moeder nooit een huisdier, behalve vissen, die nog korter leven dan een bloem, ze weet dat ze niet kan weigeren om Tramp bij ons te laten wonen, want dat zijn we mijn enige vriend verschuldigd.

'Anna, meneer Levin gaat nog lang niet dood, dus ga daar maar niet van uit,' zei ze toen ik erop aandrong dat we voor zijn hond zouden moeten zorgen.

Ik vind meneer Levin niet jong en niet oud. Ik weet dat hij niet zo sterk is, want hij loopt heel voorzichtig, maar zijn hersens zijn nog net zo actief als de mijne. Op alles heeft hij een antwoord, en als hij je aankijkt, moet je wel opletten.

Tramp wil niet dat ik wegga en begint te janken.

'Toe, slechtgemanierde hond,' zegt meneer Levin geruststellend. 'Juffrouw Anna heeft belangrijkere dingen te doen.'

Als we elkaar gedag zeggen bij zijn voordeur raakt meneer Levin zijn mezoeza aan. Ik zie dat er één enkele oude foto aan de muur hangt. Daar staat hij met zijn ouders op. Een knappe jongeman met een glimlach op zijn gezicht en dik zwart haar. Wie weet of meneer Levin zich die jaren in zijn geboortedorp nog herinnert, dat toen deel uitmaakte van Polen. Het is zo lang geleden.

'Je hebt een oude ziel,' zegt hij, terwijl hij zijn zware hand op mijn hoofd legt en me een kus op mijn voorhoofd geeft.

Ik weet niet wat dat betekent, maar het is vast een compliment.

Ik ga naar mijn slaapkamer om alle gebeurtenissen van die dag te vertellen aan pap, die op mijn nachtkastje wacht. Morgen brengen we de negatieven naar de fotowinkel. Ik vertel hem over Tramp en meneer Levin en het avondeten dat mam heeft gemaakt. Het enige wat ik voor me houd, is dat mam ons zo heeft laten schrikken vanmorgen. Ik wil niet dat hij zich zorgen maakt over dat soort dingen. Het komt allemaal goed, dat weet ik gewoon.

Zo moe ben ik nog nooit geweest. Ik kan mijn ogen niet openhouden. Het lukt niet om te blijven praten of het licht uit te doen. Ik dut al in als ik mam mijn kamer hoor binnenkomen en ze de lamp op mijn nachtkastje uitdoet. De eenhoorns stoppen met draaien en rusten uit, net als ik. Mam stopt het paarse dekbedovertrek in en geeft me een lange, lieve kus.

De volgende ochtend word ik wakker van een zonnestraal, omdat ik vergeten was mijn rolgordijn naar beneden te doen. Geschrokken sta ik op, en even vraag ik me af of ik het allemaal heb gedroomd.

Ik hoor geluiden in huis. Er is iemand in de woonkamer of de keuken. Ik kleed me zo snel mogelijk aan om erachter te komen wat er aan de hand is. Ik kam mijn haar niet eens.

In de keuken zit mam met een kop koffie in haar handen. Langzaam neemt ze een slok, ze glimlacht en haar bruine ogen lichten op. Ze draagt een lila blouse, donkerblauwe broek en schoenen die ze 'ballerina's' noemt. Ze komt naar me toe en geeft me een kus, en ik weet niet waarom, maar als ik haar vlak bij me voel, sluit ik mijn ogen even.

Daarna val ik aan op mijn ontbijt.

'Rustig aan, Anna...'

Maar ik wil zo snel mogelijk klaar zijn. Ik wil weten wie de mensen op die foto's zijn, want ik denk dat we op het punt staan erachter te komen wie paps familie is. Het verhaal van het schip dat misschien wel midden op zee is gezonken.

Als we het appartement uit stappen, zie ik mam even aarzelen. Ze doet de deur op slot en blijft staan, alsof ze zich heeft bedacht.

Buiten stapt ze zonder de ijzeren leuning vast te houden de zes treden voor de voordeur af die haar hebben gescheiden van een wereld die ze was vergeten. Op de stoep pakt ze mijn hand vast, zodat ik wel sneller moet lopen. Het lijkt alsof ze zo veel mogelijk lucht binnen wil krijgen, ook al is het een beetje koud, en de lentezon op haar gezicht wil voelen. Ze glimlacht naar de mensen die we onderweg tegenkomen. Het lijkt wel of ze bevrijd is.

Bij de fotowinkel in Chelsea moet ik haar helpen de zware glazen deur open te duwen. De man achter de balie verwachtte ons al. Hij trekt een paar witte handschoenen aan, spreidt de rollen negatieven uit op een lichtbak en begint ze een voor een door een vergrootglas te bekijken.

We hebben een schat uit Havana ontvangen. Ik ben de detective in een mysterie dat op het punt staat te worden ontrafeld. De beelden worden omgedraaid: zwart wordt wit, wit wordt zwart. Onze geesten komen tot leven met behulp van sterke lampen en chemische stoffen.

Bij één foto blijven we wat langer hangen. Hij is gemarkeerd met een wit kruis en in de hoek staat een vervaagd bijschrift in het Duits, dat mam voor ons vertaalt: 'Genomen door Leo op 13 mei 1939.' De foto is van een meisje dat veel op mij lijkt en dat door een raam staart waarvan de al grijzende man denkt dat het van de hut van een schip kan zijn.

Ik denk dat mam zich een beetje zorgen maakt als ze ziet hoe enthousiast ik van de negatieven word. Ze is bang dat ik op te veel antwoorden hoop en teleurgesteld zal worden. Nu moeten we uitzoeken waar ze vandaan komen, welke familieleden van pap op de foto's staan en wat er met hen is gebeurd. We weten dat minstens één van hen naar Cuba is gegaan. En de anderen?

Pap is in 1959 geboren, maar deze negatieven zijn meer dan zeventig jaar oud, dus we hebben het over de tijd dat mijn overgrootouders in Havana aankwamen. Misschien staat mijn opa er wel op, als baby.

Mam denkt dat het foto's van Europa en de oceaanoversteek zijn, toen ze voor de naderende oorlog vluchtten.

'Je vader was een man van weinig woorden,' zegt ze weer.

In de taxi naar huis pakt ze mijn hand vast om mijn aandacht te trekken. Ik weet dat er nog iets is wat ze me wil vertellen, iets wat ze al die jaren heeft achtergehouden. Ze denkt nog steeds dat ik te jong ben om te begrijpen wat er met mijn familie is gebeurd. Ik ben sterk, mam. Je kunt me alles vertellen. Ik houd niet van geheimen. En deze familie lijkt er bol van te staan.

Het zou makkelijker zijn geweest als ze me voordat ik naar de kleuterklas ging gewoon had verteld hoe ik mijn vader had verloren. Maar mam zei altijd maar weer hetzelfde: 'Je vader is op een dag weggegaan en niet meer teruggekomen.' En dat was alles.

'Ik vind het de hoogste tijd om je iets te vertellen. Van je vaders kant ben je ook Duits,' zegt ze met een klein glimlachje, als om zich te verontschuldigen.

Ik geef geen antwoord. Ik reageer niet.

Als de taxi de West Side Highway op rijdt, draai ik het raampje open. De koude bries van de rivier de Hudson en het lawaai van het verkeer verhinderen dat mam verder praat. Ik blijf maar denken aan dit laatste stukje informatie.

Tegen de tijd dat we thuiskomen, zijn mijn wangen rood en ijskoud. We komen meneer Levin en Tramp tegen. Na hun wandeling rusten ze vaak even uit op de stoep.

'Mag ik hier blijven?' vraag ik aan mam, die antwoordt door te glimlachen.

'Wanneer zijn de foto's klaar?' informeert meneer Levin, maar Tramp stort zich op me en dat kietelt zo erg dat ik geen antwoord kan geven. Tramp is een slecht opgevoede hond, maar hij is wel heel schattig.

Als ik weer in ons appartement ben, ga ik rechtstreeks naar mijn slaapkamer. Voor de spiegel probeer ik de Duitse trekjes te vinden die ik geërfd moet hebben van mijn vader, van wie ik tot nu toe dacht dat hij Cubaans was. Wat zie ik in de spiegel? Een Duits meisje. Ben ik dan geen Rosen?

Als ik het later vraag, vertelt mam me dat de familie Rosen in 1939 uit Duitsland was vertrokken om zich in Havana te vestigen.

'Meer weet ik ook niet, Anna,' zegt ze. In plaats van naar bed te gaan, zit ze in de leunstoel te lezen.

Ik weet niet waarom ik Spaans heb geleerd. Duits zou beter zijn geweest. Ik heb het tenslotte in mijn bloed.

Het Duitse meisje.

Hannah

Berlijn, 1939

Het eten was opgediend. De eetkamer, met zijn donkere houten panelen, die niet langer geboend werden, was onze gevangenis geworden. Het plafond, met de zware, vierkante lijsten leek elk moment op ons hoofd te kunnen vallen.

We hadden nu geen personeel meer in huis, iedereen was vertrokken. Ook Eva, die er al was toen ik werd geboren. Ze liep gevaar en ze wilde ons niet zien lijden. Hoewel ik dacht dat ze ons eigenlijk in de steek had gelaten omdat ze niet voor de keuze wilde komen te staan ons te moeten verraden.

Maar heimelijk bleef Eva gewoon komen en mama betaalde haar ook door alsof ze nog steeds onze meid was.

'Ze hoort bij de familie,' legde ze aan papa uit als hij haar waarschuwde dat we zuinig moesten doen met ons geld omdat we anders zonder één cent in Berlijn vast zouden zitten.

Soms bracht Eva ons brood of bereidde thuis een maaltijd en kwam dan met een enorme pan eten die we konden opwarmen. Ze had een sleutel en kwam vroeger altijd door de voordeur naar binnen. Nu moest ze de dienstingang nemen zodat Frau Hofmeister haar niet door het raam zou zien.

Die vrouw lag altijd op de loer, ze was de burgerwacht van het gebouw. Ik voelde haar ogen in mijn nek. Als ik de straat op ging, volgde haar blik me en dat drukte op me. Ze was een parasiet, die er alles voor over zou hebben om mama's jurken te pakken te krijgen, om ons appartement in te komen en de sieraden en tassen mee te nemen, en de handgemaakte schoenen waar haar mollige voeten nooit in zouden passen.

'Met geld koop je nog geen goede smaak,' zei mama altijd.

Frau Hofmeister gaf een fortuin uit aan jurken, maar op de een of andere manier leek het altijd alsof ze ze geleend had.

Ik snapte niet waarom mama zich steevast kleedde en opmaakte alsof ze naar een feest ging. Ze gebruikte zelfs valse wimpers, die haar afhangende ogen een nog lomere uitstraling gaven. Ze had heel zware oogleden. 'Ideaal voor make-up,' zeiden haar vriendinnen altijd. Maar ze bracht maar een beetje kleur op haar gezicht aan. Roze en wit, met zwart en een beetje grijs rond haar ogen. Lippenstift gebruikte ze alleen bij speciale gelegenheden.

Onze eetkamer leek met de dag groter te worden. Ik zat onderuitgezakt op mijn stoel en tuurde naar mijn ouders in de verte. Ik kon hun gezichten niet goed zien, hun uitdrukking was onduidelijk. Het enige licht kwam van de lamp die boven de tafel hing en de witte porseleinen borden een vaal oranje tint gaf.

We zaten om een rechthoekige, mahoniehouten tafel met stevige poten. Naast papa's bord zag ik een editie van *Das Deutsche Mädel*, het propagandatijdschrift van de Duitse Meisjesbond. Al mijn vriendinnen – of eigenlijk, al mijn vrouwelijke klasgenoten – waren erop geabonneerd, maar ik mocht van papa niet met een exemplaar van die 'gedrukte rotzooi' thuiskomen. Ik snapte niet waarom hij er dan nu eentje naast zich had liggen. Konden we beginnen met eten? Ze leken allebei ergens anders met hun gedachten. Ze hielden het hoofd gebogen en leken niet met me te durven praten. Zwijgend brachten ze gelijktijdig lepels soep naar hun mond en hadden moeite hem door te slikken. Geen van beiden wierpen ze ook maar een vluchtige blik op me. Wat had ik gedaan? Papa stopte met eten en keek op. Nu staarde hij naar me. Hij draaide het tijdschrift om en schoof het met onderdrukte woede naar me toe.

Ik geloofde mijn ogen niet. Wat moest er van me worden? Leo zou me haten. Ik zou het zonder onze dagelijkse afspraakjes in het café van Frau Falkenhorst moeten stellen. Niemand zou nog warme chocolademelk met me drinken. *De zoon van de bakker had gelijk, Leo. Je had me moeten laten zitten. Kom me niet opzoeken.*

Op de voorkant van het tijdschrift voor zuivere jonge meisjes – die niet het brandmerk van hun vier grootouders meedroegen, die kleine stompe neusjes hadden, een huid zo wit als schuim, blond haar en ogen blauwer dan de hemel zelf, zonder ruimte voor imperfectie – stond mijn glimlachende gezicht, mijn blik op de toekomst gericht. Ik was het 'Duitse meisje' van de maand geworden.

De eetkamer leek leeg. Je hoorde niet eens meer het geluid van lepels die in armzalige kommen soep werden gestoken. Niemand sprak tegen me. Niemand gaf me een standje.

'Ik kon er niets aan doen, papa! Je moet me geloven!'

De fotograaf van wie we hadden gedacht dat hij een verklikker was, bleek een Bruut te zijn die voor *Das Deutsche Mädel* werkte. Ik had gedacht dat ook al had ik me die dag zo hard geschrobd dat mijn huid ging vervellen, hij mijn schandvlek had ontdekt en dat hij me daarom had gefotografeerd.

'Hoe kan hij zich nou hebben vergist?' vroeg ik, maar daar antwoordde niemand op.

'Je bent smerig, Hannah, ik wil je zo niet aan tafel hebben,' zei mama, en het voelde als een streling om voor het eerst smerig genoemd te worden. Ja, dat was ik, en ik wilde dat de wereld wist dat het me niet kon schelen dat ik smerig, besmet en aangetast was. Ik wilde dat tegen mijn ouders zeggen, maar kon het niet, omdat we uiteindelijk allemaal smerig waren. Niemand werd gered. Zelfs niet de slimme, hooghartige Alma Strauss, die nu gewoon een Rosenthal zoals vele anderen was, zo smerig als de ongewensten die op elkaar gepropt in kamers in de wijk Spandauer Vorstadt woonden. Zelfs papa niet, de eminente professor Max Rosenthal, die nu droevig en naar de grond starend ijsbeerde.

Ik ging van tafel om me te verkleden, om mijn moeder een plezier te doen. Ik trok een wit perfect gestreken jurkje met korte mouwen aan. *Is dat wat je wilt, mama? Maar ik draag geen mooi jurkje op de dag dat we moeten vertrekken, hoor.* Ik kon me niet bewegen. Als ik dat wel zou doen, zou hij uitrekken. Als ik ging zitten, zouden er kreukels in komen. Zelfs een enkele traan zou er een vlek op maken. En ik waste mijn handen zo grondig dat ze nog naar sulfaat roken toen ik weer aan tafel ging. Terwijl ik een lepel soep nam, bekeek mama me van top tot teen, maar zonder bitterheid.

Papa zuchtte. Hij pakte het tijdschrift en stopte het in zijn koffertje. 'Misschien zal het ooit nog van pas komen dat je met je gezicht op de voorkant van dat tijdschrift staat,' zei hij gelaten. 'Het kwaad is nu al geschied.'

'Kunnen we dan nu rustig verder eten?' vroeg mama.

Weer klonk het geluid van het zachte schrapen van lepels over het Meissen-porselein dat mama pas was gaan gebruiken op het moment dat ze besefte dat ze er binnenkort afstand van zou moeten doen en het toch in handen van een vulgaire Berlijnse familie zou vallen.

'Porselein dat al meer dan drie generaties in mijn familie is,' zei ze met een zucht, en ze nam nog een hap.

Ik raakte mijn kom niet aan. Ik dacht dat als ik iets kapot zou maken, ze dit 'Duitse meisje' ongetwijfeld op een trein naar god weet waar zouden zetten. En wee mij als ik lawaai zou maken terwijl ik een hap nam van de heldere, flauwe soep met weinig meer dan een paar aardappels en een grof gesneden stuk rode ui erin, dan zouden ze me meteen zonder eten naar bed sturen.

'Madagaskar,' zei papa. Ik had geen idee waar hij het over had.

Mama bracht nog een, nu koude, hap soep naar haar mond en slikte hem met moeite door. Stilte. Ik wachtte tot papa verder zou gaan. Madagaskar.

'In welk continent ligt Madagaskar? Afrika? Gaan we zo ver weg?' vroeg ik, maar ze negeerden me.

Hoe hard ze ook haar best deed, de Godin kon niet voorkomen dat er een traan over haar wang rolde. Haastig depte ze hem weg met haar witte kanten servet, glimlachte en streek over mijn hand om me te laten zien dat de traan niets betekende. De droefheid was voorbij. We moesten emigreren, dat was onze enige optie.

'Hoe verder weg, hoe beter,' zei ze, waarna ze haar goedkeuring duidelijk maakte door nog een hap soep te nemen. Haar sneeuwwitte hand ging naar haar hals, die ze met een aristocratisch gebaar streelde.

'Ethiopië, Alaska, Rusland, Cuba,' vervolgde papa zijn opsomming van allerlei mogelijke bestemmingen.

Mama keek naar mij en glimlachte. Ze begon aan een monoloog die eindeloos leek te duren. 'Niet huilen, Hannah. We gaan waar we maar heen moeten. We spreken een aantal talen. En als het nodig is, leren we nieuwe. We zijn anders, ook al behandelen ze ons net als de rest. We beginnen opnieuw. Als we geen huis tegenover een park of rivier kunnen krijgen, hebben we er wel eentje aan zee. Laten we van onze laatste dagen in Berlijn genieten.'

Ze was zo kalm dat ik er bang van werd. Ze sprak met de nadruk op elk woord en rekte de klinkers uit als in een litanie. Ze pauzeerde om in te ademen en ging weer verder. Ik had het gevoel dat ze elk moment in tranen kon uitbarsten, papa verwijten zou maken en haar vreselijke bestaan vervloeken, haar verleden en haar erfenis.

Ze zag er zo broos uit dat ik zeker wist dat ze een reis naar Madagaskar niet zou overleven. En ook een eenvoudig uitstapje naar Hotel Adlon niet, of een laatste maal naar de Brandenburger Tor, of een afscheid van de Siegessäule, het monument voor de Duitse overwinningen dat we in het najaar wel eens bezochten.

'We kunnen naar het Adlon gaan, Hannah. We kunnen afscheid nemen van Louis, die altijd zo aardig voor ons is geweest.'

Het water liep me in de mond bij de gedachte aan de lekkernijen die monsieur Fourneau ons opdiende. Ik wist nog dat toen hij mijn servet voor me openvouwde, zijn spitse neus zo dicht bij mijn gezicht kwam dat ik zijn adem kon voelen. Louis was de zoon van de oprichter en had de leiding van hem overgenomen. Hij was dol op mama en het aanzien dat ze het hotel gaf. Hij kwam vaak bij ons zitten om te vertellen welke beroemdheden uit de hogere kringen van Duitsland, zelfs uit Hollywood, op dat moment in het hotel logeerden.

Mama kon het maar moeilijk verkroppen dat ze niet langer welkom was in het hotel dat ze als haar eigen hotel beschouwde. Ze pochte altijd dat het het symbool van Duitse moderniteit was, van elegantie. Het Adlon had een sobere buitenkant, maar binnen stonden er ontzagwekkende marmeren pilaren en een exotische fontein met een beeld van zwarte olifanten.

In 1907 waren haar ouders uitgenodigd voor de opening van het hotel. Op die dag gaf opa oma de Traan – een imperfecte parel –, haar lievelingssieraad, die op een dag van mij zou zijn, zoals mama me elk jaar in herinnering bracht. Toen ze twaalf werd, werd de Traan aan haar doorgegeven en ze droeg hem alleen bij speciale gelegenheden.

Maar nu verwelkomde Louis de Bruten. Nu waren zij degenen die zijn hotel luister gaven, die voor de hogere kringen en de macht stonden, in plaats van een erfgename die dacht dat ze mysterieuzer was dan de godin Garbo en was getrouwd met een sjofele professor. Wij waren nu de viezeriken die de reputatie van een legendarisch instituut verpestten.

Toen thuis de Perzische tapijten werden gereinigd, verbleven we een keer in twee kamers met uitzicht op de Brandenburger Tor. Mijn kamer was gigantisch en verbonden met de kamer waarin mijn ouders sliepen. Elke ochtend opende ik de rode fluwelen gordijnen en de ramen om het stadslawaai binnen te laten. Ik vond het geweldig om naar de verkeerschaos op Unter den Linden te kijken en naar de mensen die naar de trams holden. De koude Berlijnse lucht rook naar tulpen, suikerspin en verse Pfeffernüsse.

Ik verdween helemaal in de veren kussens en helderwitte lakens, die twee keer per dag werden verschoond. Ik kreeg mijn ontbijt op bed opgediend en de kamermeisjes begroetten me met: '*Guten Morgen Prinzessin* Hannah.' We kleedden ons om voor de lunch, droegen andere kleren tijdens het diner en 's avonds laat verkleedden we ons voor de derde keer.

'Ja, Louis' desserts met kersenvulling,' zei ik enthousiast, en ik zette er speciaal voor haar een gezicht van een hebberig kind bij op.

Ik bestudeerde haar nauwkeurig: haar langzame bewegingen, de moeite die het haar kostte om simpelweg een lepel naar haar mond te brengen. Ik wilde dat ze naar me keek, dat ze besefte dat ik bestond. Ik ging in mijn eentje naar mijn kamer. *Mama, wil je me alsjeblieft weer die romantische Franse romans uit de vorige eeuw voorlezen? Vertel me over madame Bovary, de verveelde vrouw die zo hartstochtelijk verliefd werd. Je had me bijna Emma genoemd, naar haar, maar dat stond papa niet toe. Van dat verhaal van romantiek en verraad kon ik me alleen maar herinneren dat Emma lepels vol azijn nam, zodat haar echtgenoot zou denken dat ze ziek en afgetobd was. Op een ochtend stond ik op en ik was erg verdrietig, ook al beseften zowel jij als Eva dat niet. Ik ging naar de keuken en dronk azijn in een poging mijn gezicht te laten weerspiegelen wat ik voelde. Ik wilde ook net als Emma een batisten zakdoek met druppels azijn erop, altijd paraat voor het geval er iemand flauwviel. Maar in ons gezin was ik de enige die ooit flauwviel, bij het zien van een druppel bloed.*

Je zou nu niet meer denken dat ik het slimme meisje was dat wist hoe ze zich moest gedragen en met wie je in theesalons over literatuur en geografie kon praten. Bij jou wilde ik stout zijn, rennen, schreeuwen, springen, huilen. Het was het moment voor een typische kinderlijke woede-uitbarsting. 'Ik ga niet mee! Ik wil op mijn kamer blijven! Gaan jullie maar, ik blijf wel thuis bij Eva!'

Ik nam de pop met de rode jurk van tafzijde met me mee naar bed. Mama had me haar vorig jaar gegeven en ik vond haar vreselijk. Ik speelde dat ik weer een klein meisje was en gaf mijn ouders overal de schuld van, maar diep vanbinnen wist ik dat mijn lot niet in mijn handen lag, of in die van hen, en dat ze alleen maar probeerden te overleven in een ineenstortende stad.

Er werd op de deur geklopt. Ik verstopte me onder de lakens, maar voelde dat iemand dichterbij kwam en naast me ging zitten. Het was papa, die vol medeleven naar me keek.

'Mijn meisje, mijn Duitse meisje,' zei hij, en ik liet me knuffelen door de man van wie ik het meest op aarde hield.

'We gaan in Amerika wonen – in New York – maar we staan nog op de wachtlijst om het land in te mogen. Daarom moeten we eerst naar een ander land. Dat is maar tijdelijk, dat beloof ik.' Mijn vaders stem kalmeerde me. Zijn warmte verspreidde zich naar mijn lichaam, zijn adem omhulde me. Als hij in dat ritme tegen me zou blijven praten, zou ik snel in slaap vallen.

'Ons appartement in de stad van de wolkenkrabbers wacht al op ons, Hannah. We gaan in een gebouw aan Morningside Drive wonen dat is begroeid met klimop en de naam draagt van een berg, Mont Cenis. Vanuit onze woonkamer kunnen we elke ochtend de zon zien opkomen.'

Het wordt tijd dat je me in slaap praat, papa. Ik wil niet horen wat jouw dromen zijn. Ik wil dat je een slaapliedje voor me zingt, zoals toen ik klein was en in je armen in slaap viel. De armen van de sterkste man ter wereld. Ik was weer een volgzaam meisje, ik zou de volwassenen niet in de weg staan. Een meisje dat niet van jou gescheiden wilde worden en zich aan je vastklampte tot ze door de slaap werd overmand.

Ik zou weer een klein kind zijn, wakker worden en denken dat dit allemaal een nachtmerrie was. Dat alles nog bij het oude was.

Papa leed niet omdat we zouden kwijtraken wat juridisch van ons was, of omdat we Berlijn moesten verlaten en naar de andere kant van de wereld moesten gaan. Hij had een vak, hij kon opnieuw beginnen zonder een rooie cent op zak, dat zat in zijn bloed. Hij leed vanwege mama, omdat hij kon zien dat ze met elke dag die verstreek de last van een heel jaar erbij kreeg.

Ik dacht niet dat ze zou kunnen wennen aan een leven buiten dit huis, zonder haar sieraden, haar jurken, haar parfums. Ze zou gek worden. Daar was ik van overtuigd. Het leven vloeide langzaam uit haar, tussen de muren die generatieslang van haar familie waren geweest. De enige plek waar ze graag woonde, omringd door de foto's van haar ouders, de plek waar ze het IJzeren Kruis bewaarde dat in de Grote Oorlog aan haar opa was verleend.

Papa zou zijn platenspeler en zijn platen het meest missen. Hij zou voor altijd afscheid moeten nemen van Brahms, Mozart en Chopin. Maar, zoals hij altijd zei, het fijne aan muziek was dat je die met je mee kon nemen in je hoofd. Dat kon niemand je afpakken.

Wat ik nu al miste waren de middagen met papa in zijn werkkamer. Landen ontdekken op de stokoude kaarten, luisteren naar zijn verhalen over India, of de Nijl, fantaseren over een tocht die we samen zouden maken naar Antarctica of een safari in Afrika.

'Dat gaan we op een dag allemaal doen,' verzekerde hij me altijd.

Vergeet me niet, papa. Ik wil weer je leerling zijn en over de geografie van verre continenten leren. En dromen, gewoon dromen.

Anna

New York, 2014

Ik sluit mijn ogen en sta op het dek van een gigantisch schip dat doelloos ronddrijft. Als ik mijn ogen open, word ik verblind door de zon. Ik ben het meisje met het korte haar op het schip, alleen, midden op de oceaan.

Ik word wakker, maar weet nog steeds niet wie ik ben, Hannah of Anna. Het voelt alsof we hetzelfde meisje zijn.

Mam legt de zwart-witfoto's op de houten eettafel neer die ons vanaf een eiland helemaal onderaan op de kaart, het Caraïbisch gebied, bereikt hebben.

Aan de witte muur in de gang, naast de houten boekenkast, hangt de uitvergrote foto van het meisje dat achter de patrijspoort van haar hut staat. Ze kijkt niet naar de kust, het water of de horizon. Ze lijkt ergens op te wachten. Je weet niet of ze een haven binnenvaren of nog op zee zijn. Haar hoofd steunt gelaten op haar hand. Haar haar zit in een zijscheiding en door het kapsel zijn haar ronde gezicht en tengere nek goed zichtbaar. Ze lijkt blond haar te hebben, maar de foto heeft zo veel contrast dat ik haar ogen maar moeilijk kan zien en niet kan beoordelen of ze echt op mij lijkt.

'Het profiel, Anna, het profiel,' zegt mam met een glimlach. Zij is ook gefascineerd door de afbeeldingen, vooral die van het meisje.

Ik pak het uit elkaar vallende tijdschrift met de vervaagde, versleten foto's en controleer nog een keer of het hetzelfde meisje is op de voorkant. Ik blader erdoorheen, maar nergens staat een verwijzing naar een Atlantische oversteek. Niemand kan het mysterie oplossen. Mam kan wat Duits lezen, maar ze kijkt niet om naar het tijdschrift omdat ze meer interesse heeft in de foto's die we hebben laten afdrukken. Ze is begonnen ze te sorteren: familieportretten, binnentaferelen, de foto's die aan boord van het schip zijn gemaakt. Aan één kant van de tafel legt ze alle foto's waarop steeds dezelfde jongen staat.

Ik kan niet geloven dat een brief uit Cuba mam uit bed heeft gekregen. Ze is een andere vrouw geworden. Ik weet nog steeds niet zeker of het door de envelop komt of door het incident van de vorige dag. Ik heb het gevoel dat ze me voor het eerst echt ziet, rekening houdt met wat ik wil. Ik zie hoe hard ze zich concentreert op de beelden van een familie die een continent ontvlucht dat op punt van oorlog staat.

'Het is net een film uit het Berlijn van de jaren twintig en dertig, een wereld die op het punt stond te verdwijnen. Er is niet veel over uit die tijd, Anna,' zegt ze nadat ze de foto's aandachtig heeft bestudeerd.

Ze doet haar haar achter een oor, zoals ze vroeger altijd deed, en ze gebruikt ook weer wat kleur op haar gezicht. Met een beetje geluk mag ik haar dit weekend opmaken en met haar make-up spelen zoals ik deed voor ik op school zat en zij haar bed niet meer uitkwam.

Het is tijd om mijn huiswerk te maken, maar ik blijf liever met mam aan tafel zitten. Over een paar minuten ga ik wel naar de keuken om thee te zetten.

Ingeslagen winkelruiten, de davidster, overal glasscherven, graffiti op de muren, plassen blubberig water, een man die vlucht voor de camera, een treurig oud baasje dat talloze boeken met zich meezeult, een vrouw met een gigantische kinderwagen, en nog eentje die een hoed draagt en over een plas springt die net een spiegel lijkt, een paar geliefden in het park, in zwart geklede mannen met hoed. Het lijkt wel een uniform wat ze dragen. Alle mannen dragen hoofddeksels. Volle trams. En nog meer glas... De maker was geobsedeerd door gebroken glas op de grond.

Mam heeft de foto's ook op cd laten zetten, zodat ik ze zo kan uitprinten als ik wil, ze kan bijsnijden, groter maken. Er is van alles te ontdekken.

Als de thee klaar is, kom ik dichter bij haar staan. Ik geniet ervan, sluit mijn ogen, haal diep adem en ruik de aangename geur van haar zeep. Ik kijk naar de foto die ze in haar hand heeft, een schitterend gebouw, waarvan het dak verwoest is door brand. Ik kijk naar haar korte, verzorgde nagels, haar vingers zonder ring – zelfs geen trouwring – en streel ze. Ze leunt met haar hoofd tegen me aan. We zijn weer samen.

'Wat een afschuwelijke nacht was dat, 9 november 1938. Dat had niemand verwacht.' Mam heeft een brok in haar keel.

Terwijl ik luister hoe ze over het verschrikkelijke drama vertelt, lukt het me niet om me verdrietig te voelen, want ik ben zo blij dat ze bij me is. Ik vraag me bezorgd af of dit leed haar niet weer terug naar bed zal sturen. We kunnen de foto's misschien maar beter even laten liggen tot ze helemaal hersteld is.

Maar ze vertelt verder.

'Ze sloegen de ruiten van alle winkels in. Misschien was één van die vernielde winkels wel van je overgrootouders. Wie zal het zeggen. In de Kristallnacht, de nacht van het gebroken glas, staken ze alle synagogen in brand. Er is er maar eentje blijven staan, Anna.' Ze zwijgt even. 'Ze namen de mannen mee, scheidden gezinnen. Alle vrouwen moesten zich Sarah noemen, en de mannen Israël,' gaat ze gehaast verder. 'Ik zei tegen mijn vader toen hij me dit vertelde dat ik liever dood zou gaan dan mijn naam veranderen. Sommige mensen ontsnapten, andere werden later vermoord in de gaskamers.'

Een horrorfilm. Ik kan me ons tweeën niet in die tijd in die stad voorstellen. Ik denk niet dat mam het zou hebben overleefd. Berlijn was een hel voor mensen als wij. Ze raakten alles kwijt.

'Ze moesten hun huis achterlaten, hun leven. Maar weinigen hebben het overleefd. Ze woonden verborgen in kelders of ontvluchtten het land, dat was hun enige kans. Ze werden op straat aangevallen, gearresteerd, in de gevangenis gegooid en nooit meer teruggezien.

Sommigen kozen ervoor hun kinderen in hun eentje naar een ander land te sturen, zodat ze werden grootgebracht in een andere cultuur, met een andere godsdienst, in een onbekend gezin.'

Ik doe mijn ogen dicht en adem diep in. Ik zie pap in Berlijn, Havana, New York. Ik ben Duits. Dit is mijn familie, mensen die werden gedwongen zich Sarah en Israël te noemen, wier bedrijven werden vernield. De familie die vluchtte, die het overleefde. Hier kom ik vandaan.

Mam vindt de binnenshuis gemaakte foto's de treurigste, maar daar staan een goedgeklede man en vrouw op in grote kamers in gebouwen die wel paleizen lijken. De vrouw is lang en elegant, haar jurk zit strak om haar middel en ze draagt een brede, scheve hoed. Ze staat voor een raam. De man draagt een pak met stropdas en zit naast een ouderwetse platenspeler, met een luidspreker in de vorm van een gigantische bloem. Op weer een andere foto staan ze gekleed voor een speciale gelegenheid. Hij in formeel pak, zij draagt een lange, zijden avondjurk.

'God weet of ze van elkaar zijn gescheiden of samen hebben kunnen sterven,' gaat mam verder, haar stem vol emotie.

Mijn lievelingsfoto's zijn die van de jongen met de enorme zwarte ogen. Hij is altijd aan het rennen en springen, klimt in een raam of omhoog langs een lantaarnpaal, of ligt in het gras. Ja, het is steeds dezelfde jongen. En hij lacht altijd.

Ik kom overeind en ga voor de uitvergrote foto staan. We lijken echt heel veel op elkaar. Het meisje op het schip is hetzelfde als dat op de voorkant van het tijdschrift van de Duitse Meisjesbond. Ik denk dat ik dit weekend mijn haar net zo ga laten knippen.

'Dat is Hannah, de tante die je vader heeft grootgebracht,' hoor ik mam achter me zeggen. Ze slaat haar armen om me heen en geeft me een kus. 'Naar haar ben je vernoemd.'

Ik zit vast en wil weg maar dat gaat niet. Ik heb geen idee waar ik ben en probeer mijn ogen open te doen, maar mijn oogleden zitten dicht. Lucht! Geef me lucht! Is dit weer een nachtmerrie of ben ik wakker?

Het gewicht van mijn armen trekt me naar de afgrond. Ik voel mijn benen niet, ze zijn ijskoud. Ik heb geen kracht meer en als mijn longen het opgeven, raak ik buiten bewustzijn en zweef ik weg naar wie weet waar. Ik til mijn hoofd op en mijn neus verschijnt... boven het oppervlak? Ik rek me uit en draai mijn hoofd naar links en rechts in een poging uit te vinden waar ik ben, terwijl de wind hard tegen mijn gezicht waait.

Mijn gezicht is drijfnat. Mijn huid brandt. Mijn hoofd tolt van de warmte en mijn lijf is verlamd van de kou. Wanhopig haal ik adem en ik krijg lucht en zout water binnen. Ik denk dat ik aan het verdrinken ben en begin onbedwingbaar te hoesten tot mijn keel er zeer van doet. Ik open mijn ogen.

Ik drijf doelloos rond.

Ik zie mijn gezicht weerspiegeld in het wateroppervlak. Ik ben het meisje op het schip.

Hoe ik hier ben gekomen weet ik niet, maar nu moet ik terug zien te komen, als dat kan. Mijn pupillen zijn groot, mijn ogen vol zout water. Ik beweeg mijn armen om te blijven drijven en ik krijg weer gevoel in mijn benen. Ik ben wakker en ik leef. Ik denk dat ik kan proberen te zwemmen.

Ik wrijf in mijn ogen en zie dat mijn handpalmen gerimpeld zijn. Wie weet hoe lang ik al in dit koude water lig. Ben ik bij een strand? Nee, ik drijf midden op een donkere oceaan.

'Mam!' Waarom roep ik als ik alleen ben? 'Mam!'

Het heeft geen zin om het kleine beetje energie dat ik nog heb te verspillen. *Zwem zo hard je kan! Je bent sterk. Zwem naar de kust, maak gebruik van elk duwtje van de wind, een golf, de stroming.*

Het licht verblindt me. Ik moet mijn ogen dichthouden. Ik heb dorst, maar wil het zoute water niet drinken. Mijn wonden zijn dieper geworden, het zoute water trekt erin. Mijn hele lijf brandt.

Ik moet naar de oneindigheid zwemmen. Weg van de zon. Ik zie de kust. Ja, ik zie een stad. Er zijn bomen, wit zand. Nee, het is geen stad. Het is een eiland.

Ik zwem met korte slagen. De wind werkt me tegen. De golven werken me tegen. Het felle licht verblindt me.

Naar de kust! Dat is je doel. Je kunt het. Natuurlijk kan ik het. Maar ik begin in slaap te vallen.

Nee! Word wakker en ga door. Je mag niet stoppen! Ik laat me meeslepen en steeds maar weer omrollen.

Pap wacht op me. Dit is het eiland dat hij bereikte op de dag dat hij verdween. Hij heeft hier beschutting gevonden. Misschien is hij met een vliegtuig gevlucht, dat verongelukte, en is hij in zee gevallen. Net als ik heeft hij gezwommen en gezwommen tot hij land bereikte.

Daarom ben ik op zee gestrand, omdat ik weet dat jij hier bent en nu naar me kijkt. Ik ben hier om jouw Vrijdag te zijn, pap. Dat is het enige waardoor ik het hoofd boven water houd: de gedachte dat ik jou zal vinden. We zullen samen zijn, als twee Robinsons op een verlaten eiland, en jij zult me beschermen tegen kannibalen, piraten en orkanen.

Over vele jaren, als we stormen, aardbevingen, uitbarstende vulkanen, droogtes en aanvallen hebben overleefd, zullen we eindelijk gered worden en samen naar het vasteland reizen. Daar zal mam op ons wachten. Want ze heeft je nodig, pap. Net als ik.

Nu lig ik niet meer in het water. Mijn lichaam ligt op het hete zand, dat aan mijn brandende huid plakt. De zon maakt me in de war. Ik doe mijn ogen open en zie jou. Ben jij dat?

Ik wist wel dat je me niet in de steek zou laten. Dat je me op een dag zou komen halen. Dat we elkaar zouden vinden in een ver land, op een ander continent, verdwaald op een eiland midden in de oceaan. Dat ik je meisje zou zijn. Je enige dochter, voor wie je voor altijd zou zorgen.

'Anna!' roept iemand.

Ik sta snel op. Het is mam. Ik ben nat van het zweet, in mijn eigen bed, in mijn slaapkamer. Dit is mijn eiland. Ik zoek pap op mijn nachtkastje en daar is hij, hij kijkt naar me met die halve glimlach van hem, naast de ansichtkaart van het schip die ik van zijn tante heb gekregen.

Mam pakt me vast en ik begin te huilen. Ik ben haar kleine meisje weer en val in haar armen zodat ze me kan troosten, strelen. Ze begint te neuriën. Ik kan het niet geloven, het is een slaapliedje. Ik sluit mijn ogen en hoor haar zachte stem in mijn oor fluisteren: 'Bye lulu-baby, bye lulu-baby, bye lulu-baby, bye lullaby.'

Ik ben weer haar baby'tje. Ik kruip in haar, trek haar tegen me aan en hoor haar stem weer. Ja, dat zong ze altijd toen ik klein was als ik nachtmerries had. *Blijf zingen, mam.* Wij twee zijn er nog steeds, wachtend op de dag dat we het verrassende nieuws horen dat pap op een ver eiland nog in leven is, dat hij is gered en bij ons terugkomt.

'Wat zullen we met je verjaardag doen?' Ze is opgehouden met zingen en ik doe mijn ogen open.

Ik kan me niet herinneren dat we het ooit uitgebreider hebben gevierd dan alleen wij tweeën met een chocoladecupcake en een roze kaars. De meeste van mijn vriendinnen van Fieldston wonen buiten de stad, dus meestal zie ik hen alleen tijdens de les.

Ik geef niet zo veel om feestjes. Ik wil iets leukers: een reis. Ja, laten we de Golf van Mexico oversteken. Laten we de golven van het Caraïbisch gebied bedwingen, een eerste glimp opvangen van de kust van een eiland vol kokosbomen, met heel veel zon. We komen aan bij een haven waar we worden verwelkomd met bloemen en ballonnen, en waar muziek is. Mensen zullen op het strand staan dansen en de weg voor ons vrijmaken zodat we het beloofde land kunnen binnengaan.

'Cuba! Laten we naar Cuba gaan!'

Haar gezicht wordt levendiger. Haar lippen gaan van elkaar en ze krijgt een schittering in haar ogen. Ik wil tegen haar zeggen dat we niet alleen zijn, maar ik durf niet.

'Dan kunnen we paps familie ontmoeten, en de tante die hem heeft grootgebracht,' zeg ik, maar ze reageert niet.

Met een beetje geluk kan zijn tante voor me zorgen als er iets met mama gebeurt. Misschien vind ik wel andere ooms en tantes of neven en nichten die voor me kunnen zorgen tot ik oud genoeg ben om dat zelf te doen, zodat een maatschappelijk werker me niet naar een onbekend familielid zal sturen.

Ik heb nu een doel: ontdekken wie mijn vader echt was.

'Waarom gaan we niet naar Cuba?' houd ik vol.

Mam zegt nog steeds niets. Ze glimlacht en geeft me een knuffel. 'We gaan morgen met je tante Hannah praten.'

Hannah

Berlijn, 1939

Ik was vroeg voor onze afspraak bij Frau Falkenhorsts café. Ik zag Leo niet, dus doolde ik een beetje rond bij station Hackescher Markt. Het stikte er van de soldaten. Er waren die dag zelfs nog meer mensen op de been dan anders. Er was iets gaande en Leo was niet bij me. Nog meer vlaggen. Overal waar ik keek zag ik rood en zwart. Het was een marteling. De straten waren vol banieren en mannen en vrouwen, hun arm schuin vooruitgestoken.

Door de luidsprekers sprak een opgewonden stem over een verjaardag, een feest ter ere van de man die het lot van de Duitsers zou veranderen. De man die we hoorden te volgen, bewonderen, aanbidden. De zuiverste man in een land waar heel binnenkort alleen nog maar zuivere mensen als hij mochten wonen. De luidsprekers maakten het onmogelijk om de mededelingen over de vertrekkende en arriverende treinen te horen. Een enorm spandoek bedankte de Opperbruut voor het Duitsland waarin we nu leefden: WIR DANKEN DIR. Toen klonk er een cantate van Bach door het station: '*Wir danken dir, Gott, wir danken dir.*' Dus nu was de Bruut ineens God. Het was 20 april.

Mijn groene jurk was zo onopvallend tegen de tegels van het station dat ik me net een kameleon voelde. Toen hij me zag, barstte Leo in lachen uit. Ik rende hem tegemoet en trof hem bij de uitgang die in verbinding stond met het café.

'Wat heeft het Duitse meisje uit de Französische Strasse te zeggen?'

zei hij lachend, met een ironie waarvan zijn ogen nog ondeugender gingen stralen dan anders. 'We gaan naar Cuba. En je zult zien dat dat tijdschrift deuren voor ons gaat openen. Het Duitse meisje is hier!' riep hij, en hij lachte weer.

Cuba. Weer een nieuwe bestemming. Leo was er al achter gekomen. Hij wist zeker dat het Cuba zou worden. Het begon te regenen, dus renden we naar het immense warenhuis Hermann Tietz, dat niet meer zo heette omdat die naam te onzuiver klonk. Ze noemden het nu Hertie, om niemand te beledigen. Ondanks de regen en het tijdstip leek het er verlaten.

'Waar is iedereen?'

We vonden de hoofdtrap en renden naar boven, waar we een paar vrouwen tegenkwamen. Ze keken naar ons en vroegen zich duidelijk af waar de volwassenen waren die op ons moesten letten. We kwamen langs de etage met de Perzische tapijten over de balustrade en bereikten de bovenste verdieping onder het glazen dak, waar we de regen konden zien vallen.

'Cuba? Waar ligt Cuba? In Afrika, of in de Indische Oceaan? Is het een eiland? Hoe spel je het?' bleef ik vragen terwijl ik Leo hijgend achterna rende en wilde dat ik kon gaan zitten en niet meer om vrouwen met boodschappentassen heen hoefde te slalommen.

'K-u-b-a,' spelde Leo in het Duits. 'Ze willen tickets voor de overtocht kopen. Je vader gaat ons helpen met de onze.'

Het was een eiland. We konden nergens anders heen. Ik hoopte dat het ver weg was van de Bruten.

'Het regent nu minder hard, kom op.' Leo sprintte de trap weer af zonder me de tijd te geven op adem te komen. God wist waar hij nu weer naartoe wilde.

We kwamen uit op het centrale plein dat vol lag met plassen. Daar wachtten we op de tram. Leo bukte zich en begon iets in de modder te tekenen. Een piepklein, rond eiland onder een vorm waarvan hij zei dat het Afrika was. Hij had een kaart gemaakt van water en modder. Toen tekende hij naast een andere plas een stad.

‘Hier komt ons huis, aan het water.’ Hij pakte mijn hand en ik voelde hoe vies en nat die van hem was. ‘We gaan naar Kuba, Hannah!’

Zijn gezicht betrok toen hij zag dat ik niet zo enthousiast was als hijzelf.

‘En wat moeten we op dat eiland doen?’ was het enige wat in me opkwam, hoewel ik wist dat hij geen antwoord zou hebben.

De kans dat we zouden vertrekken werd steeds reëler en dat maakte me zenuwachtig. Tot nu waren we opgewassen geweest tegen de Bruten en mama’s crises. Van de wetenschap dat we binnenkort zouden vertrekken gingen mijn handen trillen.

Plotseling had Leo het over trouwen, kinderen krijgen, samenwonen, maar hij had me niet eens gezegd of we verloofd waren. *We zijn zo jong, Leo!* Ik vond dat hij me tenminste had moeten vragen zodat ik ja kon zeggen, dat was hoe dat altijd ging. Maar Leo geloofde niet in gebruiken. Hij had zijn eigen regels en tekende zijn eigen landkaarten in water.

We gingen naar Kuba. Onze kinderen zouden Kubanen worden. En we zouden het Kubaanse dialect leren spreken.

Terwijl Leo gehurkt zat te tekenen bij de uitgang van Hermann Tietz, probeerde een vrouw met een hoedendoos over een plas te springen, maar ze belandde erin en wiste in één keer onze kaart uit.

‘Vieze kinderen,’ siste ze met een boze blik op Leo.

Ik gluurde omhoog vanaf de grond. Ze zag eruit als een reus met dikke, harige armen en haar vingernagels waren scharlakenrood gelakte klauwen.

Ik kon er niet tegen dat iedereen zo onbeschoft deed. Elke dag verdween het fatsoen een beetje meer in een stad waar iedereen erop uit was om ruiten in te slaan en eenieder die op zijn pad kwam een schop te verkopen. Goede manieren waren niet langer nodig. Niemand praatte meer, iedereen schreeuwde. Papa klaagde dat de taal haar schoonheid had verloren.

Voor mama was het Duits dat overal in de stad uit luidsprekers schalde net een braaksel van medeklinkers.

Ik keek op en zag dat er een wolkbreuk op komst was. Een grijze massa die noodweer aankondigde. Overal om ons heen renden mensen in de richting van de Brandenburger Tor om naar de parade te kijken die door de luidsprekers werd aangekondigd. Vandaag was een feestdag, de zuiverste man van Duitsland werd vijftig.

Hoeveel vlaggen kon een stad hebben? We probeerden Unter den Linden te bereiken, maar konden niet door de mensenmassa heen komen. Kinderen en jongeren klommen in ramen, op muren en balkons om de militaire optocht te kunnen zien. Ze leken allemaal te gillen: 'Wij zijn onoverwinnelijk! Wij zullen over de wereld heersen!'

Leo maakte ze belachelijk en deed hun groet na met zijn rechterarm, waarna hij zijn hand weer omhoog boog om een stopteken te maken.

'Ben je gek geworden, Leo? Ze nemen dat allemaal heel serieus,' zei ik terwijl ik aan zijn arm trok. We doken de menigte in. Het zou heel moeilijk worden om thuis te komen.

Hoog boven ons klonk een oorverdovend lawaai. Een vliegtuig schoot over ons heen, toen nog een, en nog een. Tientallen vliegtuigen vulden de hemel boven Berlijn. Leo werd ineens serieus. Toen we afscheid namen, reed er een cavaleriedetachement langs. Ze staarden verbaasd naar ons alsof ze wilden zeggen: 'Waarom zijn jullie hier en niet bij de parade?'

Het eerste wat ik deed toen ik thuiskwam, was de atlas zoeken. Ik kon Kuba niet vinden op de pagina's met Afrika erop, of op die van de Indische Oceaan, in de buurt van Australië, of bij Japan. Kuba bestond niet, want het lag op geen enkel continent. Het was geen land of eiland. Ik moest een vergrootglas hebben om de kleinste namen te bekijken die verspreid in de donkerblauwe vlekken lagen.

Misschien was het een eiland binnen een eiland, een piepklein schiereiland dat van niemand was. Het zou nog onbewoond kunnen zijn en dan zouden wij de eerste bewoners worden.

We zouden daar opnieuw iets opbouwen en van Kuba een ideaal land maken, waar iedereen blond, donker, lang of kort, dik of dun mocht zijn.

Waar je een krant kon kopen, de telefoon kon gebruiken, elke taal mocht spreken die je maar wilde en jezelf mocht noemen hoe je wilde zonder dat je je druk hoefde te maken over je huidskleur of welke God je aanbad.

Op onze waterige kaarten bestond Kuba in elk geval wel.

Ik dacht altijd dat er niemand dapperder en slimmer was dan papa. In de bloei van zijn leven had hij het perfecte profiel, zei mama: net een Grieks beeld. Tegenwoordig prees ze hem niet meer. Ze rende niet meer op hem af als hij moe thuiskwam van de universiteit, waar ze hem hoogachtten. Haar gezicht lichtte niet meer op zoals eerder als ze haar 'de vrouw van de geleerde professor' noemden op chique gelegenheden waar ze er goddelijk uitzag in haar plissébaljurken van Madame Grès.

'Niemand kan de Franse kleermakers evenaren,' schepte ze altijd op tegen haar fans.

Zo zag papa haar graag: gelukkig, sensueel, elegant. De gave van het mysterieus-zijn die veel filmsterren kweekten, leek voor haar vanzelfsprekend. Iemand die haar voor het eerst zag, zou niet rusten tot hij of zij was voorgesteld aan de ongrijpbare Alma Strauss. Ze was de perfecte gastvrouw. Ze kon deskundig meepraten over opera, literatuur, geschiedenis, godsdienst en politiek, zonder ook maar iemand te beledigen. Ze vulde papa perfect aan, omdat hij, verdiept in zijn eigen gedachten, soms mensen in de war bracht met onbegrijpelijke wetenschappelijke theorieën.

Hij was veranderd. Zijn zorgen over het vinden van een land waar we welkom waren, maakten hem kapot. Deze onoverwinnelijke man werd brozer dan het blad van de oudste boom in Tiergarten, dat Leo me had gegeven en dat ik in mijn dagboek bewaarde. Papa had elke dag een nieuwe kwaal.

'Ik zie steeds slechter,' zei hij op een ochtend.

Ik zag hem stukje bij beetje sterven. Dat besefte ik en ik was dan ook voorbereid. Ik zou een vaderloos meisje worden dat voor haar depressieve moeder, die nooit ophield met tranen plengen over haar glorietijd, zou moeten zorgen.

Ik had geen idee hoe ik de lethargie moest overwinnen waar we alle drie in vervielen als we allemaal thuis waren. We kwamen nergens. Ik kon niet voorspellen welke weg we zouden nemen, maar ik voelde dat ons een verrassing wachtte. En ik had een hekel aan verrassingen.

Het werd tijd dat we een besluit namen. Het maakte niet uit of we ons zouden vergissen of op de verkeerde plek terecht zouden komen. We moesten iets doen. Zelfs al betekende dat dat we naar Madagaskar zouden gaan of naar Leo's Kuba.

En ik bleef maar denken: waar ligt Kuba?

Anna

New York, 2014

Mam zegt dat mijn oudtante een taaie is, net als meneer Levin. Haar huid zal wel gerimpeld en vlekkerig zijn en ze zal wel dun wit haar hebben, stijve spieren en een gebogen rug. Misschien kan ze alleen met een stok lopen of zit ze in een rolstoel. Maar haar geest is nog scherp en ze heeft een heel apart gevoel voor humor en een zachtaardigheid, vermengd met een vleugje bitterheid, wat mam fascineert. Ze was verbaasd nadat ze met haar had gesproken. Mama zegt dat ze heel duidelijk, langzaam en zorgvuldig praat en dat haar stem jonger klinkt dan ze is. Ze schakelt zonder moeite tussen Engels en Spaans. Mam is ervan overtuigd dat we geen verslagen oud vrouwtje zullen aantreffen.

'Ze is zo kalm en sereen,' zegt ze, alsof ze hardop denkt. 'Ze is niet droevig, Anna. Ze heeft zich bij haar situatie neergelegd, maar ze wil je graag ontmoeten. Ze zegt dat het moet.'

Cuba zegt mij niet veel. Als ik vanuit mijn slaapkamer mam en meneer Levin over onze reis hoor praten, hebben ze het altijd over een land waar van alles mis mee is. Maar ik stel me een onbewoond eiland voor, omringd door woeste golven, geteisterd door orkanen en tropische buien. Een piepklein puntje midden in de oceaan, zonder gebouwen, straten, ziekenhuizen en scholen. Niets, of eigenlijk: leegte. Ik snap niet dat pap daar heeft gestudeerd. Misschien kwam hij daarom wel in Manhattan terecht, een écht eiland dat slechts een stap verwijderd is van het vasteland.

Paps familie is met een schip naar Cuba gereisd en daar zijn ze gebleven. Maar hij is opgegroeid en vertrokken, zoals bijna iedereen die op Cuba wordt geboren. 'Weg van dit eiland,' zei hij altijd tegen mam. 'Dat is wat je denkt als de eindeloze oceaan je enige grens is.'

Pap was verlegen. Hij kon niet dansen, dronk niet, rookte nooit. Mam grapte altijd dat het enige Cubaanse aan hem zijn oude paspoort was. En de Spaanse taal. Hij sprak het zonder ruwheid, sprak de s'en uit en slikte de medeklinkers in. Engels was zijn tweede taal en dankzij de tante die hem na de dood van zijn ouders had opgevoed, sprak hij het vloeiend en zonder accent. Hij verkreeg het Amerikaanse staatsburgerschap vanwege zijn vader, die in New York was geboren. Dat was alle informatie die mam in de paar jaar van hun huwelijk uit hem had weten te krijgen en die ze verifieerde bij de oudtante tijdens een telefoongesprek, waarbij de verbinding steeds werd verbroken.

Zo nu en dan deed een film haar denken aan de man met wie ze had besloten een gezin te stichten dat hij nooit had gekend. Het was dankzij hem dat mam de Italiaanse films van na de Tweede Wereldoorlog had ontdekt. Pap was gefascineerd door Visconti, Antonioni en De Sica. Maar hij genoot ook van Madonna. Zo tegenstrijdig zat hij in elkaar. Toen ze net met elkaar uitgingen, waren ze op een van hun eerste afspraakjes naar het Film Forum in Greenwich Village in Manhattan gegaan om de originele versie van De Sica's *Il giardino dei Finzi-Contini* te zien, een van zijn lievelingsfilms. Als pap uit de bioscoop kwam was hij altijd van streek.

'De tranen stonden in zijn ogen en dan zei hij dat ik op de hoofdrolspeelster leek,' herinnerde mam zich. 'Dat was zo romantisch voor iemand die zo weinig zei, dat ik dacht: met deze man kan ik oud worden. Je vader toonde nooit zijn gevoelens, maar bij films moest hij altijd huilen.'

Pap nam zijn toevlucht tot zijn werk, zijn boeken en de donkere bioscopen, waar bewegende beelden verhalen overbrachten. Hij had geen vrienden. Ik zag hem vroeger altijd voor me als een superheld die de onderdrukten en de mensen die niets hadden te hulp schoot. Mam moest lachen om mijn wilde fantasieën. Maar ze bekritiseerde ze nooit, omdat ze wist dat hij in mijn beleving nog leefde.

Mam is helemaal alleen. Ze was enig kind en vlak voor haar afstuderen stierven haar ouders kort na elkaar. Toen kwam ze pap tegen. Ze ontmoetten elkaar tijdens een barokconcert op de Universiteit van Columbia, waar ze lesgaf in Latijns-Amerikaanse literatuur.

De dag dat ze haar vrienden vertelde dat ze ging trouwen, vroeg niemand of pap hispanic of Joods was of een buitenlander die hier toevallig terecht was gekomen. Het maakte niet uit waar hij vandaan kwam: hij sprak goed Engels en dat was genoeg. Hij had een baan bij het Centrum voor Nucleaire Studies en een mooi appartement dat hij van zijn familie had geërfd.

Paps werk was buiten de stad, maar hij had in het centrum een werkruimte waar hij elke dinsdag werkte. Dat was de enige dag dat hij later thuiskwam, maar daar stelde ze hem nooit vragen over. Mijn vader was niet iemand die je in twijfel trok of op wie je jaloers kon zijn. Niet omdat hij niet knap was, maar omdat hij niet van complicaties hield of iets anders wat inbreuk maakte op zijn ruimte, die goed was afgebakend.

Ze heeft hem nooit aan haar vrienden van de faculteit voorgesteld en hoefde daarom ook niets uit te leggen. Het enige wat ze over pap wist, was dat zijn ouders in zijn jeugd waren omgekomen bij een vliegtuigongeluk en dat hij door een tante was grootgebracht. Dat was genoeg. Hij sprak nooit over zijn verleden.

'Het is beter om het te vergeten,' zei hij altijd.

Ik loop mams kamer in. Ze zit op haar knieën voor de ladekast in allerlei papieren en boeken te zoeken. Ze trekt er een oude schoenendoos uit. Daarin zitten een paar manchetknopen, een zonnebril en wat enveloppen, zie ik.

Als mam me bij de deur hoort, draait ze zich om en glimlacht zo stralend als maar kan.

'Spullen van je vader,' zegt ze, en ze doet het deksel op de doos en geeft hem aan mij.

Ik ren met mijn nieuwe schat terug naar mijn eiland en sluit me op om hem te onderzoeken.

'Kijk eens hoeveel schatten ik heb. Je kent ze vast nog wel,' fluister ik tegen mijn vader, zodat mam het niet kan horen. 'Er zijn documenten, bankafschriften, maar er is niet één foto. Ik dacht dat ik nog een foto van jou zou vinden. Je manchetknopen en bril zal ik in mijn nachtkastje bewaren.'

Onder in de doos vind ik een lichtblauwe envelop. Voorzichtig maak ik hem open. Er zit een klein vel papier van dezelfde kleur in met paps handschrift erop. Het is een ongedateerde brief aan mam. Plotseling bedenk ik dat ik het haar misschien moet zeggen voordat ik de brief lees, maar ik besluit het niet te doen. Ze heeft me gegeven wat ze twaalf jaar heeft opgeborgen dus nu is het van mij.

Ineens krijg ik trek, dat heb ik altijd als ik zenuwachtig ben. *Ik moet kalmeren, want ik sta op het punt een van je brieven te lezen. Ik wil geen geheimen ontdekken, er wachten al genoeg geheimen op ons op Cuba.*

Ik zal hem je voorlezen, pap. Zodat je je mam zult herinneren, die jou nooit zal vergeten, hoeveel jaren er ook verstrijken.

Mijn liefste Ida,

Vandaag zijn we vijf jaar samen en ik herinner me het moment dat ik je voor het eerst zag als de dag van gisteren. Het was op de achterste rij van het najaarsconcert in de Sint-Paulskapel van de universiteit.

Je sprak Spaans met je studenten en ik kon mijn ogen niet van je af houden. Je verloor jezelf in de muziek. Ik zie nog steeds voor me hoe je je haar achter je oren deed zodat ik je prachtige profiel kon zien. Ik zou het met mijn vingers kunnen hebben gevolgd, van je voorhoofd naar je wenkbrauwen, naar je neus, je lippen, je wangen.

Jij herinnert je vast het concert nog, de muziek, het orkest. Ik herinner me alleen jou.

Ik zeg nooit dat ik van je hou, dat je het beste bent wat me ooit is overkomen. Dat ik van je stiltes geniet, van samen met je zijn, van kijken hoe je slaapt en wakker wordt, van samen met jou ontbijten in het weekend bij zonsopgang. Heb ik je ooit verteld dat die ochtenden samen, als we soms niet één woord wisselen, mijn lievelingsmomenten zijn omdat je bij me bent?

Jij kwam in mijn leven toen ik me erbij had neergelegd dat niemand zou accepteren dat ik zo op mezelf ben. Op een dag reizen we de wereld over en verliezen we onszelf tussen andere mensen. Jij en ik samen. Beloofd?

Mijn liefste Ida, ik zal altijd bij je blijven.

Louis

Hannah

Berlijn, 1939

Er waren ochtenden dat ik wakker werd en het gevoel had dat ik geen lucht kreeg, dagen dat ik dacht dat iets vreselijks steeds dichterbij kwam en mijn hart als een gek begon te kloppen. Dan, heel snel en plotseling, leek het helemaal te stoppen. Leefde ik nog? Eén van die dagen was een dinsdag. Ik had een hekel aan dinsdagen. Die zouden van de kalender moeten worden geschrapt. Zodra we op Kuba waren, zouden Leo en ik besluiten: 'We doen niet meer aan dinsdagen!'

Toen ik wakker werd was mijn lichaam koortsig, maar ik was niet verkouden en had geen pijn. Papa, met zijn stropdas in een dubbele windsor en zijn grijze vilten hoed al in zijn hand, nam mijn temperatuur op. Hij glimlachte en gaf me een kus op mijn voorhoofd.

'Niks aan de hand. Kom op, je bed uit.'

Hij bleef nog even bij me, gaf me een kus en liet me toen achter in mijn slaapkamer. Ik schrok van het geluid van de dichtslaande voordeur. Nu waren alleen mama en ik nog in het appartement. Achtergelaten.

Ik wist dat ik geen koorts had en niet ziek was, maar mijn lijf weigerde op te staan. Ik had zelfs totaal geen zin om de deur uit te gaan en met Leo foto's te gaan maken. Ik had een voorgevoel, maar geen idee waarvan.

Die dag had mama zich licht opgemaakt en droeg ze geen valse wimpers. Ze had een donkerblauwe jurk met lange mouwen aan waardoor ze er een beetje formeel uitzag. Ik zette de bruine baret op die ze op haar laatste reisje naar Wenen voor me had meegebracht en sloot me in mijn slaapkamer op met de atlas in de hoop ons piepkleine eilandje te vinden, dat nog steeds niet tevoorschijn was gekomen.

We stonden op het punt ergens heen te gaan en papa kon onze bestemming niet geheim blijven houden. Ik zou alles accepteren. Erger dan hier kon toch niet. We leefden in een staat van angst. De oorlog was nog niet verklaard. Ik dacht niet dat er iets ergers kon zijn dan dat.

Leo zei dat papa zelfs een huis had gekocht op Kuba.

'Als we daar niet lang blijven, waar hebben we dan een huis voor nodig?' vroeg ik.

Zoals altijd had Leo het antwoord. 'Dat is de makkelijkste manier om aan een inreisvergunning te komen. Als je een huis hebt, laat je zien dat je de staat niet tot last zult zijn.'

Ik wist niet waar papa elke ochtend heen ging. Hij mocht niet meer op de universiteit komen. Hij ging vast naar de consulaten van landen met vreemde namen om visa voor ons te regelen. Of hij was met de vader van Leo bezig een of ander plan te smeden dat hun het leven zou kunnen kosten.

Ik stelde me papa voor als een held die ons zou redden, in een soldatenuniform met een borst vol medailles. Zoals opa, die de vijanden van het Duitse volk had verslagen. Ik zag hem heldhaftig tegen de Bruten strijden, die machteloos zouden zijn tegen hem en zich zouden moeten overgeven.

Ik raakte net een beetje in de war door al deze verontrustende gedachten, toen mama een plaat opzette. De platenspeler was mijn vaders grootste schat, zijn kostbaarste juweel. Zijn territorium.

Op een dag, toen hij een grammofoonplaat van schellak op de draaischijf van de gepolijste houten doos legde, had papa uitgelegd hoe dit wonder werkte waarvan hij uren in extase kon zijn. Het was gewoon tovenarij. De RCA Victor, door hem kortweg Victor genoemd alsof het een goede vriend was, had een beweegbare arm met een metalen naald. De naald volgde in een perfect ritme de groeven in de zwarte schijf die rond- en ronddraaide tot ik duizelig werd van het kijken. De geluidsgolven werden omgezet in mechanische vibraties, die uit een prachtige goudkleurige luidspreker in de vorm van een trompet kwamen. Het eerste wat je hoorde was een zoemend geluid, een soort metalen zucht, dat duurde tot de noten klonken. Dan deden we onze ogen dicht en stelden ons voor dat we bij een concert in het operagebouw waren. De muziek stroomde uit de trompet, de hele kamer trilde en we lieten ons meevoeren. We stegen op. Een ongelooflijke ervaring.

Ik hoorde de woorden van haar lievelingsaria: *'Mon cœur s'ouvre à ta voix, comme s'ouvrent les fleurs aux baisers de l'aurore!'*

Dus ik hoefde me nergens zorgen om te maken. Mama werd meegevoerd door de muziek van de Franse componist Camille Saint-Saëns, een van de platen die papa altijd goed verzorgde en schoonmaakte vóór en na hij hem op Victor legde. Het was een recente opname, met zijn favoriete mezzosopraan Gertrud Pålson-Wettergren. Hij is een keer met mama naar Parijs geweest alleen maar om haar te horen zingen. Ik zag de nostalgische blik op mama's gezicht. Gisteren was alweer ver uit haar gedachten. Daarentegen zag ik, als ik naar die aria van de wanhopige vrouw luisterde, mezelf met Leo door weilanden rennen, bergen beklimmen en rivieren oversteken op het eiland waar we zouden gaan wonen.

Er zou niets ergs gebeuren. Papa zou gewoon thuiskomen voor het avondeten, ik zou naar buiten gaan met Leo en we zouden het eenzame eiland midden in een of andere onbekende oceaan in mijn atlas vinden.

Ik wist wat ik in mijn koffer mee moest nemen. Het fototoestel. Met heel veel filmrolletjes natuurlijk. Slechts een paar jurken, meer had ik niet nodig. Ik zou mama's bagage wel eens willen zien. Ze zou pas gelukkig zijn als ze al haar sieraden mocht meenemen. Haar parfums. De crèmes. We zouden alleen al voor haar bagage een auto nodig hebben.

Plotseling werd er twee keer hard op de deur van het appartement geklopt. Er was al maanden niemand meer bij ons op bezoek geweest en Eva had de sleutel van de dienstingang.

Mama en ik staarden elkaar aan. De muziek speelde door. We wisten allebei dat het moment was aangebroken, ook al had niemand me erop voorbereid. Ik keek naar haar voor hulp, maar ze reageerde heel traag. Ze wist niet wat ze moest doen.

Ze stond op uit haar bergère en tilde de beweegbare arm van de grammofoonspeler op. De plaat stopte met draaien en stilte vulde de woonkamer, die opeens de afmetingen van een kasteel leek te hebben. Ik voelde me ineens heel nietig. Er werd nog twee keer hard geklopt. Mama huiverde. Haar lippen begonnen te trillen, maar ze stond kaarsrecht, stak haar kin vooruit, rekte haar nek en liep langzaam naar de deur. Zo langzaam dat er tijd was voor niet slechts twee, maar vier luide bonzen, die de kamer lieten schudden.

Mama deed de deur open, maakte een buiginkje en gebaarde hun met haar hand binnen te komen, zonder te vragen wie ze zochten of wat ze wilden. Een voor een liepen vier Bruten de woonkamer binnen, ze namen een koude luchtvlaag met zich mee. Ik bleef maar trillen. De ijskoude tocht verkilde me tot op het bot.

De Hoofdbruut bereikte het midden van de kamer en bleef op het dikke Perzische tapijt stilstaan. Mama ging iets opzij alsof ze het zicht van de man die was gekomen om ons leven voor altijd te veranderen niet wilde belemmeren.

'U woont hier wel mooi, hè?' verkondigde hij, zonder de moeite te nemen zijn jaloezie te verbergen. Hij begon de kamer uitgebreid te bestuderen: de koperkleurige gordijnen, de zijden vitrage die het licht van het raam dat uitkeek op de binnenplaats filterde, de imposante sofa met gele Pompeï-kussens, het olieverfportret waar mama met blote schouders en haar imperfecte parel om haar hals, op stond.

De Bruut inspecteerde elk object met de precisie van een nietsontziende veilingmeester. Het was duidelijk aan zijn ogen te zien welke spullen hij het mooist vond en voor zichzelf zou willen houden.

Onze woonkamer was nu gevuld met de geur van buskruit, verbrand hout, ingeslagen ruiten en as.

Ik positioneerde mezelf als een schild tussen de Bruten en mama. Toen ze haar handen op mijn schouders legde, voelde ik haar trillen.

'En jij bent zeker Hannah,' zei de Hoofdbruut met een chic Berlijns accent. 'Het Duitse meisje. Je bent bijna perfect.'

Hij sprak 'bijna' met zo veel haat uit dat het voelde alsof hij me had geslagen.

'Voor zover ik kan zien, is Herr Rosenthal niet thuis.'

Toen hij papa's naam uitsprak, dacht ik dat mijn hart uit elkaar zou ploffen. Ik ademde diep, in een poging het te kalmeren en te voorkomen dat ze mijn bloed luid zouden horen rondpompen. Ik begon te zweten. Mama had een glimlach op haar gezicht geplakt. Haar koude handen verkleumden mijn schouders.

Ik moest aan iets anders denken om te ontsnappen uit deze kamer, weg van mijn moeder en de Bruten. Ik tuurde naar het brokaat van het zijden behang. Strengen varenbladeren die eindigden in trosjes bloemen, en dat eindeloos herhaald. *Toe maar, Hannah. Volg het motief maar en denk niet aan wat er gaat gebeuren*, zei ik steeds maar weer tegen mezelf. Eén, twee, drie bladeren aan elke steel.

Ik verloor mijn concentratie toen een druppel zweet langzaam langs mijn slaap omlaag rolde. Tegenhouden durfde ik hem niet, dus liet ik hem maar gewoon vallen.

Ik voelde dat mama op het punt stond in te storten. *Huil alsjeblieft niet, mama. Laat ze niet zien hoe wanhopig we zijn. Houd die beeldschone, kille glimlach vast. Tril zo veel je wilt, maar huil niet. Ze zijn voor papa gekomen. We wisten dat dit moment ooit zou komen. Het gebons op de deur was onontkoombaar.*

De Hoofdbruut liep naar het raam om te kijken op welke kant van de straat onze woonkamer uitkeek en waarschijnlijk ook om uit te rekenen hoeveel ons appartement waard was. Toen liep hij naar de platenspeler. Hij pakte papa's breekbare plaat op, bestudeerde hem, en keek mama recht in de ogen aan.

‘Een belangrijk stuk voor iedere mezzosopraan.’

Ik kon voelen dat mama op het punt stond ze thee of iets anders te drinken aan te bieden en ik verstijfde om te proberen over te brengen dat ze dat niet moest doen. *Blijf zo staan, trots rechtop. Ik bescherm je wel. Leun op mij. Zorg dat je niet instort en bied de Bruten niets aan.*

De man liep langzaam de kamer door en terwijl hij dat deed, breidde de stroom ijskoude wind om hem heen zich uit. Ik bleef maar beven. Ik zou naar de wc moeten rennen.

De Bruut gebaarde naar zijn twee mannen dat ze de andere kamers moesten doorzoeken. Misschien wilden ze onze sieraden stelen. Die waren niet moeilijk te vinden, want ze lagen in het kistje met de eenzame ballerina erop, net als het Patek Philippe-horloge dat papa bij speciale gelegenheden droeg. Misschien waren ze op het geld uit dat mama in een van de laden van haar nachtkastje bewaarde. Daar lag al ons contante geld, behalve dat wat ze voor noodgevallen aan Eva had gegeven. De rest stond op onze bankrekeningen in Zwitserland en Canada.

De Bruut liep weer naar de platenspeler.

Hij tilde de arm met de naald op en bestudeerde hem nauwgezet. Als hij hem stukmaakte of er iets met de platenspeler gebeurde, zou papa hem vermoorden. Zoiets zou hij iemand nooit vergeven.

‘Herr Rosenthal kan elk moment thuiskomen,’ zei mama, en ik vroeg me af hoe ze dat kon zeggen terwijl ze wist dat ze hem zouden meenemen.

Plotseling werd me duidelijk dat ze niet op het geld uit waren, of op de sieraden, de schilderijen of zelfs papa’s ellendige platenspeler: wat ze wilden waren de zes appartementen in ons gebouw. Ze wilden ons eerst bang maken en ze daarna van ons afnemen. De Hoofdbruut zou vast hier komen wonen, in de grote slaapkamer slapen, papa’s werkkamer overnemen en al onze foto’s vernietigen.

Stilte.

De Bruut ging in papa’s fluwelen leunstoel zitten en streek over de bekleding alsof hij de kwaliteit van de stof testte. Hij nam er de tijd voor om de armleuning te strelen, terwijl hij ondertussen aandachtig naar mij keek, waarmee hij me zwijgend vertelde dat hij bereid was zo lang als nodig was op papa te wachten. Comfortabel gezeten begon hij de foto's van de familie Strauss te bekijken die door de hele ruimte heen aan de muren hingen.

Tot dat moment was het me nooit opgevallen hoe erg de trap kraakte die naar ons appartement leidde, maar nu klonk het zo luid als een kerkklok. Het was zover.

Stilte.

De Hoofdbruut had de voetstappen ook gehoord en bleef met gespitste oren roerloos zitten. Van waar hij zat, domineerde hij de hele kamer.

Nog een voetstap en ik besefte dat papa voor de deur stond. Mijn hart barstte bijna uit elkaar. Mama's ademhaling versnelde, maar ik was de enige die haar zachte gekreun achter me kon horen.

Ik wilde schreeuwen: 'Niet binnenkomen papa, de Bruten zijn hier! Er zit er eentje in je lievelingsstoel!' Maar ik besefte dat het geen zin had. We konden nergens heen. Berlijn was als een zakdoek; vroeg of laat zouden we uit de plooien vallen. En mama stond op het punt om flauw te vallen.

De Bruut en zijn entourage namen positie in achter de deur. Ik hoorde de sleutel in het slot knarsen. Dat ging altijd een beetje stroef.

Een stilte die zich steeds langer uitstrekte.

Het uitstel verontrustte de Hoofdbruut, die een blik wisselde met zijn mannen. Voor mij voelde elke seconde als een uur. Ik betrapte me er zelfs op dat ik wenste dat ze hem voorgoed zouden meenemen, dat hij met ze zou verdwijnen. Nog even en ik zou degene zijn die flauwviel. Ik wilde naar de wc gaan, ik hield het niet meer. Ik wilde geen getuige zijn van het vernederende spektakel dat de Bruut zorgvuldig voor ons had voorbereid, zodat we ontroostbaar zouden huilen en smeken. Mama verroerde zich niet.

De deur ging open.

En de sterkste, elegantste man van de wereld kwam binnen. De man die me naar bed bracht en me een kus gaf als ik bang was. De man die me omhelsde, met me knuffelde en me bezwoer dat er niets zou gebeuren, dat we ver weg zouden gaan naar een eiland tot waar zelfs de tentakels van de Bruten niet zouden reiken.

De blik op papa's gezicht zei dat hij het erg vond voor ons. Hij leek zich af te vragen hoe hij ons in godsnaam in deze positie kon hebben gebracht. We hadden die nacht in november al eens zoiets meegemaakt toen hij werd gearresteerd. Maar dit was het beslissende moment. Er was geen weg terug en dat wist hij. Het was tijd om afscheid te nemen van de vrouw van wie hij hield, de dochter op wie hij zo dol was.

'Herr Rosenthal, ik verzoek u met ons mee te komen naar het bureau.'

Papa knikte zonder de Bruut aan te kijken. Hij deed een paar passen mijn kant op zonder naar mama te kijken, omdat hij wist dat ze dan zou kunnen instorten. Ik was degene die het kon weerstaan, die uiteindelijk zou achterblijven zonder vader om haar te beschermen tegen spoken, heksen en monsters. Maar niet tegen de Bruten. Tegen hen kon niemand ons beschermen.

Hij sloeg zijn armen om me heen en pakte mijn ijskoude handen vast. Ik voelde hoe warm de zijne waren. *Leen me wat warmte, papa. Jaag deze angst uit mijn botten.* Ik omhelsde hem met het laatste beetje kracht dat ik nog bezat. En ik huilde. Dat was wat de Bruten wilden: ons zien lijden.

'Mijn Hannah, wat hebben we je aangedaan...' fluisterde hij met verstikte stem.

Ik kneep mijn ogen stijf dicht. Ze zouden me scheiden van de man die me tot vandaag had beschermd. Degene op wie we vertrouwden dat hij ons zou redden. Ze namen hem van ons af. Mama hield me vast en trok me tegen zich aan. Ik realiseerde me dat vanaf dat moment de zwakste persoon van het gezin mijn enige steun zou zijn. Ik had mijn ogen nog steeds stijf dicht, ondanks de tranen.

'Maak je geen zorgen, Hannah,' hoorde ik mijn vader zeggen. Hij was er nog. Nog even. Alsjeblieft nog heel even. 'Alles komt goed, meisje van me.'

Nemen ze hem dan niet mee? Zijn ze van gedachten veranderd?

'Kijk naar buiten,' zei papa. 'De tulpen staan bijna in bloei.'

Dat waren de laatste woorden die ik hoorde. Toen ik mijn ogen weer opende, was hij samen met de Bruut verdwenen. Het hele gebouw moet me hebben horen huilen. Ik schreeuwde uit het raam: 'Papa!'

Niemand hoorde me. Niemand zag me. Niemand kon het iets schelen.

Ik voelde iets achter me. Het was mama.

'Waar nemen jullie hem mee naartoe?' vroeg ze met bevende stem.

'Het is gewoon protocol,' hoorde ik de Bruten vanuit de deuropening antwoorden. 'We gaan naar het politiebureau aan de Grolmanstrasse. Maakt u zich geen zorgen, uw man zal niets overkomen.'

Ja, natuurlijk. Ze zouden hem veilig en wel naar huis sturen. En dan zou hij ons vertellen dat hij als een heer was behandeld. Dat ze hem geen water maar wijn hadden gegeven in een grote, warme, goed verlichte cel. Maar ik wist hoe het echt zou gaan: hij zou in een overvol hok slapen en hongerlijden. En als we geluk hadden, zouden we zo nu en dan iets horen over zijn beklagenswaardige bestaan.

Sinds de dag dat ze Herr Schemuel, onze buurtslager, hadden meegenomen, hadden we niets meer van hem vernomen. Mijn vader was niet anders dan hij. Voor hen waren we allemaal hetzelfde en ik was ervan overtuigd dat niemand ooit uit die hel terugkeerde.

Ik had me aan hem moeten vastklampen om het moment in me op te nemen dat ik me nu al niet meer herinnerde, omdat ik verdrietige momenten altijd uit mijn geheugen wiste.

Mama rende naar haar slaapkamer en deed de deur dicht. Doodsbang rende ik achter haar aan naar binnen en zag dat ze lades opentrok en er documenten uithaalde waar ze snel haar blik over liet gaan.

'Ik moet gaan,' mompelde ze. 'Tot straks.'

Ik kon het niet geloven. *Waar ga je heen, mama? We kunnen niets doen. We zijn papa kwijt!* Maar het had geen zin. Met de kracht van een echte Strauss, die tot dit moment bij haar onderdrukt was geweest, dook mama na maanden van zelfopgelegde opsluiting de straat op. Ze sloeg de voordeur achter zich dicht en verdween, zonder zich druk te maken over haar make-up, of haar schoenen wel bij haar handtas pasten, of haar jurk wel netjes gestreken was en of ze wel het juiste parfum voor deze tijd van het jaar ophad.

Ik sloot mijn ogen weer en zei tegen mezelf: dit moet je niet vergeten. Ik begon alles wat er was op te noemen om het in mijn geheugen te griffen: het brokaat op de wanden, de lamp in de gang, de fluwelen leunstoel, mama's geur. Evengoed ontglipte het allerbelangrijkste me: papa's gezicht.

Ik was helemaal alleen. Ineens wist ik hoe het was om zonder mijn ouders te zijn. En ik wist ook dat dat niet voor het laatst zou zijn.

Anna

New York, 2014

Tante Hannah heeft haar neefje verloren. Haar enige afstammeling, haar laatste hoop. Ik heb mijn vader verloren.

Tot in mijn vijfde levensjaar bleef ik hopen dat mijn vader op een dag onaangekondigd binnen zou komen, zomaar. Telkens wanneer de zoemer van de deurbel ging, rende ik naar de deur om te kijken wie er was.

'Je bent net een hond,' zei mam dan berispend.

Hij liet een gigantische wereldkaart achter die ik aan de muur boven mijn bed heb gehangen. Ik fantaseerde dat pap in straalvliegtuigen, nucleaire onderzeeërs en zeppelins naar exotische landen reisde. Ik zag voor me hoe hij de Mount Everest beklom, in de Dode Zee baadde, uit een lawine tevoorschijn kwam op de Kilimanjaro, het Suezkanaal overzwom en de Niagarawatervallen trotseerde in een kano. Mijn vader was een denkbeeldige wereldreiziger, die me op een dag zou komen halen om me mee te nemen naar nog onontdekte plekjes. Een geweldig avontuur.

Tot een bewolkte dag in september, de vijfde gedenkdag van het noodlottige moment waarop mijn vader besloot te verdwijnen. Mijn school had een ceremonie georganiseerd en in een aula vol met kinderen las iemand een lijst met namen op van degenen die waren verdwenen. De allerlaatste was paps naam. Ik zat zo stil als een standbeeld en wist niet hoe ik moest reageren. Alle kinderen uit mijn klas gaven me een knuffel.

'Anna heeft haar vader verloren,' zei de juf ernstig toen we weer in onze klas waren.

'Wie die dag heeft meegemaakt zal nooit vergeten wat hij op dat moment aan het doen was,' begon ze te vertellen. Ze onderbrak zichzelf steeds om naar ons te kijken en zich ervan te vergewissen dat we allemaal opletten.

'Die ochtend zat ik in mijn klas toen ik naar Georges kantoor werd geroepen. De lessen werden afgelast en de kinderen naar huis gestuurd. Het openbaar vervoer lag stil, de bruggen naar Manhattan waren dicht. Een vriendin haalde me hier op en ik heb die nacht bij haar in Riverdale gelogeerd. Het waren angstige dagen.'

De ogen van de juf stonden vol tranen. Ze pakte een zakdoek uit haar zak en ging verder.

'Veel mensen op onze school hebben familie, vrienden of bekenden verloren. Het heeft lang geduurd voor ze weer de oude waren.'

Ik probeerde rustig te reageren, hoewel ik diep geschokt was.

Onderweg naar huis zat ik alleen achter in de bus zachtjes te huilen. De kinderen voor me gooiden schreeuwend potloden en stukken gum naar elkaar. Het besef drong langzaam tot me door dat ik vanaf dat moment voor de anderen altijd dat zielige meisje zou zijn dat op een dag in september haar vader had verloren.

Mam stond bij de ingang van ons gebouw op me te wachten. Ik stapte uit zonder de buschauffeur gedag te zeggen en liep naar de lift zonder ook maar naar haar te kijken.

Toen we in ons appartement waren, confronteerde ik haar met wat ik te weten was gekomen.

'Pap is vijf jaar geleden overleden. Dat zei de juf.'

Mam schrok van het woord 'overleden', maar herpakte zich meteen, alsof ze wilde laten zien dat ze niet zo erg schrok van dit nieuws.

Ik ben naar mijn kamer gegaan en heb geen idee wat mam toen deed. Ze had geen energie en misschien wílde ze me ook wel geen verklaring geven. Haar rouwproces was voorbij, terwijl het mijne net begon.

Later ging ik haar verduisterde slaapkamer in en zag haar daar liggen, nog aangekleed en met haar schoenen aan, in de foetushouding. Ik liet haar rusten. Ik besefte dat we vanaf dat moment in de verleden tijd over pap zouden spreken. Ik was vaderloos. Zij was weduwe.

Ik begon ook anders over hem te dromen. Voor mij was het alsof hij nog steeds ergens op een ver eiland zat. Maar voor mam was hij voor het eerst echt dood.

Elke september denk ik werktuiglijk aan hoe pap op een zonnige ochtend de deur achter zich dichttrok om nooit meer terug te komen. Dat is precies wat ik ook ga doen.

Die dag, toen ik pas vierenhalf was en hoorde hoe pap was verdwenen, was ik ineens geen klein meisje meer en trok ik me met zijn foto terug in mijn slaapkamer. Voor die tijd waren er parken en bomen, mensen die op de straathoeken van Broadway fruit en bloemen verkochten. Voor die tijd haalden we ijsjes in de lente en zomer, en zelfs in de winter. Mam had me beloofd me in Central Park te leren fietsen. Aan die belofte heeft ze zich niet gehouden.

Met haar hoofd diep in het kussen gedrukt en haar stem monotoon van vermoeidheid vertelde mam me in een angstaanjagende litanie wat er op die afschuwelijke dag is gebeurd. Elke september herinner ik me haar stem weer, als een gebed dat ongewijzigd wordt herhaald.

Toen de wekker om half zeven 's morgens ging, was pap al klaarwakker. Hij draaide zich om om te kijken of mam nog sliep, hoewel ze in werkelijkheid maar deed alsof. Ze was de hele nacht niet lekker geweest, ze had hoofdpijn en moest vaak naar de wc.

Een paar seconden bleef hij in stilte op de rand van het bed zitten. Hij nam zijn donkerblauwe pak mee naar de badkamer om zich aan te kleden zonder haar wakker te maken. Hij douchte, schoor zich gehaast, en net toen hij klaar was met het dichtknopen van zijn overhemd, zag hij een druppel bloed vlak bij zijn spierwitte kraag. Hij drukte zijn wijsvinger op het sneetje en nam de post door. De brieven had hij zoals gewoonlijk op een stapel laten liggen. Mam houdt vol dat hij twee enveloppen heeft meegenomen: eentje van zijn werk en de andere van zijn trustfonds. Hij keek of mam nog in bed lag en trok de deur zachtjes achter zich dicht.

Die avond zou ze hem het goede nieuws vertellen. Ze had gewacht tot ze drie maanden ver was, omdat ze zeker wilde weten dat het geen vals alarm was. Mijn moeder houdt er niet van om te vroeg te juichen. Ze had het hem kunnen vertellen op een van de vroege ochtenden waarop haar nachtrust werd verstoord door de misselijkheid van het eerste trimester. Alle tekenen waren aanwezig. De dokter had de dag ervoor bevestigd dat ze twaalf weken zwanger was.

Ze kocht zijn favoriete rode wijn. Ze zou hem tijdens het eten vertellen: 'Volgend jaar is alles anders, we worden papa en mama.' Ze wilde het ideale moment creëren om hem te verrassen.

Pap had geen idee van haar plannen. Die dag in september was als alle andere. Een beetje frisjes, maar zonnig, met een normale spits. Van achter het raam zag mam hem de voordeur uit lopen en boven aan de traptreden blijven staan om diep in te ademen. Er zat nog een spoortje zomer in de lucht. Bij het kruispunt van 116th Street en Morningside Drive keek hij in oostelijke richting, naar de vroege ochtendzon en het nog bladerrijke park. Het was half acht. Op dat tijdstip liet de conciërge altijd zijn hond uit. Pap groette hem en liep in westelijke richting 116th Street in. Hij stak de campus van de Universiteit van Columbia over en nam op Broadway lijn 1. Mam kende zijn route uit haar hoofd. Het was gewoon een dinsdag als alle andere.

Hij stapte uit bij Chambers Street en liep naar John Allan's aan Trinity Place voor zijn maandelijkse knipbeurt. Toen hij was begonnen wekelijks naar het zakendistrict van Manhattan te gaan, was hij lid geworden van een herenclub. Hij voelde zich er op zijn gemak. Er hing een sfeer van privacy die hem beviel. Zijn zwarte koffie (zonder suiker) stond al op hem te wachten en hij las de koppen van *The Wall Street Journal*, *The New York Times* en *El Diario La Prensa*.

Paps haar is nooit geknipt. Hij is nooit bij zijn werkruimte aangekomen. Zo veel is duidelijk. Ik vraag me nu af waar hij heen is gegaan toen hij om 8.46 uur de eerste explosie hoorde. Hij had kunnen blijven waar hij was zoals anderen deden, degenen die gespaard bleven. Een paar minuten later en mams litanie zou heel anders zijn geweest. Slechts een paar minuten.

Misschien is hij erheen gerend om te kijken of hij iemand kon redden. De tweede explosie was om 9.03 uur. Iedereen moet volkomen verbijsterd zijn geweest. Bellen was niet meer mogelijk. Toen begon de stroom van lichamen de stoep te raken. Om 9.58 uur stortte een van de wolkenkrabbers in. Om 10.28 uur volgde de andere.

Een dikke stofwolk bedekte het puntje van het eiland. Niemand kon meer ademhalen of zijn ogen openhouden. Er klonk een oorverdovend gejank van brandweerwagens en politieauto's. Ik stel me zo voor dat de dag ineens in nacht veranderde. Mannen en vrouwen renden op zoek naar licht in een strijd tegen vuur, paniek, angst. Naar het noorden, ze moesten naar het noorden.

Ik sluit mijn ogen en geef de voorkeur aan het beeld van pap die een gewonde in veiligheid brengt. Dan gaat hij terug naar *ground zero* en voegt zich bij de brandweer- en politiemensen van de reddingsoperatie. Ik denk graag dat pap veilig is, dat hij gewoon nog steeds ergens ronddoolt en niet weet waar hij heen moet. Misschien is hij ons adres vergeten en weet hij niet meer hoe hij thuis moet komen. Met elke septembermaand die verstreek en ik zonder hem opgroeide, werd de kans dat hij terug zou komen kleiner. Hij moet hebben vastgezeten onder het puin. De gebouwen werden gereduceerd tot uiteengereten stalen karkassen, kapot glas en brokken cement.

De stad was verdoofd. Mam ook.

Ze wachtte twee dagen voordat ze hem als vermist opgaf. Ik heb geen idee hoe ze die nacht heeft kunnen slapen, opstaan en de volgende dag naar haar werk heeft kunnen gaan, om daarna weer naar bed te gaan alsof er niets was gebeurd. En altijd met de hoop dat pap terug zou komen. Zo was ze.

Ze kon hem niet in verband brengen met die vreselijke tragedie. Ze weigerde te accepteren dat hij onder het puin begraven lag. Dat was haar verdedigingsmechanisme om ervoor te zorgen dat ze niet gek werd. En dat ik niet in haar wegteerde.

Ze werd een van de geesten in die verslagen stad. Gesloten restaurants, lege markten, afgebroken openbaarvervoerlijnen, verminkte gezinnen. Een hele postcode uitgewist. Straathoeken vol foto's van mannen en vrouwen die die dag net als pap naar hun werk waren vertrokken en niet meer waren teruggekomen. Bij de ingangen van gebouwen, in sportscholen, boekwinkels: duizenden verloren gezichten. Elke ochtend vermenigvuldigden ze zich en verschenen er nieuwe beschrijvingen. Behalve die van pap.

Mam ging niet de ziekenhuizen langs of naar het mortuarium of naar politiebureaus. Ze was geen slachtoffer, laat staan de vrouw van een slachtoffer. Aangeboden condoleances wuifde ze weg. Ze nam ook de telefoontjes van mensen die haar het nieuws wilden brengen of hun medeleven wilden tonen niet meer aan. Pap was niet gewond of dood. Daar was ze van overtuigd.

Als ze de tijd nou maar gewoon liet verstrijken dan zou alles goed komen. Ze kon iets wat geen oplossing had niet oplossen. Ze plengde geen enkele traan. Nergens voor nodig.

Mijn moeder omhulde zich met stilte. Dat was haar beste toevluchtsoord. Ze hoorde de verkeersgeluiden en de stemmen om haar heen niet. Alle achtergrondmuziek verdween. Elke ochtend zwierf ze door de buurt die naar rook en gesmolten metaal stonk, met overal stof en puin. Op elke lantaarnpaal hingen foto's. Soms stopte ze om ernaar te kijken en dan kwamen de gezichten haar vreemd bekend voor.

Ze probeerde haar dagelijkse routine voort te zetten. Ging naar de markt, kocht koffie, haalde haar medicijnen op bij de apotheek. Ze viel in slaap met de geur van rook en verschroeid metaal op haar huid.

Mam stopte met werken en is nooit meer begonnen. Eerst vroeg ze om verlof, wat later veranderde in een onaangekondigd ontslag. Ze hoefde ook niet te werken. Paps appartement was voor de oorlog al van zijn familie en we leefden van het trustfonds dat zijn grootvader lang geleden had opgezet.

Soms denk ik dat ze de pijn alleen maar kon dragen door zich terug te trekken. De pijn van het feit dat ze niet alleen pap had verloren, maar ook dat ze hem nooit had verteld dat ik geboren zou worden. Dat hij vader werd.

Hannah

Berlijn, 1939

Ik opende de ramen van de eetkamer, schoof de gordijnen open en liet het ochtendlicht binnen. Toen ademde ik diep in. Er was geen geur van rook, metaal of stof. Toen ik mijn ogen dichtdeed, rook ik jasmijn. Ik deed ze weer open en zag dat de thee was geserveerd op de eettafel met zijn fijne kanten kleed. Hij stond in de hoek het dichtst bij het raam, zodat we in de zon konden zitten. De vanillekoekjes die mijn vriendin Gretel en ik zo lekker vonden, lagen er ook. Ik moest een hoed hebben. O, en een sjaal. Ja, mijn roze zijden sjaal, om Gretel en haar hond Don te ontvangen. Als we klaar waren, zou ik met hem naar beneden hollen.

Gretel deed de deur open en doorkruiste de woonkamer, maar Don was als eerste binnen. Hij draafde als een gek om de tafel heen. Ik probeerde hem te aaien en pakte hem bij zijn staart om hem rustig te krijgen, maar niets hield hem tegen. Hij was vrij.

Gretel kletste aan één stuk door: Don had hallo gezegd, hij leerde zingen, hij haalde haar elke ochtend uit bed. Don is een geheel witte terriër, zonder ook maar één donker plekje of vlekje, geen enkele smet, en helemaal goed in proportie, zoals alle honden van zijn ras. Hij is bevoorrecht. Hij is zelfs in Villa Viola geweest, waar ze zuivere stamboomhonden trainen. Daar kreeg hij les samen met hun beroemdste hond, een Duitse herder genaamd Blondi.

Gretel dronk graag ijswater in champagneglazen en deed dan koket haar ogen dicht en veinsde draaierigheid vanwege de bubbels. Ik had het altijd zo leuk met haar. Ze kwam twee keer per week langs om thee en champagne zonder bubbels te drinken.

'Waarom zit je hier nou zo in het donker?' Mama's thuiskomst maakte een einde aan mijn dagdroom en mijn herinneringen aan mijn middagen met Gretel.

Ik volgde haar naar haar slaapkamer en werd omhuld door de geur van 10.600 jasmijnbloemen en 336 Bulgaarse rozen. Ze vertelde altijd dat die allemaal in de parfum zaten, terwijl ze een heel subtiel druppeltje in haar nek en op haar polsen liet vallen.

Toen ik klein was, bracht ik uren door in die kamer, de grootste en lekkerst ruikende van het hele appartement. De enorme kroonluchter met zijn lange, gespreide armen leek op een reusachtige spin. Soms maakte die me ineens bang en dan verstopte ik me in de gigantische kast, waar ik parelkettingen paste en rondparadeerde met grote hoeden en op schoenen met hoge hakken. Dat was toen mama nog lachte als ze me zag spelen, ze felrode lippenstift op mijn lippen smeerde en me 'mijn clowntje' noemde.

De tijden waren veranderd; ook al waren de tapijten die door niemand meer onderhouden werden, de lakens van batist die niemand meer streek en de stoffige zijden vitrage allemaal nog doordrenkt met de geur van jasmijn, de weerzinwekkende stank van mottenballen drong zich steeds meer op. Mama stond erop een verleden te conserveren dat onder onze hulpeloze blik verdween.

Ik lag op de witte kanten sprei te kijken naar de kroonluchter waar ik niet langer bang voor was, en voelde dat ze de kamer was binnengekomen. Mijn moeder liep zonder een woord te zeggen rechtstreeks naar de badkamer. Ze was uitgeput.

In het gezicht en de bewegingen van deze breekbare vrouw, die eens leefde met de lome blik van Greta Garbo, was de kracht van de familie Strauss weergekeerd, teruggehaald van een verre, onvermoede plek. Ze reageerde op papa's verdwijning met een krachtdadigheid die haar zelf verbaasde. Nu was ik degene die het moeilijk vond om onze gevangenis te verlaten. Als ik vandaag niet zou komen opdagen bij het café van Frau Falkenhorst was Leo in staat om onaangekondigd bij het appartement langs te komen, met het risico dat hij de gevreesde Frau Hofmeister en de suffe Gretel tegen het lijf liep.

Zonder make-up en met natte haren, haar wangen roze van het warme water, zag mama er zelfs nog jonger uit dan ze was. Ze liep de slaapkamer door om een witte handdoek om haar hoofd te wikkelen en sloot toen de gordijnen zodat er geen enkel zonnestraaltje meer binnenkwam.

Nog steeds had ze geen woord gesproken. Ik had geen idee of ze iets over papa had gehoord en welke stappen ze ondernam. Niets.

Mijn moeder ging aan haar toilettafel zitten en begon aan haar schoonheidsritueel. Ze kon in de spiegel zien dat ik in haar bergère was gaan zitten die bijna tweehonderd jaar oud was, maar ze vroeg niet of ik wel eerst mijn handen had gewassen. Het kon haar niet langer schelen of er vlekken kwamen op haar dierbare antieke meubelen, die waren ontworpen door iemand genaamd Avisse. Ze ademde diep in en terwijl ze een eerste teken van een rimpel bestudeerde, zei ze op ernstige toon: 'We gaan weg, Hannah.'

Ze ontweek mijn blik en sprak zacht. Ik kon haar amper verstaan, hoewel ik haar vastberadenheid kon voelen. Het was een bevel. Ik telde niet, en papa en Leo ook niet. We zouden gaan en dat was dat.

'We hebben de vergunningen en de visa. We hoeven alleen nog maar de kaartjes voor de overtocht te kopen.'

En papa dan? Ze wist dat hij niet terug zou komen, maar we konden ook niet zonder hem weggaan.

'Wanneer gaan we?' was het enige wat ik durfde te vragen.

Haar antwoord hielp niet erg: 'Binnenkort.'

Het zou tenminste niet die dag of de dag erna zijn. Ik had nog tijd om met Leo een plan te bedenken. Hij zou vast al op me staan wachten.

'Morgen beginnen we met pakken. We zullen moeten nadenken over wat we mee willen nemen.' Ze sprak zo langzaam dat ik me zorgen begon te maken.

Ik moest naar Leo toe, maar ze ging verder: 'We komen hier nooit meer terug. Maar we zullen het overleven, Hannah. Dat weet ik zeker,' hield ze vol, terwijl ze met nauwelijks onderdrukte woede haar haren borstelde.

Mama deed de grote lamp uit en liet alleen die boven haar toilettafel aan. We zaten in het halfduister. Ze had me niets meer te zeggen.

Ik glipte de kamer uit en stormde de trap af zonder ook maar een seconde aan de buren te denken die ons maar al te graag zagen gaan. Als ze eens wisten hoezeer wij aan onze absurde opsluiting wilden ontsnappen.

Buiten adem bereikte ik de Hackescher Markt en rende naar het café. Leo zat te genieten van wat er nog over was van zijn warme chocolademelk.

'Je spelt het C-u-b-a,' zei hij, elke letter nadruk gevend. 'We gaan naar Amerika!'

Hij stond op en ik ging hem achterna, hoewel ik nog niet op adem was gekomen. Ik snakte naar lucht omdat ik zo had gerend. Maar hij had gezegd 'we gaan' en dat was het enige wat er voor mij toe deed. Niet onze bestemming, maar het meervoud 'we'. Ik vroeg het hem voor de zekerheid nog een keer.

'We gaan naar Amerika. Je moeder heeft een fortuin neergelegd voor de vergunningen.'

Tegen die tijd moest ons geld wel helemaal op zijn geweest. We waren ervan overtuigd dat papa Leo en zijn vader financieel had geholpen. Hoewel deze mogelijkheid voor veel mensen bestond in Berlijn, was deze veilige route alleen weggelegd voor degenen die het zich konden permitteren. Beide gezinnen, dat van hen en dat van ons, behoorden tot de gelukkigen.

Het beste nieuws van allemaal was dat papa nog leefde: 'Ze laten hem vertrekken.' Leo zei het met zo veel overtuiging dat ik stilviel.

Papa had geluk gehad. Anders dan Herr Schemuel, die nooit meer terugkwam. We waren ongewenst, maar ook vermogend. De voorwaarden die ze hadden gesteld waren dat we binnen zes maanden het land zouden verlaten en het appartement en al onze eigendommen zouden afstaan. Zodra mama de overdracht kon garanderen, zouden ze papa vrijlaten en zouden we zijn visum en voor ons alle drie boottickets kunnen kopen. Daarom hadden we die nog niet gekocht. Nu begreep ik het.

We moesten op de stinkende galerij bij de Bruut naar de radio gaan luisteren, want we moesten weten wat de laatste verordeningen waren. Ze bedachten elke dag weer nieuwe manieren om ons het leven onmogelijk te maken. Niet alleen wilden ze ons hier niet hebben, ze deden ook nog eens hun uiterste best te voorkomen dat anderen ons zouden toelaten. Als we op elk continent werden uitgebraakt, waarom moesten zij dan de enigen zijn die de last droegen die wij vormden? De perfecte zet: de overwinning van het superieure ras.

Alleen waren wij al ergens geaccepteerd. Een eiland midden tussen de Amerika's zou ons opnemen en ons daar zoals ieder ander gezin laten wonen. We konden daar werken, Cubaan worden en kinderen, kleinkinderen en achterkleinkinderen krijgen.

'We vertrekken op 13 mei,' zei Leo, die voor me uit liep. Ik ging hem achterna zonder iets te vragen. 'We vertrekken vanuit Hamburg met bestemming Havana.'

13 mei was een zaterdag. Godzijdank vertrokken we niet op een dinsdag, de dag van de week waar we het meest tegen opzagen.

Een modderige steen. Een scherf glas met roet. Een gedroogd blad. Dat waren de enige souvenirs van Berlijn die ik op 13 mei in mijn koffer zou stoppen. Elke ochtend zwierf ik doelloos door het appartement, met de steen in mijn handen. Soms wachtte ik urenlang op mama. Als ze wegging, beloofde ze altijd dat ze vóór het middaguur terug zou zijn, maar ze hield zich nooit aan haar woord. Als er iets met haar zou gebeuren zou ik met Leo mee moeten. Of misschien kon Eva me in huis nemen en zeggen dat ik verre familie was. Niemand zou ontdekken dat ik onzuiver was. Ik zou nieuwe identiteitspapieren krijgen en gaan wonen bij de vrouw die bij mijn geboorte was geweest, en ik zou haar helpen met haar werk in de huizen van andere mensen.

De documenten voor de overdracht van onze bezittingen waren klaar. Het gebouw, het appartement waarin ik was geboren, de meubels, de kunstobjecten, mijn boeken, mijn poppen.

Mama kreeg het, dankzij een vriend die bij de ambassade van een of ander exotisch land werkte, voor elkaar haar meest dierbare sieraden Berlijn uit te smokkelen. Het enige wat ze weigerde af te staan waren de aktes van ons familiemausoleum, maar daar waren de Bruten ook niet in geïnteresseerd omdat dat over onze begraafplaats in Weissensee ging. Daar waren mijn grootouders en overgrootouders te ruste gelegd, en wij zouden daar als het goed was ook komen te liggen, maar ik was ervan overtuigd dat ze die plek zouden wegvagen zoals ze met zo veel andere dingen hadden gedaan.

In die tijd werden er steeds meer valse documenten aangeboden om je in Palestina of Engeland te kunnen vestigen. Iedereen dacht dat ze gebruik konden maken van onze wanhopige positie door ons te beroven en op te lichten. Soms waren het de Bruten, maar andere keren waren gemene verklikkers de schuldige. We konden niemand meer vertrouwen.

Daarom verzekerde mama zich ervan dat onze inreisvergunningen voor Cuba echt waren.

'Naast honderdvijftig Amerikaanse dollar per vergunning heb ik ook nog eens vijfhonderd aan borg betaald. Dat is een garantie dat we geen werk hoeven te zoeken op het eiland en geen last zullen zijn voor het land,' legde ze uit, terwijl ze haar rug naar me toe draaide.

We gingen naar een piepklein eiland dat opschepte het grootste van de Caraïben te zijn. Een spatje land tussen Noord- en Zuid-Amerika. Maar dat piepkleine spatje was het enige dat zijn deuren voor ons openstelde.

'Volgens de atlas maakt het deel uit van de westerse wereld,' verkondigde ze met lichte voldoening.

We zouden vanuit Hamburg vertrekken en op een Duits schip de

Atlantische Oceaan oversteken. Maar hoe graag we ook wilden vertrekken, we zouden ons nooit helemaal veilig voelen aan boord met een bemanning die bestond uit Bruten.

'De eersteklastickets gaan ons zo'n achthonderd Reichsmark kosten,' ging mama verder, 'de scheepvaartmaatschappij wil dat we een retourticket kopen, ook al weten ze dat we nooit meer terug zullen komen.'

Iedereen maakte misbruik van ons.

Ze kwam die dag vroeg terug, want papa zou thuiskomen. Alsof ze in de rouw was droeg ze een zwarte jurk met een witte riem, die ze maar bleef rechttrekken. Haar gezicht was schoon, met heel weinig make-up. Ze gebruikte geen valse wimpers meer en geen oogpotlood of oogschaduw. Ze was veranderd.

Mama zat op het puntje van haar stoel met haar handen in haar schoot gevouwen en keek alsof ze een onhandelbare leerling was die gestraft werd op de school waar ze me niet meer heen stuurde, omdat ze me niet meer wilden hebben.

'Doe maar rustig,' zei ze, toen ze me door de grote, stoffige kamer zag ijsberen.

Papa kwam de trap op. We konden hem horen. Daar was hij! *We gingen weg! Het was ons gelukt! We gaan op een spatje land wonen, papa, waar er geen seizoenen zijn, alleen zomer. Nat en droog. Dat had ik in de atlas gelezen.*

Toen hij binnenkwam, leek papa nog langer dan eerst. Zijn bril zat scheef. Zijn hoofd was kaalgeschoren. De kraag van zijn overhemd was zo vies dat je nog met geen mogelijkheid kon zien welke kleur hij had gehad. Maar door zijn uitgemergelde gestalte leek hij alleen maar adellijker. Ondanks de honger, de pijn en de stank had hij nog steeds een rechte rug. Ik rende naar hem toe en sloeg mijn armen om hem heen, en hij barstte in snikken uit. *Niet huilen, papa. Jij bent al mijn kracht. Je bent nu veilig hier bij ons.*

Zo bleef ik staan terwijl ik hem stevig vasthield en zijn zweet- en rioollucht inademde. Ik kon zijn schokkerige ademhaling horen, zijn borst op en neer voelen gaan. Hij richtte zijn hoofd op en keek naar mama.

Hij kuste me op mijn voorhoofd. Ondertussen bracht mama hem op de hoogte. Ik had graag willen weten waar deze vrouw, die hiervoor nooit het appartement verliet en haar dagen snikkend doorbracht, deze plotselinge kracht had gevonden. Ik kon niet wennen aan de nieuwe Alma en was nog verbaasder toen ik haar hoorde praten.

'We hebben maar twee uitreisvisa die zijn ondertekend door het Cubaanse ministerie van Buitenlandse Zaken, omdat ze een nieuw besluit hebben bekendgemaakt dat het inreizen van Duitse vluchtelingen op het eiland beperkt.' Mama stopte niet eens om adem te halen. 'Maar dat maakt niet uit, want de Hamburg-Amerika Lijn gaat korte tijd toeristenvisa verkopen die zijn ondertekend door de directeur-generaal van immigratie, ene Manuel Benítez.'

Ze probeerde zijn naam in perfect Spaans uit te spreken.

'We hebben er maar eentje nodig. Als we een Benítez' – ze had onze levensreddende visa al naar hem vernoemd – 'met een stempel van het Cubaanse consulaat hebben, kun je samen met ons vertrekken. Maar we moeten voorkomen dat we hem via tussenpersonen kopen. We kunnen er beter meteen drie aanschaffen, zodat we allemaal met dezelfde documenten kunnen reizen.'

'Wat als we geen Benítez kunnen krijgen?' onderbrak ik haar. 'Gaan we dan toch, zonder papa?'

Ze gaf geen antwoord, maar ging verder met uitleggen, zonder tussendoor adem te halen. 'Er zijn in elk geval twee eersteklashutten voor ons gereserveerd. Dat is gegarandeerd. Het probleem is alleen dat we maar tien Reichsmark per persoon mogen meenemen.'

Dat betekende dat ons volledige fortuin zou bestaan uit dertig Reichsmark. We konden meer geld verstoppen, maar dat was te riskant. Dan zouden ze ons onze inreisvergunningen kunnen afnemen. Of misschien konden we stiekem papa's horloge meenemen of een ander sieraad. Dat zou al helpen.

'Tot we Havana bereiken hebben we geen toegang tot onze Canadese rekening. Het is een bootreis van niet veel langer dan twee weken,' ging mama rustig verder. 'We kunnen de eerste paar dagen in Hotel Nacional logeren tot ons tijdelijke huis klaar is. Daar blijven we een maand, misschien een jaar. Wie zal het zeggen.'

Toen ze klaar was met haar verslag, sloot ze zich op in haar kamer. Ze omhelsde hem niet eens, gaf hem alleen een kille kus op zijn wang. We hadden verder geen familie, we waren alleen. In de afgelopen paar maanden waren we al onze vrienden kwijtgeraakt. Iedereen deed zijn best om te overleven.

En Leo? Ze zouden Leo en zijn vader wel met de tickets hebben geholpen.

Door papa's thuiskomst kon ik die dag niet naar mijn vriend. Maar hij kwam mij opzoeken, en toen ik naar beneden kwam om hem binnen te laten, zag ik dat Frau Hofmeister hem lastigviel.

'Weg hier, vies kind! Dit is geen vuilnisbelt!'

We renden naar het park Tiergarten. We hadden niet veel tijd meer en dat wist Leo. Hij en zijn vader hadden hun visa nog niet.

'Ze raken op,' vertelde hij me. 'En we hebben die voor jouw vader ook nog niet.'

Dat niet alleen, we hadden een nieuw probleem: onze ouders waren van plan ons allemaal van kant te maken als we Berlijn niet konden verlaten. Dat wist Leo zeker.

Hij had ze horen praten over dodelijk gif. Hij wist er alles vanaf.

'Tegenwoordig is cyaankali net zo kostbaar als goud,' legde hij uit alsof hij erin handelde.

Hij kletst maar wat, dacht ik. Ik geloofde hem niet. Niemand wilde dood. We wilden allemaal vluchten, dat was wat we het liefst ter wereld wilden.

'Je vader zei dat hij nog liever verdwijnt dan weer in een cel te moeten,' zei Leo ernstig. Hij was gestopt met rennen. 'Hij heeft mijn vader gevraagd op de zwarte markt drie capsules voor jullie te kopen. Geloof je me niet?'

'Natuurlijk niet,' zei ik, naar lucht happend.

'Cyaankalicapsules zijn populair geworden in de Grote Oorlog...' Leo nam de toon aan van een klantenlokker van een rondreizend circus die een of ander natuurfenomeen aankondigde. Zijn vader had moeten weten dat deze jongen altijd zijn gesprekken afluisterde. Leo was gevaarlijk.

'Het was beter te sterven dan gevangengenomen te worden. Ze namen je je wapens af, maar zo'n kleine capsule kon je desnoods onder je tong of in een vulling verbergen.' Leo benadrukte elke zin door met zijn armen door de lucht te zwaaien. Hij stopte om te zien of ik kwaad was of bang.

'De capsules lossen niet makkelijk op. Er zit een dun laagje glas omheen om te voorkomen dat ze per ongeluk stukgaan. Als het moment daar is, bijt je op het glas en slik je de cyaankali door.' Hierbij voerde hij een komische pantomime op. Hij wierp zich schokkend en bevend op de grond, hield zijn adem in, sperde zijn ogen open en hoestte.

Toen kwam hij weer tot leven en ging verder. 'De oplossing is zo geconcentreerd dat je onmiddellijk hersendood bent als het in je spijsverteringsstelsel komt.' Hij ademde diep in en stond zo stil als een standbeeld.

'Doet het pijn?' vroeg ik, het spel meespelend.

'Het is de perfecte dood, Hannah,' fluisterde hij. Toen begon hij weer met zijn armen door de lucht te zwaaien. 'Het vernietigt je brein zodat je niets voelt. En dan stopt je hart ermee.'

Dat gaf tenminste troost: een dood zonder pijn of bloed. Ik val flauw als ik bloed zie en ik kan ook niet goed tegen pijn.

Als onze ouders ons aan ons lot overlieten, zouden die capsules perfect zijn voor ons tweetjes. We zouden in slaap vallen en dat was dat.

Ik leunde met mijn rug tegen een muur die was beplakt met posters: MILJOENEN MANNEN ZONDER WERK. MILJOENEN KINDEREN ZONDER TOEKOMST. RED HET DUITSE VOLK!

Ik ben ook Duits. Wie zou mij redden?

'Je moet ze vinden,' droeg Leo me op. 'Doorzoek jullie hele appartement. Anders kun je niet vertrekken. We moeten ze weggooien.'

‘Iets weggooien wat zijn gewicht in goud waard is? Kunnen we ze niet beter houden en verkopen?’

Nog een probleem: nu moest ik alles wat ze me te eten gaven nauwkeurig controleren, hoewel ik niet dacht dat ze de inhoud van zo’n capsule door mijn eten zouden mengen, want dat zou ik meteen merken. Ik wilde weten hoe cyaankali rook. Het zou vast een speciale textuur hebben, een opvallende smaak, maar daar had Leo het niet over gehad. Ik zou het verder moeten onderzoeken. Elke seconde telde.

Ze konden naar mijn bed komen als ik sliep, mijn mond opendoen en het poeder van de kapotte capsule in mijn mond strooien. Ik zou niet schreeuwen of huilen. Ik zou ze alleen maar aanstaren, zodat ze konden zien hoe ik verdween. Hoe mijn hart ermee ophield.

Mijn ouders waren wanhopig, en tijdens een crisis zouden ze handelen zonder na te denken. Alles was mogelijk. Ik verwachtte niet veel goeds van hen. Maar ze mochten niet voor mij beslissen, ik was bijna twaalf.

Ik had ze niet nodig. Samen met Leo zou ik ontsnappen en we zouden samen volwassen worden. *Leo, help me om hier weg te komen.*

Ik ging naar huis om te slapen en ik zou proberen de cyaankali te vergeten, in elk geval voor een paar uur. De volgende dag zou ik zodra papa en mama weg waren gaan zoeken.

Ik werd later wakker dan anders. Leo had me uitgeput. Ik maakte er gebruik van dat ik alleen was en begon mijn zoektocht in de kluis, die in papa’s werkkamer achter het portret van mijn grootvader was verstopt. De combinatie was nog steeds mijn geboortedatum, maar toen ik het deurtje opende, zaten er alleen maar documenten in. Stapels enveloppen.

Daarna keek ik in de sieradendoos. Niets. Toen in papa’s koffertje, waar ik niet aan mocht komen. Ik keek in elke la van het appartement, zelfs in laden die ik nooit eerder had geopend. Ik zocht in boeken, achter kunstobjecten. Ik liep naar de platenspeler en voelde voorzichtig binnen in de hoorn. Niets. Ik zocht en zocht. De capsules waren nergens te vinden.

Ze hadden ze waarschijnlijk bij zich. Dat was de enige mogelijkheid. Misschien bewaarde papa ze in zijn portemonnee. Of wie weet wel in zijn mond, ervan overtuigd dat het glazen laagje hem zou beschermen. Ik werd doodmoe van de taak die Leo me had gegeven om dat verdraaide poeder te vinden.

Ik was kapot. Ik had overal gezocht en het was tijd om de deur uit te gaan. Om twaalf uur was ik in de Rosenthaler Strasse, maar ik kon Leo nergens vinden in Frau Falkenhorsts café. Dit was natuurlijk zijn wraak omdat hij bijna altijd op mij moest wachten.

Ik rende naar binnen en weer naar buiten. Aan veel van de tafels zaten rokende mensen. Leo was er niet en ik gokte dat hij nu ook niet meer zou komen. Ik ging naar Alexanderplatz en zwierf rond op het station. Ik streek met mijn handen over de koude kopergroene tegels. Mijn vingers werden zwart van het roet en ik had geen idee hoe ik ze schoon kon krijgen.

Ik nam de s-Bahn om helemaal alleen naar de stinkende galerij voor het raam van de Bruut te gaan. Misschien was Leo daar, om de nieuwste berichten op de radio te horen. Ik had geen idee wat ik daar in mijn eentje deed, dicht bij de smerigste man van Berlijn met zijn bulderende radio. Ik wilde hem bijna vragen of hij Leo misschien gezien had. Op de radio hoorde ik dat er een bijeenkomst van Bruten was in Hotel Adlon om een besluit over de onzuiveren te nemen. Ze hadden ook naar Hotel Kaiserhof kunnen gaan, maar nee, ze kozen het Adlon, gewoon om ons nog meer te laten lijden.

Het Adlon was het symbool van een majestueus Berlijn. Iedereen wilde daar logeren. Nu vluchtten ze allemaal. De vlaggen van de Bruten hingen aan elk balkon van het hotel en aan de straatlantaarns van de omliggende lanen waar we vroeger zo fijn hadden gewandeld.

Maar we gingen weg. Dat was het belangrijkst. Gelukkig was ik nergens aan gehecht. Niet aan ons appartement, het park of mijn avonturen in de wijken van de onzuivere mensen.

Ik was niet Duits. Ik was niet zuiver. Ik was niets.

Ik moest Leo vinden en dus besloot ik een risico te nemen. Ik zou weer op de s-Bahn stappen en bij hem thuis langsgaan op de Grosse Hamburger Strasse 40. Ik herhaalde het adres in mijn hoofd om het niet te vergeten. Dat lag in de wijk die mama weigerde te betreden, waar alle onzuiveren van Berlijn nu woonden. Leo had beter op me kunnen wachten bij ons appartement. Hij was voor niemand bang, laat staan voor Frau Hofmeister.

Ik stapte uit op de Oranienburger Strasse. Doordat ik mijn blik op de grond gericht hield, botste ik op de kruising met de Grosse Hamburger Strasse tegen een vrouw met een tas vol witte asperges. Ik bood mijn verontschuldigingen aan en hoorde haar tegen me brommen: 'Wat doet een Duits meisje hier in haar eentje?'

In Leo's straat moest ik even goed kijken waar ik was. Rechts was de begraafplaats en de zogenaamde *Freischule* voor de onzuiveren. Zijn huis lag links, richting Koppenplatz Park. Ja, ik had het goed.

De woonlagen waren lomp boven op elkaar gebouwd in blokken van vier verdiepingen met identieke gevels zonder balkon. Hun mosterdkleurige muren begonnen te verbleken omdat ze al jaren niet geschilderd waren.

Hier liepen de mensen rond alsof ze te veel vrije tijd hadden. Ze leken verdwaald, gedesoriënteerd. Twee oude, in zwart geklede mannen stonden bij de ingang van een van de gebouwen. Ik kon de verwaarlozing en het zweet ruiken van deze jassen die van hand tot hand gingen.

Er hing tenminste geen rooklucht, hoewel er wel glas op de stoep lag. Het leek niemand iets te kunnen schelen. De scherven knerpten onder hun schoenen en dat geluid bezorgde me de rillingen.

Bij een winkel hadden ze grote houten platen tegen de kozijnen getimmerd ter vervanging van de ruiten die in november waren ingeslagen. Iemand had met zwarte inkt zespuntige sterren op het hout aangebracht, en zinnen die ik weigerde te lezen.

Ik zocht nummer 40, verder interesseerde niets me. Ik wilde niet weten waarom de oude mannen in de deuropening bleven staan of waarom een jong jochie, nog geen vier jaar oud, woest aanviel op een rauwe aardappel om daarna de happen weer uit te spugen.

Nummer 40 was een gebouw van woonlagen met een mosterdgele gevel, die zwart was geworden van het vocht. De ramen hingen open alsof ze geen scharnieren hadden. Het slot van de voordeur, aan één kant van het gebouw, was kapotgeslagen. Toen ik de smalle, donkere trap op liep, werd de lucht nog kouder. Het was alsof je een smerige koelkast binnenstapte, die naar rottend eten stonk. Het trappenhuis werd alleen verlicht door een zwak, naakt peertje. Een stel kinderen rende de trap af en duwde zich langs me heen. Ik moest de leuning vastgrijpen om niet te vallen en voelde iets kleverigs aan mijn handpalm. Zonder te weten hoe ik hem weer schoon moest krijgen, liep ik de gang in. De deuren van een aantal kamers stonden wagenwijd open. Ik stelde me voor dat dit ooit één groot appartement van één gezin was geweest. Nu zat het volgepropt met onzuiveren die hun huis waren kwijtgeraakt.

Geen enkel teken van Leo of zijn vader. De laatste deur ging open en een man in een hemd vol vlekken kwam blootsvoets naar buiten. Op mijn hoede liep ik door.

De man had dezelfde neus, als een giftige paddenstoel, en de zespuntige ster op zijn borst die ik had gezien op de voorkant van *Der Giftpilz*, het boek dat we op school hadden moeten lezen. Toen hij me zag, bleef hij even stilstaan en krabde aan zijn hoofd. Hij zei geen woord, dus liep ik door, omdat ik niet bang voor hem was. Voor niemand niet.

Ik gluurde in een van de kamers, waar ze aardappelen, uien en vlees in tomatensaus aan het koken moesten zijn. Een oude vrouw zat te schommelen in een stoel. Een andere onverzorgde vrouw was thee aan het zetten. Een klein jongetje staarde me aan terwijl hij in zijn neus peuterde.

Ik snapte nu waarom Leo niet wilde dat ik zag waar hij zijn nachten doorbracht. Het had er niets mee te maken dat Frau Dubiecki, de hospita, zo'n vreselijk mens was. Het was vanwege deze vreselijke treurigheid. Leo wilde me tegen deze verschrikkingen beschermen.

Je had om hulp kunnen vragen. Je had bij ons kunnen komen wonen. Ik weet dat dat gevaarlijk kan zijn, maar we hadden onze deur voor jullie moeten openzetten. En dat hebben we niet gedaan. Vergeef me, Leo.

Ik had de tweede verdieping bereikt, toen iemand mijn arm vastpakte.

'Je mag hier niet komen.' De kleine, dikbuikige vrouw dacht dat ik niet zoals hen was. Dat ik zuiver was.

'Ik zoek de kamer van de familie Martin,' fluisterde ik zwakjes, en ik probeerde te verbergen dat ik eigenlijk doodsbang was.

'Wie?' vroeg ze minachtend.

'Ik moet Leo spreken. Het is dringend. Een zeer ernstige familiekwestie. Ik ben zijn nicht.'

'Jij bent zijn nicht niet,' spuwde de kleine feeks, en ze draaide me de rug toe. Nu was ik degene die haar bij haar arm vastpakte.

'Laat me los!' krijste ze. 'Die zul je hier niet vinden. Ze zijn afgelopen nacht als ratten weggeslopen met hun koffers. Zonder een woord te zeggen.'

Ik wist niet of ik moest huilen of haar bedanken. Ik bleef een paar seconden staan, keek haar recht aan en voelde medelijden. Daarna rende ik de trap weer af naar buiten, op zoek naar de s-Bahn. Ik had geen idee waar ik heen ging.

Op de stoep werd ik verblind door het licht en verdoofd door het lawaai op straat. Het geluid van de deurbel van een bakkerij een stukje verderop weergalmde in mijn hoofd alsof er op een metalen staaf was geslagen die maar bleef trillen. De gesprekken van voorbijgangers vermengden zich met mijn gedachten. Een moeder schreeuwde tegen haar kind. Ik hoorde de ademhaling in de harige neusgaten van oude mannen alsof die versterkt werd door luidsprekers, hun adem stonk naar drank en ze spraken in een onbegrijpelijke taal.

Ik was verdwaald. Ik wilde niet de kant van de oude begraafplaats op lopen met zijn grafstenen met kleine steentjes erop. Wie wilde er in godsnaam zo dicht bij de doden wonen? Leo was er niet om me de weg te wijzen. Ik moest het station zien te vinden.

Toen ik dat eindelijk gevonden had, wist ik dat ik veilig was. Ik moest hier weg. Ik hoorde nergens thuis. *Je moet me van alles uitleggen, Leo, want ik zit vol vragen die ik mijn ouders niet kan stellen.*

Op de terugweg in de tram schrok ik telkens wanneer de stang de bovenleiding raakte. De andere passagiers waren vreemd kalm. Ze staarden naar de vloer en leken allemaal in het grijs gekleed. Geen enkel spatje kleur in deze uniforme massa. Mijn wangen gloeiden en mijn ogen stonden vol tranen, die ik binnen probeerde te houden. Niemand wilde naast me zitten. Ze meden me. Ik weet dat ik er zuiver uitzag, maar ik was net zo grijs als zij. Ik woonde in een luxe appartement, maar ook ik werd verdreven.

Ik ging alleen naar huis. Niemand zou me ooit nog vergezellen.

Ik kon nog steeds niet geloven dat Leo niet even langs mijn huis had kunnen rennen en op mijn deur had kunnen kloppen om te zeggen dat zijn vader hem meenam naar Engeland of waar dan ook, dat hij me zou schrijven, dat we altijd bij elkaar zouden zijn, ook al waren we dan door een continent of oceaan van elkaar gescheiden.

Nu kon ik alleen nog maar denken aan hoe ik me moest voorbereiden op een toekomstloze reis naar een eilandje dat Leo op zijn waterige kaarten had afgebeeld.

Het was een dinsdag. Ik had op mijn kamer moeten blijven en naar het plafond moeten staren. Het was allemaal een droom geweest, een verschrikkelijke nachtmerrie. Als ik de volgende ochtend wakker werd, zou Leo, met zijn ellenlange wimpers en warrige haren, gewoon op me zitten wachten in het café van Frau Falkenhorst.

Toen ik de deur van ons appartement openduwde, zag ik papa bij het raam naar de tulpen staan staren. Nu was hij degene die het huis amper uitkwam. Hij trok zich terug in zijn werkkamer, met de donkerhouten panelen, zijn rug naar de foto van opa met zijn borstelige wenkbrauwen en de blik van een generaal. Hij was de laden aan het legen geweest en had honderden papieren in de prullenmand gegooid. Zijn onderzoeken, zijn artikelen.

Ik liep naar hem toe. Hij drukte een kus op mijn hoofd en keek toen weer naar de tuin. Hij zou vast wel weten waar Leo naartoe was en of hij en zijn vader de vergunningen hadden kunnen krijgen die ze nodig hadden om in Havana van boord te gaan.

'Hoe zit het met Leo en zijn vader?' waagde ik te vragen.

Stilte. Papa reageerde niet. *Hou op met staren naar die bloemen, papa. Dit is belangrijk voor me!*

'Alles is goed, Hannah,' antwoordde hij zonder me aan te kijken.

Dat betekende dat er geen goed nieuws was.

Ik ging naar mama's slaapkamer. Iemand moest me uitleggen wat er aan de hand was. Of we nu zouden vertrekken of niet, of de reis nog doorging. Zij was degene die elke ochtend de deur uitging om dingen te regelen.

'Alles is klaar,' bevestigde ze. 'Je hoeft je nergens zorgen om te maken.'

We hadden onze tickets en de inreisvergunning, de Benítez, voor papa.

'Wat hebben we nog meer nodig?'

'We vertrekken zaterdag bij zonsopgang. We gaan met de auto, een van papa's oud-studenten brengt ons. Als betaling mag hij onze auto hebben.'

'Hij is te vertrouwen,' voegde papa eraan toe, die in de deuropening was verschenen om me gerust te stellen.

Maar ik kon alleen maar aan Leo denken.

Het was een chaos in mama's kamer. Overal lagen kleren, ondergoed en schoenen. Ze rende zenuwachtig heen en weer en ik hoorde haar een liedje neuriën. Ik begreep niets van haar. Ze leek veranderd in wat ze ooit was geweest, of in de illusie van haar verleden. Het leek wel of ik elke dag een andere moeder had. Dat had leuk kunnen zijn, maar niet op dit moment. Leo was verdwenen zonder afscheid te nemen.

Mama had vier enorme koffers vol kleren gepakt. Er was geen twijfel over mogelijk: ze was gek geworden.

'Wat vind jij, Hannah?' Ze trok een japon aan en begon door de kamer te dansen. Een wals. Ze neuriede een wals.

'Als we naar Amerika gaan, moet ik natuurlijk mijn Mainbocher meenemen,' ging ze verder, alsof we op vakantie gingen naar een exotisch eiland.

Niemand op Cuba zou ook maar een beetje geïnteresseerd zijn in welk merk jurken ze droeg. Ze noemde ze allemaal bij de naam van de couturier: een Madame Grès, een Molyneux, een Patou, een Piquet.

'Ik neem ze allemaal mee,' zei ze met een zenuwachtig lachje.

Ze had er zo veel dat ze tijdens de oversteek geen twee keer dezelfde jurk hoefde te dragen. Ze wist dat als ze haar toevlucht nam tot zulke euforie, ik haar op afstand hield. Ik wist dat ze leed. We gingen niet op vakantie. Ze wist hoe tragisch alles was, maar probeerde er zo goed en zo kwaad als het ging mee in het reine te komen.

O, mama! Als je zou hebben gezien waar ik vandaag was. En jij, papa, jij had Leo en zijn vader nooit in die nachtmerrie moeten laten wonen.

Er was een inventarislijst van al onze bezittingen opgesteld, de *Vermögenserklärung* die elk gezin voor vertrek moest invullen. Mama mocht haar kleren en de sieraden die ze droeg meenemen, maar de rest van ons leven moest in Duitsland blijven. Wat op de inventarislijst stond, mocht niet kwijtraken of stukgaan. Eén stom foutje en ons vertrek zou voor onbepaalde tijd worden uitgesteld. En we zouden naar de gevangenis worden gestuurd.

Anna

New York, 2014

Meneer Levin heeft ons in contact gebracht met een overlevende van de St. Louis, het trans-Atlantische lijnschip dat tante Hannah naar Cuba heeft gebracht. We gaan haar vandaag opzoeken. Misschien heeft ze paps familie, mijn familie, gekend. We nemen kopieën mee die we van de ansichtkaarten en foto's hebben gemaakt, want misschien herkent ze wel een van haar eigen familieleden, of zelfs zichzelf als klein meisje. Daar hopen we op.

Meneer Levin zegt dat er nog maar een paar overlevenden over zijn. Het is ook al zo lang geleden.

Mevrouw Berenson woont in de Bronx. Als het goed is, is haar zoon er ook bij. Hij heeft mam gewaarschuwd dat we wel een vriendelijke, oude dame zouden aantreffen die weliswaar niet veel praatte, maar zich het verleden nog goed herinnerde. Het heden vergeet ze elke dag een beetje meer. Ze leeft al meer dan zeventig jaar met verdriet, zegt hij. Ze kan niet vergeven. En al wilde ze het vergeten, dat lukt niet.

Haar zoon heeft haar vaak gevraagd te vertellen hoe ze het heeft kunnen overleven, hoe het was om zo vervolgd te worden, hoe haar vlucht aan boord van het schip was en wat er met haar ouders is gebeurd. Hij wilde dat ze het allemaal zwart-op-wit zou zetten, maar dat weigerde ze. Ze heeft alleen met ons bezoek ingestemd vanwege de foto's.

Mevrouw Berenson heeft een mezoeza aan de deurpost. Als haar zoon de deur opendoet, komt een warme luchtvlaag ons tegemoet. Hij is ook bejaard. Hun hal hangt vol foto's in willekeurige volgorde. Recente bruiloften, verjaardagen, pasgeboren baby's. Het is het verhaal van de familie Berenson van na de oorlog. Maar niets van hun leven in Duitsland.

In de woonkamer zit mevrouw Berenson roerloos in een leunstoel vlak bij het raam. De meubels zijn gemaakt van zwaar, donker mahoniehout. Alles in het appartement moet een fortuin hebben gekost. Er is niet veel ruimte over tussen de vitrines, tafels, banken, leunstoelen en ornamenten. Ik ben bang dat er iets kapotvalt als ik nies. En elk meubelstuk wordt beschermd door een kanten kleedje. Wat een obsessie met het afdekken van oppervlakken! Zelfs de muren zijn bedekt met een triest mosterdkleurig behang.

Ik ben ervan overtuigd dat hier nog nooit zonlicht binnen is geweest.

'Ze is lichtelijk nerveus, zoals u zult merken,' legt haar zoon uit, misschien zodat zijn moeder hem zal horen en reageren. Maar ze zit daar nog steeds zonder zich te verroeren.

Als mam haar hand vastpakt, glimlacht ze.

'Glimlachen is het beste wat je doen kunt op mijn leeftijd,' zegt ze, en daarmee is het ijs gebroken. Ik kan haar niet zo goed verstaan. Ze woont al bijna haar hele leven in New York, maar ze heeft nog steeds een zwaar Duits accent.

Als ik word voorgesteld knik ik vanuit de hoek van de kamer naar haar. Met moeite tilt mevrouw Berenson een goudgeringde hand op en beweegt hem een klein beetje om mij te begroeten.

'Mijn dochters oudtante heeft ons de negatieven gestuurd. Ze is met dezelfde boot gereisd als u. Hannah Rosenthal.'

Ik denk niet dat mevrouw Berenson ook maar enige interesse voor onze familie heeft. Als ze glimlacht, knijpen haar ogen zich tot spleetjes en ziet ze er eerder uit als een ondeugend kind dan als een mopperige oude dame die de oorlog heeft overleefd en zich nu niet meer zonder hulp kan voortbewegen.

'Dat waren in die tijd veelvoorkomende namen. Hebben jullie de foto's meegebracht?'

Ze heeft geen zin in een praatje. Laten we ter zake komen: doe waar je voor bent gekomen en ga dan maar weer. Ze wil niet gestoord worden. Glimlachen is meer dan voldoende.

In een hoek van de kamer staat op een hoge tafel een schaalmodel van een gebouw. Het heeft een symmetrische gevel met allemaal deuren en ramen, en een grote ingang in het midden. Het lijkt op een museum.

'Niet te dichtbij, kind.'

Niet te geloven dat ze me op mijn kop geeft. Gauw verplaats ik me naar een andere hoek.

Misschien als een soort verontschuldiging legt mevrouw Berenson uit: 'Dat is een geschenk van mijn kleinzoon. Een replica van het gebouw in Berlijn dat vroeger van ons was. Het bestaat niet meer. Het is aan het einde van de oorlog gebombardeerd door de Sovjets. Mag ik de foto's zien?'

Mam legt ze op het tafelkleed naast de oude dame, die ze een voor een oppakt.

Ze maakt het zich gemakkelijk in haar stoel en concentreert zich op de foto's, ons vergetend. Grinnikend wijst ze naar de spelende kinderen aan boord van het schip en mompelt dan een paar zinnen in het Duits. Ze lijkt verguld met de afbeeldingen. Het zwembad, de balzaal, de sportruimte, de elegante vrouwen. Sommige mensen zijn aan het zonnebaden, andere poseren als filmsterren.

Ze bekijkt ze allemaal nog een keer en reageert alsof ze ze voor het eerst ziet. Haar zoon is verbaasd dat zijn moeder hier zo blij van wordt.

'Ik had de zee nog nooit gezien,' is het eerste wat ze zegt.

Ze pakt de tweede envelop met foto's op en voegt eraan toe: 'Ik was nog nooit naar een gemaskerd bal geweest.'

Ze kijkt steeds hebberiger terwijl ze op een derde envelop wacht. 'Het eten was voortreffelijk. We werden als vorsten behandeld.'

Bij één foto blijft ze langer hangen. Die is vanuit een haven genomen. De haven van Havana, misschien? Passagiers staan samengepakt aan de zijreling van het schip en nemen zwaaiend afscheid. Sommigen houden hun kinderen vast. Anderen hebben een radeloze blik in hun ogen.

De oude dame drukt de foto tegen haar borst, sluit haar ogen en begint te snikken. In een paar seconden tijd wordt haar zachte gejammer wanhopig. Ik weet niet of ze nou huilt of het uitschreeuwt. Haar zoon probeert haar te troosten. Hij slaat zijn armen om haar heen, maar ze blijft maar trillen.

'We kunnen beter gaan,' zegt mam, en ze neemt me bij de arm.

We laten de foto's op de grote tafel achter. Gedag zeggen lukt niet eens. Mevrouw Berenson heeft haar ogen nog steeds gesloten en drukt de foto nog altijd tegen haar borst. Even wordt ze rustig, maar dan begint het gejammer weer.

Haar zoon vraagt ons om begrip. Ik snap er niets van. Ik wil graag weten wat er met mevrouw Berenson is gebeurd. Herkende ze familie op de boot? Zijn ze wel in Havana van boord gegaan? Misschien hebben ze wel schipbreuk geleden. Maar uiteindelijk is zij gered, dus dan zou ze toch blij moeten zijn?

Terwijl we op de lift wachten, zijn haar gekwelde kreten nog te horen.

Zwijgend gaan we naar beneden. Boven gaat het huilen door.

Ik mag pap niet teleurstellen zoals ik mam heb teleurgesteld. Ik wil naar hem toe niet hetzelfde schuldgevoel hebben. Ik ben nog niet eens twaalf! Op mijn leeftijd wil je je ouders nog bij je hebben. Je wilt dat ze tegen je schreeuwen, dat je niet van ze mag spelen wanneer je maar wilt, dat ze je bevelen geven en je een preek geven als je je niet gedraagt.

Ook al had ik gewenst dat mijn moeder niet wakker zou worden, dat ze voor altijd weggezakt onder de lakens in de duisternis van haar kamer zou blijven liggen, toch had ik net op tijd gereageerd en hulp gehaald en haar gered. Ik wil dat pap nu ook wakker wordt, terugkomt uit de schaduwen en me meeneemt, zo ver mogelijk, op een zeilboot die de wind trotseert. Nu ik onderweg ben om zijn verleden te ontmoeten.

Ik vraag hem over de hitte in Havana, de stad waar hij is geboren en opgegroeid. *Word wakker, pap. Vertel me iets.* Ik houd zijn foto dichter bij het licht, waardoor zijn gezicht een roodachtige gloed krijgt, en voel dat hij nu echt naar me luistert. *Ik maak je in de war met al mijn vragen, hè, pap?*

Er is ons verteld dat de hitte in Havana ondraaglijk is en mam maakt zich daar zorgen om. De zon brandt voortdurend, zodat je je de hele dag door slap voelt. We hebben het advies gekregen veel zonnebrandcrème te smeren.

'Het is niet de Sahara, mam. We gaan naar een eiland, omringd door water. Er zal heus wel een briesje staan,' leg ik uit, maar ze kijkt me aan alsof ze zich afvraagt: wat weet die meid er nou van, ze is nog nooit in het Caraïbische gebied geweest! Ze weigert te geloven dat we goed voorbereid zijn.

Mam wilde liever in een hotel met een kamer met uitzicht op de oceaan logeren, maar mijn oudtante hield vol dat het huis waar pap is geboren ook van ons is. Om haar niet te beledigen, heb ik mam zo ver gekregen dat ze alle hotels met namen van Spaanse steden, Italiaanse eilanden of Franse kustplaatsen, waarvan ze heeft gecontroleerd of er nog plek is, vergeet.

Ik ben nieuwsgierig om te zien hoe een Duitse vrouw met zo'n zachte, melodieuze stem en die zo haar best doet haar Spaanse zinnen te construeren zich redt op een eiland waar volgens meneer Levin iedereen aldoor schreeuwt en bij het lopen met de heupen wiegt.

Misschien heeft mijn tante wel een grote verrassing voor ons. We komen in de schemering aan op de luchthaven van Havana. Als we uit het vliegtuig stappen en de glazen deuren tussen de terminal en de stad openschuiven, sta jij op ons te wachten, pap, met je bril zonder montuur en halve glimlach. Of nog beter: als we vanaf het vliegveld bij het huis aankomen waar jij bent geboren, doet tante Hannah een grote houten deur open, vraagt ons binnen en dan zit jij in de lichte, ruime woonkamer. Een grotere verrassing dan dat kan niet, toch?

Ach, luister maar niet naar mij, pap. Het is maar de verbeelding van een jong meisje. Wat ik wil is jouw slaapkamer verkennen, de plek waar je je eerste stapjes zette, waar je als kind speelde. Mijn oudtante heeft vast wat van je speelgoed bewaard.

Ik heb mijn koffer al gepakt. Alles kan maar beter op tijd klaar zijn, zodat ik niets vergeet.

Over ons bezoek aan mevrouw Berenson vertel ik pap niets. Ik hoor haar gejammer nog in mijn nachtmerries. Ik wil niet dat hij zich zorgen maakt. Ik weet dat hij het leuk vindt dat we naar Cuba gaan. Hij zou deze reis vast heel graag samen met ons hebben willen maken.

Ik denk niet dat mijn tante net zoals mevrouw Berenson zal zijn. Misschien komt ze nooit buiten en wil ze het verleden ook vergeten, maar ze lijkt me niet boos of verbitterd.

Als ik naar bed moet, blader ik door het album waar mam de foto's van het schip in heeft gedaan. Ik zoek het meisje dat op mij lijkt en staar er lange tijd naar. Als ik mijn ogen sluit, glimlacht ze nog steeds naar me. Ik sta op en ren langs het dek van het enorme, lege lijnschip. Ik vind het meisje met de grote ogen en het blonde haar. Ik ben dat meisje. Ze omhelst me en ik zie mezelf.

Ik schrik wakker in mijn kamer, met pap naast me. Ik geef hem een kus en vertel hem: over een paar dagen gaan we. We hebben een korte overstap in Miami en stappen dan op een vlucht die maar drie kwartier duurt.

Zo dicht zijn we bij het eiland. Bij het vallen van de avond zullen we bij tante Hannahs huis aankomen.

Hannah

Berlijn, 1939

Het was zaterdag. De dag van ons vertrek.

Ik droeg een saaie marineblauwe jurk, waarvan mama anders zou zeggen dat hij een beetje te somber was voor deze tijd van het jaar. Papa en ik wachtten geduldig op haar in de woonkamer. Ik hoefde geen goede indruk te maken als we in Hamburg aankwamen, hoewel ik een van haar lievelingsspreuken in mijn hoofd hoorde: 'De eerste indruk telt.'

Ik vond het ook niet heel erg om de enige plek waar ik ooit had gewoond achter te laten en in één klap twaalf jaar van mijn leven uit te wissen. Wat me bedroefd maakte was dat Leo, mijn enige vriend, me in de steek had gelaten, en ik niet wist waarheen hij was gevlucht en wat voor exotische werelden hij zonder mij ging ontdekken. Mijn enige troost was dat ik wist dat hij me zou kunnen vinden op het eiland waar we in onze dromen op een dag samen een gezin groot zouden brengen. En hij moet hebben geweten dat ik daar de rest van mijn leven op hem zou wachten.

Het enige goede sinds Leo's verdwijning was dat ik de cyaankalicapsules was vergeten. Het maakte me nu ook niets meer uit welk besluit mijn ouders namen. We zouden eindelijk ontsnappen en hadden ze niet nodig. Maar als ik papa was, zou ik mama nooit alleen laten met die dingen, want de ene dag bracht ze in bed door en de andere vierde ze feest.

Ik vroeg papa nog eens naar de Martins. Hij moest toch iets weten?

'Ze zijn veilig,' was het enige wat hij zei, maar dat was niet genoeg, want ik wilde bij Leo zijn. 'Alles is in orde.'

Zijn lievelingszinnen waren nu: 'Alles is rustig', 'Maak je geen zorgen' en 'Alles is in orde'.

Papa bleef altijd kalm, zelfs in de moeilijkste situaties. Hij zat op de bank en staarde in het niets. Ik vermoedde dat alles hem nu koud liet. Het heilige leren koffertje stond bij zijn voeten. Toen ik hem vroeg of ik wat thee zou zetten voordat we gingen, was hij te afwezig om te antwoorden. Hij gaf er de voorkeur aan te denken dat we geluk hadden gehad en weigerde zichzelf als slachtoffer te zien.

In de deuropening stonden zeven heel zware koffers. Papa's oud-student, die nu lid was van de Brutenpartij, arriveerde en begon ze naar de auto te dragen, die aan het einde van de dag van hem zou zijn. Op weg naar buiten liet hij zijn blik door de woonkamer gaan. Hij dacht vast dat een aantal van de kostbaarste bezittingen van generaties Rosenthal en Strauss van hem zouden worden. En wie wist of hij, nadat hij ons in de haven had afgezet en terugging naar Berlijn, niet in zou breken in het appartement en oma's Sèvres-vaas, het zilveren servies en het Meissen-porselein zou meenemen?

'De buren staan beneden,' zei hij tegen papa. 'Ze hebben twee rijen gevormd voor het gebouw. Kunnen we niet door de achteruitgang?'

'We gaan door de voordeur en met een rechte rug,' kondigde mama aan toen ze uit haar kamer kwam. Ze zag er schitterend uit. 'We zijn niet voortvluchtig. We laten het gebouw aan hen over, ze kunnen ermee doen wat ze willen.'

Toen ze langsliep, volgde in haar kielzog een vage geur van jasmijn en Bulgaarse rozen. Niemand anders dan zij had het kunnen bedenken in een lange jurk met sleep per auto naar Hamburg te reizen en aan boord te gaan van een lijnschip. Een korte sluier bedekte de bovenste helft van haar onberispelijk opgemaakte gezicht. Haar wenkbrauwen liepen tot aan haar slapen, haar wangen waren egaal wit en haar lippen fel scharlakenrood. Perfect passend bij haar zwart-witte

Lucien Lelong-japon, die was verfraaid met een platina broche met diamanten.

De jurk accentueerde haar slanke figuur en dwong haar kleine stappen te nemen zodat iedereen dit prachtige plaatje kon bewonderen. Dat was pas wat je een goede eerste indruk noemde!

'Gaan we?' zei ze zonder nog om te kijken. Zonder afscheid te nemen van alles wat van haar was geweest. Zonder nog één blik op de familieportretten te werpen. Zelfs zonder op te merken of papa en ik wel aangekleed waren. Het was niet nodig om onze kleding te keuren, want haar glans zou alles om haar heen overschaduwen.

Ze was de eerste die het appartement uitliep. De oud-student sloot de deur achter ons – deed hij hem ook op slot? – en nam de twee laatste koffers mee.

Mama's parfum bereikte de stoep als eerste. De naarlingen die stonden te wachten om beledigingen naar ons te schreeuwen, werden bedwelmd – betoverd – door de geur van de Godin.

Misschien bogen ze hun hoofd een beetje toen we in de auto stapten die straks niet meer van ons zou zijn. Ik gaf er de voorkeur aan te denken dat ze zich schaamden voor hun akelige gedrag en tenminste nog een flardje menselijkheid lieten zien. Ik had geen idee of Gretel er ook tussen stond. Wat maakte het uit? Frau Hofmeister zou wel blij zijn. Vanaf dat moment kon ze de lift gebruiken wanneer ze maar wilde zonder dat haar dag verpest werd door een smerig klein meisje.

We verlieten onze buurt sneller dan de vallende sterren waar papa en ik naar zochten op de zomeravonden in ons huis bij de Wannsee. De elegante straten van *Berlin Mitte* vervaagden achter ons. We staken wat ooit de mooiste boulevard van Berlijn was geweest over en ik nam afscheid van de Spree waar ik zo vaak overheen was gerend met Leo.

Mama zat tussen papa en mij in en staarde recht voor zich uit, naar het verkeer in een stad die ooit de levendigste van Europa was geweest. We meden elkaars blik en zwegen. Geen van ons liet een traan. Nog niet.

Toen Berlijn een stip in de verte was geworden en we steeds dichter bij Hamburg kwamen, dat grofweg driehonderd kilometer ten noordwesten van onze stad lag, begon ik te beven. Ik kon mijn angst niet onder controle krijgen, maar wilde niet dat iemand in de auto het zou merken. Ik moest me nog steeds gedragen als een verwende elfjarige die nooit iets tekort was gekomen. Dat kon mijn uitlaatklep zijn. Nog een laatste woede-uitbarsting voor we de boot bereikten die ons zou weghalen uit deze hel. Ik wist dat ik ging huilen en probeerde het tegen te houden.

Toen barstte ik in tranen uit.

'Alles komt goed, meisje van me,' troostte mama me, en ik voelde de stof van haar jurk tegen mijn wang. Ik wilde hem niet verpesten met mijn stomme tranen. 'Je hoeft niet te huilen om wat we achterlaten. Je zult zien dat Havana prachtig is.'

Ik wilde zeggen dat ik niet huilde om wat me was afgenomen, maar omdat ik mijn beste vriend kwijt was. Daarom zat ik te trillen, niet om een of ander stom appartement of een stad die al niets meer voor me betekende.

'Doe maar kalm aan.' Eindelijk zei er iemand iets tegen de chauffeur. Mama pakte een spiegel uit haar handtas en controleerde haar make-up. 'Het lijkt me het beste om vlak voor het moment van afvaart aan te komen,' zei ze. 'Ik wil de laatste zijn die aan boord gaat.'

We stopten in een achterafstraatje om te wachten op het geschikte moment voor haar triomfantelijke entree. De oud-student zette de radio aan en we hoorden een van de eindeloze speeches die zo typisch waren voor de afgelopen dagen: 'We hebben hun toestemming gegeven Duitsland te verlaten. Degenen die onze mensen vergiftigen, het uitschot, de dieven, wormen en misdadigers.' Daarmee bedoelden ze ons. 'Geen enkel land wil hen opnemen. Waarom zouden wij die last moeten dragen? We hebben onze straten schoongeveegd en dat zullen we blijven doen tot de verste uithoek van ons rijk van die bloedzuigers is bevrijd.'

'Wat mij betreft gaan we naar de haven.' Dat was het eerste wat mijn vader zei sinds we Berlijn hadden verlaten. 'Zo is het wel genoeg.' Hij gebaarde naar de Bruut dat we moesten gaan rijden en dat hij die verdraaide radio uit moest zetten.

Toen we de hoek om reden, kwam het drijvende eiland dat onze redding zou zijn in beeld. Een reusachtige, indrukwekkende kolos in dezelfde kleuren als mama's jurk, zwart-wit, lag in het water en was zo hoog als de hemel. Een complete, drijvende stad. Ik hoopte dat we daar veilig zouden zijn. Het zou onze gevangenis worden voor de komende twee weken. En daarna: vrijheid.

De Brutenvlag wapperde aan één kant van het schip. Daaronder, in witte letters, een naam die ons voor altijd bij zou blijven: St. Louis.

De paar stappen tussen de auto en de kleine douanehut die hier van daar scheidden, leken bijna oneindig. Je wilde daar komen maar dat kon niet, zelfs niet als je rende. De korte afstand beroofde me van mijn laatste beetje overgebleven energie. Mijn ouders deden hun best de rug recht te houden. Het duurde nog even tot ze hun masker konden afzetten en mochten instorten.

De autorit was de langste, meest intense en vermoeiendste van mijn leven geweest. Ik wist zeker dat de twee weken van onze trans-Atlantische reis voorbij zouden vliegen, veel sneller dan de reis vanuit Berlijn, de grootse hoofdstad, naar Hamburg, de belangrijkste haven van Groot-Duitsland.

Toen we dichter bij de douanehut kwamen, begon een bandje waarvan alle musici in het wit waren gekleed '*Frei weg!*' te spelen. Ik schrok me kapot bij de eerste tonen. Ik had altijd een hekel gehad aan marsen. Van die triomfantelijke melodieën gingen mijn nekharen overeind staan. Het was onmogelijk om de mars getiteld 'Daar gaan we!' niet als een grote trap na te zien. Ik had geen idee wat de bedoeling van de scheepsmaatschappij was: ons opvrolijken of ons laten vergeten dat we vanaf het moment dat we voet op de St. Louis zetten nooit meer naar Duitsland zouden terugkeren.

Het schip was hoger dan ons appartement in Berlijn. Een, twee, drie... ik telde wel zes dekken. Achter de kleine, gesloten patrijspoorten waren de hutten. Er stonden heel veel mensen aan dek. Iedereen moest al aan boord zijn. We waren de laatsten, mama had zoals gewoonlijk natuurlijk weer haar zin gekregen.

Twee Bruten achter een geïmproviseerde tafel onder aan de loopplank bekeken ons met afkeer. Papa opende zijn koffertje en gaf hun eerst drie documenten die waren getekend door de Cubaanse immigratiebeambten, de vergunning om naar Havana te reizen en daar voor onbepaalde tijd te blijven. De twee mannen controleerden de papieren zorgvuldig, ook al konden ze ze niet lezen omdat ze in het Spaans waren, en vroegen papa toen naar onze paspoorten en onze retourtickets voor de St. Louis.

Mama staarde naar de schommelende plank die haar weldra zou scheiden van het land waarin ze geboren was. Ze wist dat ze over een paar minuten niet langer Duits zou zijn. Ze zou geen Strauss of Rosenthal meer zijn. Ze bleef tenminste nog wel Alma. Haar eigen naam zou ze niet kwijtraken. Ze weigerde antwoord te geven aan de Bruten, laaggeplaatste militairen die het lef hadden haar, de kleindochter van een oorlogsveteraan die was onderscheiden met het IJzeren Kruis, te verhoren.

Nadat ze onze documenten pagina voor pagina hadden bekeken, drukte een Bruut de stempel voor ons vertrek in een kussen met rode inkt. Hij liet hem hard neerkomen op onze foto's, en bij elke klap huiverde mama, maar ze sloeg haar blik niet neer. We werden gemerkt met een gemene rode J op het enige identiteitsdocument dat ons zou vergezellen op ons Cubaanse avontuur. Een onuitwisbaar litteken. We zouden voor altijd bij de bannelingen horen, de mensen die niemand wilde, degenen die sinds het begin der tijden werden gedwongen hun huis te verlaten.

Mama probeerde niet te huilen, maar twee tranen dreigden haar onberispelijke make-up te verpesten waarmee ze de plaats wilde betreden waar ze de komende veertien dagen gelukkig hoopte te kunnen zijn. Misschien om een ergere uitbarsting van haar emoties te voorkomen, sloeg ze van achteren haar armen om me heen en ik voelde haar lippen tegen mijn oor.

'Ik heb een verrassing.'

Ik hoopte dat ze niets geks zou doen. *Vergeet niet dat ons leven op dit moment op het spel staat, mama!*

'Ik vertel het je wel in onze hut.'

Ik dacht dat ze mij en zichzelf alleen maar probeerde te kalmeren. Ik moest beloven dat ik niets tegen papa zou zeggen. Ze zou ons het nieuws vertellen als we eenmaal veilig aan boord waren en de Duitse kust in de verte vervaagde.

Ik zag haar glimlachen. Het moest wel goed nieuws zijn.

Eén van de Bruten kon zijn ogen niet van mama af houden. Ze was ook zonder enige twijfel de elegantste passagier van het schip. Het kon zijn dat hij probeerde te tellen hoeveel diamanten er in de broche bij haar taille zaten. We hadden ons eenvoudiger moeten kleden en niet moeten laten doorschemeren dat we anders waren of dachten beter te zijn dan de rest. Maar zo was ze. Ze zei dat ze absoluut geen reden had om zich te schamen voor wat ze van al die generaties Straussen had geërfd. Nu dacht die verachtelijke Bruut dat hij het recht had om het fortuin in handen te krijgen dat voor altijd haar unieke stempel droeg. En toch was het deze Bruut die kon besluiten of ze haar sieraden mee mocht nemen en we mochten vertrekken. In een oogwenk konden ze onze papieren afkeuren en papa arresteren. Dan zouden we echt geen toekomst meer hebben.

Honderden passagiers verdrongen elkaar op de dekken van het schip en leken piepklein, daar boven ons. Sommigen keken naar ons, anderen zochten familieleden in de haven. Plotseling werden we verblind door de flits van een camera. Een man nam foto's van ons. Ik verstopte me achter papa. Dat moest iemand van *Das Deutsche Mädel* zijn. Ik wilde tegen hem schreeuwen dat ik niet zuiver was.

Mama kromde haar lichaam en zette tegelijkertijd haar schouders iets vooruit en maakte haar nek ietsje langer. Ze stak haar kin naar voren. Ik kon niet geloven dat zelfs nu ze op elk moment onze spullen konden doorzoeken, dat ons afgepakt kon worden wat we nog hadden en dat ons vertrek nog kon worden geannuleerd, ze ergens de tijd vond om te bedenken vanuit welke hoek ze gefotografeerd werd.

De Bruut controleerde onze paspoorten nog een keer en bleef er bij eentje hangen: dat van papa. Ik overwoog weg te rennen, de haven uit, en me in de donkere straten van Hamburg te verbergen.

'Wormen,' gromde de Bruut minachtend, met zijn blik nog op papa's documenten omdat hij niet de moed had hem in de ogen te kijken.

Mama beefde van angst. *Draai je niet om, mama. Let maar niet op hem. Trek je er niets van aan.* Voor hen zijn we wormen, parasieten, zwijnen, sluw, immoreel, bedrieglijk. Dat was wel zo'n beetje de hele lijst. Ik dacht: laat ze ons maar noemen hoe ze willen. Op dat moment kon niets me meer raken.

Vier matrozen kwamen de trap af en wachtten. Papa keek naar de Bruten en toen naar de matrozen, en wierp vervolgens een blik achterom om te kijken of onze auto er nog stond.

De matrozen omringden ons nu. Een van hen pakte een koffer op en de anderen deden hetzelfde. Ze verdeelden onze koffers onderling en beklommen de zwaaiende trap ermee. Onze bagage had het tenminste voor elkaar gekregen aan boord te komen.

Er brak een golf tegen de boeg van de St. Louis.

De Bruten staarden naar papa. Ons negeerden ze. Als ze hem zouden arresteren, zouden we aan land blijven. We konden niet zonder hem gaan! Maar mama was inmiddels alle angst voorbij en dacht alleen nog maar aan de entree die ze zou maken. Oefende in haar hoofd.

'Herr Rosenthal, hopelijk tot nooit meer ziens,' verkondigde de Bruut.

Misschien verwachtte hij een antwoord, maar papa pakte zwijgend onze documenten, controleerde ze zorgvuldig en stopte ze weer in zijn koffer.

Toen boog hij zich voorover en fluisterde in mijn oor: 'Dit is de belangrijkste bagage die we hebben. We kunnen zonder onze kleren, andere bezittingen en geld, maar deze papieren zijn onze redding.'

Hij gaf me een kus en zei hardop, terwijl hij naar het bovenste puntje van de St. Louis keek: 'Cuba is het enige land dat ons wil hebben. Dat mag je nooit vergeten, Hannah.'

De band hield op met spelen. Onze eerste koffers waren waarschijnlijk al in onze hut. Er stonden er nog maar twee op de kade. En wij drieën. We stonden nog steeds op Duitse bodem.

De trap was leeg. Mama staarde naar de voorsteven van het schip.

'Onze hut is op het bovenste dek,' zei ze, en ze streek haar haar glad en pakte mijn hand vast. 'Het is kleiner dan thuis, maar het zal je vast bevallen, Hannah.'

Een matroos pakte de twee overgebleven koffers. Papa wilde achter hem aan lopen, toen mama hem bij de arm pakte. Ik besefte plotseling dat mama onder geen beding samen met de bagage aan boord van de St. Louis zou gaan, zelfs al was het haar eigen bagage. Zodra ze de matroos door de hoofdingang van het schip zag verdwijnen en had gecontroleerd of er niemand anders meer op de loopplank was, gaf ze papa een kus op zijn wang als teken dat hij kon gaan lopen.

Hij ging als eerste. Achter hem hield ik me stevig vast om niet in het water te vallen. De trap zwaaide zo wild! Ik schrok me rot van de scheepshoorn. Toen ik me omdraaide zag ik mama langzaam lopen en op haar bijzondere manier haar neus in de lucht steken en alles om zich heen negeren. Achter haar rug zaten de Bruten nog op hun post. Als wij de laatste mensen waren die aan boord gingen, snapte ik niet waarom ze niet weggingen. In de verte zag ik ook onze auto staan.

Boven aan de loopplank wachtte een kleine man met een belachelijk klein snorretje op ons. Hij zag eruit als een legerofficier, had een streng uiterlijk en stond in zijn volle lengte opgericht, als om over te brengen dat hij de baas was van het grootste schip van de haven.

'Niet bang zijn, Hannah. Dat is Gustav Schröder, de kapitein,' stelde papa me gerust.

Ik hield me stevig aan de reling vast. Het was een koude dag, maar ik wist dat dat niet de reden was dat ik rilde. *Ik ben bang, papa,* wilde ik zeggen, en ik keek naar hem zodat hij zou begrijpen hoezeer ik hem nodig had, dat ik me zonder zijn bescherming geen millimeter kon verroeren. Maar we waren nu bijna boven en ik had mijn oren gespitst om te horen of iemand ons tegen zou houden. Ik hoorde niets.

We zijn veilig, probeerde ik steeds maar weer tegen mezelf te zeggen, zodat ik het ook echt zou gaan geloven.

We waren echt de laatsten die aan boord gingen. Ik hoorde alleen maar 'ik hou van je' en 'ik zal je nooit vergeten' uit wanhopige monden, de geschreeuwde afscheidsgroeten vanaf het dek, het huilen gecombineerd met de hoorns van de schepen die de haven in- en uitvoeren.

We stonden niet meer op het land. Onder ons leken de mensen op de kade piepkleine, weerloze mieren die heen en weer renden voor een laatste blik op de passagiers.

Met elke stap die ik nam voelde ik me groter en veiliger. We lieten de haven en de Bruten achter ons. Ze werden steeds kleiner. En ik voelde me zo groot als het schip zelf. Ik was veranderd in een machtige, sterke reus terwijl de kades uit het zicht verdwenen.

Ik was onoverwinnelijk. We hadden een berg beklommen en papa en ik hadden de top bereikt! Zodra ik aan boord stapte van dit kolossale vaartuig dat nu ons schild was, verdween mijn angst als bij toverslag. Het avontuur was begonnen.

Het lawaai was oorverdovend. Niemand op de kade kon ons nu nog horen, maar veel van de passagiers schreeuwden nog steeds naar de ongelukkigen die het niet was gelukt een levensreddend visum en een ticket voor het schip te bemachtigen dat hen naar de vrijheid had kunnen brengen.

De kapitein stapte op ons af. Hij was zo klein dat hij zijn hoofd in zijn nek moest leggen om papa aan te kijken. Met een buiginkje waaraan we niet meer gewend waren, stak hij zijn hand uit naar mijn ouders, die met een afwezige glimlach reageerden.

'Herr Rosenthal, Frau Rosenthal.' Hij had de zware stem van een operazanger.

Hij pakte mijn rechterhand voorzichtig beet en bracht hem naar zijn lippen zonder mijn huid te raken. Als ik niet zo verbijsterd was geweest had ik een reverence gemaakt.

We waren er eindelijk. Er was geen ruimte om langs het dek te lopen, want de passagiers stonden op elkaar gepropt bij de reling die uitkeek over de haven, alsof ze dicht wilden blijven bij alles wat ze nooit meer zouden zien, een beeld dat was gedoemd uit onze herinnering te verdwijnen.

Mama bleef doodsbang staan. Ze wilde niet nog een stap zetten en een deel worden van deze wanhopige mensenmassa. Toen realiseerde ze zich ineens dat wij drieën – papa, ik, en zelfs zij – net zo beklagenswaardig waren als alle andere bannelingen aan boord. Of we het nu leuk vonden of niet, we zaten allemaal in hetzelfde schuitje.

Kijk maar goed naar ze, mama. We waren een beklagenswaardige massa vluchtende mensen die uit hun huizen waren geschopt. Binnen een paar seconden tijd waren we immigranten geworden, iets wat ze nooit had willen accepteren. Die realiteit moest ze nu onder ogen zien.

Plotseling probeerde een dunne arm zich door de menigte te wringen naar de kapitein, die nog bij ons stond. Een zwaaiende man werd aan de kant geduwd en ik hoorde een stem die tegen me zei: 'Kom snel met me mee!'

Aan het einde van de arm verscheen zwart haar, warriger dan ooit, het tot bovenaan dichtgeknoopte overhemd, de korte broek en zijn grote ogen, met die wimpers die altijd eerder ergens waren dan hij.

'Leo! Ben jij dat echt? Ik kan het niet geloven!'

'Wat? Sta je met je mond vol tanden? Kom nou!'

Er klonk een lange toon van de scheepshoorn. We gingen, samen, naar een plek waar niemand onze neus of ons hoofd zou opmeten, of de textuur van ons haar zou vergelijken, of onze oogkleur zou classificeren. We gingen naar een eiland dat je had getekend in de modder van een stad waar we nooit zouden terugkeren.

Naar Havana, Leo. Over twee eindeloze weken zouden we in Havana aankomen.

Zouden we daar tulpen planten? Ik had geen idee of tulpen wel konden groeien op Cuba.

DEEL 2

Hannah

St. Louis, 1939

Zaterdag 13 mei

Ik heb gehoord dat als je sterft, je leven voor je ogen voorbijflitst tot het moment dat je hersens uitvallen, maar dat je geen pijn of nostalgie voelt. Na ons vertrek uit Duitsland leek ik nog maar drie herinneringen uit mijn kindertijd te hebben.

De eerste is dat ik in de armen van Eva lag, dicht tegen haar grote, warme boezem aan in het bed van haar piepkleine kamertje naast de keuken. Papa zei dat ik te jong was om daar zo'n levendige herinnering aan te hebben, maar ik herinnerde me nog duidelijk haar parfum van citroen, bergamot en cederhout vermengd met de geur van zweet en kruiden. Dit was de vrouw die had geholpen me op de wereld te zetten en voor me had gezorgd terwijl mama een aantal weken in het ziekenhuis moest herstellen van de bevalling. Ik kan me nog steeds de zachte manier herinneren waarop mama later kwam zeggen dat het tijd was om naar mijn eigen bed te gaan, en mijn bittere tranen omdat ik niet weg wilde bij Eva. Het was de enige plek waar ik me veilig voelde.

Mijn tweede herinnering gaat terug naar mijn vijfde levensjaar en ik met papa meeging naar de universiteit. Ik verborg me onder zijn lessenaar in de gigantische zaal waar hij college gaf aan honderd of meer studenten die gefascineerd luisterden terwijl de intelligentste man ter wereld de geheimen van het menselijk lichaam ontrafelde. Papa's stem klonk alsof hij een religieus ritueel uitvoerde of de Thora uit zijn hoofd citeerde. Hij herhaalde het woord 'femur' meerdere keren en wees naar reusachtige ledematen die op een plaat aan de muur stonden, en ik besloot dat als ik ooit een hond mocht van mijn ouders, ik hem Femur zou noemen.

Mijn derde herinnering gaat over mijn vijfde verjaardag, toen mijn ouders me beloofden dat we op een dag een wereldcruise zouden maken met een luxe lijnschip. Daarna was ik avonden lang bezig op de kaart naast mijn bed onze route uit te stippelen naar verre landen met de gedachte dat ik het gelukkigste kind op aarde was.

Dat waren de enige drie dingen die ik me leek te kunnen herinneren. En helaas ging één ervan over Eva, die ik nooit meer zou zien. Het uitwisproces was al begonnen. Mijn nieuwe boek met herinneringen was leeg.

Leo en ik stonden aan de stuurboordreling van het schip naar de passagiers te kijken die naar hun familieleden beneden zwaaiden. De mensen op het land tuurden naar ons omhoog, en niet alsof we gered werden, maar alsof we een afschrikwekkend, ondenkbaar lot tegemoet gingen.

Leo en ik verwijderden ons van de massa en richtten onze blik op de rivier de Elbe, die ons naar de Noordzee zou brengen waarna we ver weg van de Bruten zouden varen. Het werd hoog tijd dat we die haven met zijn stinkende olie en vis achter ons lieten. Ik wilde niet dat mijn ogen er nog meer van op zouden nemen. Ik kneep ze stijf dicht en hield me aan Leo vast alsof ik dan het deinen van dit enorme ijzeren monster niet zou voelen. Ik dacht dat ik zeeziek werd.

De kapitein keek naar ons vanaf de brug, waar hij met zijn handen op zijn rug heen en weer liep. Ondanks zijn belachelijke snorretje en geringe lengte was hij een indrukwekkend figuur. Hij gebaarde dat we naar boven moesten komen, naar hem toe. Leo was nog enthousiaster dan ik. Hij trok aan mijn hand zodat we konden rennen. Ons avontuur was begonnen.

Vanaf de brug leek de haven piepklein. Ik werd weer misselijk van de geur van roestig ijzer en de golvende beweging van het schip. Toen hij dat zag, sprak de kapitein me direct aan met die diepe stem van hem die zo in strijd leek met zijn kleine lichaam: 'Over een paar minuten stabiliseert het schip en dan zul je niet eens meer het water in de glazen zien bewegen. Stel je me niet aan je vriend voor, Hannah?'

Leo barstte bijna uit elkaar van trots. Eerder had hij altijd piloot willen worden, maar nu zou dat vast kapitein zijn. Hij rende opgewonden naar het bedieningspaneel, maar de kapitein waarschuwde hem: 'Je mag hier komen, maar je mag niets aanraken wat de 231 bemanningsleden en de 899 passagiers aan boord in gevaar kan brengen. Ik ben verantwoordelijk voor hen allemaal.'

Leo wilde precies weten wanneer we aan zouden komen en hoe snel dit schip kon varen, dat meer dan 16.000 ton woog en 575 voet lang was.

'Wat gebeurt er als er iemand overboord valt?' vroeg Leo gefascineerd. 'Welke haven bereiken we als eerste? Welke andere landen bezoeken we? En wat als er iemand ziek wordt?'

'De eerste haven die we aandoen is Cherbourg. Daar pikken we nog 38 passagiers op.'

Het waren te veel vragen tegelijkertijd en de kapitein glimlachte niet, maar Leo en ik hadden hetzelfde gevoel: dit was een machtig man, die veel wist. En nog wat: hij wilde onze vriend zijn.

'Ga nu maar naar de eetzaal,' droeg hij ons op. 'Ze zijn de laatste maaltijd van de dag al aan het serveren.'

Ik ging voorop en Leo volgde me de eetzaal van de eerste klasse in. Toen hij bij de deur aarzelde, was het mijn beurt om hem bij de arm te nemen.

'Ze zullen me eruit gooien, Hannah!'

Toen ik de grote deur opende die was gedecoreerd met symmetrische spiegels, bladeren en bloemen, werden we verblind door het licht dat vanbinnen kwam. Geboend hout en gigantische kroonluchters met traanvormige glazen parels die schitterden als diamanten. We bevonden ons in een drijvend paleis midden op zee.

Een vriendelijke, als marineofficier in het wit geklede, steward wees ons onze plaatsen, waar mama zwaaide vanaf de grote tafel alsof ze een gebaar van erkenning naar haar bewonderaars maakte.

Als een echte heer en met ceremonieel stond papa op en stak zijn hand uit naar Leo, die hem schuchter schudde en een lichte buiging naar mama maakte.

'Jullie moeten goed eten. Het wordt een lange overtocht.' De Godin was terug, haar woorden zoetvloeiend en duidelijk.

Ik wist niet waar ze de tijd vandaan had gehaald zich om te kleden en zich opnieuw op te maken. In de eenvoudige, mouwloze roze katoenen jurk zag ze eruit als een schoolmeisje. Ze had haar pareloorbellen vervangen door diamanten, die schitterden als ze haar hoofd bewoog. Papa droeg nog steeds zijn grijze flanellen pak met vlinderdas.

Aan één kant van de zaal stond een grote tafel die was overladen met allerlei soorten brood, zalm, zwarte kaviaar, dungesneden plakken vlees en groenten in verscheidene kleuren. Dit was het 'lichte buffet' dat de St. Louis aanbood terwijl we Hamburg uit stoomden.

De bediende schonk mama haar lievelingschampagne in. Leo en ik kregen warme melk, zodat we goed konden slapen.

Papa stak zijn borst weer vooruit en aan zijn gezicht was te zien dat hij zich eindelijk weer op zijn gemak voelde in zijn omgeving. Vier mannen verlieten de tafel waar hun gezin zat om hem te begroeten en noemden hem professor Rosenthal. Hij kwam overeind en stak hoffelijk zijn hand naar hen uit. Hij omhelsde de laatste en sloeg hem op de rug, waarbij hij iets zei wat niemand anders kon horen. De mannen begroetten mama ook, maar zonder dichtbij te komen. Ze glimlachte terug vanaf haar Thonet-stoel met een glas vol bubbels in haar rechterhand.

Het was nogal warm. Mama haalde een zakdoek tevoorschijn en depte haar gezicht om te voorkomen dat transpiratie haar make-up verpestte. Twee bemanningsleden trokken de rode fluwelen gordijnen opzij om wat ramen open te zetten. Het briesje vanaf het dek haalde de benauwdheid weg en liet de geur van gerookte vis en vlees waar ik misselijk van begon te worden vervliegen.

De steward kwam Leo vragen of hij nog iets wilde en noemde hem 'meneer'. Ik weet niet waar mijn vriend het meest van schrok, dat hij 'meneer' werd genoemd of dat iemand hem op zo'n manier benaderde. Leo gaf geen antwoord, dus ging de steward de tafel verder rond om ieders bestellingen op te nemen. Het was duidelijk dat Leo er niet aan gewend was om goed behandeld te worden, helemaal niet door iemand van het 'zuivere ras'.

'Geloof je dat nou?' fluisterde hij zo dicht bij mijn oor dat ik dacht dat hij me een kus zou geven. 'We worden door de Bruten bediend!'

Hij begon te grinniken en hief zijn glas met warme melk om een dronk uit te brengen.

'Op u, gravin Hannah! Dit wordt een lange, fantastische reis!'

Ik moest hard lachen en daar moest mama weer om glimlachen.

'Ja, Leo. Drink je warme melk maar op, het zal je goed doen,' antwoordde ik met de stem van een bemoeizuchtige oude gravin.

Aan de tafels naast ons hieven vier jonge mannen ook hun glas. Papa glimlachte naar hen, knikte kort en nam zo vanaf een afstandje deel aan hun toast. Leo en ik keken toe en probeerden niet te giechelen.

'We gaan morgen zo veel lol maken!' fluisterde hij blij, en hij goot zijn melk in één keer achterover.

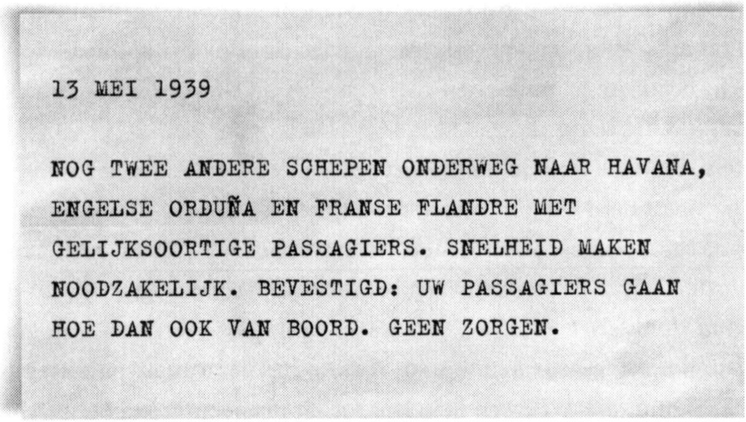

13 MEI 1939

NOG TWEE ANDERE SCHEPEN ONDERWEG NAAR HAVANA, ENGELSE ORDUÑA EN FRANSE FLANDRE MET GELIJKSOORTIGE PASSAGIERS. SNELHEID MAKEN NOODZAKELIJK. BEVESTIGD: UW PASSAGIERS GAAN HOE DAN OOK VAN BOORD. GEEN ZORGEN.

Telegram van de Hamburg-Amerika Lijn

Maandag 15 mei

Ik wist even niet waar ik was. Toen ik wakker werd, hoorde ik de tonen van een viool, die het intermezzo speelde van een van de opera's waar papa 's avonds thuis altijd graag naar luisterde. Dit was een droom. We waren weer in Berlijn en de Bruten waren niets meer dan een nachtmerrie, gecreëerd door mijn gestoorde brein.

Ik zag mezelf aan mijn vaders voeten liggen, die naast de platenspeler zat. Hij streelde mijn hoofd en bracht mijn haar door de war terwijl hij me vertelde over de heldin van de opera. Thaïs, een courtisane en priesteres in het machtige Alexandrië, Egypte. Ze wilden haar al haar bezittingen afnemen en haar dwingen de goden af te zweren die ze altijd had aanbeden. Ze moest de woestijn oversteken om voor haar zonden te boeten.

Ik opende mijn ogen en zag dat ik in mijn hut was. De deuren naar papa's kamer stonden open en ik zag de platenspeler. Hij zat in bed te lezen en luisterde net als vroeger naar de 'Méditation' van Thaïs. Het orkest sloot de rest van de wereld buiten.

Ze zouden ons terug naar Berlijn sturen omdat we de platenspeler hadden meegenomen! Ik was ervan overtuigd dat hij op de lijst met bezittingen had gestaan die we hadden moeten opstellen. Wie was zo stom geweest om hem mee te nemen? Mama zou het papa nooit vergeven. Ze zou moeten huilen en mij ook de schuld geven, en erop aandringen dat we allemaal moesten verdwijnen. Misschien zou ze ons proberen te vergiftigen met die vreselijke capsules die Leo's vader voor ons had gekocht.

Maar mama liep mijn hut binnen en leek levenslustiger dan ooit. Als zij geen probleem maakte van de platenspeler, als ze niet dacht dat we zouden worden teruggestuurd wegens papa's onverantwoordelijke liefde voor muziek, betekende dat dat we veilig waren.

Ze straalde en zag er zelfs nog eleganter uit dan anders. Dat ze de lethargie van de afgelopen vier maanden van zich af had moeten schudden om onze vergunningen te bemachtigen en de stoffige straten van een Berlijn vol in ziekmakende eendracht marcherende Bruten had moeten afzoeken, had haar wondergoed gedaan. Ze droeg een lange, losse broek van ivoorkleurig gabardine, een blauwe katoenen blouse met bijpassende turban, een om haar nek geknoopt sjaaltje en een zonnebril met schildpadmontuur om haar ogen op het dek tegen de zon te beschermen. Een brede gouden armband glinsterde aan haar onderarm. Ook droeg ze haar oogverblindende trouwring weer.

De Godin in haar volle glorie hersteld.

'Je mag overal heen, behalve de machinekamer,' zei mama tegen mij. 'Daar is het gevaarlijk. Ga plezier maken, Hannah. Je vader blijft hier lezen. Het is een prachtige dag.'

Ze verliet de hut alsof het schip van haar was, gretig om voor het eerst in vele maanden frisse lucht binnen te krijgen.

We waren nog in Europa, in een andere haven. Ineens drongen de geluiden tot me door. Ik wilde dolgraag op volle zee zijn en ergerde me aan de zeemeeuwen die over ons heen suisden, de geuren van vis en gedroogd bloed gemengd met die van roest en het vet van de motoren, en aan het geloei van schepen die de haven naderden en verlieten.

Op het dek zag ik mama in de buurt van de reling staan. Ze kreeg thee geserveerd terwijl ze omlaag tuurde naar de haven van Cherbourg, in Frankrijk, en de 38 passagiers die aan boord kwamen uitgebreid observeerde. Blijkbaar herkende ze geen van hen, want ze liep nu naar een van de dekstoelen aan de stuurboordzijde van het schip.

Ik dacht niet dat ze bevriend zou raken met de andere vrouwen in de eerste klasse. Ze keek toe als ze langsliepen en begroette hen best vriendelijk, maar daarna zette ze haar donkere zonnebril op en negeerde al die elegante vrouwen die misschien wel naast haar hadden willen gaan zitten. Ze wilde alleen zijn. Na al die maanden opgesloten te hebben gezeten met de luiken dicht zonder de deur uit te gaan om haar vriendinnen te zien, was ze eraan gewend geraakt geen gezelschap te hebben.

Ik wist dat de zeelucht mama goed zou doen. Ze leek vrij, kon haar mooiste outfits aan en pronken met haar sieraden. En ze werd bediend. Maar bij het binnengaan van de balzaal had ze even geaarzeld. Toen ze de vorige avond de deur opende, had ze een rood-wit-zwarte vlag op de achterwand gezien. Ze had een grimas getrokken die alleen mij opviel en was zonder een woord te zeggen weggelopen. Rechtstreeks naar de kapitein. Niemand wist wat ze had gezegd, maar de volgende ochtend was de vlag wel mooi verdwenen. Het eerste wat ze deed, zelfs nog voor het ontbijt, was naar de balzaal gaan en kijken of de kapitein zich aan zijn woord had gehouden.

'Zolang we op zee zijn zal hij voor ons zorgen,' zei ze later. 'Het is een echte heer.'

Het schip begon te trillen en de hoorn klonk. Nu waren we echt op weg.

Achter haar donkere bril glimlachte mama tevreden op een manier die ik nooit eerder had gezien.

Leo kwam achter me staan en sloeg zijn vochtige handen voor mijn ogen. Ik speelde het spelletje mee en vroeg of hij papa was.

Hard lachend trok hij zo hard als hij kon aan mijn arm. Hij zwaaide de scepter in de eerste klasse. Hij kwam en ging alsof hij heer en meester was op ons dek en was niet bang meer dat iemand hem zou terugsturen naar zijn vaders hut in de toeristenklasse. Hij hoorde hier bij mij. De kapitein en stewards wisten dat.

Ik vond het geweldig om Leo zo netjes gekleed te zien. Door zijn bruine jas met grote knopen en borstzakken zag hij er ouder uit, maar zijn korte broek en lange kousen verraadden zijn leeftijd.

Hij deed een stap naar achteren zodat ik mijn mening kon geven en spreidde zijn armen alsof hij wilde vragen wat ik van zijn overtocht-outfit vond, en wachtte zenuwachtig op mijn oordeel. Ik bekeek hem zwijgend van top tot teen. Ik liet hem lijden. Hij werd wanhopig.

'Ga je niet zeggen hoe je vindt dat ik eruitzie?'

'Als een echte graaf,' zei ik voor de grap, en hij brulde van het lachen.

'En jij bent de enige gravin aan boord, Hannah,' antwoordde hij, voordat hij wegrende om aan zijn ronde door de eerste klasse te beginnen.

Als iemand tegen de reling stond, verontschuldigde Leo zich en wachtte tot die persoon voor hem opzijging, want hij was niet van plan de route aan te passen die hij gepland had voor zijn nauwkeurige inspectie van het schip waarop we de komende veertien dagen zouden doorbrengen.

Ik kwam hem achterna als zijn trouwe metgezel. Dit was de eerste keer dat ik hem gelukkig zag.

15 MEI 1939

BREEK VERBLIJF IN CHERBOURG AF. VERTREK ZSM
OP VOLLE KRACHT. SITUATIE HAVANA GESPANNEN.

Telegram van de Hamburg-Amerika Lijn

Woensdag 17 mei

'Ik wacht al uren,' zei Leo, die tegen een van de ijzeren pilaren op het dek leunde.

'Kijk, een koekje voor je. Dat moest ik eigenlijk tot bedtijd bewaren.'

'Naar de machinekamer!'

'Wat? Dat is de enige plek waarvan mama zei dat ik er niet heen mocht, Leo!'

Een aantal stelletjes wandelde over het promenadedek om te kijken waar alles was. Er was een schoonheidssalon, een klein winkeltje met souvenirs van het schip, ansichtkaarten en zijden sjaals. Ik denk niet dat iemand de tien Reichsmark die we uit Duitsland hadden mogen uitvoeren daaraan wilde uitgeven.

We daalden zes niveaus af en liepen door een lange gang die eindigde bij een zware, ijzeren deur. Toen Leo hem opende, was het lawaai oorverdovend. De geur van verbrand vet maakte me misselijk. Als ik tegen de muur had geleund had ik mijn blauw-wit gestreepte jurk verpest. Ik wilde niet dat mama boos werd.

Leo tuurde nieuwsgierig naar het ingewikkelde mechanisme dat het reusachtige gevaarte aandreef waarop we voeren. Als het aan hem lag, zou hij uren kunnen kijken naar de zuigers die op en neer gingen in hun precieze, onveranderlijke ritme. Maar opeens verliet hij zijn observatiepost.

'Kom, we gaan terug naar de anderen!' schreeuwde hij naar me, en zijn stem werd opgeslokt door het lawaai van de motoren. Hij rende op een drafje weg.

Hij had al vrienden gemaakt op de St. Louis. Het leek alsof hij al maanden aan boord was. We gingen omhoog naar het vierde dek, waar een groepje jongens ongeduldig op ons – of eigenlijk op Leo – wachtte.

Een lange jongen met een suffig gezicht stond op toen Leo hen bereikte. Zijn pet stond scheef op zijn hoofd en zijn wangen waren rood van de koude wind.

'Edmund, straks word je nog verkouden,' riep zijn moeder die onder een dikke bruine deken onder een van de zonneschermen lag.

Edmund luisterde niet naar haar, maar stampte op de grond als een dreumes die op het punt stond een driftbui te krijgen.

Er waren nog twee jongens. Broers, zo vertelde de jongste, die zich aan me voorstelde als Walter en zijn oudere broer als Kurt. Kurt negeerde me. Ze droegen allebei veel te grote hoeden en jassen, net als hun schoenen en kousen, die los om hun enkels hingen. Ik vermoedde dat hun ouders nieuwe kleren voor de reis hadden gekocht die een paar maten te groot waren zodat ze er op Cuba, en waarschijnlijk ook nog op de plek waar ze daarna heen zouden gaan, nog lang mee konden doen.

'Dus jij bent de beroemde Hannah, "het Duitse meisje",' zei Walter plagerig. Ik schatte dat hij even oud was als ik of misschien iets ouder.

Ik deed net alsof ik hem niet had gehoord. Leo probeerde het ijs te breken door aan een beschrijving van het schip te beginnen: de schoorsteenpijp, de brug, de mast, die het hoogste deel van het schip was, het verschil tussen bakboord en stuurboord. Hij sprak over de kapitein alsof hij een goede vriend van hem was die hem elke avond om raad vroeg over de te nemen beslissingen, om ze vervolgens de volgende ochtend meteen uit te voeren.

Ik wist dat vroeg of laat iemand over 'het Duitse meisje' zou beginnen. Dat verrekte tijdschrift zou me mijn hele leven blijven achtervolgen. Ja, ik was het Duitse meisje, nou en? Ik wilde tegen hem zeggen dat ik misschien dan wel heel Duits leek, maar dat ik net zo ongewenst was als hij.

'Wisten jullie dat er een zwembad aan boord is?' vroeg Kurt, die constant de hoed voor zijn ogen moest wegschuiven. 'Als we midden op de Atlantische Oceaan zitten is het minder koud en dan gaat het open. Hebben jullie je zwemkleding mee?'

De suf uit zijn ogen kijkende jongen stelde voor dat we op het promenadedek zouden gaan spelen, maar Leo luisterde niet naar hem. We waren daar alleen maar als volgers van de populairste passagier van de St. Louis. Hij was de baas en deelde de bevelen uit, het enige wat ontbrak was een witte pet met zwarte klep zoals de kapitein droeg. En dus negeerden we Walters voorstel.

Eigenlijk deden we niets meer dan van de ene naar de andere plek rennen, maar zo leerde Leo de indeling van het hele schip kennen. Hij had de doolhoven al in zijn hoofd zitten die leidden naar de hutten, de balzalen, de sportruimte en de kamers waar de bemanning samenkwam om te kaarten en te roken. Leo kwam en ging wanneer hij maar wilde op de meest onvoorstelbare plekken. Er was niemand die hem tegenhield.

De groepjes kinderen hadden zich naar leeftijd gevormd. De jongsten bleven onder ouderlijk toezicht. De meisjes peinsden er niet over om zich met de jongens in te laten, dus keken ze vast gek naar mij omdat ik bij Leo's bende hoorde. Walter, de onhandigste van de twee broers – sinds we elkaar hadden ontmoet was hij gevallen, had hij zijn hoed verloren, en lag hij zo vaak een eind achterop dat we overwogen hem helemaal achter te laten – botste tegen een van de verwaande meisjes die zich voordeden als adolescenten.

'Kijk uit waar je loopt als je niet in de problemen wilt komen,' zei het langste meisje, dat een groteske matrozenpet droeg en een zonnebril op had die steeds van haar neus gleed. 'En wat doe jij bij die schooiers? Blijf maar bij ons. Frau Rosenthal zal niet blij zijn als ze erachter komt dat je met die jongens omgaat.'

Ik bleef even daar, niet omdat ik ook maar een greintje interesse had om vriendschap te sluiten met deze meiden, die in het leven maar werden opgeleid voor één ding: het huwelijk. Ik bleef omdat ik moe was van al het rennen. Leo zou me wel weer komen zoeken.

Het meisje met de donkere bril was een Simons. Haar familie had een aantal winkels in Berlijn. Om hun fortuin niet kwijt te raken hadden ze hun zaken overgedragen aan een 'zuivere' Duitser aan wie ze op de een of andere manier verwant waren. Maar ze waren precies hetzelfde geëindigd als wij en vluchtten op het laatste moment naar Cuba.

Mama kende Johanna Simons, de matriarch van de familie. Ze waren een keer samen wezen winkelen in Parijs en daarna moest ik aardig doen tegen hun dochter Ines tijdens eindeloos lijkende uren in de theezaal van het Adlon, terwijl onze moeders de stoffen, ontwerpen en kleuren van dat seizoen bespraken. Ines was sinds die tijd opgeschoten en ik herkende haar maar nauwelijks.

'Kom, we gaan naar de theezaal. Daar hebben ze koekjes en gebakjes,' zei ze, en ze liep weg, er zeker van dat we allemaal achter haar aan zouden komen.

De theezaal zag eruit alsof hij nooit was gebruikt. Hoe kon zo'n gigantisch schip dat op elke reis duizend passagiers vervoerde en meerdere maanden per jaar onderweg was in zo'n perfecte staat blijven? De tapijten waren smetteloos schoon. Het goudgalon van de stoelen was zo goed als nieuw, op de kanten tafellakens zat geen enkel vlekje, de zilveren lepels waren gepoetst en gegraveerd met het embleem van de Hamburg-Amerika Lijn. De verlichting, die op dat tijdstip van de dag vrij zwak was, wierp een doffe gloed over ons. Mama zou hebben gezegd dat in dat licht iedereen er mooi uit kon zien.

'Zo zijn wij Duitsers nou eenmaal,' zei Ines trots terwijl ze de zaal rondkeek.

O, Ines. Duitsers? Ik wilde haar toeschreeuwen: 'Het wordt tijd dat je niet meer denkt dat je één van hen bent. Bedenk maar eens waar je nu bent!' We stonden op het punt aan een nieuw leven te beginnen op een afgelegen plek in de Caraïbische Zee, waar de rest van de wereld niet meer was dan onbereikbare hoop.

'In Havana,' zei ze, 'zullen we net als de familie Rosenthal maar tijdelijk blijven. Mijn moeder heeft me verteld dat we eerst een paar dagen naar Hotel Nacional gaan en ons daarna zullen settelen in New York.' Ines leefde in de fantasieën van Frau Simons. Die liep met haar hoofd in de wolken, zei mama al altijd.

Aan de andere kant van de zaal zat een jonge vrouw alleen. Ze was de belichaming van verdriet. Ze hield een kop thee in haar handen, die ze niet één keer naar haar lippen tilde of neerzette. Door haar donkere kleding leek ze wat ouder dan haar leeftijd, maar omdat haar haren deels voor haar ogen hingen, kon ik die moeilijk schatten. Ze moest een jaar of twintig zijn geweest.

'Ze zal het niet makkelijk krijgen een echtgenoot te vinden,' verkondigde Ines, alsof ze een expert was met een rij huwelijkskandidaten voor haar voordeur. 'Ze heet Else. Mama geeft toe dat ze heel mooie benen heeft, maar een meisje dat alleen complimenten over haar benen krijgt, kan niet erg mooi zijn, toch?'

De twee andere meisjes lachten om haar grap terwijl ze hun thee dronken. Ik wilde daar weg. Het was nog erger dan met poppen spelen. Gelukkig verscheen Leo op dat moment in de deuropening. Hij zocht mij en gebaarde naar me dat ik met hem mee moest komen. Mijn redder in nood! Er was geen tijd te verliezen, want we hadden nog minder dan twee weken op een plek waar we konden doen wat we wilden.

Exemplaren van *Der Stürmer* waren bij de dekstoelen achtergelaten. Het leek erop dat een deel van de bemanning ons probeerde te intimideren. Ik was in elk geval niet van plan de koppen te lezen, maar Leo wierp er een blik op en werd ineens ernstig.

'Ze vallen ons aan in Duitsland,' zei hij, waarbij hij zijn typische samenzweerderige toon gebruikte. Hij liep alweer verder. 'We worden in de kranten besproken. Dit gaat de verkeerde kant op. Ze beschuldigen ons op de St. Louis ervan geld en kunstwerken te hebben gestolen.'

Laat ze maar zeggen wat ze willen, Leo. Wij waren ontsnapt, ze konden ons niet dwingen terug te komen. We waren op internationale wateren en zouden binnenkort arriveren op een eiland waar we toestemming hadden om voor onbepaalde tijd te blijven, hoewel velen van ons maar een paar weken in de tropen zouden wonen. We zouden wachten tot we aan de beurt zouden zijn om verder te gaan naar New York, het echte eiland, met onze immigrantenvisa.

Even later merkte Leo dat de kapitein op fluistertoon bevelen gaf aan de stewards. Snel ruimden ze de kranten op.

Leo ging in de houding staan en salueerde. De kapitein glimlachte naar hem en bracht ook zijn hand ter hoogte van zijn wenkbrauw.

OPGERUIMD STAAT NETJES!

Kop van Duitse krant *Der Stürmer*, mei 1939

Donderdag 18 mei

De enige mensen bij wie mama zich op haar gemak voelde aan boord waren de Adlers, hoewel die te oud waren om de late avonden mee door te brengen. Hun hut was twee deuren bij de onze vandaan en telkens wanneer we naar het dek gingen, moesten we hen even gedag zeggen. Sinds meneer Adler aan boord was gegaan weigerde hij zijn bed nog uit te komen. Zijn maaltijden werden naar hem toe gebracht, maar hij at er zelden van. Mevrouw Adler maakte zich ernstige zorgen, want zo had ze hem nog nooit gezien.

'Het was heel pijnlijk voor hem om onze zoon en schoondochter vooruit te sturen naar Amerika. Hij is niet hersteld van die scheiding,' vertelde mevrouw Adler ons. 'Hij dacht dat de gemoederen met een paar maanden wel weer bedaard zouden zijn, maar de situatie werd alleen maar erger. We zijn alles kwijtgeraakt. Ons hele leven!'

Al pratend drukte mevrouw Adler koude kompressen tegen het voorhoofd van de oude man met witte baard, die zijn ogen niet eens opendeed als we daar waren. We keken toe terwijl zijn vrouw teder voor hem zorgde. Nu depte ze zijn huid met een of andere olie met menthol waarvan mijn ogen gingen tranen.

'Hij is alleen meegekomen omdat ik erop stond. Sinds we ons huis hebben verlaten zegt hij steeds maar weer dat deze reis geen zin heeft en dat hij niet de kracht heeft om opnieuw te beginnen.'

Mevrouw Adler zag eruit alsof ze zo uit een ouderwets boek was gestapt. Haar haren waren hoog opgestoken op haar hoofd en ze droeg een petticoat en een korset onder haar lange jurk, als een vrouw uit de vorige eeuw. Telkens wanneer we hen bezochten, gaf ze me een geschenk, dat ik van mama mocht houden. De ene keer was het een kanten zakdoek, een andere keer een kleine vergulde broche, of de koekjes met een laagje suiker die ik zo lekker vond. Geen idee hoe ze daaraan kwam, want die lagen al lang niet meer in de winkels.

We luisterden aandachtig naar mevrouw Adler toen ze ons hun verhaal vertelde. In zekere zin was het het verhaal van ons allemaal.

'We zijn allemaal iets kwijtgeraakt,' zei ze, en ze pauzeerde om droevig te glimlachen. 'Bijna alles.'

De Adlers hadden de leeftijd van 87 jaar bereikt, dus naar mijn mening hadden ze geen reden tot klagen. Acht decennia en zeven jaar. Wij kinderen, die hun leven nog voor zich hadden, waren degenen die zouden lijden.

Met elk uur dat verstreek werd de lichamelijke aftakeling van het echtpaar duidelijker. De oude man lag bewegingloos in bed en de alleen overgebleven mevrouw Adler moest toekijken hoe de liefde van haar leven en haar steun en toeverlaat langzaam afgleed terwijl dit schip naar het eiland voer dat onze redding zou zijn. Dit was hun enige oplossing op een leeftijd waarop je alleen kon hopen op een vredig afscheid.

'We leefden met illusies en zijn veel te laat wakker geworden,' zei mama, zonder een reactie te verwachten van mevrouw Adler, die alleen maar naar zichzelf luisterde. 'We hadden het moeten zien aankomen en al veel eerder moeten vertrekken.'

Ik wilde niet dat mama verdrietig was. Aan boord van de St. Louis was ze weer zichzelf geworden, terwijl papa zijn toevlucht zocht in muziek, de enige vluchtroute die voorkwam dat hij gek werd. De oude dame had haar verdriet voor zichzelf moeten houden.

'Waarnaartoe, Alma?' antwoordde mevrouw Adler streng. 'We kunnen niet ons leven lang steeds weer opnieuw beginnen. Eén generatie verder en ze vernietigen ons. We beginnen opnieuw en ze vernietigen ons weer. Is dat ons lot?'

Ze keken allebei naar mij, plotseling beseffend dat ik ook in de kamer was en aandachtig luisterde. Maar hun zorgen waren onterecht, want ik was niet bang voor hun pessimisme. Zij hadden hun leven al geleefd. Ik kwam pas net kijken en ik had Leo. De nachtmerrie lag achter ons.

Meneer Adler begon te trillen en een nare hoest maakte dat zijn zware maar zwakke lijf schokte. Hij ging dood. Het was alsof hij geen adem kreeg. We moesten een dokter roepen.

'Hij heeft wel vaker van zulke aanvallen,' zei mevrouw Adler, die er duidelijk aan gewend was. 'Gaan jullie nu maar fijn naar de zee kijken.'

Zij en mama omhelsden elkaar zonder elkaar te kussen. Ze wisselden hun verdriet uit en het wederzijdse medeleven was duidelijk zichtbaar.

Ik rende naar de gang, maar ik hoorde mama mijn naam roepen alsof ik weer een klein meisje was. Ze wist heel goed dat ik over een paar dagen twaalf zou worden.

'Zeg je geen gedag?'

Ik glimlachte van een afstandje – dat was genoeg zo – naar mevrouw Adler, die geen dag van deze reis had kunnen genieten.

Elke dag scheen de zon krachtiger op het dek en stroomde fel door de patrijspoorten van onze hut. We naderden zeker de tropen. Wat zonde dat de Adlers in duisternis leefden. Ze hadden hun passagiershut veranderd in een rouwkamer: de gordijnen dicht, alles duister. De lucht zwaar van de menthololie en alcohol die werden gebruikt om zijn koorts te laten zakken, en de zware ademhaling van de zwakke, oude man die alleen maar aan boord was gekomen om te sterven.

Een groepje lachende kinderen rende achter een man op rolschaatsen aan. Hij zwierde op het gladde promenadedek rond alsof het een ijsbaan was en het leek of hij elk moment kon vallen. Hij ging heel hard en we waren bang dat hij tegen de reling zou botsen, maar op het laatste moment remde hij steeds weer met de voorste punt van zijn schaats en bleef stilstaan alsof hij op applaus wachtte. Dan hief hij zijn armen en maakte een overdreven buiging.

De kinderen renden op hem af en probeerden hem om te duwen. Leo lachte. De man danste als een circusclown. De zwerm jongens en meisjes achtervolgde hem overal en hij was duidelijk heel trots op zijn prestatie op een plek waar nooit iets gebeurde.

'We moeten leren rolschaatsen!' verkondigde Leo. Ik snapte waarom hij het zo dringend zei; dit project stond genoteerd voor ons leven in Havana.

'Meneer Rosenthal en mijn vader praten met de kapitein. Denk je dat er problemen met het schip zijn? Gaan we zinken, net als de Titanic?' vroeg hij, alsof hij een horrorverhaal vertelde waar zelfs hijzelf niet in geloofde.

'Leo, het is mei en we zitten midden op de Atlantische Oceaan. Heel ver van ijsbergen af.'

Hij nam me mee naar een hoekje van het dek, ver weg van de passagiers op hun dekstoelen. Alles wat ik aanraakte op het schip was plakkerig van het zeezout. We gingen achter een paar reddingsboten zitten waarop het embleem stond van HAPAG, de scheepvaartmaatschappij die eigenaar was van de St. Louis. Ik was ervan overtuigd dat er niet genoeg waren voor de duizend opvarenden als we schipbreuk zouden lijden.

'Ik ga iets voor je regelen,' flapte Leo eruit.

Hij sprong altijd zo van de hak op de tak. Ik kon mijn ogen niet van hem af houden als hij zo tegen me praatte. Ik concentreerde me op zijn ogen en probeerde te bedenken wat hij dacht. Het maakte me blij dat hij zichzelf helemaal aan mij toewijdde, net als toen we nog samen in Berlijn waren. Maar ik had geen idee over wat voor project hij nu weer fantaseerde of wat hij van me wilde. Hij zou wel een plan hebben.

'Papa heeft me beloofd dat ik mama's trouwring mag hebben. Met wat die waard is, zouden we kunnen overleven op Cuba, maar ik wil hem aan jou geven. Ik moet hem er alleen nog van overtuigen dat het zo snel mogelijk moet. Als er iets gebeurt, moet jij hem bij je hebben. We kunnen hem laten verkleinen.'

Hij zei dit allemaal zonder naar me te kijken. Met zijn blik verlegen op de grond gericht begon hij met zijn handen te spelen en plukte aan zijn knokkels alsof hij ze eraf wilde trekken.

Betekende dat dat we verloofd waren? Ik durfde het hem niet te vragen, maar tegelijkertijd kon ik mijn blijdschap niet verbergen. Hij moest hebben gezien hoe mijn ogen glansden.

'*Danke*,' zei ik toen hij zijn handen op mijn schouders legde.

'Van nu af aan moet je *danke* vergeten en zeggen we *gracias*, oké?' Soms sprak Leo tegen me alsof hij een vader was die zijn kleine dochter van advies voorzag.

'*Gracias. ¿Comenzarás a hablar español?*' vroeg ik hem in het Spaans, ook al wist ik dat hij er niets van zou verstaan als ik het accent gebruikte dat ik door uren oefenen had verfijnd.

Hij herhaalde *gracias*, waarbij hij op een heel grappige manier de klemtoon op de g en de s legde. Ik barstte in lachen uit. Leo was de enige aan boord die ervoor kon zorgen dat ik het verleden vergat, omdat hij zo ontzettend in het heden leefde.

Er klonk een aangename melodie uit de luidsprekers. Eerst kon ik maar een paar maten goed horen en herkende ik die niet.

Ons korte, gelukkige intermezzo kwam tot een abrupt einde omdat Leo zich ergens zorgen om maakte. Zijn vader en de mijne waren nog steeds op de brug bij de kapitein en hij mocht niet in de buurt komen. Ze praatten zelfs niet meer als hij erbij was. Ze moeten zich hebben gerealiseerd dat hij alles hoorde, altijd goed oplette, en dan bij mij kwam met theorieën en halve waarheden.

Terwijl Leo stilzat, kon ik hem bestuderen zonder dat hij er last van had. Hij was nu langer, zijn kaak krachtiger en zijn ogen zelfs nog groter. De muziek werd luider. Het was 'Moonlight Serenade' van Glenn Miller en zijn orkest, dat in Berlijn erg populair was.

'Dat is Amerikaanse muziek, Leo!' riep ik, en ik schudde hem bij de schouders, omdat ik kon zien dat hij bedroefd was. Misschien dacht hij terug aan alles wat we hadden achtergelaten. Of miste hij zijn moeder.

'Ze verwelkomen ons, Leo! Amerika ontvangt ons met open armen!'

Ik hoorde hoe de trombones en vervolgens de strijksectie mee gingen doen. Ik stond op en begon met de melodie mee te neuriën.

'Zullen we woorden op de muziek verzinnen?' stelde ik voor, maar hij reageerde nog steeds niet.

Een serenade in het zilverachtige maanlicht, hier op het dek alleen voor ons tweeën. *Laten we de tekst verzinnen.* Ik begon rondjes te draaien met mijn ogen dicht en liet me meeslepen door de tonen die boven de oceaan zweefden.

Leo pakte mijn hand. Ik opende mijn ogen en zag hem glimlachen, terwijl hij heel langzaam met me ronddraaide. Onze bewegingen volgden het deinen van het schip. Ik liet mezelf weer gaan en het briesje waaide door mijn haren. Wat maakte het uit? We dansten. Ik volgde het ritme. Ik had geen idee wie van ons leidde. Het nummer was bijna afgelopen. De tonen werden langer. Ja, het kwam ten einde.

Nu hoorden we alleen nog maar het scheepssignaal dat ons vertelde dat het tijd was om te gaan eten.

Toegang Cuba beperkt voor alle buitenlanders. Om het land binnen te mogen is een borg van 500 peso's vereist, naast een visum dat is afgegeven door een Cubaans consulaat en goedgekeurd door het ministerie van Buitenlandse Zaken en Arbeid, niet alleen door de Immigratiedienst. Alle eerder afgegeven documenten zijn hierbij ongeldig verklaard.

Verordening 937, ondertekend door de president van de Republiek van Cuba,

Federico Laredo Brú

La Gaceta de Cuba, mei 1939

Vrijdag 19 mei

Het was een zware avond geweest. We waren mama bijna kwijtgeraakt. Ik wist dat ik daarop voorbereid moest zijn. Ik kon mijn moeder elk moment verliezen, zelfs nog voor ik twaalf werd. Dat mocht niet. Mama kon me dat niet aandoen en al helemaal niet zo vlak voor mijn verjaardag, want als ik die dan vierde zou ik altijd aan haar denken en verdrietig zijn.

Papa zat tot laat met de kapitein in zijn hut opgesloten en die mysterieuze ontmoetingen baarden haar zorgen. Hij kwam altijd ineengedoken terug, met hangende schouders. De man die ooit de meest elegante van Berlijn was geweest ging nu gebukt onder een vermoeide bochel.

Mama had de hele avond overgegeven. Ik moest haar alleen laten in de badkamer, want ik kon er niet tegen om haar zo te zien instorten.

'Het is niets. Ga lekker slapen. Ik leg het morgenochtend wel uit.'

Ze wist duidelijk iets wat ze me niet durfde te vertellen. Dat we al ons geld kwijt waren? Dat de Bruten van plan waren Amerika binnen te vallen en binnenkort de Atlantische Oceaan zouden oversteken? Dat we geen uitweg hadden en dat ze in de haven van Havana op ons stonden te wachten?

Zelfs door de gesloten deur heen kon ik haar horen braken. Schokkend over de toiletpot gebogen had ze er zo breekbaar uitgezien dat ik er bang van werd.

Een ondraaglijke stank begon zich vanuit de badkamer te verspreiden, door haar hut en naar de mijne. Ik trok het kussen over mijn hoofd om het kokhalzen en de geur buiten te sluiten. Uiteindelijk viel ik in slaap.

De volgende ochtend was het alsof er niets was gebeurd. Ze zag bleek, had misschien iets meer make-up op dan anders. Ze had haar haren gewassen en droeg een subtiel parfum dat ik niet herkende. Dit nieuwe luchtje, vermengd met de geur van zeezout, maakte me net zo in de war als haar plotselinge herstel. Mama besefte dit en vroeg papa en mij om bij haar te komen zitten. Het parfum, de geur van haar zeep, en wat ze ook in haar haar had gedaan, konden de stank van de vorige avond niet uit mijn geheugen verdrijven.

'Ik heb nieuws voor jullie,' zei ze met gedempte stem.

Het was goed nieuws, dat moest wel. En op dat moment herinnerde ik me dat ze me vlak voor we aan boord gingen een verrassing had beloofd. Mijn hereniging met Leo had ervoor gezorgd dat ik dat was vergeten.

Ze keek naar papa en richtte haar blik toen op mij. Zeg het nou maar gewoon, mama!

'Ik heb tot vandaag gewacht omdat ik het heel zeker wilde weten.'

Ze zweeg weer. Toen keek ze ons met een ondeugende blik aan alsof ze ons wilde uitdagen het te raden.

'Hannah,' zei ze, naar mij kijkend en papa negerend, 'je zult niet langer enig kind zijn!'

Het duurde een paar seconden voor ik besefte wat ze me probeerde te vertellen.

Mama is in verwachting! Daarom moest ze zo vaak overgeven! Ze maakte zich geen zorgen om papa's gesprekken met de kapitein; dat waren mannenzaken. Ik kreeg een broertje of zusje!

'Waar gaat het geboren worden?' was de enige vraag die in me opkwam.

Suf van me. Ik had iets moeten zeggen wat beter paste bij een meisje van mijn leeftijd. Ik had emotioneel moeten worden, haar in de armen moeten vallen, haar moeten omhelzen. Van de daken moeten schreeuwen: 'Ik ben straks geen enig kind meer!'

De vloek op de familie Strauss die ervoor had gezorgd dat we allemaal enig kind waren, was verbroken. Er zou een nieuwe Rosenthal aan de gemeenschap van onzuiveren worden toegevoegd. Papa boog zich naar haar toe om haar een kus te geven, maar toonde geen emotie.

'We weten nog niet hoe lang we in Havana blijven. De baby zal aan het einde van de herfst geboren worden.'

Ze was blij dat haar kind geen Duitser zou zijn. Ze zou zich ontdoen van het noodlottige gewicht dat haar familie al generatieslang meedroeg en dat nu als bij toverslag was verdwenen.

'Vanavond komen we vlak langs een paar eilanden in de Atlantische Oceaan. Dan kunnen we de kust zien,' zei ik om de stilte te doorbreken die was ontstaan na dit onverwachte nieuwtje. Ze keken me allebei aan alsof ze me niet begrepen. Of alsof ze dachten: is ze wel een kind van ons?

Papa kwam achter mama staan en trok haar tegen zich aan voor een halfslachtige omhelzing. Ze negeerden mijn opmerking. Ze wisten al wat ze van mij konden verwachten, ik was een gek kind. Maar ze hoefden zich geen zorgen te maken, want er was nu een nieuwe Rosenthal onderweg die wél aan hun verwachtingen zou voldoen. Soms dacht ik wel eens dat ik een foutje was.

Ze hadden me niet nodig. Dit nieuwe probleem was iets wat ze samen moesten uitzoeken, dus het was beter als ik ze alleen liet met hun nieuwe baby. Ik pakte mijn fototoestel en ging naar het dek.

'Meneer Adler is nog steeds ziek,' herinnerde mama me, ook al verwachtte ze niet van me dat ik hem in mijn eentje zou gaan begroeten.

Ik probeerde de passagiers in de tweede klasse te fotograferen, maar ik zag dat ze het niet fijn vonden. Sommigen waren bang en anderen gingen poseren als ze zagen dat ik mijn lens op hen richtte, wat het effect verpestte dat ik wilde bereiken. In de eerste klasse was het zelfs nog erger. De gezinnen daar hadden de neiging hun kleren recht te trekken en sommige vrouwen vroegen zelfs of ik even wilde wachten zodat ze eerst hun make-up konden bijwerken. De enige die niet poseerde was Leo. Als hij merkte dat ik een mooi plekje zag om hem te fotograferen, bleef hij stilstaan zodat de foto niet bewogen zou zijn.

Ik nam een foto van hem met zijn vader. Meneer Martin zag er moe uit in zijn leunstoel met een grijze deken over zijn benen. Hij was ouder geworden sinds de laatste keer dat ik hem had gezien. Leo stond naast hem te glimlachen met een hand in zijn zij.

'De ring is van jou, papa heeft me beloofd, in Havana zal hij hem me geven,' zei Leo gehaast. Hij maakte vaak een zooitje van zijn zinnen, en ik leek de enige te zijn die hem altijd begreep.

'Ik krijg een broertje. Mijn moeder is drie maanden in verwachting.' Dat was mijn excuus om hem niet te hoeven bedanken voor de ring en om aan dit ongemakkelijke moment te ontsnappen.

'Nog een mond om te voeden,' was zijn reactie.

Deze keer was ik degene die iets meer had verwacht, bijvoorbeeld een: 'Wat leuk dat je een broertje of zusje krijgt!' Maar zoals altijd was Leo praktisch en nuchter.

We waren als eerste op het promenadedek toen er werd omgeroepen dat we bijna langs de Azoren voeren.

Leo en ik gingen bij mijn ouders aan bakboordzijde staan en we staarden naar de eilanden die in de verte verschenen. Niemand riep: 'Land in zicht!' zoals ze dat in mijn avonturenboeken deden. De dekken vulden zich met passagiers die in ijselijke stilte naar de horizon staarden.

Het was ijskoud, de avond viel. Ook al wist Leo zeker dat ze binnenkort het zwembad zouden openen, ik kon me niet voorstellen dat iemand het water in zou willen met zo'n koude wind. De tropen waren nog steeds te ver weg om te gaan zonnebaden.

Ik werd zeeziek. Van te lang naar de horizon kijken of van het nieuws dat er een baby op komst was. Wat het ook was, ik had het gevoel dat ik de reling moest vasthouden om niet om te vallen. Hoe dichter we bij de eilanden kwamen, hoe meer de St. Louis leek te schommelen.

Mama leunde tegen papa aan. Ze voelde zich weer beschermd door de sterkste man van de wereld. Papa hield haar vast, maar er leek een paniekerige blik in zijn ogen te liggen. Ik probeerde te raden hoe hij zich voelde, wat hij dacht, waar hij zich zorgen om maakte, of hij zich ziek of vermoeid voelde of het betreurde dat hij constant moest strijden en het nu opgaf. Ik snapte niet waar hij bang voor kon zijn, want we waren toch samen. *We zijn veilig, papa. We zijn gevlucht. Duitsland bevindt zich steeds verder achter ons.*

We voeren op volle kracht langs de Azoren. Toen we ze weer zagen verdwijnen voelde het als een gemiste kans, alsof we een vrijgeleide door onze vingers hadden laten glippen. Hoe zou het zijn geweest om daar te wonen, ver van de Bruten? We hadden visa voor de Azoren moeten kopen.

We hadden hun nieuwe bewoners kunnen zijn. We zouden de naam natuurlijk hebben veranderd. In plaats van de Azoren zouden we ze de 'Onzuivere Eilanden' hebben genoemd. Onze kinderen zouden Onzuivers spreken, een taal die we zelf hadden verzonnen en die anders zou zijn dan onze moedertaal. De eerste Onzuivere staat.

Dat was waar mijn broertje of zusje zou zijn geboren, vrij van het ongeluk een Duitser te zijn en zonder de Duitse taal te hoeven spreken. Blij om onzuiver te zijn, zonder zich voor iemand te hoeven verstoppen, want er zou geen één zuiver mens in de buurt zijn. *Denk je eens in Leo, wat een paradijs!*

Leo pakte mijn hand vast. Mijn ouders merkten het niet omdat ze in gedachten verzonken waren en tegen elkaar leunend naar de horizon tuurden, waar de eilanden midden in de droevige Atlantische Oceaan vervaagden.

Mijn hand was ijskoud, maar die van Leo warmde hem op.

'Ik heb voor morgen een paar rolschaatsen geregeld.' Leo kon altijd alle sombere gedachten verdrijven. Ik zag het al helemaal voor me morgenochtend.

'Kun je dat dan zo leren?' vroeg ik hem. Hij keek met een blik die zei: natuurlijk leer ik dat, en veel sneller dan je denkt. Zijn lachsalvo's waren aanstekelijk. Lachen was het beste wat we konden doen.

Toen besefte ik dat papa bezorgd naar me keek. En ik maar dagdromen over Leo en zijn schaatsen! *Het is hoog tijd dat je een einde maakt aan je stilzwijgen, papa, en ons het gevoel geeft dat je hier bij ons bent, dat we in je gedachten zijn. Dat als er iets aan de hand is, je het ons vertelt, omdat je weet dat ik sterk ben. We zullen ons bij jou altijd veilig voelen.*

Zijn stem klonk plechtig toen hij kortweg zei: 'We zijn halverwege.'

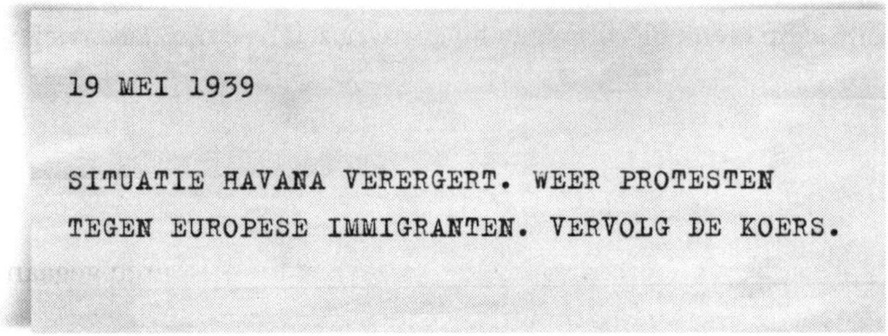

19 MEI 1939

SITUATIE HAVANA VERERGERT. WEER PROTESTEN TEGEN EUROPESE IMMIGRANTEN. VERVOLG DE KOERS.

Telegram van de Hamburg-Amerika Lijn

Dinsdag 23 mei

Het was uiteraard dinsdag. Sinds we aan boord waren gegaan had niemand bijgehouden welke dag van de week het was, er zelfs niet aan gedacht. Wat ons interesseerde was hoeveel dagen het nog duurde voor we van boord zouden gaan. Ik kon niet wachten tot het zaterdag was, de dag waarop we zouden aankomen. Vandaag, mijn verjaardag, viel op de ergste dag van de week. Nou ja, wat maakte het uit? We voeren midden op de Atlantische Oceaan en zouden pas over bijna een week op onze bestemming arriveren. Ik geloofde niet meer in mijn eigen ongeluk.

Ik was vroeg wakker geworden, want een door de kapitein gestuurd bemanningslid kwam papa halen. Dit besloot ik niet tegen Leo te zeggen. Hij zou er eindeloze speculaties en complottheorieën op hebben losgelaten.

Mama was al dagen gespannen. Ik dacht dat het vertellen van haar geheim een last van haar schouders moest hebben gehaald, maar dat was niet het geval. Overweldigd door vaak ongegronde, nare voorgevoelens, die ze voortdurend herkauwde in haar hoofd, bleef ze in bed liggen, diep weggezonken tussen de kussens, terugschrikkend voor het zonlicht dat door de patrijspoort scheen.

Iedereen wist dat ik geen feestje wilde, aangezien er niets te vieren viel. Maar zelfs de kapitein wist dat ik jarig was. Leo zei dat ik een heel speciaal cadeau zou krijgen, maar dat ik geduld moest hebben. Ik dacht dat hij het nog steeds over de befaamde ring van zijn moeder had, ook al zou zijn vader gek zijn als hij hun waardevolste bezit zou weggeven.

Toen mama eindelijk opstond, liep ze rechtstreeks naar mijn bed en ging naast me liggen. Haar lijf was zo koud dat ik ervan rilde.

'Mijn Hannah,' zei ze terwijl ze mijn haar streelde.

Mama zei verder niets, maar ik had het gevoel dat ze me iets wilde vertellen. Ik draaide me naar haar om om haar aan te moedigen.

'Het wordt tijd dat je de Traan krijgt, Hannah.'

Langzaam strekte ze haar ijskoude handen uit naar mijn nek. Daar bevestigde ze de ketting met de imperfecte parel, die haar vader voor haar moeder had laten maken om bij de opening van Hotel Adlon te dragen, het kostbare sieraad dat zij had gekregen op de leeftijd die ik vandaag bereikte. De dunne witgouden ketting paste prachtig bij de parel, die ook in een witgouden driehoek was gezet, met een piepkleine diamant in de bovenste punt.

De kamer omhulde ons, en de bronzen plafondlamp met de drie rijen sneeuwwitte peertjes leek wel een oogverblindende, onderstebo-ven hangende huwelijkstaart die wedijverde met de stralen van de zon. Ik wilde niet dat de tijd verstreek. We zweefden in deze heldere ruimte. Plotseling voelde ik me geïntimideerd door de parel die nu om mijn nek hing; het bracht een verantwoordelijkheid met zich mee om dit juweel dat al generaties in de familie was intact te houden. Ik rende naar de spiegel om mijn Traan te bekijken en besloot een zachtroze trui te dragen waar hij goed bij zou afsteken.

Toen ze zag hoe geroerd ik was, deed mama de moeite op te staan en naar me toe te komen. Speciaal voor haar nam ik een paar poses aan om haar te laten denken dat ik me ook net een godin voelde. Ze lachte. Even speelden we dat we gelukkig waren.

Ze trok een blauw met witte jurk aan en samen gingen we naar buiten om mijn verjaardag te vieren.

Toen we bij de hut van de Adlers kwamen, zagen we daar een aantal bemanningsleden buiten staan. We klopten op de deur, maar er deed niemand open. Toen we aandrongen, zagen we dat hij niet op slot was. Mama ging naar binnen en ik liep haar achterna. Papa was in de zitkamer, met de kapitein, twee zeemannen en de scheepsarts. Ze keken allemaal ellendig. Papa kwam naar ons toe en hield ons vast. Ik rook de geur van menthol van de slaapkamer van de Adlers op hem.

'Meneer Adler kreeg vannacht moeite met ademhalen. Hij is er niet meer.'

Hij is er niet meer, hij is heengegaan, overleden, heeft ons verlaten. Het was zoveel makkelijker geweest om te zeggen dat hij dood was gegaan, maar dat deden ze niet. Ze waren allemaal bang voor dat woord. Mevrouw Adler kwam naar ons toe met een droeve glimlach op haar gezicht maar zonder teken dat ze had gehuild. Ze pakte mama's hand vast.

'Ik wilde hem in Havana begraven, maar de kapitein heeft een telegram ontvangen dat dat onmogelijk is. We moeten vanavond een dienst houden en hem in zee gooien. Kun je je zo'n einde voorstellen, Alma?'

De kapitein sprak met twee bemanningsleden, die hem de laatste telegrammen lieten zien. Op een gegeven moment hief hij zijn hoofd en zei zachtjes tegen me, zo zacht dat ik hem alleen kon verstaan omdat ik liplas: '*Alles Gute zum Geburtstag, Hannah.*'

Dus iedereen wist dat ik jarig was. Ik had mama gewaarschuwd dat ik geen feestje wilde zoals op eerdere avonden voor andere kinderen aan boord was gehouden. En na meneer Adlers dood zou nu helemaal niemand meer in de stemming zijn voor een feestje.

Ik glipte naar buiten en ging op zoek naar Leo. Die wist alles natuurlijk al. Hij vertelde me ook dat er die nacht nog een sterfgeval was geweest.

'Nog een passagier?'

'Nee, een bemanningslid. Hij schijnt zelfmoord te hebben gepleegd door in zee te springen. Ze konden hem niet redden. De ene tragedie na de andere.'

Wat een goed begin van mijn verjaardag! Het was uiteraard dinsdag.

'Wat er met meneer Adler is gebeurd was te verwachten,' zei ik. 'Hij is zijn bed niet meer uit geweest sinds we aan boord zijn gegaan. Hij heeft zichzelf laten sterven. Hij was op.'

Ik had geen medelijden met hem, hij had het tenslotte opgegeven, maar ik vond het wel sneu voor mevrouw Adler. Ze moest hem begraven en deze onzekere strijd voortzetten. Leo voelde mijn melancholieke stemming aan. Hij legde zijn handen op mijn schouders en zei: 'Hannah, je moet me iets beloven. We blijven samen tot we 87 zijn. Daarna is het leven niet meer de moeite waard. Wie wil er nou zoals meneer Adler alleen maar in bed liggen?'

Dat beloof ik, Leo, natuurlijk, zei ik tegen mezelf, want hij was alweer verder gelopen zonder op mijn antwoord te wachten.

Het nieuws over beide sterfgevallen verspreidde zich al onder de passagiers. Leo's vriend Walter had nog een andere theorie bedacht. Dat meneer Adler zelfmoord had gepleegd. Dat het bemanningslid was vermoord. Dat er nog meer zelfmoordpogingen zouden volgen.

'Onze visa zijn waardeloos. Ze zeggen dat de Cubaanse regering nu van iedereen een borg eist, een fortuin dat zelfs de rijksten onder ons niet kunnen betalen,' mompelde hij. Hij keek om zich heen, bang dat iemand anders zijn geheim zou opvangen.

'Ik geloof je niet,' zei ik vol overtuiging. 'Mijn moeder heeft onze visa van het Cubaanse consulaat in Berlijn en dat van mijn vader komt van het HAPAG-kantoor in Hamburg.'

Ik had genoeg van al hun gespeculeer en hun stomme theorieën. Alles zou goed komen, dat wist ik zeker.

'Ja, die hebben wij ook. Dat zijn degene die niet meer geldig zijn.' Walter klonk zo zeker van zijn zaak dat ik erdoor geïntimideerd was.

'Als ze ons Cuba niet in laten, hebben we dan nog andere mogelijkheden?' vroeg ik, ineens in paniek.

'Er worden nog gesprekken gevoerd om te zien of een ander Caraïbisch eiland ons wil opnemen.' Leo nam de controle weer over, want hij wilde niet achterblijven met nieuws. Hij was degene van de aankondigingen, niet Walter, die dacht dat hij zo slim was.

Geen van beiden zeiden ze in elk geval dat we terug naar Duitsland zouden gaan. Dat was geen optie. We hadden onze huizen al overgedragen, we konden nergens heen. Niemand zou het overleven. Nu begreep ik waarom er zo veel geruchten over zelfmoord waren.

'Denk je dat ik mijn ouders hiermee moet confronteren zodat ze me de waarheid zullen vertellen?' vroeg ik aan Leo zonder dat de anderen me konden horen.

'Nee, wat jij moet doen is zo snel mogelijk die capsules vinden. Als jullie Cuba niet in mogen, hebben de Rosenthals hun plan al klaar,' zei hij vastbesloten. 'En dat mogen we niet laten gebeuren, Hannah. Wat er ook gebeurt, we blijven samen.'

Ik gehoorzaamde hem, ook al was hij maar een paar maanden ouder dan ik.

We waren in een nieuwe nachtmerrie beland. Ik wist niet of het echt was of maar een droom.

Ik kwam bij de hut van mijn ouders aan. Ze zaten nog steeds stil, zwijgend, in gedachten verzonken. Ik sloot mezelf op in mijn kamer en ontdekte op mijn nachtkastje een envelop met het embleem van de St. Louis waarop stond: *Voor Hannah.*

Er zat een ansichtkaart in met een afbeelding van het grootste, meest luxe lijnschip dat ooit de zeeën had bevaren. *Alles Gute zum Geburtstag, Hannah.* En eronder: *Der Kapitän.* Wat mama zei was waar: die man was een echte heer. Ik zou eigenlijk naar de brug moeten gaan om hem te bedanken.

Door de deur heen hoorde ik mama huilen. Ik drukte de ansichtkaart tegen mijn hart en sloot mijn ogen, ik wilde geloven in de illusie dat we veilig waren op dit ijzeren eiland. Tussen verstikte snikken door klonk mama's stem zo schel dat ik amper kon verstaan wat ze zei.

'Geen discussie mogelijk. Als we niet alle drie aan land kunnen gaan, dan geen van ons. Onder geen beding gaan Hannah, het kind dat ik in me draag of ik terug naar Duitsland, Max. Dat verzeker ik je.'

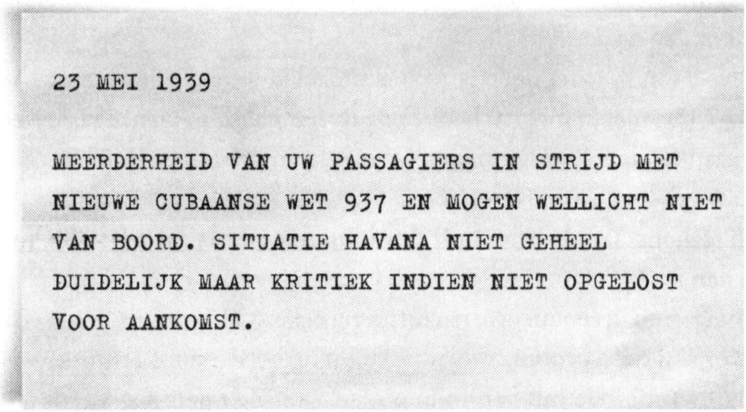

23 MEI 1939

MEERDERHEID VAN UW PASSAGIERS IN STRIJD MET NIEUWE CUBAANSE WET 937 EN MOGEN WELLICHT NIET VAN BOORD. SITUATIE HAVANA NIET GEHEEL DUIDELIJK MAAR KRITIEK INDIEN NIET OPGELOST VOOR AANKOMST.

Telegram van de Hamburg-Amerika Lijn

Donderdag 25 mei

Ik was niet bang voor de dood. Voor het laatste uur dat zou komen, voor de knop die alles uit zou zetten, voor de altijddurende duisternis. Ook niet voor het beeld van mezelf, neerkijkend vanaf de wolken op iedereen die nog vrij rondliep in de stad. Sterven was alsof het licht doofde, en daarmee ook al onze illusies.

Maar ik wilde niet dat mijn ouders zouden beslissen wanneer het zou gebeuren. Het was voor mij nog niet het moment om tot stof weder te keren. En ze zouden het wel laten, want ik zou mezelf verdedigen. Het maakte mij niet uit of onze visa waardeloos waren of dat ze ons niet aan land zouden laten op dat onbeduidende eilandje.

In mijn slaap hoorde ik stemmen die me zeiden op te staan, mijn kamer uit te gaan naar het dek en in het water te springen. De stroming zou me meenemen naar de enige plaats waar ik geaccepteerd zou worden: een ander piepklein eilandje, dat op geen enkele kaart stond. Ik zag mezelf helemaal alleen, zonder mijn ouders of Leo. Van bovenaf was ik amper zichtbaar als verloren stipje langs de kust. Zo moest de dood eruitzien.

Vanaf hun geboorte waren de onzuiveren voorbereid op een vroegtijdige dood.

Jarenlang, zelfs in gelukkige tijden, probeerden we het bij elke stap die we zetten te ontwijken, botsten er zo nu en dan tegenaan en gingen weer verder. Soms vroeg ik me af welk recht we hadden om te denken dat wij het konden overleven terwijl anderen bij bosjes vielen.

Wat ik haatte aan het idee van de dood, was dat ik dan geen afscheid kon nemen. Ik huiverde alleen al bij de gedachte aan vertrekken zonder gedag te zeggen.

Ik zou niet toestaan dat anderen over mijn lot beschikten. Ik was twaalf! Ik was nog niet klaar, dus moest ik die verrekte capsules vinden. Als dat niet lukte, zou Leo degene zijn die me zou vermoorden. Hij had uitgelegd dat ik moest zoeken naar een klein bronzen buisje met een schroefdop. Daarin zouden drie heel kleine capsules zitten met daarin de dodelijke substantie waarvan mama gisteren nog voorstelde dat ze haar uit haar lijden konden verlossen als we Havana niet in zouden mogen.

Ik moest in elk hoekje zoeken, elke koffer, en daarna alles weer goed opruimen zodat het weer zo lag als het was, en niemand iets merkte.

Die avond was er een chic gemaskerd bal, een traditie op de St. Louis vlak voor aankomst. Maar we wisten nog steeds niet of we wel zouden aankomen, of het schip wel zou mogen aanmeren, of we toestemming zouden hebben aan land te gaan. We hadden geen eindbestemming.

Een signaal van de scheepshoorn gaf aan dat het tijd was naar de balzaal te gaan. Leo was de rolschaatsen al vergeten, zo ook het afstropen van de dekken, en graaf en gravinnetje spelen. Het speelkwartier was voorbij. Hij was weer een samenzweerder.

Na mijn ouders' ruzie in de hut betwijfelde ik het of ze naar zo'n nutteloos gemaskerd bal zouden gaan. Ik liep door de gang van de eerste klasse, die elke dag smaller leek te worden. Het plafond kwam op me af en de gele muurlampen wierpen overal schaduwen. Met tegenzin liep ik de trap op, moe van mama's geklaag, papa's stilte, Leo's eisen. Ik bereikte de deur van de mezzanine, en toen ik hem opende, hoorde ik het ploppen van champagneflessen, het geklets van de passagiers die wachtten tot het orkest zou gaan spelen en het gelach van degenen die er nog vertrouwen in hadden dat we het schip zouden verlaten zodra we de haven van Havana hadden bereikt.

Kinderen waren niet welkom op het bal, maar Leo had een plekje voor ons gevonden op het balkon van de mezzanine, dat was versierd met papieren bloemen, zodat we naar al die imbecielen konden kijken die zichzelf vermaakten voordat ze zaterdag bij zonsopgang een klap in het gezicht zouden krijgen van de Cubaanse autoriteiten.

De sfeer bleef rustig. Daar hadden de kapitein en het passagierscomité voor gezorgd, omdat ze zich verantwoordelijk voelden voor de resterende 936 dolende zielen.

Walter en Kurt konden hun vreugde niet verbergen en wezen naar alle bizarre kostuums. Leo zat nog in samenzweermodus en analyseerde elk gebaar van de stellen op de dansvloer.

De gasten waren net krioelende geesten onder de glinsterende kroonkandelaars, die waren versierd met slingers om een vals gevoel van vrolijkheid te creëren. Vanuit onze observatiepost leek de balzaal, waarvan ik eerst zo onder de indruk was geweest, niet veel meer dan een armoedig decor. Ik zag lijstwerken van gips die waren gebaseerd op die uit een of ander Frans paleis, slordige kopieën van plattelandsscènes in sierlijke, vergulde lijsten, panelen van kostbaar hout, bronzen muurlampen in de vorm van een sfinx, matglazen spiegels. Een illusie op de oceaan. 'Goedkope luxe,' zou mama hebben gezegd.

Ines zag er bedroefd uit, wachtend op een huwelijkskandidaat die nooit zou komen. Ze droeg een tiara met namaakdiamanten en een japon met tule en kant, die eruitzag alsof hij van goedkoop katoen was gemaakt. Ze was gekomen als een prinses zonder troon en begroette haar onderdanen, drie meisjes in hemelsblauw met een witte roos als corsage en diamanten oorbellen, hooghartig. Ines zag ons van bovenaf toekijken en knikte.

Walter en Kurt applaudisseerden bijna toen ze een zwaar opgemaakte man de zaal zagen binnenstormen. Zijn wangen waren rood, zijn wenkbrauwen dik aangezet en zijn oogleden bedekt met felblauwe oogschaduw. Aan zijn witte smoking zat een dramatische roodfluwelen cape, en op zijn hoofd droeg hij een gouden kroon in de vorm van laurierbladeren.

Een lange, alleenreizende vrouw was gekleed in een zwarte japon met lovertjes en wijde, doorschijnende mouwen die waren bestrooid met sterren. Een pareltiara met een enorme veer maakte haar outfit af, terwijl haar fel scharlakenrode lippen en de donkere lijnen onder haar ogen haar een onheilspellende uitstraling gaven. Half verborgen achter een enorme waaier van struisvogelveren doorkruiste ze de zaal, waar je je nu bijna niet meer kon verplaatsen.

'Het is de koningin van de nacht!' joelde Kurt.

'Nee, ze is een vampier!' corrigeerde Walter hem, en we moesten allemaal lachen.

Het meest voorkomende was een piratenkostuum, een stel jonge mannen had zich verkleed als zeelui, en er waren Griekse godinnen in gewaden die één schouder bloot lieten.

Terwijl het rumoer toenam, konden we nog steeds het klinken van glazen gevuld met bedwelmende bubbels horen. In de ruimte tussen de twee trappen van de keizerstrap die naar de dansvloer leidde, begon het orkest een nostalgisch Duits nummer te spelen dat ieders stemming deed versomberen. Het was ons niet gegund om de situatie te vergeten.

Daarna volgde een korte stilte. Twee trompettisten kwamen naar voren en speelden de melodie die, vond ik, van ons was. Leo keek naar me; hij herkende haar ook. Toen de eerste noten van 'Moonlight Serenade' klonken, zag ik papa in zijn op maat gemaakte smoking de zaal binnenkomen. Hij hield de deur open voor de Godin, die een zwarte kanten japon droeg met een split tot halverwege en een sleep. Ze droegen allebei zwartfluwelen maskers en dat van mama was versierd met veren en bergkristallen.

Langzaam daalden ze de trap af op de tonen van een orkest dat hard zijn best deed Glenn Miller te imiteren. Iedereen stond stil om naar de triomfantelijke binnenkomst van de Rosenthals te kijken. Als zij naar het bal waren gekomen was er vast niets aan de hand. We zouden zonder problemen aan land gaan in de droomhaven van Havana. Dat was de boodschap die de Rosenthals zo op verzoek van de kapitein overbrachten aan de ontmoedigde passagiers. Maar zoals het er nu voor stond, zou de opgewekte muziek van de band noch de felgekleurde kleding of de gedistingeerde uitstraling van mijn ouders de mistroostige sfeer van het bal hebben kunnen verbeteren.

Verborgen achter zijn masker leek papa de held van een of ander goedkoop melodrama. Mama probeerde met haar verstijfde gezicht tevergeefs te glimlachen. Ze leek hem te willen zeggen: jij hebt me gedwongen te komen, dus ik ben er, maar verwacht niet van me dat ik ervan geniet.

De stellen kwamen weer bij elkaar op de melodie van 'Moonlight Serenade'. Papa leidde mama naar het midden van de zaal. Ze liet haar hoofd lichtjes op zijn schouder rusten terwijl hij kleine stapjes nam als iemand die een wals danste zonder het ritme te volgen; hij kende deze nieuwe muziek niet.

In een draai knikte papa naar een paar van de mannen. Mama negeerde hen en vermeed elk oogcontact.

Twaalf dagen, zo kort had ons geluk geduurd.

Ik moest gaan. Dit was het moment om de hut te doorzoeken.

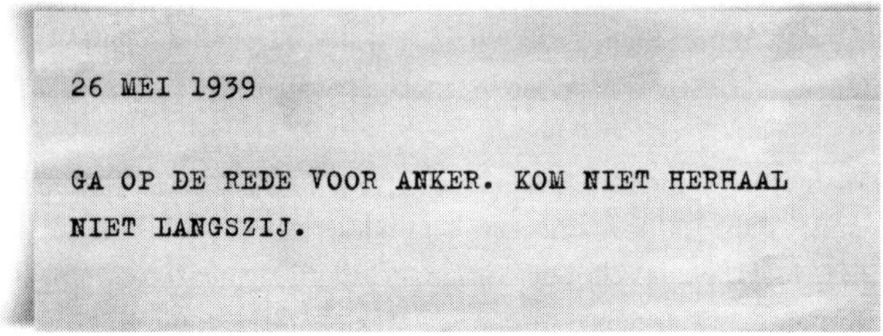

26 MEI 1939

GA OP DE REDE VOOR ANKER. KOM NIET HERHAAL NIET LANGSZIJ.

Telegram van het Cubaanse kantoor van de Hamburg-Amerika Lijn

Zaterdag 27 mei

Dit was de dag dat we in Havana van boord zouden gaan. Velen wachtten om te worden herenigd met familieleden die al eerder naar Cuba waren vertrokken, anderen om naar hun huis te gaan of onderdak in een hotel te vinden. Ze hoopten zich op het eiland te vestigen, Spaans te leren en een onderneming te starten. Velen van hen waren van plan er een paar maanden te wonen tot ze door konden reizen naar Ellis Island, de toegang tot New York, hun eindbestemming.

Er zouden meer families komen in Havana en het eiland zou zich langzaam vullen met onzuiveren. Maar ook al waren we van plan daar huizen en werk te vinden, we zouden altijd alert blijven, want de Bruten hadden lange tentakels en wie wist of die op een dag helemaal tot het Caraïbisch gebied zouden reiken?

Het lot van de 937 zielen aan boord van de St. Louis lag nu in handen van één man. Wie wist of hij, afhankelijk van zijn humeur als hij uit bed stapte, ja of nee zou zeggen. De president van Cuba kon ons verbieden de haven binnen te varen en ons als stinkende ratten uit zijn territoriale wateren weren. Dan zouden we worden teruggebracht naar het land van de Bruten, waar we naar de gevangenis zouden worden gestuurd en onze vroegtijdige, onontkoombare dood tegemoet zouden gaan.

Ik was al wakker toen om vier uur in de ochtend de scheepshoorn aankondigde dat we de haven hadden bereikt. Ik had maar een paar uur geslapen. De afgelopen twee dagen was ik op zoek geweest naar de capsules. Ik had mama's kamer ondersteboven gehaald en daarna alles weer netjes teruggelegd. Niets. Leo kwam tot de conclusie dat papa ze in zijn schoenzolen had verborgen.

Walter en Kurt waren ervan overtuigd dat we uiteindelijk van boord zouden mogen, maar Leo had zijn twijfels. En ik, ik wist niet wat ik moest verwachten.

Alle passagiers hadden hun bagage in de gang gezet en het was bijna onmogelijk om door de gangen te lopen zonder erover te vallen. Maar voor onze hut stonden geen koffers en dat baarde me zorgen. Tussen de signalen van de scheepshoorn door klonk het signaal voor het ontbijt. Deze routine leek te suggereren dat de problemen waren opgelost, hoewel er in onze hut nog steeds onzekerheid heerste. Mijn ouders hadden nog niet alles gepakt. Ze leken ervan overtuigd dat we het schip niet zouden verlaten.

Bij het ontbijt was het een drukte van jewelste. Iedereen was erg opgewonden en de kinderen renden heen en weer. De passagiers hadden hun zondagse pak aangetrokken. Ik niet. Ik droeg een comfortabele blouse en een korte broek: de hitte en vochtigheidsgraad waren ondraaglijk!

'Wacht maar tot het straks zomer wordt. Dan zul je het pas moeilijk krijgen,' zei Leo om me gerust te stellen. Typisch Leo.

Hij wist dat ik zijn hint zou begrijpen. Als het in de toekomst verschrikkelijk heet zou worden, betekende het dat we aan land zouden gaan. Hij kwam naast me op de grond zitten. Walter en Kurt volgden zijn voorbeeld. Aan de tafels was geen ruimte meer.

'Alles is geregeld,' vertelde Kurt. 'Mijn vader zegt dat kranten over de hele wereld verslag doen van onze situatie.'

Dat had voor mij geen enkele betekenis. Kranten wonnen geen veldslagen.

Er was een Cubaanse arts aan boord gekomen. We zouden allemaal nagekeken worden en dus moesten we in de eetzaal blijven. Wie wist waar ze naar zochten. Ik liet mijn vrienden achter met hun ontbijt en rende weg om mama te waarschuwen.

Onderweg over koffers stappend ging ik er zo snel mogelijk heen en zonder te kloppen trok ik de deur open. Mijn ouders waren allebei aangekleed en klaar voor hun medische controle. Mama zat in een hoek veilig uit het zonlicht. Haar gezicht was zo bleek dat ik er bang van werd. Papa kwam naar me toe.

'Blijf bij je moeder. De kapitein verwacht me.'

Zijn stem was niet zo vriendelijk als anders. Dit was een bevel. Ik was niet langer zijn kleine meisje.

Ik gaf mama een knuffel, maar ze duwde me weg. Daarna bood ze haar verontschuldigingen aan, glimlachte en streek haarlokken achter mijn oren. Ze keek niet naar me. Zo zaten we samen te wachten tot papa met nieuwe instructies zou komen.

Het schip lag voor anker in de haven, maar wiegde evengoed nog op en neer.

'Ik ga even liggen,' zei mama, en ze duwde me opnieuw zachtjes van zich af en liep naar haar bed.

Toen ze tussen de kussens lag, begaf ik me weer naar de eetzaal. Leo zocht me op en hij had iets in zijn hand waar een kleverige gele vloeistof vanaf droop. Een vrucht.

'Dit moet je echt proeven.'

Er waren Cubaanse ananassen aan boord geladen. Ik beet in een klein stukje en het was heerlijk, hoewel mijn mond erna wel prikte.

'Je kauwt er eerst op om het sap eruit te halen en daarna spuug je het uit,' zei Walter, de onwetenden instruerend.

Nu we in de tropen waren, maakten onze gehemelten kennis met de schok van Cubaans fruit.

'Een schip dat vandaag uit Hamburg is vertrokken met bestemming Havana moest van koers veranderen toen het van de Cubaanse regering te horen kreeg dat de passagiers niet aan land mochten,' zei Leo, die altijd achter het laatste nieuws kwam.

Ik zag niet in wat dit met onze situatie te maken had. Misschien waren ze van koers veranderd omdat ze niet zo veel passagiers konden verwerken. Gelukkig hadden wij passagiers op de St. Louis allemaal een inreisvergunning, die was getekend en goedgekeurd door Cuba, en velen, waaronder mijn familie, zelfs een visum voor Canada en de Verenigde Staten. We stonden op de wachtlijst en zouden maar kort op Cuba verblijven. Dat zou de autoriteiten geruststellen. Alles zou goed komen.

Dat was mijn hoop en er was geen enkele reden om anders te denken. Natuurlijk zou alles goed komen.

We gingen aan dek, waar de geuren van Cuba met het briesje mee kwamen; een zoete mengeling van zout en benzine.

'Kijk die kokosbomen eens, Hannah!' Ineens was Leo een klein jongetje wiens grote ogen gretig een nieuwe plek ontdekten.

Toen de zon opkwam, ontwaarden we de majestueuze skyline van Havana. We zagen een eerste groep van drie mannen en daarna vier meer, die op de kade kwamen staan. Nu renden er tien mensen naar de aanlegsteiger. *We zijn er! Ze kunnen ons nu niet meer terugsturen!* Mijn vrienden en ik begonnen te springen en te roepen. Leo maakte een komisch dansje.

Familieleden van veel van de passagiers van de St. Louis hoorden algauw van onze aankomst, en binnen een paar uur wemelde het in de haven van de mensen.

Kleine bootjes volgepropt met wanhopige verwanten begonnen onze kant op te varen, hoewel ze op veilige afstand werden gehouden van ons in quarantaine geplaatste schip. De kustwacht had ons omsingeld alsof we criminelen waren.

Via de luidsprekers werd omgeroepen dat we onze papieren bij de hand moesten houden. Ze zouden de geldigheid van onze inreisvergunningen en onze visa controleren.

Walter kwam op een drafje aangerend. Zodra hij weer op adem was, barstte hij uit. 'Ze eisen een borg van vijfhonderd Cubaanse peso's per passagier,' zei hij, herhalend wat hij zijn ouders tegen elkaar had horen zeggen.

'Hoeveel is dat?' vroeg ik.

'Ongeveer vijfhonderd Amerikaanse dollar. Dat is onmogelijk.' Leo was altijd al goed met cijfers.

We hadden het laatste beetje contante geld dat we overhadden in Duitsland uitgegeven aan dure objecten die we op Cuba weer konden verkopen.

'Wat een vreselijk gedoe,' zei een vrouw met een witte zonnehoed naast ons. 'Vreselijk,' hield ze vol, alsof ze hoopte dat iemand het zou horen en op haar zou reageren.

Er moest een oplossing zijn. De kapitein zou niet laten gebeuren dat ze ons terugstuurden. Hij stond aan onze kant, hij was geen Bruut.

Ik tuurde naar de boulevard langs het water en kon het me op de een of andere manier niet voorstellen dat ik met Leo en mijn ouders voet aan wal zou zetten.

Probleem van de vanuit Europese havens arriverende Hebreeërs hopelijk vandaag opgelost.

Diario de la Marina, Havanese krant, 28 mei 1939

Dinsdag 30 mei

Er zijn momenten dat je beter kunt accepteren dat het allemaal voorbij is, dat er niets meer aan te doen is. Opgeven en alle hoop laten varen, je overgeven. Dat is hoe ik me tegen die tijd voelde. Ik geloofde niet in wonderen. Dit overkwam ons omdat we zo nodig een lot hadden willen veranderen dat al vaststond. We hadden geen rechten, we konden de geschiedenis niet opnieuw creëren. Vanaf het moment dat we op de wereld waren gekomen, waren we gedoemd om te worden bedrogen.

Als Leo op dit schip blijft, blijf ik ook. Als papa blijft, blijft mama ook.

Tot dan toe hadden alleen twee Cubanen en vier Spanjaarden het schip mogen verlaten. We hadden hen op onze reis over de Atlantische Oceaan niet één keer gezien. Ze waren op zichzelf en spraken niet met anderen.

Als het proces van het controleren van onze papieren in dit tempo door zou gaan en ze elke keer maar zes mensen van boord lieten, zouden we daar meer dan drie maanden liggen. Tegen die tijd zou het schommelen van het schip me te veel zijn geworden.

Door de patrijspoort zag Havana er vaag, klein en onbereikbaar uit, als een ansichtkaart die door bezoekende toeristen was achtergelaten. Maar ik hield het raam dicht, omdat ik het geroep niet wilde horen van de familieleden die in haveloze houten bootjes die door elke golf zouden kunnen omslaan om de St. Louis heen zwermden. Voor- en achternamen vlogen van de dekken van ons gigantische lijnschip dat in de haven voor anker lag naar de breekbare, onzekere vaartuigjes beneden. Köppel, Karliner, Edelstein, Ball, Richter, Velmann, Münz, Leyser, Jordan, Wachtel, Goldbaum, Siegel. Iedereen zocht iemand, zonder diegene te vinden. Ik wilde geen namen meer horen, maar ze bleven maar terugkomen. Leo en ik hadden niemand die onze naam kon schreeuwen. Niemand die ons kwam redden.

Op de aan het water grenzende boulevard zag ik de mensen in hun auto's langsrijden alsof er niets aan de hand was. Voor hen was dit gewoon het zoveelste schip met buitenlanders die zich om de een of andere reden per se op een eiland wilden vestigen waar weinig werk was en de zon alle wilskracht vernietigde.

Er klopte iemand op onze deur. Ik huiverde zoals altijd, want misschien kwamen ze papa wel halen. De Bruten waren overal, zelfs op dit piepkleine eiland waarvan mijn hoofd nog steeds niet kon accepteren dat het deel van onze toekomst uitmaakte.

Meneer en mevrouw Moser kwamen langs. Ik zei hun gedag en mevrouw Moser, die baadde in het zweet, omhelsde me. Ik zag dat ze op het punt stond om in tranen uit te barsten. Meneer Moser zag er afgetobd uit, alsof hij al dagen niet had geslapen.

'Hij wil liever dood,' legde mevrouw Moser geëmotioneerd uit. 'Hij wil zichzelf overboord gooien. En wij dan? Hoe moet het dan met mijn drie kinderen? We hebben geen huis, geen geld, geen land.'

Mijn ouders hoorden hen rustig aan. Mama stond op en leidde meneer Moser naar een stoel, waar hij voorovergebogen ging zitten met zijn hoofd in zijn handen van schaamte. Mama voelde een enorm medelijden met deze man. Niet zozeer om zijn lijden, maar omdat ze kon zien dat hij en zijn vrouw dachten dat de machtige Rosenthals hen op de een of andere manier konden helpen.

'Ik kan hem niet alleen laten,' ging mevrouw Moser verder. 'Hij wil zijn polsen doorsnijden, zichzelf overboord gooien, zich ophangen in onze hut...'

Blijkbaar had ze hem tijdens al deze pogingen tot een vroegtijdig afscheid betrapt. Het leek op zijn voorhoofd geschreven te staan: het kon vandaag of morgen zijn, maar gebeuren zou het.

Ik dacht dat meneer Moser misschien niet echt zelfmoord wilde plegen, hoewel hij wel met zijn lot speelde. Als iemand zelfmoord wil plegen, doet hij dat gewoon. Als je het echt meent is het makkelijk. Je springt de diepte in of je snijdt je polsen door terwijl de anderen slapen.

'Ook al staan wij redelijk machteloos,' begon papa in een poging de gekwelde mevrouw Moser te kalmeren, 'we vinden wel een oplossing.'

In een fractie van een seconde was hij weer de professor geworden, de enige die iemand kon overtuigen, die de waarheid in pacht had. Meneer Moser hief zijn hoofd, droogde zijn tranen en concentreerde zich zo goed mogelijk op de persoon die door iedereen gezien werd als de invloedrijkste passagier van de St. Louis. Alleen hij kon het lot van de meer dan negenhonderd passagiers veranderen. Hij en de kapitein.

'We moeten de presidenten van Cuba, de Verenigde Staten en Canada aanschrijven uit naam van de vrouwen en kinderen aan boord,' ging papa verder.

Meneer en mevrouw Moser glimlachten schuchter en hun gezichten lichtten op. Ze vingen een glimp op van hun redding. Voor het eerst in vele dagen kregen ze het gevoel dat er een reden was om door te gaan.

Ik dacht dat ze niet goed wijs waren geworden. Tegen die tijd leek niemand aan boord meer bij zijn volle verstand te zijn. Wat zou een brief nou voor verschil uitmaken? Het zou de presidenten geen zier kunnen schelen waar we eindigden. Niemand wilde onze problemen overnemen. Niemand wilde Duitsland als vijand hebben. Het was totaal onlogisch voor hen om al die onzuivere mensen binnen te laten in hun land, hun paradijs van harmonie en welzijn.

Onze eerste grote fout was wegvaren uit Hamburg. Gedurende onze overtocht hadden we op niets anders geleefd dan zielige illusies. Ik geloofde niet in utopieën, of in een onwerkelijke wereld. Daarom had ik altijd zo'n hekel gehad aan mijn macabere poppen, die niets deden en me alleen maar aanstaarden met een blik die vroeg waarom ik niet met ze wilde spelen terwijl ze zo prachtig waren, zo blond en zo perfect, zo weelderig.

Al meneer Mosers spaargeld was opgegaan aan de aankoop van de inreisvergunningen voor Cuba en de overtocht voor hem en zijn gezin op de St. Louis, maar nu leek hij weer vertrouwen te krijgen, alleen maar door naar papa te luisteren. Dit moedigde hem aan om aan een beschrijving te beginnen van hun eigen kleine drama alsof zij de enige verstotenen aan boord waren.

'We zijn alles kwijt. Mijn broer wacht op ons in Havana, waar hij een huis heeft gekocht. Als ze ons terugsturen, kunnen we nergens heen. Wat gebeurt er dan met onze drie kinderen? Als we naar de Cubaanse president schrijven, weet ik zeker dat hij met zijn hand over zijn hart zal strijken.'

Toen ze hem zo hoopvol hoorde spreken moest zijn vrouw hebben gedacht dat het gevaar geweken was. Dat de vader van haar kinderen niet langer een leven zou willen beëindigen dat ooit zo waardevol was geweest. Ze zouden teruggaan naar hun hut, waar ze hun bed op zouden maken. Vannacht zou ze goed slapen, ze ademde zelfs weer normaal.

Maar het lot van dat gezin stond al vast. Vanaf het moment dat ik meneer Moser onze hut zag verlaten, met het hoofd naar beneden en vrolijk gestemd, wist ik wat er zou gaan gebeuren. Ik lag in bed en deed mijn ogen dicht. Mijn gedachten gingen met me op de loop, en ik kon de slaap niet vatten.

Eerst zou mevrouw Moser de kinderen naar bed brengen, een slaapliedje voor hen zingen, hen instoppen en hun een kus geven. Geroerd door de aanblik genoot ze nog even van de zachte ademhaling van die onschuldigen en ze zou zich dan terugtrekken om te slapen naast de man die ze altijd had vertrouwd en met wie ze ervoor had gekozen een gezin te stichten. De man voor wie ze haar dorp had verlaten en haar ouders, broers en zussen had achtergelaten om een onbekende naam aan te nemen. Ze zou naast hem in slaap vallen, net als in betere tijden.

Terwijl zijn gezin sliep, zou meneer Moser uit bed stappen. Hij zou naar de badkamer gaan, het zilveren scheermes met leren handvat pakken waarop het embleem van de St. Louis stond en met een vastberaden beweging de slagaders van zijn polsen doorsnijden. Eerst zou hij een brandende pijn voelen, maar de paniek zou algauw alle gevoelens verdrijven. Hij zou op de grond zakken en het bloed zou langzaam uit zijn schokkende lijf sijpelen, zo langzaam dat hij nog voor de laatste keer vanaf de koude badkamertegels zou kunnen zien hoe de mensen van wie hij het meest had gehouden in zijn leven heerlijk lagen te slapen.

Tijdens zijn stuiptrekkingen gutste het nog warme bloed uit hem. Ook al was hij nog bij bewustzijn, zijn zicht werd vager en zijn hartslag langzaamaan zwakker. Uiteindelijk lag hij helemaal stil. Zijn bloed droogde op en kleurde van rood naar zwart.

Bij zonsopkomst werd mevrouw Moser wakker en besefte dat haar man niet naast haar lag. Na het aanraken van de koude lakens waar geen spoor van de warmte van haar geliefde meer te voelen was, zag ze dat de badkamerdeur openstond. Ze liep er langzaam heen, doodsbang voor wat ze daar zou aantreffen. Met een akelig voorgevoel versnelde haar ademhaling. Ze wilde schreeuwen, maar kon het niet. Bij de deuropening kwam ze tot stilstand en werd ze geconfronteerd met een beeld waar ze in de afgelopen dagen, weken, misschien zelfs maanden uit alle macht niet aan had willen denken. Ze deed haar ogen dicht, haalde diep adem en huilde zachtjes.

Ze knielde bij het lichaam van haar man, dat in de foetushouding op de badkamervloer lag, en hield hem vast, ook al wist ze dat hij niets meer voelde, dat hij er niet meer was. Een wanhopige kreet en ontroostbaar gehuil. De eerste die bij haar kwam staan was haar jongste dochtertje van vier, met haar witte teddybeer in haar hand. Daarna haar zesjarige zoon. Haar oudste dochter van tien probeerde haar broertje en zusje daar weg te halen om ze de aanblik te besparen die hun de rest van hun leven zou bijblijven.

Kort daarna kwam iemand papa op de hoogte stellen. Geen van beiden toonde emotie, ze hadden het te druk met hun eigen sores.

Ik bleef in bed. Ik moest steeds aan mevrouw Moser denken die het lichaam van haar echtgenoot vond. Ik hoopte dat haar kinderen deze dag nooit zouden vergeten. Ze moesten onthouden wie de schuldige was.

Iemand moest hiervoor boeten.

Meer dan negenhonderd passagiers, waaronder vierhonderd vrouwen en kinderen, vragen u uw invloed te gebruiken om ons uit deze vreselijke situatie te verlossen. De humanitaire traditie van uw land en uw gevoelens als vrouw geven ons de hoop dat u ons verzoek niet zult weigeren.

Leden van het passagierscomité van de St. Louis aan First Lady Leonor Montes de Laredo Brú, echtgenote van de Cubaanse president Federico Laredo Brú

30 mei 1939

Woensdag 31 mei

'We gaan het schip in brand steken,' fluisterde Leo in mijn oor bijna onmiddellijk nadat we mijn hut uit waren en het dek op renden.

In minder dan tien minuten waren we ladders op- en afgeklommen, hadden we de machinekamer bezocht en waren van de eerste naar de derde klasse gerend. Ik had geen idee wat we aan het doen waren.

'Als we niet aan land mogen, zetten we het schip in de brand.'

Dat zal niet nodig zijn, Leo. Het is hier zo heet dat de reling en houten dekken vanzelf in brand vliegen. Buiten blijven is onmogelijk. De zon is ook een vijand.

Leo vertelde me dat Cuba tot nu toe minder dan dertig passagiers toeliet – degenen die een inreisvergunning hadden die door het ministerie van Buitenlandse Zaken was afgegeven – maar de vergunningen niet erkende die waren ondertekend door de directeur-generaal van Immigratie, Manuel Benítez. Hij was de schurk die samen met zijn militaire leidsman en bondgenoot Batista al ons geld in zijn zak had gestoken. De 'Benítez' had zijn geldigheid tijdens onze Atlantische oversteek verloren. Of mogelijk al veel eerder.

Nu bevond die legerbaas, de echte macht op het eiland, zich in zijn luxe residentie omringd door zijn gezin en zijn lijfwacht terwijl hij in bed herstelde van een koutje. Hij durfde zijn gezicht niet te laten zien.

Zijn lijfarts had hem verboden de telefoon op te nemen, omdat die niet wilde dat Benítez gestoord werd door zulke triviale zaken als het leven van meer dan negenhonderd passagiers!

Toen mama de Benítez voor papa kocht, schafte ze er voor ons ook nog twee aan, omdat ze bang was dat de visa die ze al had hun geldigheid zouden verliezen. Maar we hadden ook onze Amerikaanse visa en stonden op de wachtlijst om daar binnen te mogen. Ik wist niet wat ze nog meer van ons konden verwachten.

'Wie weet is dat alles *mañana* wel opgelost.' Leo sprak het woord uit met zijn zware, belachelijke Spaanse accent. Mañana, naast gracias het enige woord dat hij kende in de taal die op het eiland werd gesproken, zou de laatste dag zijn dat er nog werd onderhandeld.

'Mañana,' zei hij weer, alsof die drie lettergrepen nog een andere betekenis hadden en hoop konden overbrengen.

In papa's paspoort was een grote R gestempeld die zou kunnen staan voor retour sturen. Ze hadden hetzelfde gedaan met de paspoorten van Leo en meneer Martin, van Walter en Kurt en hun hele gezin, en van Ines. Niemand zou worden gered. We waren niets meer dan een stelletje ongewensten, klaar om in zee te worden gegooid of naar de hel van de Bruten te worden teruggestuurd.

Het kon niemand iets schelen dat al onze spaarcenten in die papieren zaten. Een harteloze president had het lef gehad een besluit te ondertekenen om die ongeldig te verklaren.

Leo dacht dat als we het schip in brand zouden steken, ze wel rekening met ons móésten houden. Het comité waar papa voorzitter van was, had geen overtuigingskracht of onderhandelingsmogelijkheden meer, als het die al ooit had gehad. De kapitein wist niet hoe hij de passagiers onder ogen moest komen, die hem hun vertrouwen hadden geschonken. Vanaf de eerste dag had de machtigste man aan boord ons doen geloven dat we gewoon van boord zouden gaan, dat er geen problemen zouden zijn als we bij die ellendige haven van Havana zouden aankomen.

Twee verspilde weken. Wij, de belachelijk goedgelovigen, hadden de Bruten geloofd toen ze ons lieten vertrekken nadat we hun onze ondernemingen, huizen en fortuinen hadden overhandigd. Hoe hadden we zo dom kunnen zijn hen te vertrouwen? Het was allemaal van tevoren zo gepland, zelfs al voordat mama de in het Spaans opgestelde inreisvergunningen voor Cuba kocht. Ze wisten het vanaf het moment dat wij uit Hamburg wegvoeren. De band die ons uitgeleide deed, was de zoveelste schijnvertoning. Nu werd duidelijk waarom we verplicht retourtickets hadden moeten kopen: om de kosten van onze terugreis te dekken.

Op Cuba keken ze op ons neer en de rest van de wereld negeerde ons. Allemaal wendden ze het hoofd af, alsof ze aan de gêne wilden ontsnappen. Ze wilden hun handen wassen, zodat ze zich niet schuldig hoefden te voelen.

De drie jongemannen die met ons hadden geproost tijdens het eerste feestmaal zwoeren nu samen met Leo – een twaalfjarige! – om dit monsterlijke Atlantische lijnschip in brand te steken. *Hou alsjeblieft op met die flauwekul. Bewaar je fantasieën voor als we aan land zijn, als dat ooit gebeurt.* Sommigen waren ervan overtuigd dat ze het schip konden overnemen en de koers veranderen, de kapitein zijn gezag afnemen. Een ontvoering midden op zee. Of eigenlijk: in deze vervallen baai.

'Wat doet zij hier?' vroeg de jongeman die eruitzag als een tieneridool.

'Ze is te vertrouwen, en ze kan ons helpen,' zei Leo.

Je helpen waarmee, Leo? Als ik echt had nagedacht over wat ze van plan waren, was ik waarschijnlijk weggerend om hen hun onbezonnen plannetjes zelf te laten smeden.

Maar die jongeman zonder toekomst had weinig scrupules. Hij was zo wanhopig, het laatste wat hij wilde was teruggaan. Hij was te jong en te knap om een vroegtijdige dood te aanvaarden en hij zou iedereen die hem wilde tegenhouden in het water gooien, als dat hem zou helpen te overleven. Ik had zin om tegen hem te zeggen dat alleen een stelletje idioten zou denken dat ze deze mammoet van 16.000 ton in brand konden steken, maar besloot ze maar alleen te laten met hun plannetjes en aan dek te gaan. Ik moest foto's maken.

Laat ze het maar in brand steken als ze dat lukt. Het vernietigen. Het grootste schip van de baai laten zinken. En ons erbij. Dat was het beste wat ons kon overkomen.

Ik ging naar de andere kant van het dek, waar geen mensen waren die smeekten om van het schip te worden gelaten of mensen die vanaf kleine bootjes getuige waren van onze wanhoop.

Ergens waar ik niet de kustlijn kon zien van een stad die een hoge prijs zou betalen voor haar onverschilligheid, misschien niet vandaag of morgen, maar ooit.

Ik leunde op de reling en deed mijn ogen dicht, want ik wilde de oceaan ook niet zien, of de vuurtoren van El Morro. Toen ik merkte dat er iemand achter me stond, hoefde ik me niet om te draaien, want ik herkende de geur van smeer van de machinekamer, vanillekoekjes en warme melk onmiddellijk. Hij kwam naast me staan en pakte mijn hand vast. Hij kneep er zo hard in als hij kon en ik glimlachte.

Ik deed mijn ogen open omdat ik wist dat ik de lange wimpers van mijn enige vriend zou zien. Kijk naar me Leo, we hebben niet veel tijd meer, wilde ik tegen hem zeggen, maar ik zweeg. Als iemand dat wist, was hij het wel. Leo wist altijd alles.

Aan deze kant van het schip konden we het geroep niet horen. De stilte was van ons. Een vol passagiersschip voer langs. De opvarenden waren vast 'zuiver', dacht ik, want het schip liep de haven binnen, rechtstreeks naar de aanlegplaats, waarbij de hoorn een waarschuwingssignaal afgaf.

En daar stonden wij tweeën zwijgend hand in hand te kijken hoe het langsvoer en toen draaiden we ons weer om en keken uit op de grootse oceaan en hemel.

Kom op, Leo. We springen in het water en laten ons door de stroming meedrijven. Ver van de haven zal iemand ons wel redden. En als ze naar onze namen vragen, verzinnen we nieuwe, die geen walging, afwijzing en haat oproepen.

We hadden beter in Berlijn kunnen blijven, jij en ik. Zonder onze ouders. We zouden ronddwalen door de straten die vol glasscherven liggen, lachen om de Bruten en naar de radio luisteren op een donkere galerij. Toen waren we op onze eigen manier vrij en gelukkig.

Mijn gedachten gingen veel sneller dan mijn tong, dus ik kon de woorden niet uit mijn mond krijgen.

Kijk naar me, Leo. Laat me hier niet alleen. Kom, we gaan spelen. We gaan van dek naar dek rolschaatsen. Je knijpt te hard in mijn hand. Het water in! Ik zweer je dat ik zal doen wat je maar zegt. Beslis jij maar. Jij bent ouder dan ik.

Kom, het is tijd.

Juni 1939

Zijne Excellentie Federico Laredo Brú
President van de Republiek van Cuba

Uwe Excellentie,
Na de ontmoeting die u zo vriendelijk was toe te staan, heb ik de eer u het volgende voorstel te doen namens het National Coordinating Committee om de vluchtelingen van de ss St. Louis toe te laten op Cuba.

Een borgsom van $ 50.000 van de Maryland Casualty Company, die toestemming heeft om op Cuba zaken te doen, zal, met uw goedkeuring, terstond worden betaald op naam van de Republiek van Cuba.

Lawrence Berenson, ereadviseur van de National Coordinating Committee for Aid to Refugees and Emigrants Coming from Germany

Donderdag 1 juni

Mañana. Dat populaire woord onder de passagiers, dat Leo maar bleef herhalen met zijn sterke accent. Ons lot zou worden bezegeld.

Mijn ouders zouden wachten tot ik sliep en dan het bronzen buisje met het wonderbaarlijke poeder uit zijn opbergplek halen. Hij zou me vasthouden, zij zou mijn mond openwrikken. Ik zou niet tegenstribbelen; ik zou op het glazen omhulsel kauwen om de cyaankali te bevrijden die een onmiddellijke hersendood teweeg zou brengen. Zonder pijn. Bedankt, papa en mama, dat jullie me niet laten lijden, dat jullie aan me denken en een einde maken aan mijn marteling. Ik zou gelukkig afscheid nemen, met een glimlach op mijn gezicht. De tijd was gekomen.

Ik ging naast papa op het bed liggen en keek toe terwijl mama zich klaarmaakte voor het diner aan boord. Ze liep naar de toilettafel en pakte haar sieradenkistje, een antiek speeldoosje.

Toen ik klein was, raakte ik altijd in trance als ik dat kleine zwarte, met parelmoer bezette doosje openmaakte en het balletdanseresje op Beethovens 'Für Elise' zag dansen. Als ik ermee mocht spelen van mama was ik urenlang bezig het steeds opnieuw op te winden. De geur die ik met haar sieraden associeer dreef over het bed: het fijne aroma van de lavendel die in een zijden zakje in het doosje zat. In het compartiment waarin het opwindmechaniek van de ballerina was verborgen maakte mama een piepklein laatje open en pakte haar trouwring eruit, het waardevolste sieraad dat ze uit Berlijn had meegebracht.

Op dat moment wist ik het ineens. Ik sprong bijna op maar beheerste mezelf nog net op tijd. Al die dagen had ik naar de bronzen cilinder gezocht en nu was hij zo onder mijn neus verschenen! Dat moest de verstopplaats zijn! Als die capsules hun gewicht in goud waard waren, op welke plek kon ze die dan beter bewaren dan bij haar grote diamant, haar kostbaarste bezit.

De scheepshoorn klonk. Ik denk niet dat er iets was dat me meer irriteerde dan dat geluid. Of toch: vreemden die op onze deur klopten. Het was tijd om weer naar de eetzaal te gaan, waar ze ons ons laatste avondmaal in Havana zouden opdienen. Mijn ouders waren geheel in het wit gekleed. Ze leken wel bevroren in de tijd.

'Ik ben bijna klaar, ik kom zo,' zei ik tegen ze. Ze keken verbaasd, maar besloten stilzwijgend mijn routine te respecteren, die met de dag absurder werd.

Ik ging aan de toilettafel zitten en pakte het muziekdoosje op. Ik had het in zee kunnen gooien en met juwelen en al laten verdwijnen, maar in plaats daarvan draaide ik aan het sleuteltje en keek hoe de slanke ballerina rondjes draaide. Ik was bang om het geheime compartiment open te maken, want als de capsules daar niet waren, zou ik het opgeven. Ik kreeg mijn vingers niet stil, ze bleven trillen toen ik het verborgen laatje openmaakte en het bronzen buisje zag. Toen ging mijn hart zo tekeer dat ik bang werd dat het buiten de hut hoorbaar was. Ik pakte het buisje met het dodelijke poeder en mijn handen beefden zo erg dat ik moeite had om het open te draaien.

Rustig, Hannah. Er gebeurt niets.

Op een moment als dit had Leo bij me moeten zijn.

Toen ik het open had, hield ik mijn adem in. Ik zag dat er echt een glazen capsule in zat, en dus deed ik het buisje gauw weer dicht. Stel dat er door het te openen deeltjes cyaankali zouden ontsnappen, die de lucht zouden vergiftigen en ons allemaal zouden verlammen. Door een rinkelend geluid in het buisje wist ik dat er meer dan één in zaten. Natuurlijk, er waren drie capsules!

Ik begreep niet hoe zoiets kleins zo krachtig kon zijn. Als je het inademde of er een molecuul van op je huid kreeg, ging je over naar de volgende wereld. Ik overwoog er ter plekke een in mijn mond te stoppen, maar zoiets kon ik Leo niet aandoen. Het was een besluit dat we samen moesten nemen, en ik zou hem verraden op een manier die hij me nooit zou vergeven. *Laten we het doen, Leo!*

Ik rende naar hem toe.

In mijn haast botste ik tegen eersteklaspassagiers op die naar beneden gingen voor hun afscheidsdiner. Toen ik de eetzaal binnenkwam, werd ik overvallen door het lawaai van bestek op borden, het geklets van de mensen die aan het eten waren en de geur van gebraden vlees. Ik zag Leo in een deuropening aan de zijkant, geflankeerd door zijn gebruikelijke makkers Walter en Kurt.

Toen hij me zag, gebaarde hij dat ik moest blijven staan waar ik stond, hij zou naar mij toe komen. Hij doorkruiste de ruimte. Toen hij naar mijn rechterhand keek, begreep hij meteen dat ik de schat vasthield. Hij glimlachte niet. Het leek zelfs alsof hij, voor het eerst, echt bang was.

Toen hij mijn hand pakte, opende ik die en liet het bronzen buisje met de drie cyaankalicapsules in de zijne vallen. Leo zorgde ervoor dat niemand keek of hem volgde en verliet de zaal zonder een woord te zeggen, als een echte samenzweerder.

Ik zag mijn ouders met een van de stewards praten. Mevrouw Moser kwam zonder haar kinderen binnen en ging in haar eentje aan een tafel zitten. Mama nodigde haar uit bij ons te komen zitten, en ze nam de uitnodiging timide aan.

Het laatste avondmaal was een feestmaal dat begon met zwarte kaviaar op toast au gratin en selderij in olijfolie, gevolgd door asperges met hollandaisesaus en spinazie in wijnsaus, daarna lendenbiefstuk met gebakken Saratoga-aardappels, macaroni met Parmezaanse kaas, *pommes lyonnaise* en als dessert Californische perziken en brie met frambozen. Ik raakte bijna niets aan, behalve de macaroni en de perziken; ik wilde alleen maar dat dat absurde afscheidsdiner zo snel mogelijk voorbij zou zijn.

Toen begon het dansen. Het orkest speelde 'Lotus Flower Waltz' en daarna 'Come Back to Sorrento', gevolgd door een Schreiner-medley en een stuk van de Hongaarse componist Franz Lehár. De hoofdverlichting aan het plafond was uit en daardoor was het licht veel zachter. De mensen op de dansvloer werden omgeven door een amberkleurige gloed en ze leken op een laag van mist te dansen.

Plotseling viel het orkest stil.

Zonder naar hun plaatsen terug te keren, wachtten de stellen op het volgende liedje, terwijl het rumoer vanaf de tafels toenam. De stewards verrichtten overal in de zaal wonderen, het bleef maar voller worden.

Een lange, slanke vrouw in een gele japon met blote schouders, en een gigantische bloem achter haar oor, klom met tegenzin het podium op alsof ze werd gedwongen in de volgende act de hoofdrolspeelster te zijn. Ze zei iets tegen de musici, die hun partituren dichtsloegen. Die hadden ze blijkbaar niet nodig. De vrouw nam de microfoon in beide handen, deed haar ogen dicht en begon met een lage stem te zingen.

Bij het horen van de eerste zin van 'In einem kühlen Grunde', viel iedereen stil: '*In einem kühlen Grunde, / Da geht ein Mühlenrad, / Meine Liebste ist verschwunden, / Die dort gewohnet hat.*'

Niemand durfde zich te verroeren. Stelletjes hielden elkaar vast terwijl het orkest de zangeres begeleidde. Zodra het laatste couplet voorbij was, stapte ze zonder iets te zeggen van het podium. Tegen die tijd was de stemming in de zaal treurig geworden. In hun witte kleding staken papa en mama af bij de vloed van zwart, grijs en bruin.

Leo verscheen hijgend achter me. 'Het is gebeurd,' fluisterde hij in mijn oor terwijl hij probeerde weer op adem te komen.

Ik huiverde. Hij had ze in de oceaan gegooid. Onze enige kans om onszelf samen te redden! Het kwam niet in hem op dat dit onze vluchtroute had kunnen zijn.

Naast me staarde hij gefascineerd naar de overvloed aan exotisch voedsel. Zijn ogen lichtten op toen hij zo veel mogelijk op zijn porseleinen bord met de afbeelding van het schip erop schepte. Hij was de capsules al vergeten, de mogelijkheid om onszelf in de oceaan te gooien, te vluchten.

Hij had honger en de gerechten van dit feestmaal met de onbegrijpelijke namen die de steward opnoemde waren voor hem niets anders dan salade, vlees en aardappels, fruit en kaas. Hij verslond alles alsof het zijn laatste avondmaal was. Zijn eerste opmerking leek rechtstreeks uit een van de telegrammen te komen die de kapitein steeds ontving en aan papa doorgaf. 'Je bent veilig.'

Ik hoefde nergens bang voor te zijn; ik droeg mijn parel en had mijn beste vriend aan mijn zij.

Per presidentieel decreet wordt het stoomschip St. Louis gesommeerd onmiddellijk af te varen. Het moet de haven verlaten met de immigranten die het aan boord heeft. Als het niet op eigen kracht vertrekt, zal het een aantal mijl de zee op worden gesleept door een Cubaanse kruiser.

Diario de la Marina, Havanese krant, 2 juni 1939

Vrijdag 2 juni

Ik werd wakker van mama's gejammer. De zon kwam net op en de patrijspoorten waren open. De geluiden van de vroege bedrijvigheid uit de haven drongen naar binnen en daarmee ook een hete bries die ik verstikkend vond. Mama ijsbeerde in de kleine ruimte, waar ze het grootste deel van de nacht wakker had doorgebracht. Ze was wanhopig. De zijden kussens en lakens lagen in een hoop op een hoek van het bed.

Ze was meteen na het avondmaal teruggegaan naar de hut. Ze weigerde ook maar te kijken naar Havana, dat zichtbaar was door de ramen. Het was de stad die nooit van haar zou zijn.

Het leek alsof er een storm door de hut had geraasd. Open koffers, de inhoud uit laden getrokken, kleren overal op de grond. Alsof we tijdens onze slaap waren beroofd. Mijn ouders waren al uren op. Vermoeidheid vertraagde hun bewegingen. Ik sloot mijn ogen weer omdat ik niet wilde deelnemen aan deze strijd zonder vijanden. Ik wilde blijven slapen en hen laten denken dat ik hen niet kon horen, dat ik niet bestond voor hen en voor anderen, dat ik onzichtbaar was en niemand me kon vinden.

'Ze moeten er nog zijn, Max. Anders moet iemand ze hebben gestolen. Dat was mijn enige overgebleven hoop, Max. Geloof me. Ik kan niet teruggaan, Max. Dat kunnen Hannah en ik niet aan.' Steeds maar weer herhaalde ze papa's naam, als een toverspreuk die haar zou kunnen redden.

Ze konden de capsules niet vinden en zouden er uiteindelijk achter komen dat ik het was geweest. Dat Leo ze in de oceaan had gegooid, waar ze waren opgelost in het warme water van de Golf van Mexico. *O god, wat heb ik gedaan? Vergeef me, mama.*

Ze huilde, en ik had het gevoel dat ze met elke traan langzaam doodbloedde. Papa stond met zijn rug naar de orkaan die mama in onze hut had ontketend uit te kijken over de kustlijn van Havana, in gedachten verzonken. De stad was een schaduw, een hoop levenloze lucht. De haven was een verre horizon die niemand aan boord kon bereiken. Ik had nog steeds mijn ogen gesloten, drukte mijn oogleden zo hard mogelijk dicht en ik wilde dat ik met mijn oren hetzelfde kon doen zodat ik niet hoefde te luisteren naar het gesnik van deze wanhopige vrouw.

Het einde was gekomen en door mij zou het veel erger zijn. Nu zouden ze een kussen op mijn gezicht moeten drukken om me te laten stikken. Ik was er klaar voor, ik zou niet tegenstribbelen. Ik was er, en er zouden geen capsules zijn. Het zou een langzame dood worden, maar dat verdiende ik, omdat het mijn schuld was dat we het magische poeder kwijt waren dat ons al dat leed had kunnen besparen. De tijd terugdraaien ging niet. Ik zou mijn misdaad bekennen. Ik wist zeker dat ze me zouden bespugen. Me slaan. Me van boord gooien.

Toen ik uiteindelijk vanuit mijn ooghoek keek, zag ik mama op het bed zitten. Ze was gekalmeerd. Misschien wel klaar om een moordenaar te worden. Ik verweet haar niets.

Ze kleedde zich aan. Heel langzaam trok ze zijden kousen en witte handgemaakte schoenen aan. Ze borstelde haar korte kapsel en bracht zachtroze lipstick aan. Toen smeerde ze crème op haar armen, nek en gezicht. Bescherming tegen de zon.

Er stonden drie koffers bij de deur. Eén ervan was van mij, ik herkende hem. Ik hoopte dat mijn fototoestel erin zat.

Papa leek ergens anders te zijn en staarde in het niets. Er was geen uitweg. Het was tijd om afscheid te nemen.

'Hannah!' Mama's stem was niet zacht meer. '*Nos vamos*,' zei ze in het Spaans.

Ik deed alsof ik wakker werd. Ik had de jurk nog aan waarin ik was gaan slapen. Er was amper tijd om mijn schoenen aan te trekken. Ik wilde hun niet nog meer problemen bezorgen.

Er werd op de deur geklopt en zoals gewoonlijk schrok ik. Het waren de Bruten; ze waren voor ons gekomen. Ze zouden ons in de baai gooien, in het niets.

Een bemanningslid in uniform kwam vertellen dat het tijd was om van boord te gaan. We zouden met een tender naar de haven worden gebracht van deze stad die vanaf het dek volledig denkbeeldig leek, onwerkelijk.

Mama ging als eerste naar buiten. Ik volgde haar en voelde dat papa achter ons aan liep. Toen versnelde hij, haalde mama in en liet zijn dure horloge in haar handtas vallen.

Eenmaal op het dek hoorde ik alleen maar geroep en geschreeuw, families die hun namen riepen in de hoop dat iemand op die nevelige, verre oever hen kon horen. Iemand die hen uit hun ellende zou bevrijden.

De kapitein stond op ons te wachten. Naast papa leek hij echt heel klein. En Leo? Waar was Leo? Ik moest hem zien, moest de kans krijgen afscheid van hem te nemen.

Met moeite baanden we ons een weg door de mensenmassa. De Cubaanse beambten in hun bezwete uniformen keken minachtend naar ons, maar dat waren we wel gewend.

Er was wat commotie op het dek. Iemand duwde mensen opzij.

'Niet iedereen tegelijk. Wacht op je beurt,' riep een oude man, die amper kon blijven staan toen zijn wandelstok met zilveren handvat omver werd gelopen.

Een hand pakte de stok op en gaf hem terug aan het oude mannetje. *Leo! Ik wist dat je me niet in de steek zou laten, Leo! We springen van boord, weg hier. De oceaan is van ons.*

Leo pakte mijn hand en duwde er iets in. Ik wist niet wat het was, want ik wilde alleen maar naar hem kijken, doodsbang dat ik zijn gezicht zou vergeten. Ik kneep mijn hand stevig dicht, zodat ik zijn geschenk niet zou verliezen. Toen verscheen zijn vader en trok aan zijn arm, waardoor we werden gescheiden voor ik hem kon bedanken. Leo verzette zich en kwam weer dichterbij.

'Maak het doosje pas open als we elkaar weer zien, Hannah! Ik kom je zoeken, dat zweer ik! Vandaag, morgen, in een volgend leven, maar vinden zal ik je. Hoor je me, Hannah?'

Ik voelde dat ik begon te beven en dacht dat ik door mijn benen zou zakken. Leo stond nog steeds met trillende lippen voor me. Ik begreep niet wat hij wilde zeggen. *Blijf bij me, Leo. Laat ze ons niet uit elkaar halen.*

'Als we elkaar nooit meer zien, wacht dan tot je 87 bent voor je hem openmaakt.'

We hadden elkaar beloofd samen te blijven tot we zo oud waren.

'Nee, Leo. Je komt me toch zoeken? Ik wil niet in mijn eentje 87 worden. Wat zou dat voor zin hebben?' zei ik. Ik kon zien dat hij tegen de tranen vocht.

Hij wilde me kussen, maar we konden elkaar niet vastpakken, want de menigte hield ons uit elkaar.

'Niet huilen, Leo,' smeekte ik, amper in staat nog iets te zeggen.

Maar de tranen welden op in zijn ogen en zijn lange wimpers konden ze nog amper tegenhouden. Hij veegde over zijn gezicht. Hij wilde niet dat ik hem zag huilen. Ik kreeg geen lucht, mijn hart brak.

Leo verdween met zijn vader in de mensenmassa.

'Leo!' riep ik, niet zeker of hij me nog wel kon horen. In het tumult van uitzinnige passagiers verloor ik hem uit het zicht.

'Beloof het me, Hannah!' hoorde ik zijn stem nog van steeds verder weg, maar ik zag hem niet meer.

Ik wilde niet dat iemand me zou zien huilen. Maar de zon en de hitte maakten het onmogelijk om mijn snikken onder controle te houden. Het was te laat om nog op Leo te reageren en ik wist ook niet wat ik moest zeggen.

'Natuurlijk beloof ik dat. Ik verlaat het eiland niet zonder jou en ik zal het doosje pas openmaken als we elkaar weer zien,' mompelde ik beduusd, wetende dat hij me niet meer kon horen.

Ik hield mijn handpalm op om te zien wat hij me had gegeven. Het was een piepklein paarsblauw doosje. Ik had het zo stevig vastgehouden dat er een afdruk van in mijn hand zat.

Het openmaken kon niet, want Leo had het verzegeld. Ik wist dat het de ring was. Hij had me eindelijk kunnen geven wat hij me had beloofd. De ring zou ons tot het einde toe bij elkaar houden, tot we 87 waren.

Mama huilde niet meer. Er was ook weinig meer van haar make-up over, behalve een vaag roze kleurtje op haar gescheurde lippen. De Cubaanse beambten controleerden onze papieren, onze visa voor Cuba en de VS. Beneden lag een tender genaamd de Argus op ons te wachten. Hij leek piepklein en krakkemikkig en zat al vol soldaten en familieleden van de passagiers. Ze hadden zich op een kluitje op de voorsteven verzameld en het bootje schommelde vervaarlijk op de golven. De angstige opvarenden keken alsof ze op het punt stonden te verdrinken.

Mama richtte haar blik op papa en met een stem die ik nooit eerder van de Godin had gehoord, zwoer ze: 'Mijn zoon zal niet op dit eiland geboren worden!' Ze legde zo veel minachting in het woord 'eiland' als ze kon opbrengen. 'Wees ervan verzekerd dat ze hiervoor zullen boeten, Max. Vanaf vandaag ben ik geen Duitse meer, of Joodse; ik ben niets.'

Ze zwoer dat dat haar laatste Duitse woorden ooit zouden zijn.

'Alma!' riep iemand.

Boven haar zag ze mevrouw Moser met haar drie kinderen, die smekend keek alsof ze wilde zeggen: 'Neem ze alsjeblieft mee! Red mijn kinderen!' Alsof dat mogelijk was.

'Waarom zij wel en wij niet?' jammerde een vrouw met een baby in haar armen, en ik ontweek haar blik.

Mama gaf geen antwoord. Ze nam geen afscheid. Ze gaf papa geen kus.

Ik wierp mezelf in de armen van de sterkste man ter wereld en omhelsde hem met alles wat ik in me had. Hij boog zich naar me toe en fluisterde iets in mijn oor wat ik niet kon verstaan. Ik voelde de warmte van zijn wangen. *Hou me stevig vast, papa. Laat ze me niet weghalen, laat me niet in de steek.* Papa herhaalde wat hij net tegen me had gezegd, maar het was nog steeds een onverstaanbaar gemompel.

Hoewel zijn borst als een grote pantserplaat was, kon ik zijn hart horen en het bloed dat met een rotgang werd rondgepompt. Hij fluisterde weer in mijn oor. Ik wilde dat de tijd stil bleef staan.

Een Cubaanse beambte trok me ruw bij hem weg. Ik schreeuwde, maar ik werd al de zwiepende ladder af gesleurd. Ik hield me zo stevig als ik kon vast aan de met zout bedekte reling. Ik deed mijn ogen dicht om papa's geur in me op te nemen, maar het enige wat ik inademde was een vleug zweet en haarolie van de politieman, die me naar beneden leidde. Mama liep resoluut voor me uit. Waar ik op dat moment het bangst voor was, was dat iemand het paarsblauwe doosje uit mijn hand los zou wrikken. Ik hield het uit alle macht tegen me aan gedrukt.

'Papa! Papa!' riep ik, maar hij gaf geen antwoord.

Ik huilde onbedaarlijk, probeerde het niet langer te verhullen. Ik stikte bijna in mijn eigen snikken. Papa weigerde naar me te kijken en me te zien gaan.

Mijn tranen beroofden me van mijn stem. Ik schaamde me zo dat ik wegging, dat wilde ik naar mijn vader schreeuwen, die we aan boord achterlieten. *Ze haalden ons uit elkaar! We werden achtergelaten op een vreemd eiland, waar we niet in ons eentje konden overleven! Papa!* De passagiers zagen me huilen en er brak nog meer paniek uit. Iemand riep me. Ik hoorde mijn naam.

'Hannah!' Ik wist niet wie het was die me riep.

Iemand nam afscheid van me. Misschien was het maar beter om nooit te weten wie het was. Zo'n dertig mensen hadden toestemming gekregen van boord te gaan. Wij waren de uitverkorenen, de gelukkigen. Ik zag het alleen maar als een vonnis, een verschrikkelijke straf.

De ongelukkigen, degenen zonder toekomst, bleven aan boord.

Niemand wist wat er met ze zou gebeuren. De kapitein stond machteloos. Hij moest terug de zee op met negenhonderdzes passagiers, heel langzaam, zodat ze niet in Hamburg zouden hoeven aankomen. Mijn vader was onder hen, en Leo ook.

Mama stapte op de Argus, gleed uit op de natte bodem van de boot en haar witte schoenen werden vies. Ze klampte zich aan de reling vast en draaide de St. Louis de rug toe zonder nog een blik te werpen op papa, die met zijn hese stem boven de anderen probeerde uit te komen.

Maar ik hoorde hem. Ik wist dat hij het was. Ze moesten allemaal stil zijn zodat ik hem kon horen. Ik sloot al het lawaai buiten en concentreerde me. En uiteindelijk lukte het. Hij vroeg me iets te doen. *Ik begrijp het niet, papa…*

'Vergeet je naam!' schreeuwde hij.

Ik hoorde het wanhopige geroep van de menigte niet meer. Alleen mijn vader bestond nu voor me.

Maar hij had me niet 'Hannah' genoemd.

'Vergeet je naam!' schreeuwde hij weer zo hard hij kon.

De Argus zette zich met een enorm gebulder in beweging en verspreidde een zwarte rookpluim over de baai toen ze het grootste schip dat ooit de haven van Havana had aangedaan achter zich liet. Er zou ons hier geen band staan opwachten met triomfantelijke marsen. We zouden alleen het geroep horen van de passagiers, die aan boord moesten blijven van een schip dat bestemmingsloos dobberde.

De Bruten hadden papa van me afgenomen. De Cubaanse Bruten. Ik kon hem geen kus geven. Ik kon geen afscheid van hem nemen, of van Leo, of van de kapitein.

Ik wilde mezelf in dat donkere water werpen dat de Argus oppakte en neersmeet. Dit was mijn laatste kans. Ik wilde niets meer horen, ik wilde dat de motor ermee zou ophouden.

Plotseling viel iedereen op de Argus stil. We hadden de kade bereikt en iemand gooide een touw.

Stilte. Er heerste complete stilte. En in die rust hoorde ik papa's stem nog een laatste keer over het water echoën tegen een plek waarvan we hadden gedroomd dat we er gelukkig zouden worden.

'Hannah, vergeet je naam!'

DEEL 3

Hannah en Anna

Havana, 1939-2014

Anna

2014

Vandaag ga ik ontdekken wie ik ben. *Ik ben er, pap, in het land waar jij bent geboren.*

Als we uit het vliegtuig stappen is het zonlicht buiten verblindend, maar de douane is bijna in duisternis gehuld.

Ze doorzoeken mams bagage en de vrouwelijke beambte complimenteert haar met haar jurken.

'Zoiets heb ik nooit gehad. Hoeveel dagen blijven jullie hier? U hebt er genoeg om u heel vaak om te kleden,' zegt ze, en ze maakt de klinkers lang, terwijl haar gezichtsspieren constant in beweging zijn. Ik word al doodmoe als ik er alleen maar naar kijk.

Vandaag ga ik tante Hannah ontmoeten. Ik heb tegen mezelf gezegd dat ik rustig moet blijven.

De man die ons helpt onze koffers weer dicht te doen, vraagt aan mama of ze het flesje met aspirines misschien kan missen. 'Die zijn hier moeilijk te krijgen.'

We weten niet of het een test is of dat deze slecht geschoren man in militair uniform het flesje wil omdat hij altijd hoofdpijn heeft. Ze geeft het aan hem, en hij wijst ons de uitgang.

'Dit is de eerste keer dat ik het spannend vind om door de douane te gaan,' fluistert mama. 'Het voelt alsof ik iets te verbergen heb.'

We banen ons een weg door de vele mensen die bij de uitgang op passagiers staan te wachten en stappen in de auto die tante Hannah heeft gestuurd.

Ik word misselijk van de geur van benzine, eerst al op het moment dat we uit het vliegtuig stapten, toen in de auto en ook nu, als we de stad binnenrijden. Ik probeer mijn autogordel om te doen, maar die is stuk. Mama kijkt vanuit haar ooghoeken naar me. Ze doet pogingen vriendelijk te zijn tegen de chauffeur, die een beetje geïntimideerd lijkt te zijn.

'Zal ik muziek opzetten?' vraagt hij.

'Nee!' antwoorden we in koor, en we moeten lachen.

We doen de raampjes omlaag om de tabaksgeur uit de gescheurde bekleding te laten verwaaien.

De kuilen en de vreselijk slechte vering van de auto geven me het gevoel dat we elk moment door de voorruit kunnen vliegen. Mam blijft glimlachen naar de chauffeur, die nu een lang betoog afsteekt over de moeilijkheden in het land en het gebrek aan middelen om de straten van Havana goed te onderhouden.

'Er zijn hier ook betere wegen,' zegt hij, alsof hij er iets aan kan doen.

Hoe verder we van het vliegveld komen, hoe drukkender het wordt. Ik vraag me af of het in heel Havana zo is.

Een jonge jongen op een roestige fiets en met ontbloot bovenlijf komt bij een stoplicht naast ons tot stilstand. 'Hallo! Toeristen? Waarvandaan?' vraagt hij.

Onze chauffeur werpt hem een blik toe, en de jongen laat zijn hoofd zakken en trapt weg zonder op een antwoord te wachten.

'Een schooier!' zegt de chauffeur. Over Vedado, de wijk waar tante Hannah al woont vanaf het moment dat ze hier vanuit Berlijn aankwam, en de plek waar pap is geboren, vertelt hij: 'Het is een van de betere buurten van de stad. Hij ligt precies in het midden. Je kunt vanaf daar overal naartoe lopen.'

We laten de weg van de luchthaven achter ons en steken een groot plein over waar een grijze obelisk staat met daaronder een beeld van een van de historische helden van het eiland. Het is omgeven door enorme propagandabillboards en moderne gebouwen die, zo informeert onze gids ons, het hoofdkwartier van de regering zijn.

Het plein komt uit op een brede laan met in het midden een wandelpad met bomen erlangs en aan beide zijden vervallen herenhuizen. Op verschillende straathoeken staan groepjes mensen in de rij bij grote gebouwen met verschoten kleuren. Het lijken een soort markten.

'Zijn we al in Vedado?' vraag ik, waarmee ik de stilte verbreek. De chauffeur knikt en glimlacht.

Een paar jonge mensen in uniform zwaaien naar ons vanuit een school. Het lijkt wel alsof het woord toeristen op ons voorhoofd staat geschreven. Maar daar zullen we wel gauw aan wennen!

Op de een of andere manier weet ik dat we er zijn. De chauffeur gaat langzamer rijden en zet uiteindelijk de auto stil achter een auto uit de vorige eeuw. Mam pakt mijn hand als ze naar het fletse huis kijkt met verwelkte planten in de tuin. De veranda is leeg en er zitten scheuren in het dak. Een gehavend ijzeren hek scheidt het gebouw van de stoep, die hier en daar omhoogkomt door de wortels van een bladerrijke boom die daar lijkt te zijn geplant om het pand tegen de wrede tropische zon te beschermen.

Onder de boom zit een jongen, die me gedag zegt, en ik glimlach terug. Mam loopt met onze koffers naar het huis. De jongen stapt op ons af.

'Zijn jullie familie van die Duitse vrouw?' vraagt hij in het Spaans. 'Zijn jullie Duits? Kom je hier wonen of ben je alleen op bezoek?'

Hij stelt zo veel vragen achter elkaar dat ik niet eens over een antwoord kan nadenken.

'Ik woon op de hoek,' zegt hij. 'Als je wilt, kan ik je Havana laten zien. Ik ben een goede gids en je hoeft me niet te betalen.'

Ik barst in lachen uit en hij ook.

Ik probeer de tuin in te komen zonder het ijzeren hek te hoeven aanraken, maar de jongen is er eerder dan ik.

'Ik heet Diego. Hebben jullie een kamer gehuurd in het huis van die Duitse? Iedereen zegt dat ze een nazi is en dat ze aan het eind van de oorlog naar Cuba is gevlucht.'

'Ze is de tante van mijn vader,' antwoord ik. 'Hij heeft zijn ouders verloren toen hij zo oud was als ik, en zij heeft hem grootgebracht. Ze is Duits, ja, maar ze is samen met haar ouders gevlucht voordat de oorlog uitbrak. En ze is geen nazi, dat is een ding dat zeker is. Wat wil je nog meer weten?' vraag ik nors.

'Oké, oké, rustig maar! En ik zal je evengoed Havana laten zien als je wilt. Je hoeft alleen maar naar buiten te komen en mijn naam te roepen, dan kom ik eraan. En het maakt mij niet uit als jij ook een nazi bent.'

Ik moet weer hardop lachen om zijn vrijpostigheid. Dan draai ik hem de rug toe en stap net de veranda op als iemand de voordeur opendoet. Ik verstop me achter mam en grijp haar hand beet. Ze knijpt stevig in de mijne.

Als de oude deur opengaat, ruiken we parfum van viooltjeswater. 'Welkom in Havana,' zegt een fragiele stem in het Engels.

Het is het kleine meisje van het schip.

Ik kan haar gezicht nog niet zien, en aan haar stem is moeilijk te horen of die van een jong meisje of een oude vrouw is. Tante Hannah staat in de deuropening alsof ze niet gezien wil worden. Ze komt niet naar buiten om ons te begroeten, maar spreidt haar armen om ons uit te nodigen binnen te komen.

'Bedankt voor je komst, Ida,' zegt ze zacht, en dan kijkt ze naar mij en zegt met een glimlach: 'Wat ben je mooi, Anna!'

Ik stap verlegen naar binnen en geef haar een snelle knuffel. Voor mij is ze nog steeds een schaduw. Haar haar zit hetzelfde als op de foto's van toen ze jong was, met een zijscheiding en de uiteinden naar binnen gekruld en achter haar oren geschoven. Alleen is ze niet meer blond en heeft ze geen pony. Ik bestudeer haar nieuwsgierig. Mam legt een hand op mijn schouder alsof ze wil zeggen: 'Zo is het wel genoeg!'

In het halfduister van de woonkamer lijkt mijn tante net zo jong als mam. Ze is lang en slank, met een sterke kaaklijn en een lange nek. Als ze meer in het licht stapt, verschijnen er rimpels op een gezicht dat ongelooflijk kalm lijkt. Het voelt alsof ik deze vrouw al heel lang ken.

Ze draagt een beige katoenen blouse met paarse knoopjes, een lange, strakke grijze rok, kousen en zwarte schoenen met kleine hakjes.

Tante Hannah praat zacht. Ze spreekt de klinkers en medeklinkers aan het einde van de woorden met veel zorg uit. 'Toe maar, Anna. Dit is het huis van je vader en van jou.'

Ik hoor de duidelijke stem bijna onmerkbaar trillen. Van dichtbij zie ik diepe rimpels in haar gezicht en ouderdomsvlekken op haar handen met duidelijk zichtbare aderen. Haar blauwe ogen zijn opvallend en haar huid is zo wit dat het lijkt alsof ze nooit aan de krachtige, tropische zon is blootgesteld.

'Wat zou je vader gelukkig zijn als hij je zo kon zien,' verzucht ze. Ze neemt ons door een gang met tegels in ruitpatroon mee naar de achterkant van het huis. Voor de ramen hangen dikke grijze gordijnen.

In de woonkamer ruikt het sterk naar vers gezette koffie. We gaan aan de tafel zitten. Het blad is een gebroken spiegel vol vlekken.

Tante Hannah excuseert zich, loopt naar de keuken en komt terug met een oude zwarte vrouw, die moeilijk loopt. Ze schenken voor zichzelf en mijn moeder koffie in en bieden mij limonade aan. De zwarte vrouw komt naar me toe en houdt mijn hoofd teder tegen haar buik, die naar kaneel en vanille ruikt.

Ze zegt dat ze Catalina heet. Het is moeilijk te zeggen wie nu wie helpt, want ze lijken allebei van dezelfde leeftijd. Hannah staat kaarsrecht, Catalina staat naar voren geleund. Als ze loopt, schuifelt ze, hoewel ik niet weet of dat uit gewoonte is of omdat ze moe is.

'Meisje toch, je bent precies je tante!' roept ze uit, en met een vertrouwdheid die me verrast haalt ze een hand door mijn haar.

Terwijl mam en tante Hannah het over onze reis hebben, kijk ik naar het plafond. Overal zitten vochtplekken. De verf bladdert van de muren en de kamer staat vol met gehavende meubels van een familie die het lang geleden goed moet hebben gehad.

Mam vertelt over ons leven in New York, en ondertussen houdt tante Hannah haar ogen niet van mij af. Ze vraagt of ik me verveel, of het niet een goed idee is me naar buiten te laten gaan zodat de jongen die zo snel praat me mee op verkenning kan nemen in de stad.

'Je mag wel even buiten gaan spelen als je wilt,' houdt ze vol.

Volgens mij is hier niets om mee te spelen.

'Je kunt beter binnen blijven en een beetje uitrusten,' zegt mam. Ze haalt de envelop met foto's uit haar tas.

Dit lijkt me niet het goede moment. We zijn er net. Misschien vraagt het te veel van tante Hannah om haar terug te laten gaan naar zo'n ver verleden, maar mam kan blijkbaar niets anders meer bedenken om het over te hebben.

Ik zou graag de bovenverdieping willen verkennen, waar de slaapkamers moeten zijn. Ik wil dat ze me met rust laten, zodat ik kan zien waar pap sliep, waar hij zijn speelgoed en boeken had.

Mam legt de foto's uit Berlijn op het kapotte tafelblad. Hannah glimlacht, hoewel ik de indruk heb dat ze liever naar mij blijft kijken dan teruggaat naar het verleden.

'Dat was de gelukkigste tijd van mijn leven,' zegt ze.

Als ze zich dingen herinnert worden haar blauwe ogen feller. Ze lijkt tot leven te komen, hoewel duidelijk is dat ze niet echt geïnteresseerd is in die dramatische Atlantische oversteek. Het verbaast me dat ze zegt dat dat een gelukkige tijd was.

'Ik was net zo oud als jij en mocht overal op het schip komen en soms tot laat in de avond rondzwerven,' legt ze uit.

Ik weet niet wat ik moet zeggen.

Er vallen heel lange pauzes tussen haar zinnen.

'Mijn moeder was zo mooi! En papa was de meest gedistingeerde en gerespecteerde man aan boord van de St. Louis.'

Ze pakt de foto van een man in uniform en laat hem ons zien.

'De kapitein… we liepen met hem weg!'

Mam wijst naar een kiekje van een jongen die zowel op de foto's in Berlijn als op die van de boot te zien is. 'Wie is dit?'

'O, dat is Leo!' Tante Hannah valt even stil. 'Wat waren we toch jong.' Weer is ze stil, kijkt ons dan weer aan. 'Hij heeft me verraden, dus heb ik hem uit mijn leven gewist. Maar ik denk dat nu de tijd is gekomen om te vergeven.' Weer een stilte. 'Zouden we iemand op een dag kunnen vergeven?'

We weten niet wat we moeten zeggen. We hoopten dat ze ons het verhaal zou vertellen van de enige persoon die natuurlijk poseerde, degene die duidelijk de hoofdrol speelde in de hele fotocollectie. Ik was geïntrigeerd en wilde meer over deze Leo weten. Was hij ook naar Cuba gegaan? En hoe had hij haar dan precies verraden? Maar als ik het haar zou vragen, doet mam me wat. De stilte wordt zwaarder. Dan pakt tante Hannah een ansichtkaart met daarop de boot, midden op de oceaan.

'De St. Louis was in die tijd het meest luxueuze trans-Atlantische lijnschip dat ooit Havana had aangedaan,' herinnert ze zich met een zucht. 'Het was onze enige hoop, onze redding. Dat dachten we tenminste, lieve Anna, tot we beseften dat we er wéér waren ingeluisd. Tijdens de overtocht is een man overleden en zijn lichaam werd overboord gegooid. Slechts 28 passagiers mochten van boord. Alle anderen zijn teruggestuurd naar Europa, waar nog geen drie maanden later de oorlog uitbrak. Niemand wilde ons. We waren de ongewensten. Maar ik was zo oud als jij, Anna, en ik begreep maar niet waarom.'

Mam staat op en geeft haar een knuffel. Ik zou willen dat dit gesprek voorbij was en we deze arme oude vrouw niet langer lieten lijden. We zijn er pas net! En het is duidelijk dat ze denkt dat vergeten de beste genezing is voor haar kwaal. Ze lijkt veel liever iets over ons leven in het heden te horen, want wij zijn het enige wat nog over is van de jongen die in haar huis tot een man is uitgegroeid, om vervolgens onder het puin van twee grote torens in een verre, onbekende stad te verdwijnen.

'Elke dag vraag ik me af waarom ik nog leef!' fluistert ze, en ze barst plotseling in tranen uit.

Hannah

1939

De auto reed langs de kust en liet de haven achter zich. We hoorden de hoorn van de St. Louis in de verte, maar mijn moeder reageerde niet eens. Ik draaide me om en zag door de achterruit dat we steeds verder van elkaar gescheiden raakten. De boot verliet de baai terwijl wij richting het stadscentrum reden. Ik hield op met huilen. Mijn vader was niets meer dan een stipje in een oneindige ruimte, weer verloren op dat gigantische lijnschip waarop we voor het laatst een gezin waren geweest.

De dame die naast de chauffeur zat, sprak tegen ons terwijl ik mijn tranen droogde.

'Ik ben mevrouw Samuels,' legde ze uit. 'We gaan naar Hotel Nacional. Hopelijk maar voor een paar weken, tot het huis af is en gemeubileerd. Meneer Rosenthal had alles goed geregeld.'

Toen ik papa's naam hoorde, ging er een rilling langs mijn ruggengraat. Ik wilde het verleden uitwissen, vergeten, niet meer lijden. We waren veilig aan land, maar mijn vader en Leo waren weg.

'Dus dit is het Cubaanse equivalent van Hotel Adlon?' vroeg de Godin met een sceptisch opgetrokken wenkbrauw toen we Hotel Nacional binnenliepen.

Gelukkig keek onze kamer niet uit op het water maar op de stad, zodat we niet naar de boten hoefden te kijken die de haven in en uit voeren. Het maakte ook weinig uit wat voor uitzicht we hadden, want tijdens ons twee weken durende verblijf hield mama de gordijnen dicht.

'We moeten ons tegen de zon en het stof beschermen,' beweerde ze.

Als ze de kamer kwamen schoonmaken, riep ze streng: 'Nee!' als het kamermeisje de gordijnen open wilde doen. Elke dag was het een ander en we gingen pas weg als zij bij ons binnen was, zodat mijn moeder haar kon laten weten dat ze geen enkel zonnestraaltje binnen wilde hebben.

In die twee weken heeft ze niet één keer papa's naam genoemd. Zij en mevrouw Samuels spraken elke dag af op het overdekte terras, de enige plek waar we het orkest niet konden horen dat, volgens haar, alleen die snelle Cubaanse *guaracha's* kon spelen. 'Eilandmuziek,' zei ze minachtend.

Soms vroeg ze de kelner of de musici alstublieft minder luid konden spelen of zelfs of ze helemaal konden ophouden.

'Natuurlijk, señora Alma.'

Het antwoord irriteerde haar nog erger omdat de kelner haar voornaam gebruikte, waarschijnlijk omdat hij haar Duitse achternaam niet kon uitspreken, terwijl zij, een buitenlandse, vloeiend Spaans sprak.

Ondertussen ging de guarachamuziek vrolijk door.

Mijn moeder besloot telkens hetzelfde paarsblauwe pak te dragen wanneer ze met mevrouw Samuels afsprak. Als we weer op onze kamer waren, liet ze het ophalen om te worden gewassen en geperst. Dat was onze routine in het Havanese hotel waarnaar ze zwoer nooit meer te zullen terugkeren.

's Morgens sprak ze met onze advocaat, señor Dannón, die de vergunningen regelde voor ons verblijf op Cuba. En 's middags ontmoette ze de vertegenwoordiger van de Canadese bank waar papa het merendeel van ons geld had ondergebracht en die over ons trustfonds ging. Daarna ging ze steevast naar de hotelmanager met een of andere klacht, meestal over het orkest en het lawaai dat zelfs met de ramen gesloten onze kamer bereikte.

Ik kon zien dat ze blij was op de dag dat we onze Cubaanse identiteitskaarten kregen. Niet omdat we eindelijk het recht hadden om te blijven, en het recht om in het huis te verblijven dat ze tot dan toe had geweigerd te bezoeken, maar omdat ze zich eens en voor altijd kon bevrijden van haar voorouderlijke naam. Dit dankzij de Cubaanse bureaucratie, of de onwetendheid van incompetente beambten die Rosenthal niet konden spellen. Nu onze namen Spaanser zouden klinken, zou ze bekendstaan als 'Señora Rosen'. Mijn voornaam werd veranderd van Hannah in Ana, hoewel ik besloot iedereen te vertellen dat het met een J moest worden uitgesproken, als 'Jana'.

Mama heeft nooit om correctie van haar naam gevraagd, hoewel ze erop aandrong bij haar advocaat – een sigarenroker wiens haar zwaar was van het vet – dat hij onmiddellijk een tijdelijk visum voor Amerika voor haar moest regelen, want ze moest binnen vier maanden in New York zijn. Het duizelde ons als hij sprak over alle verordeningen en wettelijke besluiten van zijn regering, waar de verdeling tussen de civiele en militaire macht precair was. Als we weer op onze kamer waren, bleef mama tegen me zeggen (alsof ik het niet al aan boord van het schip had gehoord) dat mijn broertje of zusje in New York geboren zou worden.

Eerst sprak ik nog Duits tegen haar, gewoon om te zien of ze zich aan de belofte zou houden die ze papa had gedaan, maar ze antwoordde steevast in het Spaans. Ik besloot algauw dat dit de taal zou worden waarin we tijdens ons korte verblijf op het eiland zouden communiceren.

Ze mopperde de hele dag door. Over de hitte, over de rimpels die ze van de zon zou krijgen, over het gebrek aan manieren bij de Cubanen. Ze spraken niet, ze schreeuwden. Ze waren altijd te laat, gebruikten te veel komijn in hun eten en te veel suiker in hun toetjes. Het vlees was altijd te doorbakken en het drinkwater smaakte naar roestige leidingen. Ik besefte dat hoe meer ze alles om zich heen haatte, hoe drukker ze het had, en zo vergat ze sneller wat er was gebeurd met de 906 passagiers die vastzaten op de St. Louis en hoefde ze niet over papa te praten. Op dat moment hadden we geen idee wat er met hen zou gebeuren. Of ze een ander eiland zouden vinden dat hen wilde hebben of dat ze teruggestuurd zouden worden naar Duitsland.

Op de dag dat we eindelijk naar de lobby afdaalden, waar de chauffeur wachtte die ons naar ons huis in Vedado zou brengen, vertelde señor Dannón ons dat de St. Louis in Antwerpen was aangemeerd en dat de passagiers zouden worden opgenomen door Groot-Brittannië, Frankrijk, Nederland en België.

'Señor Rosenthal heeft al een trein naar Parijs genomen.'

Moeder reageerde niet op dit nieuws. Ze weigerde haar emoties te tonen in het bijzijn van een vreemde, die voor zijn diensten ongetwijfeld meer berekende dan zou moeten. Ze wierp een blik op een groepje mannen dat het hotel binnenkwam met inferieure palmhoeden en overhemden met plissé en paarlemoeren knoopjes. 'Het Cubaanse uniform' noemde ze dat, en ze vond het vulgair.

Mevrouw Samuels stelde ons voor aan een chauffeur in een zwart pak met gouden knoopsgaten en een pet waardoor hij eruitzag als een politieagent. Hij had bolle ogen en met geen mogelijkheid kon ik zijn leeftijd schatten. Soms leek hij erg jong en soms leek hij ouder dan papa.

'Goedemorgen, señora. Ik ben Eulogio.'

Met zijn linkerhand nam hij zijn pet af en hij ontblootte een donker, geschoren hoofd. Hij stak zijn reusachtige, eeltige hand eerst naar mama uit en daarna naar mij. Ik had nog nooit zo'n warme hand gevoeld. Het was dezelfde man die ons eerder bij de haven had opgepikt, maar toen hadden we andere dingen aan ons hoofd gehad. Hij had een lastig plaatsbaar accent. Ik wist niet of het typisch Cubaans was om delen van woorden in te slikken en de s'en te aspireren, of dat hij van een ander eiland kwam, of misschien wel uit Afrika. Nu had onze chauffeur een naam, al wisten we nog niet wat zijn achternaam was, en hij zou ons vergezellen tijdens ons gehele verblijf op Cuba.

We reden bij Hotel Nacional weg over de Avenida o en namen toen de Calle 23. De lanen hadden allemaal letters, op onze route in oplopende volgorde. Ik draaide het autoraampje open om de warme bries te voelen en de stadsgeluiden te horen. Toen sloot ik mijn ogen en probeerde me voor te stellen hoe papa met Leo en Herr Martin in de trein op Gare du Nord in Parijs aankwam. Ze zouden een taxi nemen naar de wijk Le Marais en daar een tijdelijk appartement delen tot onze Amerikaanse visa klaar waren.

Wat ik zag waren niet de straten van Havana, maar Parijse boulevards. Ik zag papa voor me zoals in de boeken die hij me had laten zien: zittend op een terras met de krant, en ik rende met Leo naar een van de oudste pleinen van de Franse hoofdstad, het Place des Vosges, waarover papa had verteld dat je daar omhoog kon kijken naar het raam van de kamer waar Victor Hugo ooit had zitten schrijven.

Opeens remde de auto abrupt, en was ik weer terug op een eiland waar ik niet wilde blijven. Ik verdreef de tijd met het tellen van de witte bordjes die de straten aangaven.

We reden door een laan die de Paseo heette, en gingen daarna de Calle 21 op. Nadat we voorbij de Avenida A waren gekomen, stopte de auto een paar meter voor een bocht.

Mama herkende het huis zodra ze het zag. Ze duwde het zware ijzeren hek open en stapte een tuin in vol gele, rode en groene kreeftsbloemstruiken. Het stevige huis had twee woonlagen en aan de voorkant een kleine veranda. Het was vrij bescheiden in vergelijking met de woning ernaast, die op twee tot vier keer zo veel grond stond. Señor Eulogio begon onze koffers uit te laden terwijl ik op de stoep bleef staan, ernaar verlangend de buurt te verkennen waar we de komende paar maanden zouden wonen.

Mama kwam tot stilstand bij de drempel en wachtte tot de man met de donkerste huid die ze ooit had gezien de deur voor haar opendeed. Een gedrongen, grijzende vrouw verscheen op het trapje. Ze droeg een witte blouse, een zwarte rok en een blauw schort.

'Welkom,' zei ze met een vriendelijke maar ferme stem. 'Ik ben Hortensia.'

De ingang leidde rechtstreeks naar een vierkante ruimte met lijstwerk op de muren en aan het plafond. Een klein paleisje midden in het

Caraïbisch gebied! De meubels waren een imitatie van klassieke Franse stijlen: leunstoelen met medaillonrugleuning, caprioolpoten en verguldsel. Toen ze ze zag, barstte de kersverse señora Rosen in lachen uit: 'Waar zijn we in hemelsnaam beland? Hannah, welkom in het Petit Trianon!'

Een lange gang verbond deze kamer met de achterkant van het huis. Achterin was de eetkamer, vol zware meubelstukken en een tafel met een spiegelblad. Een trap leidde naar de eerste verdieping met vier slaapkamers. Overal hingen goudgerande spiegels en eindeloos sierlijke marqueterie.

Mijn slaapkamer was boven de veranda en keek uit op straat. De meubels daar waren lichtgroen, er was een kleine maanvormige toilettafel omringd door spiegels en een kledingkast met handgeschilderde bloemen erop. Ik trok een deur open waarvan ik dacht dat het een kast was maar het bleek mijn eigen badkamer te zijn. Toen ik de vloertegels zag was ik dubbel verrast, want ik werd in gedachten teruggevoerd naar station Alexanderplatz; ze hadden dezelfde kopergroene kleur als die van het café waar ik elke middag met Leo had afgesproken.

Mijn moeders slaapkamer bevond zich aan de achterkant van het huis. De donkerhouten meubels daar hadden strakke, rechte lijnen. Hortensia en ik tuurden uit het raam – dat van nu af aan dicht moest blijven – naar het gastenverblijf boven de garage, die het grootste deel van de tuin in beslag nam.

'Daar woon ik,' zei ze. 'Eulogio's kamer is ernaast.'

Mama was er niet erg gelukkig mee dat er mensen op het terrein woonden, maar ze zei niets. Uiteindelijk besefte ze vast dat dat beter was dan ze in huis te hebben. Mevrouw Samuels had ons ervan verzekerd dat ze honderd procent betrouwbaar waren.

Op de begane grond was een werkkamer voor vader. Ik vond het fijn om te zien dat we er nog steeds van uitgingen dat hij zou komen. Een kleine bibliotheek naast de werkkamer wekte mama uit de lethargie waarin ze was verzonken na ons eerste gesprek met die kleine, stevige vrouw die, god mocht weten hoe lang, ons enige gezelschap zou zijn. Ze bekeek de titels en auteurs en wees het gros ervan af met haar typische gebaartjes: een opgetrokken wenkbrauw, op haar lip bijten, met haar hoofd schudden of met haar ogen rollen. 'Cubaanse literatuur? Ik wil hier geen enkele auteur van dit eiland zien,' zei ze minachtend.

Ik wist niet of Hortensia wist welke auteurs dat dan waren, maar ze knikte evengoed. Mama deed elk raam waar ze langsliep dicht, maar de zon mocht wel in de keuken en eetkamer komen, omdat ze dacht dat Hortensia daar het grootste deel van haar tijd doorbracht. En die ramen keken toch niet uit op de straatkant, maar op de tuinkant.

'Eulogio is een hardwerkende jongeman,' zei Hortensia defensief. Dit beantwoordde mijn vraag: Eulogio was niet oud, hij was zelfs niet van mijn ouders' leeftijd. Hij moest tien of twintig jaar ouder zijn dan ik, ook al had hij de vermoeide blik van een oude man. Ik was vreselijk nieuwsgierig. Ik wilde weten waar hij vandaan kwam, wie zijn ouders waren en of ze dood waren of nog leefden.

Ik ging naar mijn kamer en hoorde dat mevrouw Samuels arriveerde. Boven kon je alles horen wat er in huis werd gezegd, en alle geluiden van buiten. Ik begon erachter te komen hoe het was om in een open huis te wonen midden in een lawaaiige stad.

Ik liet me op het bed vallen, deed mijn ogen dicht en dacht aan papa en Leo. We hadden bij hen moeten blijven. Dan waren we nu allemaal in Parijs! Ik probeerde in slaap te vallen om mijn hoofd stil te krijgen, maar ik hoorde dat mijn naam werd genoemd en luisterde weer: we zouden hier drie maanden blijven en we moesten zeer discreet zijn zolang we in het Petit Trianon verbleven.

'In dit land hebben ze het niet zo op buitenlanders,' legde mevrouw Samuels uit. 'Ze denken dat we hun banen, hun onroerend goed en hun bedrijven komen inpikken. Draag geen sieraden of te opvallende kleding. Neem niets kostbaars mee als je naar buiten gaat. Mijd mensenmassa's. Het zal vanzelf allemaal weer rustiger worden en de St. Louis zal worden vergeten.'

De lijst met beperkingen deed ons niets.

'Over twee maanden begint de school,' voegde mevrouw Samuels er nog aan toe. 'Baldor is de beste school voor Hannah. Die is vlakbij. Ik regel het wel.'

Twee maanden! Een eeuwigheid! Het schoot ineens door mijn hoofd dat ons 'korte verblijf in Havana' niet voor maar een paar maanden zou zijn. Het zou minstens een jaar worden.

Als het regent op Cuba, krijg je een geurexplosie. Nat gras, witkalk van muren en de scherpe zeelucht vermengen zich. Mijn hersens waren alert en probeerden de verschillende geuren te identificeren. Ik kon maar niet wennen aan de stortregens, het leek alsof de wereld verging.

'Wees voorbereid op orkanen! Je zult van achter je raam tegels door de lucht zien vliegen en bomen zien omvallen. Dat zie je alleen op Cuba, Ana!' riep Hortensia uit.

'Ik heet Hannah en in het Spaans spreek je het uit alsof er een J aan het begin staat,' corrigeerde ik haar een keer op mijn allerstrengst.

'Och, meisje van me. Ana is zoveel makkelijker, maar als je erop staat, zal ik Jana zeggen! Je zult alleen zien dat je op school niet iedereen altijd maar kunt blijven corrigeren.'

Op dat moment moest ik aan Eva denken. Het was de eerste keer dat ik aan haar moest denken sinds we Berlijn hadden verlaten. Eva kende me vanaf mijn geboorte en toch had ze ons altijd respectvol behandeld. Hortensia, die ons net kende, ging met ons om met een vertrouwelijkheid die we niet gewend waren.

Toen de zomer bijna voorbij was – als die al voorbij kan gaan op dit eiland – ontvingen we het eerste nieuws van papa. Zijn brief, met Parijse stempel, had er meer dan een maand over gedaan om Havana te bereiken. Toen Eulogio de brief aan mijn moeder gaf, rende ze naar boven en sloot zich op in haar kamer. Ze weigerde die te verlaten om te eten en antwoordde niet als we haar riepen.

'Niets aan de hand,' was alles wat ze zei.

We dachten dat het feit dat ze zich had teruggetrokken misschien iets te maken had met haar medische controles, want ze ging in haar eentje naar de arts en ze liet zich nooit vergezellen door Hortensia of mij. Hortensia dacht dat er misschien problemen waren met de baby, of dat ze een lage bloeddruk had of bloedingen.

'We moeten haar laten rusten,' adviseerde ze me.

Moeder wachtte met naar mijn kamer komen tot de lampen uit waren in huis en Hortensia en Eulogio naar hun eigen woongedeelte waren gegaan. 'We hebben een brief van papa gekregen,' zei ze eenvoudigweg. Toen kwam ze naast me liggen, zoals in de tijd dat de wereld nog aan onze voeten lag.

Papa kon niet makkelijk met ons in contact komen. Het plan was dat we elkaar in Havana of in New York weer zouden zien. Hij leefde sober, in een vrij rustige buurt in Parijs. De situatie was daar ook gespannen, maar lang niet zo erg als in Berlijn.

Ik wilde dat ze me meer vertelde, details gaf.

'Hij schrijft dat we goed op onszelf moeten passen, goed moeten eten en moeten denken aan de baby die eraan komt. We moeten geduld hebben, Hannah.'

Dat zou ik proberen. Ik had weinig keus. Maar ik wilde papa zien. Hem horen.

'Waarom heeft hij niet ook een paar regels voor mij geschreven?' vroeg ik voorzichtig.

'Papa is gek op je. Hij weet dat je heel erg sterk bent – veel sterker dan ik – en dat heeft hij je ook gezegd.'

Ik viel in haar armen in slaap. Ik had geen nachtmerries en sliep heel erg diep. Morgen was er weer een dag, hoewel het ergste aan Cuba was de zwaarte en traagheid waarmee de tijd verstreek, met te veel intervallen. Een dag kon een eeuwigheid duren, maar we zouden eraan wennen.

Eigenlijk wilde ik nieuws over Leo horen. Of hij en zijn vader in dezelfde kamer woonden als mijn vader. Of ze veilig waren. Dat had papa in zijn brief moeten zetten. Ik wilde het aan mama vragen, maar bedacht me. Het was beter als ik haar kamer in zou gaan en de brief stiekem zou lezen, of hem zelfs zou houden. Alleen angst voor wat er aan boord van de St. Louis kon zijn gebeurd hield me tegen. Ik wilde geen herhaling van het voorval met de capsules. Als mama gek werd in Havana kon ik haar kwijtraken. Ze kon in een kliniek worden opgenomen, opgesloten worden of gedeporteerd, en dan zou ik haar nooit meer zien. O, maar wat wilde ik papa's handschrift graag zien en aanraken!

Moeder heeft me de brief nooit getoond. Op een gegeven moment dacht ik zelfs dat ze hem had verzonnen zodat ik de hoop niet zou verliezen, terwijl ze heel goed wist dat we geen van allen een toekomst hadden, dat papa was gestorven tijdens de terugreis over de Atlantische Oceaan of dat hij nooit een land had gevonden dat hem wilde opnemen zodat hij terug naar Duitsland had gemoeten.

Ik begreep haar nooit zo goed. Ik probeerde het wel, maar het probleem was dat we verschillend waren. Dat wist ze.

Met papa was het zo anders. Hij schaamde zich er niet voor om zijn gevoelens te laten zien, of het nu pijn was of frustratie, verdriet of een gevoel van mislukking. Ik was zijn kleine meisje, zijn toeverlaat, de enige die hem begreep. De enige die niets van hem eiste en hem niets verweet.

Op de dag dat mama eindelijk met haar tijdelijke visum naar New York vertrok om daar te bevallen, gekleed in een loszittende jurk om haar zwangerschap te verbergen, riep ze Hortensia en mij voor het ontbijt bij zich in de woonkamer. Ze nam Hortensia's hand stevig in de hare en keek haar recht in de ogen.

'Ik wil niet dat Hannah het huis verlaat. Blijf zo veel mogelijk hier. Elke maandagochtend komt meneer Dannón langs om te kijken wat je nodig hebt. Zorg goed voor Hannah, Hortensia,' zei ze, haar verzoek kracht bijzettend met een vluchtige glimlach.

Ik hoopte dat papa zou schrijven en de brief mij zou bereiken in plaats van mama terwijl ze ver weg was, maar er kwam niets. Tegen die tijd was de oorlog uitgebroken. Engeland en Frankrijk hadden Duitsland twee dagen nadat het 1 september Polen was binnengevallen de oorlog verklaard. Ik stelde me voor dat papa zijn donkere zolderkamertje in Parijs tussen het oneindige grijs van de herfst en de winter niet kon verlaten.

Het leven was makkelijker toen mama was vertrokken. We zetten de ramen open en ik hielp Hortensia met haar taken. Ze leerde me custard, rijstebrij, broodpudding en pompoentaart maken. Recepten die ze had geleerd van haar grootmoeder aan moeders kant, die uit het Spaanse Galicië kwam en altijd de lekkerste toetjes maakte.

Op een dag zei ik tegen Hortensia dat ik wilde leren hoe je taart met glazuur maakte voor als er iemand jarig was. Ze ging zonder te reageren verder met het huishouden.

'Wanneer ben jij jarig?' hield ik vol.

Ze haalde haar schouders op.

Ik dacht dat ze geboortes misschien niet registreerden op Cuba of dat Hortensia uit een ander land kwam – misschien uit Spanje, net als haar grootmoeder – en ze daarom haar geboortebewijs niet meer had.

'Ik ben Jehova's getuige,' zei ze voorzichtig. 'Wij vieren geen verjaardagen of Kerstmis.'

Toen draaide ze me de rug weer toe en ging de vaat doen. Ik schaamde me dat ik zo indiscreet was geweest en haar zo onder druk had gezet. Ik probeerde me voor te stellen hoe ze zich voelde en herinnerde me nog onze laatste maanden in Berlijn en hoe verbitterd we waren vanwege de minachting die men ons toonde. Een onzuivere godsdienst. Dus Hortensia was ook op een bepaalde manier onzuiver. Ik deed mijn ogen dicht en zag haar voor me in de straten van Berlijn: geslagen, gearresteerd, uit haar huis verdreven.

Uit haar reactie leidde ik af dat deze 'getuigen' in Havana ook als ongewensten werden gezien. Hortensia had geen trots getoond om haar geloof, maar leek zich er ook niet voor te schamen. Het was eerder dat ze met de toon van haar stem aangaf dat het iets was om voor je te houden.

Maak je geen zorgen, wilde ik tegen haar zeggen, wij vieren ook geen Kerstmis. *Tenminste, tenzij mama zou besluiten het wel te doen om 'normaal' te lijken en te verbergen dat ze een vluchteling was die in geen enkel land welkom was.*

Ik vond het heerlijk om tijd door te brengen met Hortensia, die weduwe was, zoals ze me op een van die bedompte avonden in Havana vertelde. Ze sliep tijdelijk in de kamer naast me, zodat ik me niet alleen zou voelen in het huis. Ik hield vol dat ik niet bang was en dat ik alleen kon worden gelaten, dat ik al twaalf was, maar ze had het mama beloofd en belofte maakte schuld.

Haar echtgenoot was aan een verschrikkelijke ziekte gestorven, waar ik liever niets over vroeg, en ze had een jongere zus, Esperanza, die in de buitenwijken woonde en onlangs was getrouwd.

'Het was zo'n prachtige bruiloft,' vertelde ze me met glanzende ogen, misschien omdat die van haar niet heel bijzonder was geweest of omdat het huwelijk zo verdrietig was geëindigd.

Hortensia had nooit kinderen gekregen. Nu was het de taak van haar zus om voor nieuwe aanwas te zorgen in de familie die schijnbaar op het randje van uitsterven had gestaan.

'Ze is een getuige en haar echtgenoot ook,' zei ze zacht.

Nog een geheimpje tussen ons, dat we besloten met niemand te delen.

Ik zat inmiddels op Baldor School, en elke middag kwam ik sterker overtuigd terug dat ik niets nieuws meer kon leren. Ik verveelde me op school, waar ze een jongedame van me wilden maken. We kregen les in naaien, koken, typen, handwerken en schoonschrijven. Ik stond bekend als 'de Poolse' en liet dat zo. Vriendschappen sluiten probeerde ik niet, want ik wist dat we op dit eiland waar we niets kostbaars te verliezen hadden maar kort zouden blijven. Op school werd er constant over de oorlog gesproken, en dat was wat me echt bang maakte.

Als we post kregen, hoopte ik dat het een brief van papa was, maar het enige wat ik ontving was een ansichtkaart van mama uit New York. Vluchten konden worden uitgesteld, want tijdens een oorlog kon er van alles gebeuren. Het kwam in me op dat ze in het belang van de baby zou kunnen besluiten in het appartement in Manhattan te blijven wonen. Wie zou dan alle uitgaven regelen? Mijn visa en documenten? Ik kon nergens bij. Ik voelde me verlaten en zocht mijn toevlucht bij Hortensia, die meer over het leven van haar ouders in Spanje vertelde dan over haar eigen leven op Cuba. Misschien was dit ook maar een tijdelijk land geweest voor haar, een kinderloze weduwe die ertoe was veroordeeld haar geliefden hier te begraven in een land waar zij waarschijnlijk ook zou worden begraven, want Spanje was een illusie uit het verleden.

'Het is een jongetje. Hij weegt zeven pond. Ze hebben hem Gustav genoemd. Dat heeft señora Alma me laten weten toen jij op school zat.'

Hortensia was zelfs nog blijer dan ik. Ze vertelde me alle details terwijl ze in een dessert roerde dat op een zacht vuurtje stond. Ik denk dat ik liever een zusje had gewild, zodat ik met haar kon spelen en haar mee naar Parijs had kunnen nemen om bij papa te wonen.

'Een jongen is het beste,' verzekerde Hortensia me. 'Een man kan zelf zijn brood verdienen en zorgen voor jullie, twee vrouwen alleen in dit land.'

Toen ik hoorde dat ik niet langer enig kind was, ging ik naar onze kleine huisbibliotheek om mama bij terugkomst ook te verrassen. Ik besteedde er veel tijd aan om alle boeken geschreven door Cubaanse auteurs van de planken te halen, zoals ze had gewild toen we net aankwamen. Dat zou mijn geschenk aan haar zijn.

Eulogio reed ons naar een boekwinkel in het centrum van Havana, waar we alle Franse literatuur kochten die ze hadden. Het enige probleem was dat de boeken in het Spaans waren, ze hadden geen uitgaven in de originele taal. Hortensia wees me op de man die in de boekwinkel werkte, of misschien zelfs de eigenaar was.

'Hij is ook een Pool, net als jij.'

'Ik ben niet Pools!' zei ik boos. 'Waarom zijn jullie toch zo geobsedeerd door Polen?'

Toen hij me zag, glimlachte de man. Het leek wel of hij meteen besefte dat ik net als hij een geest was. Dat ik een merkteken op mijn gezicht had. Dat we allebei ongewensten waren, verdwaald in een stad die meedogenloos werd gestraft door de stralen van de zon. Hortensia en ik stapten op hem af om te informeren of ze ook boeken in de originele taal hadden.

Eerst sprak hij Hebreeuws tegen me, waar ik van schrok. Hij ging over op Duits, maar ik antwoordde meteen in het Spaans. Toen hij besefte dat ik voet bij stuk hield, wees hij me er, weer in het Hebreeuws, op dat niemand zou begrijpen wat we zeiden en dat ik niet bang hoefde te zijn. Mijn ogen begonnen te tranen en hij moest hebben gezien hoe bang ik was.

Niet huilen, Hannah, niemand heeft je iets gedaan, blijf rustig, zei ik tegen mezelf, hoewel mijn benen plotseling slap werden. Ik had het huis nooit moeten verlaten, ik had mevrouw Samuels' advies moeten opvolgen! Ik had me verborgen moeten houden, geen aandacht op mezelf moeten vestigen en alle Cubanen moeten mijden, moeten leven met de ramen dicht, in complete duisternis.

Ik vermande me, vastberaden niet toe te geven.

'Waar kan ik boeken van Proust in het Frans vinden?' vroeg ik in het Spaans.

De man, die een gigantische neus had en krullend haar en wiens schouders van zijn jasje vol roos zaten, antwoordde in het Spaans met een Duits accent dat hij vanwege de oorlog niet kon garanderen dat boeken uit Europa zouden aankomen.

'Voorheen kwam een bestelling vanuit Frankrijk altijd binnen een maand aan.'

Hij glimlachte vriendelijk en na een lange uitleg in het Frans, dat hij veel vloeiender sprak dan Spaans, vroeg hij of ik uit Frankrijk kwam.

Ik kreeg niet meer voor elkaar dan hem bedanken. Hortensia was verbaasd over mijn schuchterheid, maar ze vroeg niets. We verlieten de boekwinkel gebukt onder het gewicht van werken die mijn moeder vast geweldig zou vinden. Proust, Hugo, Balzac, Dumas, allemaal in het Spaans. De perfecte toevoeging aan haar Petit Trianon. Lezen was altijd een van haar grootste hobby's geweest, al stond het nog te bezien of ze er met Gustav nog tijd voor zou hebben.

Eulogio begreep niet waarom we nog meer boeken wilden terwijl we die in de huisbibliotheek nog niet allemaal hadden gelezen. Hij dacht dat we ze alleen maar hadden gekocht om de planken er minder leeg uit te laten zien. Wat rijke mensen wel niet deden!

Aangezien 'señora Alma' afwezig was, namen we het niet zo nauw met de regels. Hortensia zat bijvoorbeeld samen met mij achter in de auto en drong aan dat ik vrienden moest maken.

'De volgende paar jaar zullen voorbijvliegen, en als je niet trouwt word je een ouwe vrijster. En een verwaande jonge vrouw, wat niet goed is.'

Ik moest om haar woorden lachen terwijl de wind door het open autoraam stroomde en ons haar in de war raakte. In gedachten zag ik Leo's gezicht voor me. Ik was ervan overtuigd dat hij me zou komen halen en dat we dan ons hele leven samen zouden zijn. Maar dat was mijn kostbaarste geheim en ik zag geen reden het aan Hortensia te vertellen.

Het beste aan mijn tijd met Hortensia was dat het me tot op bepaalde hoogte hielp onze echte problemen te vergeten. Ik leerde dat als je wilde overleven je maar het beste in het heden kon leven. Op dit eiland was er geen verleden of toekomst. Je lot was vandaag.

Vlak voor we bij ons huis aankwamen, rijdend door de straten vol bestuurders die alle verkeersregels en borden aan hun laars lapten, raapte ik de moed bij elkaar om Eulogio naar zijn ouders te vragen. Hij vertelde me dat zijn familie straatarm was. Zijn vader had zijn moeder met negen kinderen laten zitten: zes jongens en drie meisjes. Eulogio was het middelste kind. Dankzij een oom aan moeders kant die chauffeur was en hem had leren rijden was het hem gelukt aan die armoede te ontsnappen. Zijn oom zei altijd tegen al zijn broers en zussen dat hij de enige was die eerlijk was en 'karakter' had. Hij hielp zijn moeder zo veel als mogelijk en als het maar even kon bracht hij haar een bezoek. Zijn broers en zussen waren volwassen en in alle uithoeken van het eiland neergestreken. Zijn grootouders waren Afrikaanse slaven geweest, maar zijn familie kwam uit Guanabacoa, een heel mooi dorpje omringd door heuvels, waar iedereen elkaar kende.

'Waar ligt Guanabacoa?' vroeg ik geboeid.

'In het zuidoostelijke deel van de stad, niet ver van hier. Ik neem je er wel een keer mee naartoe. Je vindt het er vast mooi. Ik ben daar opgegroeid en ken het op m'n duimpje.'

Hij remde hard om een vrouw met een kinderwagen te laten oversteken.

'Daar is ook de begraafplaats van jouw volk,' voegde hij eraan toe.

Ik begreep niet wat hij bedoelde. Even viel er een stilte. Het was een ongemakkelijk moment, vooral voor Hortensia, die zich schuldig voelde dat ze me zo vertrouwd had laten omgaan met een bediende. Als mijn moeder dit zou horen, konden zij en Eulogio allebei worden ontslagen.

Maar in plaats van te zwijgen, bleef ik vragen stellen. 'Wiens begraafplaats?'

Hortensia keek naar Eulogio om te zien wat hij zou zeggen. Toen we op de Paseo de bocht om gingen en de Calle 21 in reden, legde hij uit: 'Die van de Polen.'

Anna

2014

De eerste plek die we in Havana bezoeken is een begraafplaats. Ik was nog nooit in een stad geweest die aan de doden is gewijd. Tante Hannah stond erop dat we een bezoekje zouden brengen aan Alma – haar moeder, paps oma, mijn overgrootmoeder – die in 1970 in Cubaanse grond is begraven. Mama is er niet zo happig op, maar als ze ziet dat ik enthousiast ben over het idee, geeft ze toe.

We stappen weer in een wrak van een auto; Catalina voorin, wij drieën achterin. Tante Hannah heeft zich besprenkeld met viooltjeswater en mama heeft zo'n dikke laag zonnebrandcrème op dat ze zo wit als een lijk is. Terwijl we over de Avenida 23 rijden en de Calle 12 inslaan om de begraafplaats op te gaan, word ik overvallen door de geuren van allerlei soorten bloemen die zijn geplukt om de levenden op te beuren.

De zware geur van rozen en jasmijn vermengt zich met sporen van oranjebloesem en basilicum. Felgroene grafkransen en rode, gele en witte rozen liggen hoog opgetast op een karretje, dat wordt getrokken door een broodmager oud vrouwtje met slordig haar en een verweerde huid.

Ik wil foto's nemen, maar de auto staat nog niet stil. Dan stoppen we zodat Catalina rozen kan kopen. De geur van sigaretten en zweet van de oude vrouw met het karretje, de bloemen en de stank op straat, zorgen ervoor dat ik mijn adem inhoud als ik mijn camera op haar richt. Ze deinst angstig terug. Mijn longen snakken naar zuurstof en ik klamp me aan mijn tante vast om me door haar geur van viooltjes te laten beschermen. Te veel geuren!

Tante Hannah vat het op als een uiting van genegenheid en streelt mijn wangen, die branden van de hitte. Mama is trots op me, op mij, degene die altijd zo eenzelvig en gereserveerd is, en nu zo vriendelijk doet jegens de enige andere persoon die een band heeft met de vader die ik nooit heb gekend. Ik sluit mijn ogen en laat me even gaan. Ik voel me voor het eerst hecht verbonden met mijn tante.

De begraafplaats is een echte ommuurde stad. Een religieus beeld siert de boog boven de ingang. 'Het staat voor geloof, hoop en liefde,' legt Catalina uit als ze me ernaar ziet kijken. We parkeren op de begraafplaats en stappen uit om de rest van de weg lopend af te leggen. Catalina heeft rode en witte rozen in haar armen en takjes basilicum achter haar oor gestoken.

'Dat is verfrissend,' legt ze uit.

Als ze ziet dat ik alles om me heen probeer op te nemen, werpt ze zich op als mijn gids.

'Señora Alma heeft nog geen vrede gevonden. Ze heeft veel geleden. Ze is gestorven met een zware last op haar schouders, jij moet proberen met een zo licht mogelijke last naar je graf te gaan. Vergeet dat niet, mijn kind. Dat is belangrijk voor jou,' zegt ze, terwijl ze haar stem verheft zodat tante Hannah haar kan horen.

Het verbaast ons hoe ongedwongen Catalina tante Hannah behandelt. Ze vousvoyeert haar niet, hoewel ze altijd heel respectvol is. Ze praat tegen tante Hannah alsof zij degene is met meer ervaring.

'We moeten het verleden achter ons laten,' zegt Catalina, die aan de rozen ruikt. Ze vervolgt: 'Deze zijn voor señora Alma. Ze heeft nog steeds heel veel hulp nodig!'

We lopen langzaam verder, niet vanwege mijn tante maar vanwege Catalina, die zware benen heeft. Ze wuift zichzelf voortdurend koelte toe met een waaier. Tante Hannah leunt op mams arm terwijl ze naar de lanen kijkt waarlangs allemaal mausolea staan. Als we het hoofdpad verlaten, worden we overrompeld door een zee van marmeren beelden: er staan kruizen zo ver het oog reikt, grafkransen van laurier en ondersteboven hangende, brandende toortsen die de monumenten versieren. Het is een ode aan de dood.

Sommige mausolea lijken wel geplunderde paleizen. Volgens tante Hannah zijn er heel veel geschonden. 'Een geweldige maatschappij die in verval raakt,' fluistert mama.

Ik blijf staan om een paar van de inscripties op de grafstenen te lezen. Eentje is gewijd aan de helden van de republiek, een andere aan brandweermannen, weer een andere aan martelaars en er zijn er natuurlijk een paar gewijd aan militaire en letterkundige helden. Op één tombe lees ik deze inscriptie: 'Beste voorbijganger: maak je geest even leeg van de wrede wereld en wijd een liefdevolle, vredige gedachte aan deze twee mensen, wier aardse geluk werd afgekapt door het lot, en wier stoffelijke overschotten in deze graftombe liggen ter vervulling van een plechtige belofte. We danken u vanuit de eeuwigheid.' Hierdoor valt het me makkelijker om de ondraaglijke hitte uit mijn hoofd te zetten.

Op verzoek van Catalina lopen we naar de kapel in het midden. Ze zegt dat ze voor haar doden wil bidden, en ook voor onze, neem ik aan. We wachten zwijgend op haar. Als ze weer naar buiten komt, gaan we de Avenida Fray Jacinto op om naar het graf van de familie Rosen te zoeken, en uiteindelijk komen we aan bij een mausoleum met zes zuilen en een open portaal. Een tempel die voor schaduw zorgt voor de doden en voor degenen die hen komen bezoeken. Aan de bovenkant staat de familienaam gegraveerd.

Er zijn vijf grafstenen, een voor elk van de Rosens, ongeacht of ze nou wel of niet op dit eiland, dat als overgangsplek had moeten dienen, zijn geboren, hebben geleefd of zijn overleden. Op de eerste staat MAX ROSEN, 1895-1942, op de tweede ALMA ROSEN, 1900-1970, op de derde GUSTAV ROSEN, 1939-1968. De vierde is voor mijn vader: LOUIS ROSEN, 1959-2001. De vijfde steen is nog blanco; die zal wel gereserveerd zijn voor mijn tante, de laatste Rosen op het eiland.

Catalina knielt moeizaam neer voor de grafsteen van mijn overgrootmoeder Alma, omdat dit, verklaart ze, uiteindelijk de enige plek is waar echt een lichaam ligt. De anderen zijn hier slechts symbolisch begraven. In dit mausoleum zullen voor altijd alleen de twee vrouwen liggen die op een dag van boord zijn gegaan van een oceaanstomer zonder bestemming. De mannen van de familie zijn ver weg gestorven, hun lichamen nooit geborgen.

Catalina vouwt haar handen, buigt haar hoofd, en zegt een paar minuten lang haar gebeden voor een vrouw die 'op deze wereld is gekomen om te lijden en hem vol verdriet heeft verlaten'. Ze legt de rozen op het graf van mijn overgrootmoeder en staat dan heel langzaam op. Mama pakt vier stenen uit haar tas – waar heeft ze die nou vandaan? – en legt ze op de vier grafstenen met een naam erop. Catalina lijkt wel beledigd, ze kijkt verbaasd toe met grote ogen, alsof ze een verklaring voor die brutaliteit verwacht, maar niemand neemt de moeite het uit te leggen.

'Geen enkele dode zou liever een steen hebben dan een bloem,' fluistert ze tegen mij, om mama of mijn tante, die blij lijkt te zijn met dit gebaar van een vrouw die ook van haar geliefde Louis heeft gehouden, niet van haar stuk te brengen.

'Bloemen verwelken,' leg ik Catalina uit. 'Stenen zijn blijvend. Ze zullen daar voor altijd blijven liggen, tenzij iemand het waagt ze weg te halen. Stenen bieden bescherming.'

Hoe uitgebreid mijn verklaring ook zou zijn, Catalina zal het nooit begrijpen. Voor haar geldt dat de rozen geld kosten: ze zijn gekweekt en goed verzorgd. De stoffige stenen komen god weet waar vandaan. Het is niet goed dat ze bij de doden worden neergelegd.

Nog na mopperend pakt Catalina als ze even niets zegt mijn hand en vraagt me met haar mee te komen. Tante Hannah en mama staan nog steeds zwijgend bij het mausoleum dat mijn overgrootmoeder had gebouwd toen ze had gehoord dat mijn overgrootvader was gestorven. Op weg hierheen had mijn tante ons verteld dat Alma zichzelf een plechtige belofte had gedaan: alle Rosens die hier op het eiland zouden sterven, en degenen die hier werden geboren, zouden in dit familiegraf worden begraven. Voor mijn overgrootmoeder bestond er niet zoiets als vergeving. Ze gaf het eiland de schuld van alle ellende en zwoer dat Cuba 'minstens de komende honderd jaar' zou betalen voor de tragedies die haar familie ten deel vielen.

'De vloek van de Rosens!' besluit tante Hannah met een berustende glimlach, waarmee ze de haat erkent die haar moeder – zonder veel succes – ook in haar had willen aanwakkeren.

Catalina neemt me mee naar een veelbezocht grafmonument, dat bezaaid ligt met bloemen. Een aantal mensen staat eerbiedig voor een witmarmeren beeld van een vrouw leunend tegen een kruis, een baby in haar armen. Als ze weggaan, doen ze dat zonder het beeld de rug toe te keren.

Als ik mijn camera hef, kijkt Catalina me streng aan.

'Niet hier,' zegt ze, en ze dekt de lens met haar hand af.

Ze sluit haar ogen een paar minuten voordat ze verder praat.

Uiteindelijk zegt ze zonder enige uitleg: 'Dit is de graftombe van Amelia "La Milagrosa".'

Terwijl ik wacht tot ze verder zal praten, kijk ik naar het stille ritueel van de pelgrims die een bezoek komen brengen aan de tombe.

'La Milagrosa was een vrouw die in het kraambed is gestorven. Ze hebben haar begraven met de baby aan haar voeten, maar toen de tombe jaren later werd geopend, vonden ze het kind in haar armen.'

Ik moet van Catalina dichterbij gaan staan en het marmeren hoofd van de baby strelen. 'Dat brengt geluk,' fluistert ze tegen me.

Als we terugkomen bij het familiegraf zien we dat tante Hannah een hand op de grafsteen van haar moeder heeft gelegd. Als ze weer rechtop gaat staan, komt het ineens bij me op dat het aan ons zal zijn, haar nakomelingen, om haar naam in de onbeschreven grafsteen te laten graveren. Op een dag zullen we hierheen komen en er een steentje op leggen. Als Catalina dan nog leeft, zal ze haar bloemen brengen.

'Ik denk dat het tijd is geworden om onze echte naam weer aan te nemen,' zegt tante Hannah ernstig, terwijl ze naar de naam kijkt die boven deze kleine Griekse tempel midden in het Caraïbisch gebied gegraveerd staat. 'Om weer Rosenthal te worden.'

Terwijl ze met haar moeder praat, legt ze nog een steen op het graf.

Als de avond valt, gaan we weer naar huis, en mama en ik gaan zonder nog iets te eten naar bed. Dat zal mijn tante en Catalina wel zorgen baren, maar we zijn gewoon uitgeput. In bed praat mama maar door over tante Hannah, tot ik in slaap val.

Ze zegt dat tante Hannah dan misschien wel dun en frêle is, maar dat haar waardigheid haar beschermt. Het verbaast mij ook dat ze haar lichaam nog zo kaarsrecht als een ballerina kan houden. Mama zegt dat haar gebaren vrouwelijk zijn, dat ze ongewoon sierlijk zijn. En ondanks alles waar ze onder geleden heeft, straalt haar gezicht geen enkel teken van verbittering uit.

'Je lijkt op haar, Anna. Je hebt haar schoonheid en vastberadenheid geërfd,' fluistert ze in mijn oor. Ik hoor haar nog maar net, terwijl ik word overvallen door de slaap. 'Wat hebben wij een geluk gehad dat we haar hebben gevonden!'

Hannah

1940–1942

Mijn moeder miste de koude ochtenden. Ze had een hekel aan de eindeloze zomer en de voortdurende tropische stortbuien op het eiland.

‘Het is een archipel vol kikkers en wilden. Verlang jij niet naar de seizoenen? Zouden we ooit nog kunnen genieten van de herfst, winter of lente? De zomer zou een overgangsseizoen moeten zijn, Hannah,’ zei ze heel vaak.

We woonden op een eiland met slechts twee seizoenen: droog en nat, waar de planten omhoogschoten, waar iedereen klaagde en alleen maar over het verleden praatte. Alsof ze wisten wat het verleden echt was! Het verleden bestond niet, het was een illusie. Je kon nooit terug.

Op een warme, vochtige oudejaarsdag keerde ze met Gustav naar Havana terug. Zo’n kleine baby had ik nog nooit gezien. Hij had geen enkele haar op zijn hoofd en was heel knorrig.

‘Het is net een ouwe mopperpot,’ zei Hortensia lachend.

De veeleisende señora Alma veranderde door de komst van de baby, tijdelijk althans. Ze klaagde niet meer over het zonlicht dat door de open ramen viel, of over de luide stemmen en het gekletter van de schalen als de buurvrouw haar kinderen rijst en zwarte bonen te eten gaf. Evenmin leek ze het erg te vinden dat we in de keuken naar absurde soaps op de radio luisterden, vol verraad, tranen en onwettige zwangerschappen, of dat Hortensia me heerlijke donuts leerde maken, of dat we het huis vulden met de geur van vanille-extract en kaneel.

Die eerste nacht werden we alleen gelaten met de baby. Eulogio was vertrokken om met zijn familie in Guanabacoa het nieuwe jaar te vieren en Hortensia had een paar dagen vrij gevraagd. Ze zouden allebei pas op 6 januari terugkeren. Zodra ze vertrokken waren, bezorgde moeder me een grote verrassing: 'Het gaat goed met papa!'

Ik vroeg niet hoe ze dat wist. Als ze weer een brief had gekregen, zou ze me dat niet vertellen. Ik probeerde te voorkomen dat ze de gevoelens van mijn gezicht zou kunnen aflezen en probeerde die slome baby te vermaken, die niet reageerde op mijn liedjes of grappige geluiden.

Geen nieuws van Leo, was het enige wat ik dacht. Ik snapte niet goed waarom ik geen teken van leven van hem had gekregen.

Ik besefte dat dit de eerste keer was dat we in een onbekende, vijandige stad op onszelf waren aangewezen. Alleen, met een pasgeboren baby, en zonder huisarts of iemand die we in geval van nood om hulp konden vragen. Hortensia had wat gebraden vlees voor ons achtergelaten, ik zou voor de rest zorgen. Toen mijn moeder zag dat ik de keuken overnam, kon ze haar ogen nauwelijks geloven. Ze leek wel te denken: ik ben haar kwijt! Als ik nog een maand was weggebleven, had ik haar niet meer herkend.

Ze ging terug naar haar kamer, met de baby in het rieten mandje dat Hortensia had meegebracht voordat moeder uit New York was teruggekeerd. Ze had het mooi bekleed met dekentjes die waren geborduurd met blauwe zijde en noemde het een 'mozes'. Dan zei ze: 'Zet de mozes maar even hier neer.' 'Zet de mozes niet zo hoog!' 'Wieg de baby maar eens in de mozes, dan zul je wel zien hoe snel hij in slaap valt.' Eerst begrepen we niet wat ze bedoelde.

Dat mozesmandje bleek in de eerste maanden van Gustavs leven heel nuttig te zijn, want we konden het makkelijk meenemen in huis en het bij zonsondergang op het terras zetten, of 's ochtends vroeg in de zon, als die op z'n mildst was, als de zon hier ooit zo genoemd kon worden. Mijn moeder zei dat baby's net als planten warmte en licht nodig hadden om te groeien, dus nam ik het op me mijn broertje zijn dagelijkse zonnebad te geven.

Op die laatste dag van december vielen we alle drie rond negen uur in mijn moeders kamer in slaap. Het was een lange, uitputtende dag geweest. Gustav wilde elke drie uur gevoed worden, anders ging hij zo hard krijsen dat ze het op de Noordpool nog gehoord zouden hebben. Elke keer dat moeder hem de borst gaf, viel hij in slaap, maar zodra hij wakker werd, begon hij weer te protesteren. Het was een eindeloze cyclus.

We waren niet in de stemming om iets te vieren. Er viel ook niets te vieren: we waren gestrand in het Caraïbisch gebied, papa zat met andere 'onzuivere' mensen ondergedoken in Parijs, terwijl de Bruten hem op de hielen zaten. En nu hadden we een jongetje, over wie ik me voortdurend afvroeg waarom we hem op deze vijandige wereld hadden gezet. Dus toen we naar bed gingen was het eigenlijk niet tot ons doorgedrongen dat het ene jaar eindigde en er een ander begon, net zo vreselijk als het afgelopen jaar.

Om middernacht hoorden we geknal en ongebruikelijke opschudding in de doorgaans rustige wijk. Moeder schrok wakker en deed toen het raam en de gordijnen dicht. We gingen naar mijn kamer om door de jaloezieën te gluren en zagen onze buren, die emmers water op straat leeggooiden. Sommige mensen goten zelfs emmers met ijs leeg. We begrepen niet wat er aan de hand was, of we bedreigd werden of dat dit gewoon een enthousiaste, lokale gewoonte was.

Onze directe buurvrouw opende met een overdreven gebaar een fles champagne. De kurk vloog eraf en raakte bijna ons raam. Ze dronk zo uit de fles en gaf hem toen aan haar man, een kale vent zonder shirt aan en met een zeer behaarde borstkas. Toen begon de muziek: guaracha doorspekt met 'Gelukkig nieuwjaar!'-geroep.

We lieten ook een decennium achter ons. Het noodlottige 1939 behoorde al tot het verleden. Mijn moeder bekeek de bijzondere vertoning vanuit haar Petit Trianon, beschermd door de muren van het huis dat ze geleidelijk in een fort zou veranderen.

Toen onze buurvrouw ons bij het raam zag staan, hief ze haar schuimende fles en wenste ons 'Een gelukkig 1940!'

We gingen weer slapen. Toen we wakker werden, was het een ander decennium. Ons leven was veranderd. We hadden een nieuw gezinslid: een jongetje dat vaker in de armen van een onbekende zou liggen dan in die van zijn moeder. Ook al vonden we het moeilijk om toe te geven, Hortensia werd op haar eigen manier beetje bij beetje ook een Rosenthal.

Ik snapte niet waarom die vrouw Gustav elke keer dat ze hem verschoonde zo nodig overmatig moest bestrooien met talkpoeder en zijn hoofd moest besprenkelen met geurwater. Hij begon altijd te huilen zodra ze die paarse alcohol over zijn hoofd goot.

'Het koelt hem af,' hield ze vol.

Op dit eiland wilde iedereen 'afkoelen'. Of liever gezegd, iedereen was ervan bezeten. Al dat willen afkoelen verklaarde de aanwezigheid van kokospalmen, parasols, ventilators, waaiers en limonade, die ze de hele dag door dronken. 'Ga maar bij het raam zitten, dan vang je het briesje...' 'Kom, dan steken we over, daar is schaduw...' 'We wachten wel tot de zon onder is...' 'Neem maar even een duik...' 'Zet iets op je hoofd...' 'Doe het raam maar open, dan kan het doorwaaien...' Er werden maar weinig dingen belangrijker gevonden dan afkoelen.

Hortensia had de slaapkamer van mijn broertje blauw geschilderd en kanten gordijnen voor de ramen gehangen, die pasten bij het witte meubilair. Gustav was weinig meer dan een roze vlek te midden van zijn blauwe lakens, en zijn sproetjes en rossige haar werden maar langzaamaan zichtbaarder. Zijn speelgoed zou bestaan uit een houten schommelpaard, dat ongebruikt bij het raam stond, en een triest uitziende grijze beer.

We spraken Engels tegen hem, om hem voor te bereiden op onze reis naar New York waar we weer samen met papa zouden wonen. Hortensia keek ons verbijsterd aan, ze probeerde een taal te ontcijferen die heel hard klonk.

'Waarom zou je het leven van dat arme kind, dat zijn eerste woordje nog niet eens heeft gezegd, zo moeilijk maken?' mompelde ze tegen zichzelf.

Zij sprak Spaans met Gustav, met een moederlijke zachtheid en een ritme waaraan we niet gewend waren. Op een ochtend, toen ze hem aan het verschonen was, hoorden we haar met hem praten.

'Wat wil mijn lekkere Poolse knulletje zeggen?'

We sperden onze ogen open, maar zeiden niets. We lachten alleen maar en lieten haar met rust. Dat was de dag waarop ik besefte dat mijn moeder Gustav niet had laten besnijden, waarmee ze had gebroken met een oeroude traditie. Ik veroordeelde haar er niet om, daar had ik het recht niet toe. Ik begreep dat ze alles deed wat in haar macht lag om alle mogelijke sporen van schuld uit te wissen, de schuld die ons ertoe had gedreven een land te ontvluchten waartoe ik eens dacht te behoren. Ze wilde haar zoon redden, ze wilde hem de kans geven om opnieuw te beginnen, met een schone lei. Hij was in New York geboren, was voorlopig in Cuba en zou nooit weten waar zijn ouders vandaan gekomen waren. Het was een perfect plan.

Maar besneden of niet, hier zou Gustav gewoon een 'Pool' zijn.

Zonder het te vragen had Hortensia de jongen een sieraad gegeven. Dat had mijn moeder een onprettig gevoel gegeven, omdat ze niet wist of ze haar moest bedanken, het aan haar moest teruggeven, of haar moest betalen. Ze vond het ook gevaarlijk om hem een speld op zijn nachtgewaad te laten dragen, ook al was het dan een gouden speld. Het kraaltje dat aan een veiligheidsspeld bungelde zat altijd op zijn witte linnen nachthemd, aan dezelfde kant als zijn hart.

'Het is van zwarte amber, om het kwaad te weren,' legde Hortensia mijn moeder doodserieus uit. Ze was niet uit op toestemming of afkeuring van moeder, want ze was ervan overtuigd dat wij ook alleen maar al het goede voor de jongen wilden.

Die zwarte steen op zijn borst zou zijn onafscheidelijke talisman worden. We accepteerden het natuurlijk, want als hij in elk geval een deel van zijn jeugd op Cuba zou doorbrengen, zou hij moeten leren leven met de gewoonten en gebruiken van het land dat hem had opgenomen.

In een paar maanden tijd begon mijn lichaam te veranderen: op plekken waar ik ze het minst verwachtte, verschenen ineens rondingen en vormen. Ik begon wijde blouses te dragen, voornamelijk vanwege de hitte, maar op een ochtend leek moeder, toen ze me Gustav uit het mozesmandje zag tillen, plotseling te beseffen wat er aan de hand was en ze liep onmiddellijk naar de keuken, waar ze met Hortensia begon te smoezen.

Ik was er nog niet aan toe om een vrouw te worden. In mijn dromen zag ik Leo nog steeds als kind, en het joeg me angst aan als ik bedacht dat hij, terwijl ik steeds ouder werd, nog steeds even klein was als in mijn herinnering.

Een paar dagen later leverde Eulogio een lijvig pakket af dat ons leven in het Petit Trianon zou veranderen. Het was een Singer-naaimachine, met zo veel materiaal dat het pakket bijna te groot was voor de deuropening van de eetkamer. Ik was heel blij, want nu hadden we in elk geval iets nuttigs te doen. Ik stortte me op het netjes opbergen van de veelkleurige rollen stof in een kledingkast, net als de dozen vol knopen, bollen wol, zijden linten, pakken kant, elastiek en ritsen. Dat was nog niet alles: er waren ook lange vellen vloeipapier, meetlinten, naalden en vingerhoedjes.

Op het ijzeren tafeltje stond wat Hortensia 'de arm' noemde: een mechaniek met een naald, een spoel en een riemschijf. Onder aan het tafeltje zat een pedaal dat ik heel graag bediende als ik de spoel mocht opwinden, omdat ik degene was 'met de beste ogen'. We noemden de machine simpelweg 'La Singer'.

Als ontwerpster en naaister spendeerden we veel tijd aan het opmeten van mij en het bedenken van patronen voor mijn nieuwe garderobe, die we met strikjes en kant versierden. Ze deden ons onze zorgen vergeten en we concentreerden ons op ruches en gestikte en platte plooien. Niet lang daarna bracht Eulogio een paspop mee, wat mijn moeder bijna euforisch maakte. Volgens mij was ze in die periode gelukkig, ook al wekte haar nieuwe 'Cubaanse uniform' de tegenovergestelde indruk: een zwarte rok en een witte blouse met lange mouwen, die tot bovenaan dichtgeknoopt was.

De Berlijnse glamour van de Godin had plaatsgemaakt voor totaal onopvallende eenvoud. Ze had gewoon de tijd en energie niet voor nostalgie. Haar schoonheidsrituelen waren ook beperkt tot het thuis laten knippen van haar haar. Met een schaar in de hand zorgde Hortensia ervoor dat haar lokken op schouderlengte bleven.

'Knip maar een eind weg, Hortensia, wees maar niet bang!' moedigde mijn moeder de beginnende kapster aan, die voorzichtig nog een centimeter afknipte.

Hortensia breide truien voor Gustav, die hij weigerde aan te trekken, en deed zo veel stijfsel in zijn kraag dat hij al begon te brullen als hij er een zag. Ze klemde hem aan haar borst om hem te kalmeren en zong bolero's voor hem over de dood en begrafenissen waarvan de haren me te berge rezen, maar die hem blijkbaar om een of andere reden kalmeerden.

Toen hij tweeënhalf was, was Gustav een nieuwsgierig kind, rusteloos en opstandig. Hij had niets van de terughoudendheid van de Rosenthals en had er totaal geen moeite mee zijn emoties openlijk te tonen. Hij zag me eerder als tante dan als zus, en hoe ontroerd moeder en ik ook waren door zijn hechte band met Hortensia, het verontrustte ons ook.

Voor hem was Spaans de taal van genegenheid, spelletjes, smaken en geuren. Engels betekende orde en regels. Moeder en ik behoorden duidelijk tot de laatste categorie.

Zonder dat we het beseften werd Gustav, de naam van de kapitein van het schip, langzamerhand Gustavo, en dat accepteerden we. De Spaanse versie paste beter bij het ongeduldige jochie, dat bijna altijd halfnaakt en bezweet rondrende.

Hij had altijd honger. Hortensia gaf hem Cubaans eten: rijst met zwarte bonen, fricassee van kip, bakbanaan en zoete aardappel, dikke soepen vol groentes en worst, en de toetjes die ik intussen als een echte deskundige kon maken. 's Middags hielp ik Hortensia met het maken van de snoepjes waarmee ze hem verwende. Ze had hem eigenlijk helemaal voor zichzelf willen hebben, ze praatte altijd in verkleinwoordjes tegen hem.

Gustavo had geen karaktertrekken van moeder of van mij. Het lukte ons niet ook maar een enkele gewoonte of traditie van ons aan hem over te brengen. We hadden er geen idee van hoe hij zou reageren als hij er op een dag achter zou komen dat zijn eerste taal Duits was en dat zijn achternaam niet Rosen was, maar Rosenthal.

Gustavo was van Hortensia. Moeder, die nog steeds leed onder papa's afwezigheid, had steeds minder te maken met zijn opvoeding. Onzekerheid, verkeerde informatie en het onvermogen om aan de toekomst te kunnen denken verhinderden dat ze zich kon richten op een kind dat ze eigenlijk niet op de wereld had willen zetten. Soms sliep Gustavo zelfs bij Hortensia op de kamer, of hij ging in het weekend mee naar het huis van haar zus Esperanza, waar ze ook geen verjaardagen, kerst of oud en nieuw vierden.

Voor Gustavo was er een leven buiten het Petit Trianon, dankzij een eenvoudige vrouw die we betaalden om voor ons te zorgen. 's Avonds was Hortensia degene die hem naar bed bracht, hem enge verhalen over heksen en slapende prinsessen vertelde en slaapliedjes voor hem zong: '*Duérmete mi niño, duérmete mi amor, duérmete pedazo de mi corazón.*' Met die formule kon ze Gustavo tot de volgende ochtend laten capituleren.

Hij was speels, ondeugend zelfs. Hij zat graag bij Eulogio op schoot achter het stuur van de auto terwijl hij deed alsof hij op topsnelheid reed.

'Jij gaat het nog ver schoppen in dit land, mijn jongen,' moedigde Eulogio hem aan. 'Die knul weet ongelooflijk veel!'

Die voorspelling maakte ons doodsbang. Wie wilde het nou ver schoppen in 'dit land', terwijl wij hier alleen maar zo snel mogelijk weg wilden en ons zo ver mogelijk bij deze eindeloze hitte vandaan wilden vestigen?

Drie jaar later was ik al zo lang als een volwassen vrouw, te lang voor in de tropen. Ik was zelfs langer dan de jongens in mijn klas, die me om die reden ontliepen. Ze zagen me als een verlengstuk van onze lerares. Zo af en toe riep die arme vrouw inderdaad mijn hulp in om die onbenullen in bedwang te houden die, omdat ze uit rijke families kwamen, dachten dat ze beter waren dan zij. Ze plaagden me de hele tijd: Polen trouwden alleen onderling, ze wasten zich niet elke dag, ze waren gemeen en inhalig. Ik deed net of ik hen niet hoorde. Die idioten zouden uiteindelijk nooit beseffen dat ik geen Poolse was en dat ik absoluut niet door hen geaccepteerd wilde worden.

Moeder bleef aan haar ene zwart-witte tropenoutfit werken. Er was geen enkele communicatie meer met papa en we hadden niets meer van Leo en zijn vader gehoord. Wat hadden we nog meer kunnen doen? De Tweede Wereldoorlog was op zijn hoogtepunt, elke avond voordat ik mijn ogen dichtdeed, bad ik dat er een einde aan zou komen. Maar in mijn onschuldige gebed had ik het er nooit over wie er zou verliezen. Ik wilde dat de orde hersteld zou worden, en met 'orde' bedoelde ik vooral de internationale postbezorging: ik wilde brieven uit Parijs kunnen ontvangen en erheen sturen, nieuws van onze dierbaren horen.

Op een dinsdagmiddag – natuurlijk was het een dinsdag! – toen het hoogzomer was, de ergste tijd van het jaar in deze ellendige stad, kwam de advocaat die onze financiën regelde zonder vooraankondiging bij ons thuis.

Die dag, die op mijn lijst van tragische dinsdagen zou worden bijgeschreven, begreep ik dat señor Dannón een van ons was. Ook al hadden de tropen zijn 'onzuiverheden' verzacht, toch was hij even ongewenst als de Rosenthals, die hij voor een vast maandelijks bedrag bijstond. Hij werd echter nooit een Pool genoemd, omdat zijn voorouders uit Spanje, misschien zelfs wel uit Turkije, kwamen. Net als wij waren zijn ouders gevlucht en hadden ze onderdak gevonden op een eiland dat zijn hele familie toeliet. Zonder hen uit elkaar te halen, zoals met onze familie was gebeurd.

Met barse stem vroeg señor Dannón ons om in de woonkamer plaats te nemen. Hortensia nam Gustavo mee de tuin in om ons privacy te geven. Ook al vertrouwde ze de advocaat niet helemaal, ze wist dat hij altijd belangrijk nieuws bracht.

Ik kan niet precies weergeven wat hij zei, omdat ik het niet helemaal heb begrepen. Alleen de woorden 'kamp' en 'concentratie' maakten indruk op me. Ik snapte echt niet waarom we nog steeds voor onze zonden moesten boeten. Ik wilde de straat op rennen en 'papa!' roepen, maar wie zou me horen? Wat hadden we gedaan? Hoe lang zouden we deze last, dit verdriet, nog moeten verdragen? Ik begroef mijn gezicht in mijn handen en barstte in tranen uit. Papa! Papa! Ik kon in bijzijn van señor Dannón zijn naam in elk geval geluidloos vanbinnen uitschreeuwen, en huilen, ook al was moeder er niet blij mee. Papa!

In een plotseling vertoon van solidariteit vertelde de advocaat, die eigenlijk een volslagen onbekende voor ons was, dat hij zijn enige dochter had verloren. Tijdens een tyfusepidemie die duizenden kinderen in Havana het leven had gekost was ze tot haar bed veroordeeld, totdat haar lijfje het uiteindelijk had opgegeven. Daarom hadden hij en zijn vrouw besloten in Cuba te blijven, dicht bij het stoffelijk overschot van hun kind.

Ik wilde tegen hem zeggen: 'We hebben de kracht niet om om een onbekend meisje te huilen. Wat stom van mij. We hebben nog maar zo weinig tranen over, señor. U hoeft van ons geen compassie te verwachten. We hebben nog steeds zo veel om over te huilen.'

'Papa!' Het was meer dan ik aankon, en ik riep zijn naam hardop. Verontrust kwam Hortensia naar binnen gerend. Achter haar begon Gustavo te gillen.

Ik rende naar mijn kamer en sloot mezelf op. Ik probeerde mezelf te troosten door aan Leo te denken, maar vermeed het om me hem in

Parijs voor te stellen. Ik had geen enkel idee hoe het hem was vergaan! Alleen de Leo die ik had gekend, met wie ik door de straten van Berlijn en over de dekken van de St. Louis had gerend, zou me op dit moment kunnen helpen.

Ik vergoot alle tranen die ik nog had. Ik wachtte tot de pijn uit mijn borst was weggetrokken, totdat het verdriet en de haat die me opvraten niet meer uit mijn ogen straalden. Ik verlangde naar een tyfusepidemie of een andere calamiteit waardoor ik hier weg zou kunnen. Ik zag mezelf in bed, geel en verzwakt door tyfeuze koorts, mijn haar dat in plukken uitviel op het kussen, omringd door artsen, en moeder die bleek en nerveus in een hoekje van de kamer zat. En papa? En Leo? Ze verschenen allebei niet in deze dagdroom, ook al was ik degene die besloot hoe die begon en eindigde.

Moeder, ook achter slot en grendel in haar kamer, bracht de nacht in wanhoop door. Ze smoorde haar gehuil in haar kussen, maar ik kon haar nog steeds horen.

Ik bleef tot de volgende ochtend in mijn kamer, tot ik het gevoel had dat mijn tranen op waren. Hortensia vroeg niet wat er aan de hand was. Ze dacht waarschijnlijk het ergste, maar we gingen gewoon ontbijten alsof er niets was gebeurd. We wisten immers niet echt wat papa was overkomen.

Ik durfde niet te vragen of we niet beter naar ons appartement in New York konden gaan, waarvan vader me een keer had verteld dat we vanuit onze woonkamer met uitzicht op het park de zon konden zien opgaan. Naar een stad met vier seizoenen en waar tulpen groeiden. Ik begreep dat moeder misschien bang was dat ze niet zou kunnen ontsnappen aan de klauwen van de Bruten, nu ze de uithoeken van Europa hadden bereikt. Heel Parijs hing vol met de luidsprekers die angst zaaiden en met de afschuwelijkste kleurencombinatie: rood, wit en zwart.

Binnenkort zouden we hun aanwezigheid ook op Cuba voelen, een land dat hun al gunstig gezind leek te zijn. Ik was er zelfs van overtuigd dat de Cubanen een overeenkomst hadden gesloten met de Bruten om te voorkomen dat het schip zou aanmeren, wat onze redding geweest zou zijn.

Vanaf die dag kwam moeder niet meer in de buurt van 'La Singer'. Ik had het gevoel dat ons verblijf op het eiland niet meer tijdelijk zou zijn, maar voor altijd.

Anna

2014

Diego komt frisgewassen opdagen, met nat haar en in zijn netste kleren: een gestreken shirt dat in verkreukelde shorts is gestopt, witte sokken en de zwarte gympen die hij bij bijzondere gelegenheden draagt.

Ik moet zijn geur bepalen, maar dat is niet makkelijk: een mengeling van zon, zee en talkpoeder. In Havana bestrooit iedereen zich met talkpoeder. Je ziet het op het decolleté van vrouwen, de armen van baby's, de nek van mannen. Het witte poeder contrasteert fel met Diego's huid. Ik besef ineens waarom hij zijn haar niet heeft gedroogd: dan ziet het er netjes gekamd uit. Als zijn haar opdroogt, worden zijn krullen één grote chaotische kluwen.

Dingen die ik in New York niet mag doen, mogen hier wel. Dat komt niet doordat mama nou zo'n geweldig vertrouwen heeft in Diego, die ongeveer net zo oud moet zijn als ik. Het komt eerder doordat ze niet tegen tante Hannah in wil gaan, die blijft volhouden dat ze zich geen zorgen hoeft te maken, dat Diego een nette knul is, op wie iedereen in de buurt gesteld is.

'Laat haar nou lekker plezier maken. Er zal haar niks overkomen,' verzekert ze mam.

Ik denk dat ik wel in Havana zou kunnen wonen. Ik voel me vrij. Diego voelt dat en lacht. Hij pakt me bij de hand en we rennen samen door een zijstraatje. 'Naar de zee,' zegt hij. Op de hoek stuiten we op een magere hond, en Diego blijft staan.

'We kunnen beter deze kant op gaan,' zegt hij, en hij loopt de andere kant op, naar de met bomen omzoomde laan die ik onmiddellijk herken: de Paseo, waar we overheen reden toen we aankwamen.

Diego is bang voor honden. Ik vraag hem niet waarom, maar loop zonder een woord te zeggen met hem mee. Ik wil mijn enige vriend hier niet in verlegenheid brengen. We lopen over het midden van de Paseo, op weg naar de kust.

'Daarachter is niets meer, behalve het noorden, waar jij woont,' legt hij uit. 'Mijn vader is er op een dag heen gegaan en nooit meer teruggekomen.'

We komen aan bij de zeewering, die de Malecón heet. Vanaf hier kan ik niet zien tot waar dit afbrokkelende cementen bouwwerk loopt. Ik vraag Diego of heel Cuba wordt omringd door een dergelijke muur.

'Ben je gek, joh? Dit is maar één gedeelte. Kom op, we gaan!' zegt hij, en hij rent weg.

Ook al kan ik nauwelijks ademhalen, toch ren ik ook een tijdje, omdat ik hem niet uit het oog wil verliezen. Ik weet niet goed hoe ik weer thuis moet komen. Over de Paseo naar de Calle 21, herhaal ik in mezelf, om het niet te vergeten. De Paseo en de Calle, en vanaf daar, ja, dan denk ik dat ik mijn tantes huis wel kan vinden. En trouwens, ze is de enige Duitse in die wijk, dus iedereen moet haar wel kennen en kan me de weg wijzen. Ik ben niet verdwaald. Ik zal niet verdwalen.

Uiteindelijk blijft Diego staan en gaat op de ruwe muur zitten, die nat is van de opgestoven zoutwaterdruppels en zwart van de uitlaatgassen.

'Hoe gaat het met je tante?'

Hij maakt me aan het lachen. Hij houdt zich niet in, vraagt gewoon waar hij zin in heeft. Ik denk dat ik ook zo zou moeten antwoorden, zijn spelletje mee zou moeten spelen, maar voordat ik de kans krijg praat hij al verder.

'Mijn oma zegt dat jouw tante haar moeder heel lang geleden met een kussen heeft gesmoord. Dat die oude vrouw maar niet dood wilde, dus toen werd je tante het zat en heeft ze haar gedood.'

Ik kan niet ophouden met lachen en als hij ziet dat ik niet beledigd ben, vervolgt hij zijn goedkope soap: 'Er is nooit een begrafenis geweest. Er wordt gezegd dat ze het uitgedroogde lijk nog steeds in een zak in een kast bewaart.'

'Diego, we zijn gisteren naar de begraafplaats geweest. We hebben het graf van mijn overgrootmoeder bezocht. Ik heb de grafsteen met haar naam erop gezien. Geloof me maar, er ligt geen gemummificeerd lijk in dat huis. Maar als je wilt, mag je meekomen en het mijn tante recht in haar gezicht vragen. Dat durf je nooit!'

'De Rosens zijn al vervloekt sinds ze naar Cuba kwamen,' ratelt hij verder. Hij spreekt in zijn haast de woorden maar half uit. 'Er is er een omgekomen bij een vliegtuigongeluk. En een andere toen de Twin Towers instortten.'

'Dat was mijn vader,' onderbreek ik hem, en dat is het einde van het spelletje. Diego wordt serieus en slaat beschaamd zijn blik neer. Ik wacht even, om de kwelling wat te rekken. Ik vertel hem niet dat ik mijn vader helemaal niet heb gekend, dat hij al voor mijn geboorte is gestorven. Dat het me niets doet als hij over zijn dood praat, omdat de situatie altijd zo geweest is en ik geen herinneringen aan hem heb.

Diego is degene die de stilte verbreekt en verder over de Malecón rent, totdat we bij een plein komen vol zwarte vlaggen en spandoeken met vreemde teksten erop. Er schalt een of andere toespraak uit de luidsprekers die ik niet echt begrijp: 'We hebben alles aan de Revolutie te danken.' 'Socialisme of de dood.' 'Niemand hier zal zich overgeven.' en: 'We blijven strijden.'

'Wat is dit?' vraag ik. Diego ziet dat ik bang ben.

'Het is niks,' zegt hij lachend. 'Daar zijn we wel aan gewend.'

Maar ook al probeert hij me te kalmeren, toch ben ik ervan overtuigd dat we op gevaarlijk terrein beland zijn. De geüniformeerde mannen zouden ons kunnen arresteren.

'Maak je maar geen zorgen. Je bent een buitenlander, en die is meer waard dan een Cubaan. Niemand zal je arresteren. Als ze al iemand zouden aanhouden, zou ik dat zijn, omdat ik bij jou ben.'

'We moeten hier weg, Diego. Ik wil niet dat ze zich thuis zorgen gaan maken. We zijn te ver weg gegaan.'

Met al die gillende luidsprekers en na Diego's uitleg word ik nog zenuwachtiger en ik begin te trillen.

De volgende dag zit tante Hannah met een vergeelde foto in haar hand aan de ontbijttafel te wachten. Een glimlach krult haar lippen en ze heeft een bijzondere glans in haar ogen.

'Dit is alles wat we nog van de bezittingen van papa over hebben,' zegt ze, terwijl ze ons het fotootje laat zien van een meisje dat bij een vrouw op schoot zit. 'We hadden ook nog zijn gele ster, die in zijn graftombe in het Rosen-mausoleum is gelegd. Weer een idee van je overgrootmoeder Alma.'

Op de foto staan Alma en Hannah. Het is het laatste kiekje dat is genomen voor hun vertrek uit Berlijn; mijn overgrootvader Max heeft het tijdens alle gruwelijkheden die hij heeft meegemaakt bewaard.

'Nadat de St. Louis was weggestuurd uit Havana en ook de Verenigde Staten en Canada niet in mocht, was papa een van de 224 passagiers die in Frankrijk van boord werden gelaten. Misschien omdat hij vloeiend Frans sprak, of omdat hij de stad kende, maar papa wilde liever daar belanden dan in Nederland of België, twee andere landen die passagiers opnamen. Als hij tot de 287 mensen had behoord die ze naar Engeland stuurden – de enigen die de Tweede Wereldoorlog overleefden en niet in concentratiekampen belandden – zouden we nu een lichaam hebben dat naast mijn moeder zou liggen, en wier graf we konden bezoeken.'

Tante Hannah vertelt het verhaal snel en zachtjes, alsof ze het zelf niet wil horen. Ze noemt de cijfers en data op een zo kille manier dat het mam verbaast. Tante Hannahs glimlach verdwijnt en haar ogen zijn nu dofblauw.

'Op de avond van 16 juli 1942 was mijn vader een van de slachtoffers van de beruchte razzia waarbij zo veel mensen door de Franse politie werden gearresteerd en bijeengedreven in het Vélodrome d'Hiver. Hij werd naar Auschwitz, het concentratiekamp, getransporteerd...' Ze zucht. ‘Hij heeft het niet overleefd. Hij was heel zwak en ik ben ervan overtuigd dat hij zich dood heeft laten gaan. In onze familie doden we onszelf niet, we laten onszelf doodgaan.’

Ze kijkt ons strak in de ogen en pakt onze handen. De hare zijn koud, misschien omdat haar bloedsomloop niet helemaal in orde is, of omdat ze ons iets vertelt wat ze wilde vergeten, maar wat haar niet is gelukt.

Mam, die tot op dit moment haar zelfbeheersing heeft behouden, begint stilletjes te huilen. Ze wil tante Hannah niet overstuur maken, die haar uiterste best doet om haar verhaal af te maken.

‘Een vriend van je overgrootvader, meneer Albert, die tijdens de eerste maanden in Auschwitz bij hem was, slaagde erin de foto en de ster te redden.

Papa heeft hem gevraagd ze naar mij te sturen, omdat hij dacht dat mijn moeder waarschijnlijk was bezweken en in vrede zou rusten. Iedereen heeft Alma onderschat.’ Ze glimlacht weer. ‘Ze was sterker dan we dachten. Tot de dag kwam dat ze niet meer kon.’

Mam ziet eruit alsof haar hart elk moment kan breken. Tante Hannah gaat verder: ‘We hadden samen op de St. Louis moeten blijven.’ Haar toon is nu berustend, en haar blauwe ogen zijn grijs geworden.

‘Meneer Albert, die erbij was toen papa stierf, kwam na de oorlog bij ons in Havana op bezoek.’ Ze glimlacht, alsof ze er weer aan moet denken hoe dankbaar ze daarvoor waren geweest. ‘Hij vond dat hij de man die hem had helpen overleven iets verschuldigd was. Toen papa in het concentratiekamp aankwam, kon meneer Albert bijna niet over het verlies van zijn vrouw en twee dochters heen komen, en hij was ziek geworden. Papa zorgde voor hem en deed al het werk van Albert totdat hij iets was hersteld.’

Tante Hannah doet haar ogen dicht en blijft lange tijd zwijgend zitten.

‘“Werk maakt je vrij”, zeiden ze,’ zei ze zuchtend. ‘ARBEIT MACHT FREI. Dat was het Duitse opschrift boven de ingang van die hel. Op een dag was papa degene die niet meer kon en zichzelf liet doodgaan.’

Weer een lange stilte.

'"Hou jij Max' gele ster maar. Hij was een goed mens," zei meneer Albert jaren later in Havana tegen ons. Hij vertelde dat hij naar Auschwitz was gestuurd omdat hij en zijn gezin Jehova's getuigen waren. Toen zei hij verdrietig: "Maar ik heb niemand om mijn paarse driehoek aan na te laten."

Ik vond dat meneer Albert geluk had gehad,' vervolgt mijn tante. 'Maar hij vond dat Max de geluksvogel was. Wat had het voor zin om te overleven nadat hij zijn vrouw, zijn ouders en zijn twee dochters, zijn hele familie, uitgeroeid had zien worden? Volgens hem was papa dan misschien wel weggevallen, maar wij tweeën waren veilig. Dat lot zou meneer Albert liever hebben gehad. Hij was helemaal alleen, met al dat verlies in zijn hart en de paarse driehoek van de Jehova's getuigen in zijn zak.'

'Wat is er met meneer Albert gebeurd?' vraag ik.

'We hebben niets meer van hem gehoord,' antwoordt tante Hannah.

Catalina is druk in de weer en loopt de eetkamer in en uit zonder veel aandacht te schenken aan mama's tranen, de verdrietige glimlach van mijn tante of zelfs maar aan het verhaal, dat ze uit haar hoofd moet kennen – over al die dode mensen die ze nooit heeft ontmoet. Ze heeft haar eigen problemen en toch lijkt ze altijd bereid te helpen. Nu komt ze binnen met een pot koffie.

'Dit huis heeft heel veel rode en witte rozen nodig,' zegt ze, terwijl ze de kopjes vult.

In mijn herinnering vermengt de geur van rozen zich met het aroma van de hete koffie, die Catalina volgens een strikt ritueel bereidt. In Havana drinken mensen voortdurend koffie om wakker te blijven. Mijn tante neemt een slok voordat ze verdergaat.

'Mijn moeder had al haar tranen al vergoten tegen de tijd dat ze hoorde dat papa gearresteerd was. Misschien huilde ze daarom wel niet toen werd bevestigd dat hij dood was. Na alle tranen in Berlijn, op de St. Louis en in dit donkere huis in Havana kon ze alleen nog maar verontwaardigd zijn over het feit dat wat in Berlijn was gebeurd in Parijs werd herhaald, en dat papa verslagen was door de gruwelen van Auschwitz. Haar pijn werd vervangen door kille kalmte.'

Tante Hannah zei dat vanaf die dag de ramen in huis nooit meer werden geopend, de gordijnen nooit meer werden opengetrokken en er geen muziek meer werd gedraaid. Overgrootmoeder besloot om in duisternis te leven. Ze zei bijna geen woord meer en at alleen nog maar omdat het moest. Ze bleef in haar slaapkamer, waar ze Franse literatuur in het Spaans las, vertalingen waardoor de verhalen uit vroeger eeuwen nog verder verwijderd leken. Ik kon me nauwelijks voorstellen hoe ze eraan toe geweest moet zijn.

Mijn tante was zeer verrast toen overgrootmoeder een mausoleum liet bouwen. Niet op de begraafplaats in Guanabacoa, wat de zogenaamde Poolse begraafplaats was, maar op de begraafplaats Colón, de grootste van Cuba.

'"Hier is ruimte voor ons allemaal," zei ze altijd als ze erheen ging om toezicht te houden op de bouw van het mausoleum,' vertelt tante Hannah, de ferme klank van haar moeders stem imiterend. 'Ze deed het niet in de eerste plaats om de herinnering aan haar dierbaren te eren maar om te zorgen dat haar lichaam en dat van mij op Cuba zouden blijven, het land dat ze altijd verweet dat onze familie maar deels was toegelaten toen onze boot aankwam in de haven van Havana.'

Weer een stilte. Catalina kijkt ons met grote ogen aan en schudt haar hoofd.

'Ze liet me beloven dat ik nooit uit Cuba zou vertrekken,' zegt tante Hannah. 'Mijn botten moesten naast de hare rusten op dit eiland, dat ze tot aan haar laatste adem wilde vervloeken.

'"Ze zullen er de komende honderd jaar voor boeten," bleef ze zeggen.' Mijn oudtante doet overgrootmoeder Alma weer na, door theatraal met haar handen te wapperen. Dan zwijgt ze weer.

We kijken haar verbaasd aan. Het moet wel heel moeilijk zijn geweest om al die tijd niet gek te worden. Ze moet zo ver mogelijk zijn weggevlucht van de vloek die hier op haar rustte.

Catalina gaat verder met haar klusjes, maar als ze hoort wat Alma van plan was, huivert ze en haalt ze haar hand over haar hoofd alsof ze dat wil reinigen van het kwaad dat nog steeds in het huis zou kunnen zijn. Ze brengt tante Hannah een glas water om haar te helpen de brok in haar keel weg te slikken en al het verdriet dat haar verstikt eruit te laten komen. Ze haalt haar hand ook over het hoofd van tante Hannah en mompelt: 'Laat haar los! Ga weg! Goede reis, Alma!'

Tante Hannah trilt. Er valt een ongemakkelijke stilte als Catalina door de eetkamer ijsbeert. Ik besluit iets te zeggen: 'Wat is er met Leo gebeurd?' vraag ik, hoewel mama me aankijkt alsof ze me de mond wil snoeren.

'Dat is weer een ander verhaal,' antwoordt tante Hannah, en ze glimlacht weer. Dan slikt ze moeizaam.

'Na de oorlog lukte het me contact te leggen met een broer van Leo's moeder in Canada. Leo's moeder was kort voordat Duitsland zich overgaf overleden. Dat was een tijd van zoeken, van wanhopige pogingen om overlevenden te traceren, van het herenigen van uit elkaar gevallen families. Niemand wist ook maar iets. Totdat ik op een dag een brief uit Canada kreeg.'

Ze laat haar hoofd zakken, strijkt haar haar achter haar oor en droogt haar bezwete voorhoofd met een servet.

'Leo en zijn vader zijn nooit van de St. Louis af gekomen.'

Hannah

1950

Moeder was een schim geworden en Gustavo werd steeds ongrijpbaarder. Eulogio bracht hem naar de katholieke school Colegio de Belén en haalde hem weer op, maar we zagen nooit een van zijn vrienden. Sinds zijn peutertijd nam Hortensia hem elk weekend mee naar het huis van haar zus Esperanza, want die had een zoon, Rafael. Ondanks het leeftijdsverschil had Gustavo dus in elk geval één vriend om mee te spelen, hoewel hij niet heel enthousiast was over de bezoekjes aan een houten hut die zo omvergeblazen kon worden door een orkaan en waar voortdurend werd gepraat over het einde der tijden en een god die hem een zorg zou zijn.

Langzaam maar zeker vervreemde hij van ons, en vooral van Hortensia. Hij was net zo vitaal, ongeremd en spontaan als de Cubanen. Hij schaamde zich waarschijnlijk voor moeder en mij: twee vrouwen die hun gevoelens in het openbaar echt niet konden uiten en die allerlei geheimen met zich meedroegen. Een stel gestoorde vrouwen opgesloten in een huis zonder kranten, waar ze niet naar de radio luisterden of tv-keken, geen verjaardagen, kerst of oud en nieuw vierden. Een huis waar de zon nooit scheen.

Gustavo was zelfs boos om de manier waarop wij Spaans spraken, die hij ingewikkeld en pretentieus vond. We zagen hem komen en gaan als een vreemde en spraken in zijn bijzijn maar zelden met elkaar. Tijdens etentjes met het hele gezin, waarbij Gustavo over politiek probeerde te praten, sneden wij onderwerpen aan die hij vrouwelijk en frivool vond. Zijn stoel aan tafel bleef steeds vaker leeg.

Hortensia bleef volhouden dat dit gewoon opstandig pubergedrag was en ze bleef proberen hem te verwennen alsof hij voor altijd haar baby was. Maar wat hem betreft was Hortensia nu gewoon een huishoudelijke hulp.

Dankzij Gustavo drong de guaracha, de sentimentele muziek van Havana waar mijn moeder gek van werd, ons huis binnen. Hij nam de radio, die al jaren niet aan geweest was, mee naar zijn groen geschilderde kamer en luisterde de hele dag naar Cubaanse muziek. Ik zag hem een keer, toen ik langs zijn kamer liep, in zijn eentje dansen. Hij zwaaide met zijn heupen en dook toen plotseling naar beneden, terwijl zijn voeten elkaar snel kruisten op het ritme van die stompzinnige muziek met onaffe zinnen en coupletten die vaak niet meer waren dan schor gebrul. Maar hij was op zijn eigen manier gelukkig.

Ik ging naar de Universiteit van Havana en besloot dat ik apotheker wilde worden. Ik wilde niet meer afhankelijk zijn van het geld dat papa op een rekening in Canada had gestort, omdat we niet wisten hoe lang we daar nog bij zouden kunnen. Terwijl ik me op mijn studie stortte, verdwenen moeder en Gustavo naar de achtergrond. Daarnaast dacht ik door Leo's verraad, waar ik pas vrij laat achter gekomen was, minder vaak aan hem, dus werd mijn wereld beperkt tot de organische, anorganische, kwantitatieve en kwalitatieve scheikunde. Elke dag beklom ik de trap van de universiteit, waarbij ik langs het bronzen standbeeld van de Alma Mater liep voordat ik de imposante zalen van de scheikundefaculteit betrad. Pas dan voelde ik me veilig.

Dan vervaagde het huis in Vedado voor een paar uur. Mijn smet verdween en niemand noemde me meer een Poolse, in elk geval niet recht in mijn gezicht. Op een keer kwam een van mijn favoriete hoogleraren, señor Núñez, een kleine, kale man met twee plukjes rood haar achter zijn oren, naar me toe en legde zijn hand op mijn schouder terwijl hij mijn vergelijkingen nakeek. Het gewicht van zijn hand gaf me het gevoel dat we een onverklaarbare verbinding met elkaar hadden. Hij was iemand zoals ik! Misschien heette hij wel helemaal geen Núñez, misschien was hij erin geslaagd hier als kind of met zijn gezin heen te komen.

Zonder te snappen waarom begon ik te trillen. Ik was het zo beu om over mijn schimmen te struikelen! Professor Núñez besefte dat; misschien had hij zelf in een soortgelijke situatie gezeten. Hij zei geen woord, gaf me gewoon een klopje op mijn rug en ging verder met het nakijken van het werk van de andere studenten. Maar vanaf dat moment kreeg ik van hem, ook als ik het niet echt verdiende, heel hoge cijfers.

Elke keer als ik de les uit liep en weer een andere weg naar huis nam, of in de achterafstraatjes van de stad verdwaalde, moest ik aan Leo denken. Ik voelde mijn kinderhand in de zijne terwijl hij me door de straten van Berlijn leidde. Wie wist waarom hij die beslissing had genomen? In een ellendige tijd, die ons allemaal ongelukkig maakte, redden we onszelf allemaal op de manier die wij het beste achtten.

Het zou beter voor me zijn geweest als ik zijn verraad meteen na mijn aankomst in Havana had ontdekt. Nu had ik jaren moeten wachten om erachter te komen dat Leo zich nooit van die waardevolle capsules van ons – van de Rosenthals, niet van de Martins – had ontdaan. Hij had ze nooit in zee gegooid, zoals hij tijdens ons laatste diner aan boord van de St. Louis had gezworen te zullen doen.

Dus bleef ik lange tijd hopen hem weer te zien, dat we het gezin zouden stichten waarvan we hadden gedroomd in de tijd waarin hij kaarten maakte in de Berlijnse modder.

Leo was eigenlijk niet iemand die zich overgaf. Maar de Leo die was achtergebleven op de St. Louis was iemand anders. De pijn van het verlies verandert ons.

Ik zou nooit te weten komen wat er echt gebeurd was op de dag dat de St. Louis terugvoer naar Duitsland. Ik besloot te denken dat Leo, die trots was dat hij de capsules had weten te redden, tegen zijn vader had gezegd dat hij ze had. Moest hij ze in het water gooien? Onmogelijk! Het was hem gelukt ze de wanhopige Rosenthals te ontfutselen. Het was veel belangrijker voor hem dat hij mijn leven had gered.

Dicht bij de Azoren, meer dan halverwege de reis terug naar de hel, hadden Leo en zijn vader misschien, toen ze zagen dat ze midden op de oceaan aan hun lot waren overgelaten en ze geen hoop meer hadden dat een land hen zou toelaten, hun toevlucht genomen tot de enige ruimte waar ze zich veilig voelden: hun kleine hut, die naar vernis rook. Toen gingen ze naar bed.

Leo droomde van mij. Hij wist dat ik op hem wachtte, dat ik met mijn kleine paarsblauwe doosje op hem zou wachten tot hij terug zou keren en de diamanten ring aan mijn vinger zou schuiven die van zijn moeder was geweest en die hij van zijn vader had gekregen om aan mij te geven. We zouden aan zee gaan wonen, ver weg van de Martins en de Rosenthals, weg van een verleden dat niets met ons te maken had. We zouden een hele schare kinderen krijgen, zonder smetten of bitterheid. De allerbeste droom.

Om middernacht stond Herr Martin, die waakte over zijn enige kind, dat zo diep en gelukkig sliep, op. Hij keek neer op de jongen met die lange wimpers. Wat lijkt hij toch veel op zijn moeder! dacht hij. Dit was het mens van wie hij het meest ter wereld hield: zijn hoop, zijn afstammeling, zijn toekomst.

Hij streelde Leo en nam hem zo voorzichtig en langzaam mogelijk in zijn armen, om hem niet te wekken. Hij voelde Leo's lichaam, warm en levend, Leo's hart dat tegen zijn borst klopte. Hij dacht niet na, wilde niet analyseren wat hij ging doen. Maar hij wist dat hij niet anders kon. Er zijn ogenblikken waarop we weten dat het gevelde vonnis definitief is. Voor Herr Martin was dat ogenblik aangebroken.

Hij nam de schat uit zijn zak: het kleine bronzen buisje dat hij paradoxaal genoeg zelf voor Herr Rosenthal op de zwarte markt had gekocht. Hij draaide het open. Hij haalde het glazen capsuletje eruit, stopte het voorzichtig in de mond van zijn zoon, die nog maar twaalf jaar was. Met zijn wijsvinger duwde hij het naar achteren, tot achter zijn kiezen, heel voorzichtig zodat de jongen niet wakker zou worden.

Leo zuchtte, bewoog wat en nestelde zich dichter tegen zijn vader aan, op zoek naar dat wat hij hem als enige kon bieden: bescherming. Zijn vader omhelsde hem nog een keer. De laatste omhelzing, dacht hij. Hij drukte zijn lippen op de wang van het kind dat hem blind vertrouwde en hem zo bewonderde.

Herr Martin deed zijn ogen dicht. Hij dacht dat hij zich op de een of andere manier aan dit ogenblik kon onttrekken dat hij eigenlijk al niet meer kon ontlopen. Hij drukte de fijne kaken van zijn zoon op elkaar. Hij hoorde de glazen capsule breken en het geluid weerkaatste diep in zijn geest. De ogen van de jongen gingen open, maar zijn vader had niet de moed toe te kijken terwijl het leven uit zijn zoon wegvloeide. Leo's ademhaling begon te stokken, hij stikte. Hij begreep niet wat er aan de hand was, of waarom de bittere, branderige smaak in zijn mond hem wegvoerde van zijn vader, van de man met wie hij op pad was gegaan om de wereld te veroveren.

Er vloeiden geen tranen, er klonk geen geklaag. Daar was geen tijd voor. Zijn open ogen, omlijst door zijn lange wimpers, staarden in het niets.

Herr Martin bracht de andere twee capsules naar zijn eigen mond. Dat was de beste manier om er zeker van te zijn dat hij deze afschuwelijke tragedie niet zou overleven. Hij durfde niet te huilen of te roepen. Het enige wat hij voelde was een diepe afkeer voor alles om hem heen. Hij had zijn zoon het leven ontnomen. Alleen een duivelse kracht kon hem ertoe aangezet hebben zo'n afschuwelijke wreedheid te begaan. Hij wilde de ellende niet langer rekken. Terwijl de cyaankali zich vermengde met zijn speeksel, kon hij de smaak of structuur van het poeder niet eens waarnemen. Hij was onmiddellijk hersendood. Een paar seconden later hield zijn hart op met kloppen.

De volgende dag vonden ze de lichamen van vader en zoon, toen alle passagiers toestemming hadden gekregen elders dan in Duitsland aan wal te gaan. De kapitein ontving een telegram, waarin stond dat er om gezondheidsredenen niet met de begrafenis gewacht kon worden tot hun aankomst in Antwerpen. De jongen met de langste wimpers ter wereld werd samen met zijn vader dicht bij de Azoren overboord gegooid.

Zo stel ik me graag het einde van mijn enige vriend voor, de jongen die in me geloofde. Mijn geliefde Leo.

Anna

2014

De kamer van tante Hannah is heel sober. Ze heeft haar uiterste best gedaan alle sporen van het verleden uit te wissen. Daarom heeft ze ons de negatieven gestuurd, de ansichtkaarten van het schip, het exemplaar van *Das Deutsche Mädel* met haar foto op de cover. Ze wil niets houden.

'Het is genoeg dat ik het hierboven heb,' zegt ze terwijl ze tegen haar slaap tikt. 'Ik zou willen dat ik het daar ook kon wissen.'

Ze kan met haar ogen dicht in de grote kamer met uitzicht op straat rondlopen zonder tegen de kledingkast, het bed, het nachtkastje, de schommelstoel of het rek voor haar hoeden en sjaals te botsen. Ze ziet in haar hoofd elke centimeter van deze kamer, waarvan ze vroeger dacht dat die maar een tijdelijk thuis zou vormen. De slaapkamer van het jonge meisje is nu van een oude vrouw.

Er hangen geen foto's aan de muren, er staat geen meubilair, er hangen geen planken. Ze heeft ook geen boeken. Ik dacht dat haar kamer vol zou hangen met foto's van haar jeugd in Berlijn, haar voorouders. Wat zijn we toch verschillend. Mijn hele leven lang hang ik mijn slaapkamermuren vol met foto's, en zij ontdoet zich ervan.

Soms denk ik dat ze nooit een jeugd heeft gehad, dat de Hannah op de foto's uit Berlijn en op de cover van het tijdschrift een ander meisje is, dat tijdens de oversteek is overleden.

Op haar ladekast staat een witte porseleinen pot met blauwe decoratie. 'Die komt uit mijn apotheek, maar mijn zaak ben ik kwijtgeraakt. Ze namen je destijds in dit onvoorspelbare land alles af,' zegt ze zonder verdere verklaring. Ze bewaart de pot niet uit een nostalgisch gevoel voor de Apotheek Rosen, die op een straathoek in Vedado gevestigd was, maar als een voorwerp waarin ze alles kan stoppen dat ze niet wil laten bedekken door de nooit verdwijnende tropische stoflaag.

In de kledingkast met een deur die voortdurend klemt zie ik de verzameling zachte witte katoenen blouses en donkere rokken van een of ander zware stof, het uniform van haar latere jaren in Havana.

Ze doet de la van haar nachtkastje open en laat me een blauw doosje zien.

'Dit is het enige wat ik heb bewaard van mijn drie weken aan boord van de St. Louis. Binnenkort is het tijd om mijn belofte in te lossen. Het zal niet lang meer duren voordat ik het openmaak.'

Ik vraag me af hoe ze dat doosje zo lang heeft kunnen bewaren zonder te willen weten wat erin zat. Ze wist al dat Leo niet terug zou komen en dat ze hem voor altijd kwijt was.

Ze laat me ook de Leica zien die ze van haar vader had gekregen voordat ze aan boord van de St. Louis gingen.

'Neem maar, Anna,' zegt ze tegen me. 'Hij is van jou. Hij heeft hier sinds onze aankomst in Havana gelegen, dus misschien doet hij het nog wel.'

Voordat ze de la dichtdoet, vang ik nog een glimp op van de achterkant van een foto, waar iets op geschreven staat. Ik kan nog net lezen: *New York, 10 augustus 1963*.

Als ze mijn belangstelling ziet, pakt ze de foto en kijkt er heel lang naar. Er staat een man op in een overjas bij een ingang van Central Park.

'Dat is Julian, met een J,' zegt ze met een glimlach.

Die naam heb ik nog nooit gehoord, dus wacht ik op haar uitleg.

Afgaand op de manier waarop ze ernaar staart, en omdat hij niet in de envelop zat die wij in New York hadden ontvangen, vermoed ik dat hij geen familielid is.

'We hebben elkaar ontmoet op de Universiteit van Havana. Het was een heel verwarrende tijd.'

Ze blijft maar naar de zwart-witfoto staren, die niet helemaal scherp is en een beetje verkreukeld.

'We hebben elkaar een paar jaar niet gezien, omdat hij in New York ging studeren. Toen kwam hij terug en hebben we elkaar weer ontmoet in mijn apotheek. We waren onafscheidelijk, maar toen is hij weer vertrokken. Iedereen gaat hier maar weg, behalve wij!'

Als ik haar vraag of hij haar vriend was, lacht ze. Dan legt ze de foto terug in de la, staat moeizaam op en loopt naar de overloop.

Tussen haar kamer en de onze liggen twee afgesloten kamers. Tante Hannah ziet dat ik, ook al kan ik me er niet toe brengen haar ernaar te vragen, de deuren met veel belangstelling bekijk.

'Dat was Gustavo's kamer! Het was onze schuld dat we zo'n monster hebben gecreëerd! Ik durfde je vader deze kamer niet te geven toen hij als kind hier bij ons kwam wonen. In die jaren was jouw vader onze enige hoop. Nu ben jij dat.'

Ik houd me vast aan de leuning achter tante Hannah, die zorgvuldig haar voet op elke trede zet als we naar beneden gaan. Niet omdat ze bang is om te vallen, maar om haar lichaam mooi rechtop te houden. Ik raak de muren met mijn hand aan, probeer me voor te stellen dat pap toen hij zo oud was als ik op deze trap heeft gelopen, achter de tante aan die ervoor had gezorgd dat hij niet bij een 'monster' hoefde op te groeien. Zijn ouders waren omgekomen bij een vliegtuigongeluk en zijn oma bleef verslagen in bed liggen, en het was zijn tante die haar leven aan zijn verzorging wijdde. Hij groeide op in de bescherming van dit kleine fort in Vedado. Hij zou de enige zijn die het eiland verliet waarop de Rosenthals hadden gezworen te zullen sterven.

Tante Hannah lijkt het einde van haar uitleg te hebben bereikt. Maar ze weet dat ik nieuwsgierig ben sinds ze Gustavo heeft omschreven met het woord 'monster'. Er bevindt zich een enorm gat tussen de jaren waarin Gustavo studeerde en het vliegtuigongeluk. Maar ik krijg nog wel een kans; alles heeft zijn tijd.

We staan samen in de deuropening. We kijken even naar de voortuin, waar, zo vertelt ze me, ooit kerststerren, bougainvilles en veelkleurige wonderstruiken stonden.

'Alles droogt hier uit. En ik wilde zo graag tulpen kweken. Daar waren mijn vader en ik dol op.'

Voor de eerste keer hoor ik intense nostalgie in haar stem. De ogen van mijn tante lopen vol tranen, die niet vallen, maar opwellen en haar ogen nog feller blauw laten lijken.

Ik laat haar bij mama, omdat Diego op me wacht om samen met mij nog een geweldig geheim deel van de stad te gaan ontdekken. Als ik hem zie, zegt hij zoals gewoonlijk weer iets merkwaardigs: 'Volgens mij is jouw tante wel honderd!'

Hannah

1953-1958

Op Cuba veranderen dingen zonder enige aankondiging. Je loopt de straat op in de brandende zon en dan duwt de wind een wolk voort en wordt alles ineens anders. Je kunt in een tel doorweekt raken, nog voordat je je paraplu kunt openklappen. De regen komt striemend naar beneden, de wind geselt je, takken knappen af, tuinen overstromen. Als het ophoudt met regenen, rijst er een verstikkende damp van het asfalt op, alle geuren vermengen zich met elkaar, de verf is van gevels gespoeld en doodsbange mensen rennen overal heen. Uiteindelijk raak je eraan gewend. Het zijn tropische stortregens, je kunt je er niet tegen verzetten.

Toen ik op de hoek van de Calle 23 was, voelde ik de eerste regendruppel. Ik sloeg rechts af de Avenida L op, maar toen had ik al geen droge draad meer aan mijn lijf. Tegen de tijd dat ik de trap op liep naar de scheikundefaculteit scheen de zon weer en begon mijn blouse al op te drogen, maar mijn haar droop nog steeds van het water.

In een oogwenk kwamen er tientallen studenten haastig de trap op, ze duwden en trokken terwijl ze voor iets op de loop waren. Ik zag anderen boven op het standbeeld van de universiteit met een vlag staan zwaaien. Ze schreeuwden strijdkreten die ik niet kon verstaan omdat ze vermengd raakten met het geluid van de sirenes van politieauto's die aan de voet van de trap stonden.

Een meisje naast me was zo bang dat ze zich aan mijn arm vastklampte en er zonder een woord te zeggen hard in kneep. Ze huilde, totaal in paniek. We wisten niet of we de trap op moesten gaan of over de Avenida San Lázaro weg moesten lopen om uit de buurt van de universiteit te raken.

Het geschreeuw werd oorverdovend. Toen klonk het geluid van iets wat op een stuk metaal leek; het kan een pistoolschot geweest zijn. We verstijfden. Er kwam een jongen de trap af om tegen ons te zeggen dat we ons op de grond moesten laten vallen. Dat deden we en voordat ik het wist, lag ik met mijn gezicht omlaag op de natte trap. Ik begroef mijn gezicht in mijn handen. Plotseling stond het meisje naast me op en rende de trap af. Ik schoof zo dicht mogelijk tegen de muur om niet vertrapt te worden en bleef toen zo stil mogelijk liggen.

'Je kunt nu wel weer opstaan,' zei de jongen, maar ik reageerde niet onmiddellijk.

Ik bleef nog een paar seconden liggen, maar toen ik merkte dat het weer rustig was, keek ik op en zag ik dat hij er nog steeds was, met mijn boeken onder zijn arm. Hij stak zijn hand uit om me te helpen.

'Sta nou maar op, ik moet naar de les.'

Zonder hem aan te kijken leunde ik op hem terwijl ik mijn rok gladstreek en zonder resultaat probeerde mijn blouse schoon te maken.

'Stel je je niet eens aan me voor?' vroeg hij. 'Ik geef je je boeken pas terug als je vertelt hoe je heet.'

'Hannah,' antwoordde ik, maar zo zacht dat hij me niet hoorde. Hij fronste zijn voorhoofd, trok een wenkbrauw op. Hij had het niet begrepen en vroeg met stemverheffing: 'Ana? Je heet dus Ana? Studeer je scheikunde?'

Weer een! Ik moest altijd uitleggen hoe ik heette. 'Ja, Ana, maar uitgesproken alsof het met een J begint,' zei ik geïrriteerd. 'En ja, ik studeer scheikunde.'

'Aangenaam, "Ana uitgesproken met een J". Nu moet ik rennen naar mijn les.'

Ik zag hem met twee treden tegelijk de trap op stormen. Toen hij bovenaan was, bleef hij even tussen de pilaren van het gebouw staan, hij draaide zich om en riep: 'Tot straks, Ana-met-een-J!'

Een aantal docenten kwam die dag niet. In een van de zalen praatten sommige bange studenten fluisterend over tirannen en dictaturen, coups en revolutie. Ik was niet bang voor alles wat er om me heen gebeurde. De universiteit was in beroering, maar ik hoefde niet te weten waar de protesten over gingen en ik wilde al helemaal niet meedoen aan iets wat niets met mij te maken had.

Na de les bleef ik nog even achter om op de toiletten een poging te doen mijn blouse te fatsoeneren. Maar dat had geen zin, hij was helemaal verpest. Toen ik uiteindelijk in een slecht humeur het gebouw verliet, zag ik hem weer, hij stond tegen de deuropening geleund.

'Jij bent toch die jongen van de trap?' vroeg ik zonder mijn pas in te houden. Ik deed alsof ik niet echt geïnteresseerd was.

'Ik heb jou helemaal niet verteld hoe ik heet, Ana-met-een-J. Daarom ben ik hier. Ik sta hier al een uur.'

Ik glimlachte, bedankte hem nogmaals en liep verder de trap af. Hij hield me bij en keek me in stilte onderzoekend aan. Zijn aanwezigheid deerde me niet; ik was benieuwd hoe ver hij met me mee zou lopen.

De lucht was iets opgeklaard. Er waren donkere wolken te zien in de verte, aan het eind van de Avenida San Lázaro. Ik overwoog om te zeggen dat het misschien een paar straten verderop regende, maar ik wilde liever niet alleen maar praten om het praten. Een paar tellen later besloot hij weer iets tegen me te zeggen.

'Ik ben Julian. Zie je, het is de J die ons verbindt.'

Dat vond ik niet bijzonder grappig. We kwamen bij de onderste tree en ik had nog steeds geen woord gezegd.

'Ik studeer rechten.'

Ik had geen idee wat voor reactie hij daarop verwachtte, dus bleef ik zwijgen tot we de Calle 23 bereikten, waar ik elke dag links afsloeg om naar huis te gaan. Hij moest over de Avenida L, dus namen we op de hoek afscheid van elkaar. Of, liever gezegd, hij nam afscheid, omdat ik er alleen maar in slaagde hem de hand te schudden.

'Tot morgen, Ana-met-een-J,' hoorde ik hem zeggen terwijl hij over de laan wegliep.

Hij was de eerste Cubaanse jongen die me ooit had zien staan. En blijkbaar weigerde zelfs Julian om mijn naam goed uit te spreken. Zijn haar was een beetje te lang naar mijn smaak, met ontembare krullen die over zijn voorhoofd vielen. Hij had een lange, rechte neus en volle lippen. Als hij glimlachte, vernauwden zijn ogen zich onder zijn dikke zwarte wenkbrauwen. Eindelijk had ik een jongen ontmoet die langer was dan ik.

Maar wat me het meest trof aan Julian waren zijn handen. Zijn vingers waren heel lang en stevig. Krachtige handen. Hij droeg een overhemd met opgerolde mouwen, hij had geen stropdas om en zijn colbert hing nonchalant over zijn schouder. Zijn schoenen waren versleten en vies, misschien door de chaos van een paar uur geleden.

Sinds onze aankomst in Havana had ik niet de minste interesse gehad om vrienden te maken op een plek die we nog steeds beschouwden als tijdelijk. Maar toen ik die dag thuiskwam, merkte ik dat ik nog steeds aan hem dacht. Wat me het meest verbaasde was dat ik, als ik aan zijn gezicht dacht of aan zijn stem als hij me Ana-met-een-J noemde, voelde dat ik glimlachte.

Studeren was mijn ontsnappingsmogelijkheid geweest. Nu was er een andere reden om te ontsnappen: om 'de jongen met een J' weer te zien. De volgende dag kwam ik vroeg op de faculteit aan, maar ik zag hem niet. Ik bleef zelfs een paar minuten bij de ingang wachten, totdat ik bang was dat ik te laat zou komen voor college. Het was beter om iemand te vergeten die niet eens had geprobeerd mijn naam goed uit te spreken, hield ik mezelf voor. Net toen ik naar binnen wilde gaan, een paar minuten voordat de deur van mijn collegezaal dicht zou gaan, kreeg ik een schok toen ik zijn hand op mijn arm voelde. Voordat ik wist wat ik deed, draaide ik me om naar Julian en glimlachte.

'Ik ben hier omdat je me je achternaam helemaal niet hebt verteld, Ana-met-een-J.'

Ik voelde dat ik onbedwingbaar bloosde. Niet vanwege zijn woorden, maar uit angst dat hij zou zien hoe blij ik was. 'Rosen,' zei ik tegen hem. 'Mijn achternaam is Rosen. Maar ik moet nu weg, anders mag ik niet meer naar binnen.'

Ik had hem ook naar zijn achternaam moeten vragen, maar ik was te zenuwachtig.

Toen ik die middag vertrok, was ik teleurgesteld dat hij er niet was. De dag erna was hij er evenmin. Er ging een week voorbij en de jongen van de trap kwam niet meer opdagen. En toch bleef ik aan hem denken. Altijd als ik probeerde te studeren of slapen, dacht ik terug aan zijn lach of zag ik zijn krullen, die ik wilde platstrijken.

Maar ik zag hem niet meer.

Nadat ik was afgestudeerd, had ik het er met mijn moeder over dat ik een eigen apotheek wilde openen. Ze was niet erg enthousiast over mijn project, want dat bracht een gevoel van blijvendheid met zich mee dat ze nog steeds niet wilde accepteren, ook al leek alles er na zeventien jaar op te wijzen dat we geen andere keus hadden. Ze besprak het met señor Dannón en hij was de eerste die me enthousiast steunde, vooral omdat het een nieuwe en stabiele bron van inkomsten zou betekenen.

We openden de Farmacia Rosen op een bewolkte zaterdag in december. Hij lag heel dicht bij ons huis, tegenover het park met de vuurbomen. Moeder vond het geen goed idee om een bedrijf in het weekend te openen. Zij had liever een maandag gehad, maar voor mij was de maandag te dicht bij de dinsdag. Toen ik niet toegaf, besloot ze niet naar de ceremonie waarbij er een lintje werd doorgeknipt te komen.

Dat was een tijd waarin ik de hele dag, en heel vaak ook nog 's avonds, recepten klaarmaakte in een wereld die in grammen en milliliters werd gemeten. Ik nam Hortensia's zus Esperanza in dienst, die het 'gezicht' van de apotheek werd. Zij was degene die de klanten hielp vanachter de smalle balie. Ze was 'goed met mensen' zoals dat heet, wat blijkbaar bij Cubanen niet zo vaak voorkwam. Ze was uitermate geduldig en luisterde toegeeflijk naar de klachten van de mensen. Soms kwamen ze niet voor een medicijn maar waren ze gewoon op zoek naar een luisterend oor, en wilden ze hun ellende verzachten door met die kalme vrouw met de openhartige blik te praten. Hoewel ze veel jonger was dan Hortensia leken ze even oud. Esperanza epileerde haar wenkbrauwen niet en droeg geen lippenstift, er was nooit een spoortje make-up te bekennen op een gezicht dat er streng uitzag en toch goedheid uitstraalde.

Esperanza bracht haar zoon, Rafael, mee uit school, en hij begon te helpen met de bezorging. Rafael was lang en mager, met steil, donker haar, een arendsneus, amandelvormige ogen en een enorme mond. Hij was even beleefd en respectvol als zijn moeder. Ze waren allebei voortdurend gespannen. Op een eiland waar de meeste mensen dezelfde religie aanhingen, hadden zij een ander geloof; ze deelden de zonde van het anders-zijn.

En daarom begreep ik niet waarom ze, ook al leefden ze in angst, allebei soms de gelegenheid te baat namen om 'het Woord van God' in hun troostende boodschap te verwerken. 'Onze missie is om het Woord te verspreiden,' zeiden ze tegen me. Gelukkig probeerden ze mij nooit te bekeren. Ik was ervan overtuigd dat Hortensia hun had verteld dat ik Poolse was en dat je Polen het beste met rust kon laten.

Ik voelde me veilig met Esperanza en Rafael, op een gezonde afstand van de almaar toenemende verbittering en pijn van mijn moeder. Ze had papa verloren, kon niet weg uit een land waar ze een hekel aan had en had haar zoon, Gustavo, niet meer in de hand. Ze zag de apotheek als mijn poging om gelukkig te zijn en dat was haar te veel; ze was er zeker van dat voor de Rosenthals het geluk altijd onbereikbaar zou blijken te zijn. Vroegtijdig overlijden was een essentiële eigenschap van ons. Het had geen zin om te doen alsof het anders was.

Het huis verlaten betekende ook dat er risico's op de loer lagen. Op elke straathoek kon ik overvallen worden door geesten. Daarom zette ik Esperanza achter de balie. Ik wist dat als ik de klanten zelf zou bedienen, er op een bepaald moment iemand zoals ik zou zijn verschenen, die me zou herkennen en die het gesprek, dat ik tot dan toe had weten te vermijden, met me zou proberen aan te gaan.

Rafael ging met me mee naar de magazijnen om grote pakketten op te halen. Onderweg probeerde ik de voorbijgangers niet in de ogen te kijken. Als iemand te dichtbij kwam, of als er een groep jongeren op een hoek stond, sloeg ik mijn blik neer. Als ik een oude vrouw zag, stak ik over. Ik was ervan overtuigd dat ik 'een van hen' ergens zou tegenkomen. Dat was mijn grootste angst.

Op een dinsdag liepen we over de Calle 1 naar de Línea toen we langs een tuin kwamen. Ik bewonderde de rozen die aan weerskanten van de hoofdingang bloeiden. Toen ik opkeek, zag ik een modern uitziend gebouw met oude inscripties boven de deur, inscripties die ik al jarenlang niet had gezien, maar die ik onmiddellijk herkende. Drie in het wit geklede meisjes kwamen het gebouw uit. Ik was verlamd, ze hadden me ongetwijfeld herkend. De geesten hadden weer een manier gevonden om me in te halen. Ik begon te zweten als een otter.

Rafael, die geen idee had wat er aan de hand was, ondersteunde me. Ik wendde mijn blik af en probeerde hen te negeren, maar toen ik terugkeek, zag ik ironische glimlachjes op hun gezicht – een blik van perverse tevredenheid. Ze hadden me gevonden; ik kon me niet meer verstoppen. We waren dezelfde soort: vluchtelingen op een eiland. We waren van hetzelfde weggevlucht, maar konden er toch niet aan ontkomen.

Rafael keek me niet-begrijpend aan.

'Dat is de Poolse kerk,' zei hij tegen me, alsof ik dat niet wist, en zonder te beseffen dat ik dat eigenlijk niet had willen weten.

Op de terugweg van het magazijn namen we een andere weg. Vanaf die dag bestond die straat niet meer voor mij.

De meeste avonden gingen Esperanza, Rafael en ik even zitten kletsen voordat we de deuren van de apotheek sloten. We dempten het licht om te voorkomen dat er iemand binnen zou komen die onze gesprekken zou onderbreken over die ouwe mopperkont die boven de winkel woonde en elke pil die hij kreeg natelde, of over die vrouw die haar ampullen kreeg en dan aan Rafael vroeg of hij ze bij haar wilde injecteren, of over die man die elke keer dat hij medicijnen voor zijn vrouw ophaalde mijn werknemer waarschuwde dat hij helemaal niets over God wilde horen. Soms bleef ik er nog urenlang in mijn eentje, terwijl ik de bladen van de lawaaierige ventilator maar rond zag gaan. Die hing zo laag dat ik hem bijna kon aanraken als ik mijn arm ophief.

Vaak luisterden we 's avonds met z'n drieën naar muziek, dan draaide Esperanza aan de knoppen van de radio tot ze een zender had gevonden die bolero's uitzond. We genoten van liedjes over onmogelijke liefdes, schepen zonder bestemming, mensen die werden verlaten, obsessies, zorgen, vergeving, manen als bungelende oorbellen, ruisende palmen, gestolen omhelzingen en slapeloze nachten. Deze gezongen melodrama's werden vermengd met de zoete geur van de drankjes, kamfer, menthol, ether, het maagzout en de alcohol om de koorts te drukken. Dat werd toentertijd het meest verkocht.

We lachten samen. Esperanza zong op het ritme van de bolero's, terwijl we na een lange dag uitrustten. Dan gingen ze naar huis, terwijl ik naar het donkere Petit Trianon terug moest gaan.

Hortensia kon me niet genoeg bedanken dat ik haar zus en neef een baan had gegeven. Ze zou nooit hebben begrepen dat ik juist degene was die dankbaar was. Het zou heel moeilijk voor me zijn geweest om werknemers te vinden die ik mijn apotheek toevertrouwde, die volgens moeder wel ten onder zou moeten gaan omdat hij op een zaterdag was geopend.

Een paar jaar later ging Gustavo rechten studeren en kwam hij minder vaak thuis slapen. We durfden hem nooit te vragen waar hij met wie verbleef, maar we zaten over hem in angst. Volgens Hortensia was er een golf van gewelddadigheid ontketend in de straten van Havana, maar na alles wat we in Berlijn hadden meegemaakt, hield niets moeder en mij 's nachts nog wakker. Voor mij was de stad hetzelfde als altijd; de indringende herrie, hitte, vochtigheid, druilregen en stoffigheid veranderden nooit.

Op een avond, toen we allemaal al in bed lagen, kwam Gustavo onverwacht thuis met een gescheurd overhemd. Hij was vies en was in elkaar geslagen. Hortensia nam hem mee naar haar kamer zodat we niet bang zouden worden, maar we konden hem toch zien door het halfopen raam van mijn slaapkamer. Moeder vertrok geen spier.

Nadat Gustavo zich had gewassen en omgekleed, ging hij naar zijn eigen kamer en verliet hij het huis een week lang niet. We hadden geen idee of hij zich verstopte, of de politie hem zocht om hem aan te houden, of dat hij geschorst was van de universiteit, hoewel we het collegegeld trouw bleven betalen. Moeders antwoord was altijd hetzelfde: 'Hij is volwassen. Hij weet heel goed wat hij doet.'

Aan het eind van de week vertelde hij ons tijdens het eten het nieuws: er was een studentenleider vermoord, de universiteit van Havana was gesloten. Ik dacht meteen aan Julian, onder aan de trap. 'Ana-met-een-J,' hoorde ik heel duidelijk, en ik zag voor me hoe hij uit de juridische faculteit kwam gelopen. Waar ben je heen gegaan, Julian? Waarom ben je me niet meer komen opzoeken?

De geur van de kipfricassee die Gustavo naar binnen schrokte bracht me terug in het heden. Met gepassioneerde stem en zwaaiende armen sprak mijn broer over doden, dictaturen, onderdrukking en ongelijkheid. Hortensia had een gaasverband op zijn slaap geplakt; ik bleef er maar naar kijken terwijl zijn gezicht rood aanliep van woede en onmacht. Hoewel hij zijn stem verhief, antwoordde ik fluisterend. Hij werd steeds wanhopiger, terwijl hij me probeerde op te jutten met zijn woorden. Hortensia liep zenuwachtig heen en weer, ze ruimde onze borden af, schonk water in en bracht uiteindelijk heel erg opgelucht ons toetje binnen. Ze dacht dat dat betekende dat de maaltijd ten einde zou lopen, dat de ruzie voorbij zou zijn en dat wij tweeën naar onze kamer zouden gaan.

Op een bepaald moment zag ik een rode vlek op Gustavo's verband verschijnen. Het begon als een kleine punt, die de anderen niet opmerkten, toen verspreidde het zich totdat er een dun stroompje bloed over zijn oor naar beneden liep.

Ik kwam bij op de vloer, tussen Hortensia en Gustavo in. Hij had een nieuw verband om zijn hoofd, zonder een spoor van bloed. Ik voelde de warmte mijn lichaam weer in stromen. Hortensia glimlachte.

'Sta maar op, meisje. Eet je pudding. Val je nou flauw vanwege zo'n druppeltje bloed?'

Aan de tafel had moeder zich niet verroerd. Ik zag dat ze langzaam een lepel rijstpudding met kaneel naar haar mond bracht. Terwijl ik opstond, excuseerde ze zich en ging ze naar haar kamer.

Ze was niet van slag doordat ik was flauwgevallen, ze was ondersteboven van het feit dat Gustavo Hortensia bij een gezinsruzie had betrokken, en ook dat hij misschien op een of andere manier verband hield met die moord, of het nou aan de kant van de daders was of aan die van het slachtoffer. Beide mogelijkheden vond ze onacceptabel, omdat ze de beslissing had genomen om op het eiland te overleven zonder aandacht op zichzelf te vestigen. Nadat ze zo veel offers had gebracht om de schandvlek uit te wissen waarmee ze hem op de wereld had gezet, zag ze nu dat hij verstrikt raakte in conflicten die fataal zouden kunnen blijken te zijn voor de Rosens.

Gustavo begreep niet dat wij zo kil konden zijn, dat we niet reageerden op al het onrecht in een land dat hij zag als het zijne, hoe we zo afgezonderd konden leven van alles wat er om ons heen gebeurde. Hij vroeg me waarom, maar tegen die tijd had ik geen puf meer om een gesprek te voeren dat ons nergens zou brengen. Ik had een moeder die plotseling haar verstand kon verliezen en ik moest een apotheek runnen, bleef ik mezelf eindeloos voorhouden.

Op zijn gebruikelijke hartstochtelijke manier sprak Gustavo me heftig toe over sociale rechten, tirannen en corrupte regeringen. Ik wilde tegen hem zeggen: 'Wat weet jij nou over tirannen?' maar mijn broer was geboren met de behoefte om het hoofd te bieden aan macht en om de gevestigde orde te veranderen. De passie die hij in zijn toespraak legde, zijn agressieve gebaren en de intensiteit van zijn stem brachten Hortensia en mij in een staat van paniek. We hadden het gevoel dat hij op een dag wakker zou worden, woest de straat op zou gaan en een nationale opstand zou organiseren. Hij geloofde niet meer in de wetten of de orde van een land dat naar zijn mening in stukken uiteenviel. 'Je bent in New York geboren en Amerikaans staatsburger. Jij kunt hier zonder problemen weg,' bleef ik hem voorhouden, in een poging mijn broer een alternatief te bieden. Voor hem was dit een klap in zijn gezicht.

'Jullie begrijpen me allemaal niet! Stroomt er soms geen bloed door je aderen?' riep hij me boos toe en hij liet zijn hoofd in zijn handen zakken.

Terwijl Gustavo woest opstond van tafel smeet hij zijn dessertbord in de hoek van de eetkamer. Hortensia rende naar de muur om de vlek te verwijderen. Ze wierp me een smekende blik toe niets meer te zeggen.

'Laat hem maar, hij heeft er binnenkort vast genoeg van,' smeekte ze me fluisterend, als een moeder die haar zoon voor zijn eigen fouten behoedt.

Zij was degene die het meest leed onder de steeds meer zichtbare kloof tussen Gustavo en ons. Ze was bang dat haar geliefde kind in de problemen zou komen.

'Wie zou hem verdedigen als hem iets zou overkomen? Drie vrouwen opgesloten in een herenhuis zoals dit?' mompelde ze.

Die avond ging Gustavo naar zijn kamer en smeet de deur dicht. Hij gooide van alles op de grond en liep heen en weer, in zichzelf pratend. Toen zette hij de radio aan, waardoor wij naar een guaracha moesten luisteren, die op volle kracht klonk. Een half uur later kwam hij weer beneden, met een koffer in zijn hand. Hij sloeg de voordeur achter zich dicht en verdween.

We hoorden pas weer iets van hem na een turbulente jaarwisseling, toen alles drastisch veranderde. Die ochtend voorspelde moeder dat het niet lang zou duren voordat we weer in een staat van angst zouden leven.

Anna

2014

Mam en tante Hannah hebben nu een project. Ze zijn druk bezig de kamers op te ruimen van een familie die niet meer bestaat. Ik zie hen samen fluisteren alsof ze elkaar al hun hele leven kennen.

Met wat moeite trekt tante Hannah een oude lade open en pakt er dan een stapel wollen sjaals in verschillende kleuren uit. Mama is verbaasd ze te zien. Sjaals in deze tropische hitte?

'Neem ze maar mee naar New York,' zegt mijn tante, die ze een voor een om mijn nek slaat.

Ze pakt ook haar breinaalden en een bol wol. Deze keer ben ik degene die verbaasd is, ik probeer te begrijpen waarom je dingen zou breien die niemand ooit zal dragen.

'Het is goed tegen mijn artritis,' legt tante Hannah uit, terwijl ze leunend op mams arm de trap af loopt.

Ik laat deze nieuwe verzameling sjaals – het laatste cadeautje wat ik op Cuba had verwacht – op mijn bed liggen en zeg tegen hen dat ik met Diego meega. Zijn moeder heeft ons uitgenodigd voor de lunch en hij is me komen ophalen.

Diego's huis, dat ooit wit was, heeft een massieve houten deur, die in de loop der jaren heel veel meegemaakt lijkt te hebben. Aan de rechterkant van de deur hangt een klein voorwerp, dat je amper kunt zien omdat er talloze lagen verf op zitten. Diego snapt niet waarom ik ben blijven staan. Als ik dichterbij kom, zie ik dat het een mezoeza is. Een mezoeza! Ik geloof mijn ogen niet.

In huis staan overal dozen, alsof ze aan het verhuizen zijn. Diego legt uit dat ze daar dingen in bewaren.

'Wat dan, bijvoorbeeld?' vraag ik hem.

'Dingen,' zegt hij, een tikje verbaasd over mijn nieuwsgierigheid.

In de eetkamer is de tafel gedekt. Er ligt een vinyl tafelkleed op. Diego's moeder komt binnen, ze glimlacht zonder zich voor te stellen en geeft me een kus. Ze is even mager als hij, met zwart krullend haar, een lange hals en hangborsten. Door haar strakke jurk lijkt het alsof ze toch een dikke buik heeft. Voordat we gaan zitten, legt Diego haar snel uit dat mijn moeder lerares Spaans is en dat ik daarom Spaans spreek, dat ik niet Duits ben, dat ik in New York woon en dat we bijna even oud zijn. Ik glimlach naar haar zonder een woord te zeggen.

Zijn moeder brengt een dampende kom witte rijst binnen, een donker uitziende soep en een kleurrijk bord roereieren. Ik kijk er even naar om te zien of er ook worstjes, groenten of tomaten bij zijn. Ik heb geen flauw idee wat de gele en groene reepjes zijn.

Ik schep voor mezelf zo min mogelijk op, zodat ik hen niet voor het hoofd zal stoten als ik het niet lekker vind. Onder het eten kijk ik naar de familiefoto's aan de muren, ik kijk of er mensen zijn die op mijn Cubaanse vriend of zijn moeder lijken. Misschien zijn het zijn grootouders of overgrootouders.

Ik ontdek iets anders: op het dressoir staat een menora, waarvan de zeven armen onder het kaarsvet zitten. Verbaasd en geïntrigeerd stop ik met eten. Dat valt Diego's moeder op. 'Maak je maar geen zorgen, de stroom valt vandaag waarschijnlijk niet uit, hoor. We hebben geen kaarsen meer. Vorige maand hebben ze de stroom een paar keer uitgezet, dat is om elektriciteit te besparen. Eet maar, meisje, eet maar.'

Eerst de mezoeza, nu de menora. En de portretten van hun voorouders. Ik besluit dat ik het maar het beste gewoon kan vragen. Ik kies een van de portretten uit waarop een stel staat.

'Zijn dat uw ouders?'

Diego's moeder barst in lachen uit, met haar mond vol rijst en bonen. Ze brengt haar hand naar haar mond en kauwt snel, zodat ze antwoord kan geven voordat ik verder praat.

'Dat zijn foto's van de familie die hier vroeger woonde. Wij hebben hun huis een paar dagen nadat ze het land verlieten gekregen. Toen was ik even oud als jij.'

Ik snap niet hoe het kan dat deze familie de spullen van een andere familie heeft gekregen. Ze zijn blijkbaar in een verlaten huis gaan wonen.

'Ruim dertig jaar geleden was er een crisis, en toen mochten er heel veel mensen vertrekken van de regering. Ze zijn de oceaan overgestoken in bootjes die familieleden in de Verenigde Staten hadden gestuurd,' begint Diego's moeder uit te leggen. 'Dat waren afgrijselijke maanden. In de kranten stond dat degenen die vertrokken vijanden van het volk waren. Ze werden uitschot of verraders genoemd. "Opgeruimd staat netjes!" waren de koppen. Ik weet nog dat de buren op de dag dat het gezin dat hier woonde vertrok buiten stonden te wachten om hen te beledigen, in wat "een daad van verstoting" werd genoemd.'

Onder het praten eet ze gewoon verder. Ik denk dat er sindsdien zo veel jaren zijn verstreken dat het haar niet veel meer doet.

'Ze bespuugden hen en riepen: "Wegwezen, wormen!"' vervolgt ze. 'Het meisje uit dat gezin zat bij mij op school. Ik begreep niet wat ze hadden misdaan om die behandeling te verdienen, of waarom ze een meisje van twaalf in hemelsnaam een "worm" zouden noemen. Ik weet nog hoe ze vanuit de auto naar me keek toen ze wegreden.'

Ik zoek of het meisje op een van de foto's aan de muur staat, maar ik kan haar niet vinden.

'Uit haar ogen sprak zo veel haat en pijn,' zegt Diego's moeder. Ze lijkt nu serieus te zijn en haar mond is leeg. 'Tegenwoordig zijn die "wormen" plotseling vlinders geworden, en we ontvangen ze met open armen,' zegt ze, en dan lacht ze weer. 'Alles verandert met de jaren. Of naargelang onze behoeftes.'

Ze gaat verder met haar verhaal en ik probeer het te begrijpen, maar het is moeilijk te volgen.

'De regering gaf hun huis aan mijn ouders. Ze stonden al op de wachtlijst voor een huis sinds het dak door een orkaan van ons huis was geblazen.'

Ik zie Diego's moeder voor me, in de kamer die van het meisje was geweest dat haar zo minachtend aankeek. Haar kleren, haar speelgoed, alles werd van haar. Ze had het bezit overgenomen.

'Eerst kon ik niet slapen in die enorme kamer vol gordijnen, maar stukje bij beetje raakte ik eraan gewend.'

Ze onderbreekt haar verhaal, gaat naar de keuken en komt terug met een vanillepudding met siroop die een beetje naar drop smaakt.

'Mijn ouders hielden het huis in precies dezelfde staat,' zegt ze nadat ze het dessert heeft opgediend. Ze eet snel, alsof ze bang is dat het plotseling weg zal zijn. 'Ze lieten de portretten, het meubilair, alles, precies zoals het was.'

Het dessert is op en de geschiedenis van het huis is af. Met een glimlach begint Diego's moeder de tafel af te ruimen. Ik ga naar een stoffige boekenkast en blijf voor een antiek boek in een leren band staan. Het heeft een Engelse titel, de langste die ik ooit heb gezien: *The Life, and Strange Surprizing Adventures of Robinson Crusoe, of York, Mariner: Who lived Eight and Twenty Years, all alone in an un-inhabited Island on the Coast of America, near the Mouth of the Great River of Oroonoque; Having been cast on Shore by Shipwreck, wherein all the Men perished but himself. With An Account how he was at last as strangely deliver'd by Pyrates. Written by himself.*

Ik draai me om naar Diego.

'Dat boek kan ik bijna uit mijn hoofd navertellen,' zeg ik tegen hem. 'Voor mij was mijn vader dan Robinson, en ik wilde niets liever Vrijdag zijn.'

Diego kijkt me niet-begrijpend aan. Hij snapt er helemaal niets van.

Ik draai me weer om en blader door het boek. Net als Robinson schreef ik op sommige avonden al het fijne en al het nare op wat me was overkomen. Ik herinner me nog steeds veel van mijn aantekeningen: 'Naar: ik heb mijn vader nooit gekend. Fijn: ik heb een foto van hem en praat elke dag met hem. Ik weet dat hij bij me is en me beschermt.' Of de eerste bladzijde van mijn dagboek, in nabootsing van Robinson, op mijn zevende verjaardag: '12 maart 2009. Ik, de arme en zielige Anna Rosen, tijdens een afschuwelijke aanval midden op een eiland van mijn vader beroofd, heb deze oever helemaal alleen bereikt.' Dat zeg ik hardop in het Engels, vergetend dat Diego dat niet begrijpt.

Mijn vriend kijkt me aan alsof ik gek ben en begint te lachen. 'Mag ik het boek misschien lenen?' vraag ik.

'Natuurlijk, en je mag het ook hebben als je wilt. In dit huis is er niemand die leest.'

De uitgave is uit 1939, en op de eerste bladzijde staat een opdracht in het Hebreeuws: *Voor het meisje dat mijn oogappel is.* Het is ondertekend met: *Papa.*

Hannah

1959-1963

Op dit turbulente eiland brengt een nieuw jaar altijd een enorme omwenteling met zich mee.

Alles kan van de ene op de andere dag drastisch veranderen. Je gaat naar bed, valt in slaap en wordt wakker in een andere, totaal onzekere wereld. Dat was typerend voor de tropen, zei moeder altijd.

Op oudejaarsavond vulde Hortensia het huis met de geur van rozemarijn. Die hadden we langs het terras geplant en het verbaasde ons hoe goed het groeide. Aan het eind van de zomer plukten we het en lieten de blaadjes drogen, die Hortensia in een kartonnen doos bewaarde. In de herfst had ze er voor ons aftreksels van gemaakt, en terwijl we daarvan dronken, vertelde ze ons over de magische eigenschappen van het kruid. Op de laatste avond van 1958 roken mijn handen, mijn haar en zelfs mijn lakens naar rozemarijn.

De volgende ochtend leek Hortensia ons heel graag ergens van op de hoogte te willen stellen, op haar gebruikelijke toon alsof de dag des oordeels was aangebroken. Ze was ons enige contact met de buitenwereld geworden. We hoorden alles wat daar gebeurd was via het filter van een vrouw die het gevoel had dat het eiland uiteenviel, en die elke gebeurtenis met haar paniekerige visie doordrenkte. Zij had het idee dat we steeds dichter bij de Apocalyps kwamen, bij het Armageddon, we leefden in het einde der tijden, het einde van de wereld was nabij. We negeerden haar preek over de komst van het langverwachte Koninkrijk Gods altijd tactvol.

'Het is oorlog! Er is geen regering!' riep ze toen ze ons de eetkamer binnen zag komen, nog geagiteerder dan normaal.

Ook al sprak ze normaal gesproken tegen ons zonder haar huishoudelijke taken te onderbreken – soms konden we haar moeilijk verstaan als ze het druk had en ze met haar rug naar ons toe bleef staan – deze keer ging ze aan tafel zitten en dempte haar stem. We gingen snel bij haar zitten, ik zag dat moeder gespannen raakte.

'Ze zijn iets na middernacht per vliegtuig vertrokken.'

'Wie zijn er vertrokken?' onderbrak ik haar.

O, de manier waarop Hortensia praatte! Ze ging er altijd van uit dat we al wisten wat er aan de hand was.

'Diegene die ons altijd een goede gezondheid toewenste aan het eind van zijn toespraak. Nu kunnen we hem hetzelfde wensen,' verklaarde ze.

Ik stelde me zo voor dat de blijdschap, misschien overschaduwd door de angst voor wat er komen zou, over het hele eiland gevoeld zou worden, vooral in Havana. Maar wij leefden op een ander eiland binnen dit eiland, opgesloten in het Petit Trianon, dus hadden wij geen reden voor een feestje.

Die nieuwjaarsdag 1959 vierden maar heel weinig mensen in onze buurt feest. Bij de hotels en in de hoofdstraten van de stad waren de mensen het meest opgewonden. Onze rumoerige buurvrouw was heel voorzichtig, ze had om middernacht haar fles champagne niet eens geopend. Er waren slechts een paar mensen die emmers ijswater over straat gooiden. De onzekerheid vierde hoogtij.

Gustavo zwaaide de voordeur open zonder te kloppen. Hij droeg een uniform dat we niet herkenden. Toen we hem binnen zagen komen in het olijfgroene werktenue met een rood-zwart-witte armband, die noodlottige kleurencombinatie, deed moeder haar ogen dicht. De geschiedenis herhaalde zich. Ze zag het als haar straf.

Gustavo ging naar haar toe en gaf haar met een brede glimlach op zijn gezicht een kus. Hij pakte me bij mijn middel en riep Hortensia, die zodra ze zijn stem hoorde de keuken uit kwam rennen, zonder de tijd te nemen haar handen te drogen. Achter hem verscheen een jonge vrouw, ook in uniform, in de deuropening.

'Dit is Viera, mijn vrouw,' zei hij. Toen moeder dit hoorde, stond ze verstijfd alsof ze door de bliksem getroffen was. Ze nam de nieuwkomer snel van top tot teen op, ze bekeek aandachtig haar bouw, gelaatstrekken, profiel, tanden, de textuur van haar kastanjebruine haar, haar geelgroene ogen.

'We zijn pas getrouwd. Viera is zwanger, dus er is nog een Rosen onderweg!'

Toen ik naar mijn moeders gezicht keek, zag ik wat ze dacht. *We moeten dit kind niet verliezen. Moet je zien wat we Gustavo hebben aangedaan na onze vlucht hierheen, door voortdurend te blijven denken aan degenen die aan de andere kant van de Atlantische Oceaan waren, door ons nooit echt thuis te gaan voelen op het eiland waar we moesten blijven.* Deze baby zou de verlossing van deze familie worden, de enige die de last van onze schuld niet zou hoeven dragen. Ze stond op uit haar leunstoel, negeerde Gustavo en liep naar Viera toe om haar te omhelzen.

Dolblij legde ze haar hand op de nog platte buik van deze onbekende, die een baby op deze wereld zou zetten die heel erg gewenst was, haar eerste kleinkind. Hoewel Viera geschrokken leek, liet ze zichzelf bevoelen door deze oude vrouw over wie haar man haar had verteld dat ze in het verleden leefde en dat ze het land waar ze nu woonde de rug toekeerde.

Alma wist niet of ze het feit moest toejuichen of betreuren dat haar zoon – die ze niet had besneden en die ze naar een school had gestuurd waar ze hun uiterste best hadden gedaan om alles uit te wissen wat hem zou kunnen beschuldigen – met een onzuivere vrouw was getrouwd, iemand die net zo onzuiver was als zijzelf. Dat wist ze zeker. Wie weet waar Viera's familie vandaan kwam, of hoe ze in het leven op het eiland was geïntegreerd. Alma durfde niet naar haar achternaam te vragen. Wat had dat voor zin? De schade was al toegebracht.

Dat nieuwe jaar raakten we ook Eulogio kwijt. Hij besloot dat het tijd was om zijn leven te gaan leiden buiten de controle van een familie die niet de zijne was. Van de ene op de andere dag werd hij van chauffeur arbeider, en voor het eerst had hij het gevoel dat hij een vrij man was te midden van een revolutie die pas net begon. Eindelijk, zei hij tegen Hortensia, waren we allemaal gelijk in dit land, ongeacht hoeveel geld we hadden of in welke familie we geboren waren. Hij pakte al snel zijn tas en verliet ons zonder afscheid te nemen.

Hortensia heeft het hem nooit vergeven, maar voor moeder had zijn vertrek ook iets positiefs: nu hoefde ze een salaris minder te betalen.

In de dagen erna liepen de straten vol met bebaarde soldaten met lange haren, die allemaal de armband droegen die je niet kon negeren. De buren gingen naar buiten om hen toe te juichen, vrouwen wierpen zich in hun armen, sommigen kusten hen zelfs. De Paseo werd een militaire hoofdweg. Er marcheerden mensenmassa's overheen op weg naar het grote plein, waar ze naar revolutionaire toespraken van een jonge leider luisterden, die duidelijk hield van het geluid van zijn eigen stem en die het wel de hele nacht kon volhouden. Hortensia vertelde ons trots dat Gustavo op het podium stond, in de buurt van de man die gewapend de macht had gegrepen. Moeder luisterde vol afschuw naar haar, maar ze plengde geen enkele traan. Ze had geen tranen meer over.

Op een middag in oktober stapte Viera uit een auto met een baby in haar armen. Gustavo bleef naast de chauffeur zitten. Toen Viera ons zag, begroette ze ons niet, maar zei ze direct: 'Dit is Louis.' Ze zei het fluisterend, om hem niet wakker te maken.

We keken elkaar ontzet aan. Louis? Gustavo bleef ons verrassen. Eerst hield moeder de baby in haar armen, en toen Hortensia. Ik kuste hem op zijn voorhoofd en vond dat hij meer op papa's kant van de familie leek. Hij was geboren met een dikke bos donker haar.

Viera wilde niets drinken. Ze ging niet eens even zitten. 'Gustavo wacht op me in de auto, en hij wordt snel ongeduldig. Ik wil hem niet boos maken,' zei ze. Ze reden er snel vandoor.

Hortensia had zich beziggehouden met de zoektocht 'waar Viera vandaan kwam', ook al was dat uiteindelijk totaal onbelangrijk, omdat moeder er vanaf het eerste begin van overtuigd was dat Viera een van ons was. Op een avond bevestigde Hortensia dat: 'Viera is Pools. Ze is net zoals jullie in Duitsland geboren, en op haar vijfde is ze met een schip naar Cuba gestuurd om bij een oom te gaan wonen die hier al eerder was gearriveerd. Ze heeft blijkbaar haar hele familie verloren in de oorlog.'

Moeder sperde haar ogen open en het leek alsof ze naar adem hapte.

'Haar oom, een oudere man met vrijzinnige ideeën, wordt in verband gebracht met de nieuwe machthebbers op het eiland,' legde Hortensia uit. 'Zijn echte naam is Abraham, maar die heeft hij bij aankomst op Cuba veranderd in Fabius.'

Ik vertrok naar de apotheek, blij met de geboorte van deze nieuwe Rosen, en weigerde me zorgen te maken om Hortensia's nieuws. Toen ik daar aankwam, zag ik Esperanza in de deuropening opgewonden met een lange man staan praten. Ik zag niet of ze ruzieden of met elkaar kletsten. Toen ze me zag, glimlachte ze. De man draaide zich naar me om terwijl Esperanza weer naar binnen ging.

De man stond in de schaduw en door het felle zonlicht kon ik vanaf mijn kant niet zien wie het was. Het enige wat ik kon zien was dat hij een beige pak droeg en brede schouders had. Toen zag ik zijn handen. En ik herkende ze.

Het was Julian. Zonder zijn krullen, met een bredere, vierkante kaak, een sterke nek en dikke wenkbrauwen, die zijn gezicht in tweeën verdeelden. We glimlachten. Zijn ogen vernauwden zich, net zoals vroeger. Zijn mond was hetzelfde en zijn ondeugende blik ook.

'Mijn lieve Ana-met-een-J. Dacht je dat ik je vergeten was? Wat is je Farmacia Rosen mooi!'

Zonder nadenken omhelsde ik hem. Hij keek verbaasd, maar hij reageerde met een lach en zei mijn naam nog een keer.

'Ana-met-een-J,' fluisterde hij deze keer. 'Je hebt me vast ontzettend veel te vertellen.'

Ik pakte hem bij de arm en we staken de straat over om onder de vuurbomen in het park te gaan zitten.

Hij vertelde me dat zijn familie tijdens de crisis op de universiteit had besloten hem naar de Verenigde Staten te sturen om te studeren.

'Ik heb mijn rechtenstudie afgemaakt en ben teruggekomen om mijn vader op zijn kantoor te helpen... en wat tref ik aan? Een hele stad vol soldaten.'

Terwijl hij aan het praten was, kon ik mijn ogen niet van hem af houden. Julian was geen jonge student meer.

'Ik heb de hele tijd aan je gedacht,' zei hij, terwijl hij beschaamd naar beneden keek.

Ik was altijd een vreemdeling geweest in deze stad. Nu was hij dat ook, en dat bracht ons bijeen. Voor het eerst kreeg ik hoop. Misschien zou er voor mij een cirkel worden gesloten.

Vanaf die dag kwam Julian elke avond net voor sluitingstijd naar de apotheek. Dan bleven we een tijdje in het park kletsen, waarna hij me naar huis bracht. Soms kwam hij tussen de middag en liepen we over de Calle 23 naar het charmante café El Carmelo om te lunchen.

Julian wilde meer over me weten, maar er was maar weinig te vertellen: papa was tijdens de oorlog gestorven, terwijl wij in Havana op hem wachtten om naar New York te gaan, en wat een verblijf van een paar maanden in Havana had moeten zijn, leek permanent te zijn geworden.

We hielden elkaars hand vast, soms legde hij zijn arm om mijn schouder, en zo nu en dan sloeg hij een arm om mijn middel om me te helpen snel de straat over te steken. Zo brachten we uren samen door. Het dapperste wat ik durfde was, op een avond toen we stonden te wachten tot het verkeerslicht op groen sprong, mijn hoofd op zijn schouder leggen.

Esperanza noemde Julian mijn vriendje en ik verbeterde haar niet. Ik was het zat om altijd alles uit te leggen: dat ik geen Ana heette, dat ik geen Poolse was, en nu dat Julian niets meer was dan een goede vriend van wiens gezelschap ik genoot.

Hij vroeg nooit of hij binnen mocht komen in ons donkere herenhuis. En ik nodigde hem ook niet uit. De dagen verstreken en we waardeerden de stilte meer dan de gesprekken. We konden uren met elkaar doorbrengen zonder iets te zeggen, soms genoten we simpelweg van het vrolijke rumoer van de studenten die uit het gebouw kwamen dat uitkeek op het park.

Ik merkte dat Julian soms afstandelijk leek, dat hij ergens anders was met zijn gedachten, alsof hij zich heel erg zorgen over iets maakte, maar me niet durfde te vertellen wat het was.

Op een avond belde hij me in de apotheek. Esperanza zei tegen me dat hij aan de lijn was, en in die seconde kreeg ik een vreemd voorgevoel. Zijn ouders hadden een uitreisvergunning gekregen om naar de Verenigde Staten te gaan. Hij had hen net uitgezwaaid op het vliegveld. Hij had geen idee wanneer hij hen weer zou zien.

Deze energieke en optimistische man, die me een gevoel van zekerheid gaf, die elk probleem met een glimlach oploste, die net zo breed en lang was als een boom in het Tiergartenpark, was gebroken. Hij vroeg me naar zijn appartement te komen.

Ik pakte mijn tas en verliet de apotheek zonder een woord tegen Esperanza te zeggen. Ik liep naar de hoek van Línea en L, waar Julian woonde, per toeval boven een apotheek.

Het was een wit gebouw met brede balkons. Ik nam de lift naar de zevende verdieping, toen ik aanklopte ontdekte ik dat de deur al open was.

'Julian?' riep ik zachtjes, maar er kwam geen reactie. Ik liep door een gangetje, dat uitkwam op een kamer zonder meubilair, en met lichte vlekken op die plekken op de muren waar ooit fotolijstjes hadden gehangen. Julian stond op het balkon naar de oceaan te staren.

Ik liep langzaam naar hem toe en merkte plotseling dat ik vanaf grote hoogte neerkeek op de oceaan, zoals ik jaren daarvoor ook had gedaan. Ik haalde diep adem en mijn longen vulden zich met de bries vanaf de Malecón.

'Julian?'

Stilte. Ik zette nog een stap naar voren en voelde de warmte van zijn lichaam. Ik was zo dichtbij dat ik hem kon aanraken. Mijn hart begon heftig te bonken, ik deed mijn ogen dicht en legde mijn armen om zijn rug. Hij draaide zich om, omhelsde me stevig en begon te huilen.

'Wat is er, Julian?'

Hij was ontroostbaar. Zijn ouders hadden moeten vluchten, onder de nieuwe regering was geen ruimte voor hun bedrijven. Voordat ze waren vertrokken, hadden ze de meubels en wat kostbaarheden weten te verkopen. Ze hadden hun familiestukken meegesmokkeld via de ambassade. Door de valutawijzigingen die de nieuwe regering had doorgevoerd was het geld op de bank niets meer waard.

'Ik ben gebleven om alles hier af te ronden,' zei hij met trillende stem.

'Ga jij ook weg?'

Ik wist dat hij geen antwoord zou geven. Ik staarde hem een paar tellen aan, sloot toen mijn ogen en kuste hem. Ik wilde niet nadenken. Ik wilde geen spijt krijgen. Toen ik mijn ogen opende, zag ik de golven tegen de Malecón slaan. Ik proefde dat mijn mond zich vulde met zoute druppeltjes en tranen. Ik vond het moeilijk te beseffen wat er allemaal gebeurde. Ik voelde emoties die ik niet kende.

Julian pakte mijn hand. Ik liep achter hem aan alsof ik al mijn wilskracht was verloren. Hij nam me mee naar zijn kamer. In het midden stond een bed met witte lakens. Ik deed mijn ogen dicht en zijn gezicht kwam heel dichtbij.

'Ana, mijn Ana-met-een-J,' bleef hij in mijn oor fluisteren. Zijn vingers gingen langs de contouren van mijn gezicht met een tederheid die ik niet had verwacht van zijn grote, stevige handen. Mijn wenkbrauwen, mijn ogen, neus, lippen...

Ik heb geen idee wanneer ik die avond het appartement heb verlaten, hoe ik de weg terug naar de apotheek heb gevonden, of hoe ik die nacht heb geslapen.

Vanaf die dag ging ik rond lunchtijd naar de zevende verdieping om de zee te ruiken en mezelf in zijn armen te verliezen.

Havana begon er anders uit te zien. Samen met Julian keek ik bijvoorbeeld aandachtiger naar de bladeren van de enorme bomen in Vedado. We liepen altijd over de Paseo en gingen dan op elk bankje zitten dat we tegenkwamen. Naast hem leken de dagen, weken, en zelfs maanden slechts een paar uur te duren.

Soms liepen we vanaf de Paseo naar de Calle Línea, en vanaf daar naar zijn appartementencomplex. Het maakte ons niet uit of het heet was, of dat het regende, of dat er een demonstratie was voor of tegen dingen die niets voor ons betekenden.

Toen belde hij me op een maandag in de apotheek om te zeggen dat we elkaar die week niet konden zien; hij had tijd nodig om wat dingen te doen. Dat baarde me geen zorgen. Maar toen hij de week erna niet belde, begon ik verontrust te worden, ook al had ik diep vanbinnen altijd al geweten dat Julian zou verdwijnen.

Op de dag dat de soldaten uit naam van de revolutionaire regering de apotheek in beslag kwamen nemen, was ik al vroeg op mijn werk gekomen. Toen ik de deur opende, vond ik een brief die eronderdoor was geschoven. Hij was van Julian.

Liefste Ana-met-een-J,

Ik wist niet hoe ik afscheid moest nemen, daar ben ik niet goed in. Ik ga terug naar mijn familie in New York. We zijn alles kwijt. Er is hier geen plek voor mij.

Ik weet dat je je moeder niet kunt achterlaten, dat je je familie iets verschuldigd bent. Dat geldt ook voor mij en mijn familie. Ik ben het enige wat ze nog hebben.

Ik wil jou aan mijn zij, ik wil dat alleen jij en ik bestaan. En ik weet dat we elkaar op een dag terug zullen zien. We zijn al een keer gescheiden geweest, en toch heb ik je weer gevonden.

Ik zal onze avonden in het park missen, je stem, die witte huid van jou, je haar. Maar bovenal zal ik de blauwste ogen die ik ooit heb gezien niet vergeten.

Je zult altijd mijn Ana-met-een-J zijn.

Julian

Weer iemand die me verliet.

Ik huilde niet, maar ik kon ook niet werken. Ik las de brief zo vaak dat ik hem uit mijn hoofd kende. Ik las hem stilletjes en toen hardop, herlas elke zin. Mijn ontmoetingen met hem in het appartement op de zevende verdieping met uitzicht op de oceaan stonden in mijn hart, mijn hoofd en op mijn huid gegrift.

En de regen ook. Vanaf dat ogenblik zie ik elke keer als het regent Julian, die me zijn arm biedt, me optilt, me omhelst. Er was zo veel waar ik hem dankbaar voor was.

Ik beloofde mezelf dat ik vanaf dat moment niemand anders in mijn leven zou toelaten. Dat soort hoop was niets voor mij. Met elke minuut die voorbijging, vervaagde Julians gezicht in mijn geheugen. Wat ik wel nog steeds duidelijk kon horen was zijn stem: 'Ana-met-een-J.'

En toen arriveerden de soldaten.

Ik zag hen uit hun voertuig stappen en naar de voordeur van de apotheek lopen. Ik bleef de woorden uit Julians afscheidsbrief in mezelf herhalen, alsof ze een spreuk vormden die me kon beschermen. Gelukkig bleef Esperanza heel kalm en slaagde ze erin haar sereniteit op mij over te brengen. Ik wachtte zonder een woord te zeggen achter de balie op hen. Ze waren gekomen om me van mijn eigendom te beroven, van alles wat ik met mijn harde werk had opgebouwd. Ik was alles al kwijtgeraakt.

Terwijl ik hen recht in de ogen keek, scheurde ik de brief in duizend stukjes. Mijn grote geheim belandde aan mijn voeten in een kleine prullenmand.

Ik stond het hun niet toe iets te zeggen. Overdonderd bleven de soldaten me gewoon aanstaren. Nog steeds zonder iets te zeggen gaf ik Esperanza en Rafael een knuffel en ik verliet de apotheek zonder achterom te kijken. Ze mochten het allemaal hebben. Ik had geen angst meer.

Op weg naar huis ging ik sneller lopen en ik bleef mezelf voorhouden: dit is maar een tijdelijke woonplaats, we zijn hier niet gekomen om ons te wortelen, zoals die oeroude bomen.

Toen ik bij het huis aankwam, waren Gustavo en Viera in de woonkamer met hun kind, dat net drie was geworden. Gustavo had er alles aan gedaan Louis zo ver mogelijk bij ons vandaan te houden. Ik wist niet of hij dat deed om ons te straffen of om te voorkomen dat wij zijn zoon onze bitterheid jegens een land waarvoor hijzelf wilde sterven zouden meegeven. Ik dacht dat hij waarschijnlijk na al die tijd was komen opdagen alleen maar om te zien hoe we reageerden op de inbeslagname van de apotheek.

Wat van ons was geweest, was nu in de handen van een nieuwe orde waar mijn broer deel van uitmaakte.

De nachten werden steeds moeilijker voor me. Als ik in slaap viel, werden mijn herinneringen één idiote warboel. Ik verwarde Julian met Leo. Soms schrok ik wakker omdat ik Julian op het dek van de St. Louis zag, terwijl hij mijn hand vasthield, de ladders van het schip beklom en afdaalde, en Leo als volwassen man naast me onder de vuurbomen in het park zag zitten.

Ik nam onze huiselijke routine weer op en ging Engelse les geven aan kinderen die het geen zier konden schelen of ze het leerden. Ik werd de Duitse lerares die Engels gaf in een buurt waar ik bekendstond als de Poolse. De kinderen en pubers die naar onze veranda kwamen zodat ik hun '*Tom is a boy, and Mary is a girl*' kon leren, stonden op de wachtlijst om samen met hun ouders het land te verlaten. Een van hen, een jongeman die in militaire dienst moest als hij van school kwam, wilde het eiland heel graag verlaten, maar hem was verteld dat dat niet kon, omdat hij van 'militaire leeftijd' was. Ik was lerares geworden, en mijn veranda een biechtstoel.

Esperanza en Rafael waren hun baan na de overname van de apotheek niet kwijtgeraakt. Ze kwamen af en toe op bezoek en vertelden me hoe alles verliep onder de nieuwe eigenaar: de staat. Nog een ontwikkeling was dat Esperanza's man in de gevangenis was gegooid wegens het beoefenen van een godsdienst die niet was erkend door de tijdelijke regering. De regering beschouwde de Jehova's getuigen als een sekte die het patriottisme ondermijnde. Het patriottisme dat de regering juist probeerde in te prenten bij het volk dat snakte naar verandering. Esperanza en haar mede-Jehova's getuigen weigerden de vlag te groeten of het volkslied te zingen en waren tegen oorlog. Daardoor waren ze onacceptabel in een maatschappij die voortdurend alert moest zijn op een strijd die nooit beslecht was.

Op een avond, ze hadden al gedag gezegd, zag ik dat Esperanza zich zorgen maakte. Zonder dat ik helemaal begreep wat ze bedoelde, fluisterde ze dat de nieuwe regering 'een meloen was geworden: groen aan de buitenkant, rood vanbinnen'.

Viera begon dag en nacht samen te werken met Gustavo, en daardoor lieten ze de jongen steeds vaker bij ons achter. We spraken Engels met Louis en binnen een paar maanden begreep hij ons. Na een jaar was zijn Engels beter dan zijn Spaans. Toen ze erachter kwamen, protesteerde Viera noch Gustavo. Ze gingen op in een chaotisch maatschappelijk proces, waar ze al hun tijd aan besteedden. In die tumultueuze dagen was familie niet het belangrijkst.

Uiteindelijk bleef Louis bijna elke doordeweekse nacht in het huis slapen. Moeder besloot dat hij een eigen kamer nodig had, dus maakten we de kamer naast de hare in orde. We hadden hoop. Waarop precies wist ik niet, maar het was een opgewekte tijd. Ik was vooral blij dat ik een kind zag opgroeien dat vrij was van de schuld van de Rosenthals.

We waren een tikje verbaasd dat Hortensia afstand hield van Louis, heel anders dan toen Gustavo als baby uit New York was gekomen. Ik denk dat ze destijds dacht dat we hulp nodig hadden, maar dat het met dit kind anders was, wíj besteedden tijd aan hem en toonden hem genegenheid. Of misschien wilde ze niet emotioneel betrokken raken, zodat ze terugviel in de rol die Gustavo haar uiteindelijk had toebedeeld: die van slechts werknemer, niet van iemand die voor hem had gezorgd, hem te eten had gegeven, hem haar liefde had geschonken in de jaren dat hij dat het meest nodig had. Tijdens een zomer – de warmste van alle zomers waar we tot dan toe onder hadden geleden – ontving ik een envelop van Julian uit New York. Er zat een foto in van hem in een park dat leek op het park waar wij elkaar troffen.

Er was geen brief, alleen de foto, de datum en een opdracht. Julian zei nooit veel. Ik vatte de paar woorden die hij op de achterkant had geschreven op als zijn afscheidsboodschap: *Voor mijn Ana met haar J. Ik zal je nooit vergeten.*

Anna

2014

Hier komt de zon heel snel op. Het ene moment is het nog nacht, het volgende is het dag. Er zit niets tussenin. Ik word gewekt door zonlicht dat door mijn oogleden dringt en ik voel mama achter me. Ze bestudeert me met een glimlach en ontwart mijn haar. Vandaag is ook zij wakker geworden met de geur van viooltjes in haar neus.

Ik draai me naar de foto van pap, die ik heb meegenomen. Ik zet hem tegen de lamp. We kijken elkaar aan en ik zie dat hij gelukkig is. Deze reis heeft ons allemaal veranderd.

'Ik heb de laatste tijd niet veel aandacht aan je besteed,' zeg ik tegen hem, 'maar nu ben je in je oude huis!'

Mam glimlacht als ze me tegen de foto ziet praten. Sinds we zijn aangekomen zijn mam en tante Hannah onafscheidelijk. Ze zitten uren samen te praten en ik vraag me af wat pap daarvan vindt.

Ze hebben alle hoekjes en gaatjes geboend, elke kledingkast. Mam weet nu dat elke opgevouwen blouse, broche of oude munt een verhaal met zich meedraagt dat ze wil redden.

'Dit moet je niet weggooien,' zegt ze tegen tante Hannah, terwijl ze naar vergeelde velletjes papier wijst die met een rood lint bijeengebonden zijn. 'Hou ze maar, je kunt nooit weten.'

Het is de eigendomsakte van het appartementencomplex in Berlijn, dat voor haar nu heilig is.

'Ook al is hij niet meer geldig, het is wel een erfstuk van de familie,' houdt ze vol, terwijl ze mijn tantes hand streelt.

Ze voelt zich elke dag een beetje dichter bij pap komen. Hij is niet meer de man die ze ontmoet heeft tijdens een concert in de Sint-Paulskapel. Nu heeft hij een verleden, zijn familie heeft een gezicht, hij heeft een jeugd gehad. Tante Hannah heeft het boek van pap geopend, ons zijn verhaal verteld. Langzaam maar zeker verdwijnen mams redenen om te klagen. Het is waar dat ze haar man heeft verloren, en ik mijn vader, maar tante Hannah heeft haar hele leven verloren.

Ik denk dat het zien van de grafsteen met paps naam erop op de begraafplaats en het contact met het verleden van de Rosenthals mam heeft geholpen haar verdriet in perspectief te plaatsen. Ik knuffel haar en voor het geval ze zich zorgen maakt, zeg ik tegen haar dat alles goed zal komen, dat ik het gevoel heb dat ik pap heb gekend, dat we nu iemand hebben voor wie we moeten zorgen.

Terwijl de dagen verstrijken, lijkt tante Hannah steeds zwakker te worden. Soms lijkt ze zelfs een beetje de weg kwijt, dan weet ze niet wat ze moet doen of waar ze heen moet gaan. De eerste keer dat ik haar in de deuropening zag staan, was ze bijna net zo lang als de deurpost. Nu lijkt ze meer voorovergebogen te lopen en heeft ze de langzame, zware tred van een oude vrouw.

Misschien komt het doordat ik hier langer ben geworden. Dat is wat mama tegen me zei. Ze zegt ook dat ze graag terug naar New York wil.

Ik snap niet waarom. Misschien wil ze weer Spaanse literatuur gaan doceren op de universiteit, om het leven dat ze jaren geleden achter zich had gelaten weer op te pakken. Als ik het mocht zeggen, zouden we hier blijven, in het huis van tante Hannah gaan wonen en een school zoeken waar ik heen kon.

De stiltes die vallen als tante Hannah haar verhalen vertelt, worden langer en frequenter. De verhalen komen uit een ver verleden, maar ze vertelt ze vaak in de tegenwoordige tijd, waardoor we in de war raken.

Ik zit uren bij haar, luister aandachtig naar het soort monoloog dat geen ruimte biedt voor een onderbreking. Soms neem ik foto's van haar terwijl ze haar eindeloze verhalen aan het vertellen is, maar dat lijkt haar niet te deren. Als ze stilvalt, zien mam en ik goed hoe kwetsbaar ze is. Maar als ze aan het praten is, komt er weer een klein beetje kleur op haar bleke wangen.

Aan het eind van onze reis zal er niets meer zijn wat mam over pap te weten kan komen. Maar we zullen hier waarschijnlijk vertrekken zonder ontdekt te hebben wat er echt met mijn opa Gustavo is gebeurd. Tante Hannah heeft het altijd over Louis.

Diego is ongeduldig. Ik zie hem vanaf de voordeur. Hij weet niet wat hij moet doen en begint stenen naar de boom te gooien. Hij graaft een stuk stoep uit waarover we de hele tijd struikelen en veegt dan zijn handen aan zijn broek af. Hij probeert me te roepen zonder de aandacht van anderen te trekken. Hij is bang dat de oude Duitse vrouw, die voor hem nog steeds een nazi is, bij zijn moeder over hem zal klagen.

Wanneer ik er uiteindelijk in slaag weg te komen, geeft hij me een warme knuffel. Ik kijk achterom om te zien of iemand naar ons kijkt. Ik kan nog steeds niet geloven dat een jongen me op klaarlichte dag knuffelt, in een stad die ik niet ken. Het is mijn geheim en dat zal ik ook zo houden.

Diego en ik lopen een stuk onder een zon die het asfalt doet smelten. We komen bij een park, waar hij me een apotheek op de hoek laat zien.

'Moet je zien, mijn oma zegt dat dat de apotheek van je tante was.'

Er zijn nog steeds sporen van gele verf te zien op de vochtige muren. Boven de deuropening staan vervaagde letters op het cement die mijn naam spellen: FARMACIA ROSEN.

We rennen over de Avenida Calzada totdat we bij een smalle doorgang tussen twee grote huizen komen. Ik wil Diego niet vragen waar we heen gaan en of hij hier wel mag komen. Het is trouwens toch al te laat, want we zijn al op iemand anders' terrein. We komen bij het terras en lopen een metalen wenteltrap op, die heen en weer zwaait alsof hij bijna loslaat. Terwijl we omhooglopen, horen we iemand pianospelen en een vrouw die in het Frans instructies geeft terwijl ze een vreemde maat uittelt.

We springen over een muurtje en bevinden ons dan op een plat dak. Door een raam zie ik dat er onder me een balletles plaatsvindt. De meisjes staan perfect in een rij, met hun armen omhoog gestrekt naar het plafond, alsof ze naar het oneindige reiken. Ze willen waarschijnlijk zo licht als een veertje lijken, maar van bovenaf lijken ze zwaar, naar beneden getrokken door de zwaartekracht. Diego gaat met zijn rug naar het raam zitten. Hij concentreert zich op de muziek.

'Soms hebben ze een orkest, of twee violen die de piano begeleiden,' zegt hij dromerig.

Diego verrast me steeds met totaal onverwachte dingen. Normaal gesproken kan hij niet op één plek stilzitten, maar hier zit hij verstopt op een privéterras te luisteren naar monotone muzikale oefeningen.

Ik wil hier weg. Ik voel me onprettig op een plaats waar we niet zijn uitgenodigd. Maar Diego wil zijn muziektherapie voortzetten.

'Doe voorzichtig, anders trap je misschien op mijn mieren.'

Hier boven op het dak heeft Diego een mierennest. Hij brengt ze suiker of broodkruimels, en bestudeert ze. Het zijn zijn huisdieren. Hij pakt een zorgvuldig opgevouwen papiertje met daarin zijn magische poeder uit zijn zak. Als hij de suikerkristallen in een hoekje strooit, komen ze direct tevoorschijn. Sommige zijn rood, andere zwart. Ze vormen een lange rij, van de ene kant van de muur naar de andere. Diego kijkt roerloos toe hoe ze de witte korreltjes meenemen naar hun nest. Dan pakt hij er een op en bekijkt hem aandachtig.

'Deze bijten niet,' zegt hij tegen me, terwijl hij de mier voorzichtig weer neerzet. 'Over een paar jaar kan ik goed zwemmen. Dan klim ik op een vlot en kom naar je toe.'

'Jij ook al, Diego? Het klopt dus dat iedereen hier geobsedeerd is door het idee weg te varen over de oceaan?'

'Er is hier geen toekomst, Anna,' antwoordt hij uiterst serieus.

Hij praat net zo pessimistisch als ik al bij de volwassenen hier heb gehoord.

'Wil je verkering met me?' vraagt Diego vanuit het niets. Hij vindt het duidelijk moeilijk om te vragen, hij kijkt me namelijk niet aan. Dat is maar goed ook, want ook al is het iets wat ik niet kan beheersen, ik kan er niet tegen als iemand me ziet blozen, omdat iedereen dan kan zien wat ik voel. En mijn gevoelens zijn van mij, die hoeven niet gedeeld te worden.

Ik zie al voor me dat ik op Fieldston de meisjes in mijn klas vertel dat ik verliefd ben op een jongen met zwart, krullend haar, grote ogen en een zongebruinde huid. Iemand die alleen maar Spaans spreekt, die zijn s'en helemaal inslikt, die bijna nooit iets leest, die door de straten van Havana rent, en die zodra hij kan zwemmen op een geïmproviseerd vlot zijn eigen land wil verlaten.

'Diego, ik woon in New York. Hoe kan ik dan je vriendin zijn? Ben je niet lekker of zo?'

Hij geeft geen antwoord en zit nog steeds met zijn rug naar me toe. Hij heeft waarschijnlijk spijt van wat hij net heeft gezegd en nu weet hij niet meer hoe hij zich eruit moet redden. En ik weet niet hoe ik hem moet helpen.

Ik pak zijn hand, waar hij van schrikt – dacht hij dat dat betekende dat ik ja zei? Hij pakt mijn hand zo stevig vast dat ik hem niet los kan krijgen. Het is te warm om zo dicht bij elkaar te zijn. Ik wil niet onbeschoft zijn.

Uiteindelijk laat hij me los, hij staat op en gaat naar de wankele trap. 'Morgen gaan we zwemmen bij de Malecón.'

Hannah

1964-1968

Señor Dannón kwam voor de laatste keer bij ons op bezoek. Hij liep naar binnen met zijn gebruikelijke zwierige gang en rook zoals altijd naar tabak, maar zijn haar zat door de war.

Er zat niet veel brillantine in en er had veel meer in zijn onhandelbare lokken gesmeerd moeten zijn om ze plat op zijn enorme hoofd te laten liggen.

Deze keer ontving moeder hem niet in de woonkamer, maar ging ze hem voor naar de eetkamer. Ik denk dat ze besefte dat de advocaat er was om een streep onder een relatie te zetten die altijd gebaseerd was geweest op geld en wederzijds nut, maar ze was er dankbaar voor, ook al had ze hem dat nooit gezegd.

Ik zou eerlijk gezegd niet weten wat er in al die jaren van ons zou zijn geworden zonder señor Dannón. Hij rekende een fortuin, maar liet ons nooit in de steek. En hij haalde ook geen gekke dingen uit met ons geld, daar was ik van overtuigd.

Hortensia serveerde vers gezette koffie en een glas ijswater, kwam toen naar me toe en fluisterde dat ze medelijden met hem had.

'Die arme man, hij weet niet wat hij moet doen.'

Hoewel señor Dannón het nooit over zijn problemen had gehad, wist zij waaruit die bestonden door de manier waarop hij zweette, zijn voorhoofd zenuwachtig afveegde en probeerde zijn opstandige krullen in bedwang te houden. Sinds hij ons had verteld dat hij zijn enige dochter had verloren, bezag Hortensia hem anders. Ik denk dat moeder dat ook deed.

Vanwege de walm van tabak die hij uitwasemde kwam ik niet bij hem in de buurt, ik kon nauwelijks bij hem in dezelfde kamer zijn. Nu zat hij dicht bij moeder en sprak bijna direct in haar oor, terwijl zij rustig luisterde. Hortensia noch ik kon eruit afleiden of hij goed of slecht nieuws had. Ineens stond moeder op en ze liep naar boven. Señor Dannón dronk het ijswater in één teug op, droogde zijn lippen af met een servet, waarop hij een bruine vlek achterliet, pakte zijn zware aktetas en liep achter haar aan naar haar kamer.

'Er is iets ernstigs aan de hand,' zei Hortensia, maar ik besloot haar niet veel aandacht te schenken. Eigenlijk was ik heel zenuwachtig, maar ik wilde mezelf geen vragen gaan stellen die nergens toe leidden. Ik was het zat om te bedenken wat er allemaal voor ergs kon gebeuren zodat ik opgelucht zou zijn als het minder erg bleek te zijn. En trouwens, ik kon toch niet voorspellen wat er ging gebeuren. Dat was een trucje dat ik had opgegeven.

Ik ging naast Hortensia op de trap naar de binnenplaats zitten wachten tot señor Dannón zou vertrekken, zodat ik kon horen hoe het stond met onze juridische en financiële situatie op Cuba. Misschien zouden we zelfs naar een ander land moeten vertrekken.

Over een uur moest ik Louis ophalen van zijn school, met de naam van een martelaar. Hij zat nu in de kleuterklas en was heel gelukkig. De eerste dagen huilde hij toen ik hem in zijn klas achterliet. Als ik hem ophaalde, huilde hij weer ontroostbaar, alsof hij me een schuldgevoel wilde geven. Een week later was hij er al aan gewend, en hoewel hij niet zo goed was in vrienden maken, leerde hij al snel hoe hij sociaal kon overleven. Zijn enige klacht over de school was dat de andere kinderen zo hard praatten. Ik zei tegen mezelf: je woont in het Caraïbisch gebied, daar wen je wel aan.

Señor Dannón kwam heel zenuwachtig weer naar beneden en zei dat hij afscheid wilde nemen. Ik denk niet dat hij had verwacht dat ik hem zou omhelzen, maar hij keek zelfs verbaasd toen ik mijn hand uitstak. Hij schudde hem niet echt, maar pakte hem voorzichtig vast, zodat mijn vingers werden omgeven door zijn zachte, vochtige handpalm. Dat was de eerste keer in al die jaren dat we fysiek contact met elkaar hadden.

'Zorg goed voor jezelf. En veel succes,' zei Hortensia, terwijl ze hem een klopje op zijn brede, bezwete rug gaf.

Hij verliet het huis met een veel lichtere tas. Bij het ijzeren hek bleef hij even staan en hij draaide zich om om afscheid te nemen. Hij keek een paar tellen naar het huis, de bomen, de hobbelige stoep, zuchtte toen en stapte in zijn auto. We liepen de veranda op om hem te zien wegrijden.

Ik was bang. Niet vanwege het nieuws dat hij misschien had gebracht, maar omdat ik ervan overtuigd was dat hij nooit meer terug zou komen. Ik begreep dat we nu aan ons lot waren overgelaten in een land met een onbekende toekomst, dat zich voortdurend op oorlog voorbereidde. Een land geregeerd door opstandige militairen, die de geschiedenis wilden herschrijven, hun eigen versie ervan wilden vertellen, die de loop ervan wilden veranderen zoals zij passend vonden.

Onze Amerikaanse visa waren al lang verlopen, al was ik ervan overtuigd dat we, als we dat wilden, een manier konden vinden om te vertrekken. Maar die mogelijkheid was zelfs nog nooit in moeders hoofd opgekomen. Ze had al besloten dat haar beenderen op de Colón-begraafplaats zouden komen te rusten. Ze was nog vastbeslotener om te blijven nu haar verbittering en wrok waren verzacht door de geboorte van Louis. Ik denk dat ze het gevoel had dat zij om een of andere reden op Cuba moest zijn, en dat dat zo zou blijven tot de dag waarop ze haar laatste adem zou uitblazen. En zelfs dan zouden ze niet van haar bevrijd zijn, want dit tropische land 'zou mijn botten nog minstens een eeuw moeten bewaren'.

Evenmin ging ze Louis overdragen aan ouders die ervan overtuigd waren dat ze een nieuwe maatschappij aan het stichten waren, wat zij beschouwde als niets meer dan een absurd spelletje 'Aan de kant, nu is het mijn beurt', zoals een populair gezegde luidde. De macht werd de rijken ontnomen en aan de armen gegeven, die op hun beurt rijk werden, huizen en bedrijven overnamen en dachten dat ze onoverwinnelijk waren. Zo begon de vicieuze cirkel opnieuw en onderop werd altijd iemand vermorzeld.

Moeder riep me naar haar kamer; Hortensia gebaarde dat ik haar niet moest laten wachten. Ze wist dat moeder het nieuws, of het nou goed of slecht was, nooit aan haar zou vertellen. En dat hoefde trouwens ook niet, want als ze ons bij het eten zag, zou ze het onmiddellijk weten.

Zoals te verwachten was de juridische praktijk van señor Dannón overgenomen. De Verenigde Staten hadden de diplomatieke banden drie jaar daarvoor verbroken, maar zijn vrouw en hij hadden uitreisvergunningen verkregen en zouden vertrekken vanuit een haven in de buurt van Havana, waar boten uit Miami kwamen om hele families op te pikken. Het zou niet goed voor ons zijn als hij ons bleef bezoeken, want nu werd hij beschouwd als 'worm'.

Toen moeder dat woord hoorde, huiverde ze. Zo waren ze de mensen gaan noemen die het land wilden verlaten of het niet eens waren met de regering. Voor haar was het alsof ze een nachtmerrie opnieuw beleefde. Mensen werden wederom weggezet als wormen. De geschiedenis herhaalde zich. Wat een gebrek aan verbeeldingskracht, dacht ik.

Señor Dannón had haar een aanzienlijk geldbedrag nagelaten. Vanaf dat moment zou het moeilijker zijn om bij ons trustfonds in Canada te komen. Misschien zou de nieuwe regering dat wel illegaal vinden, en dan zouden we het waarschijnlijk moeten opgeven.

We besloten dat het niet de moeite waard was ons daar zorgen om te maken. We zouden overleven met het geld dat we hadden. Ik kreeg elke maand een belachelijk klein bedrag als vergoeding voor de apotheek die de regering had onteigend, en ik had mijn Engelse lessen. Veel meer hadden we niet nodig.

Die avond kreeg Hortensia na het eten een dringend telefoontje van haar zus, die de details niet telefonisch wilde bespreken. Ze waren allebei bang dat hun gesprekken werden afgeluisterd door regeringsmensen. Ze vroeg om een verlof van twee dagen en vertrok paniekerig. Zo had ik Hortensia nog nooit gezien.

De twee dagen werden er vijf. Toen belde ze om te zeggen dat een vrouw die Catalina heette ons zou komen helpen. De stevige vrouw nam vanaf die dag de leiding over het huis en heeft ons nooit meer verlaten.

Catalina was net een orkaan. Ze was geobsedeerd door orde en geuren.

Ze stond erop dat we het huis pas verlieten als we een geurtje ophadden. Toen begon ook ik het viooltjeswater te gebruiken dat Hortensia elke dag op Louis' hoofd had gesprenkeld voordat hij naar school ging.

'Dat is om het boze oog af te wenden,' legde ze uit.

Ze was een afstammeling van Afrikaanse slaven, die tijdens de koloniale periode vermengd waren geraakt met de Spanjaarden. Haar moeder was het enige familielid dat ze ooit had gekend. Catalina kwam van het meest oostelijke punt van het eiland en was twee jaar eerder helemaal in haar eentje in Havana aangekomen nadat een orkaan haar huis had vernietigd en haar dorpje door overstromingen in de modder was begraven. Na de verwoestende orkaan had ze haar moeder ook verloren. Ze zei dat ze haar hele leven keihard had gewerkt en nooit 'tijd had gehad voor een man' of een gezin.

Dankzij Catalina herkreeg het leven zijn oude routine en stond het huis vol met zonnebloemen.

'Waar je ze ook neerzet, ze keren zich naar het licht,' zei ze altijd.

Al snel volgde ze mijn moeder overal en ze communiceerde perfect met haar, ondanks Catalina's norse manier van spreken, vol informele uitdrukkingen die we vaak moeilijk begrepen. Catalina tutoyeerde me en was zo open tegen ons dat we het amusant vonden.

'We zijn in het Caraïbisch gebied. Wat kunnen we anders verwachten?' zei moeder.

We raakten geleidelijk aan gewend aan het leven zonder Hortensia. Haar zus, Esperanza, wier man in de gevangenis zat, had haar meer nodig dan wij, of misschien was iemand in hun familie wel ziek. Maar in feite hadden we geen idee wat er met haar gebeurd was.

Catalina plantte pepermunt langs het terras, die ze gebruikte voor haar drankjes. Ze plantte ook basilicum, om de insecten die ze *guasas*, of fruitvliegjes, noemde weg te houden, en sterjasmijn, zodat er als we naar bed gingen een geurige bries door de ramen naar binnen kwam om ons tot rust te brengen.

Een week later kwamen Hortensia en haar zus laat op een avond zonder enige aankondiging op bezoek. Louis sliep al en wij waren in onze slaapkamers. Catalina vroeg ons naar beneden te komen, omdat er mensen op ons wachtten in de eetkamer.

Ze begroetten me niet en glimlachten niet naar me terug, ze negeerden me eigenlijk. Allebei keken ze vol verwachting naar moeder, die aan het hoofd van de tafel ging zitten. Zij was duidelijk de enige die iets kon doen aan de wanhopige situatie waarin ze beland waren, en ze namen snel aan weerskanten van haar plaats. Catalina en ik bleven achter in de kamer staan, omdat ik dacht dat ze misschien wat privacy nodig hadden, maar ze wilden zo dringend met moeder praten dat ze ons helemaal niet zagen.

Hortensia probeerde rustig te blijven, ook al was het wel duidelijk dat ze haar woede nauwelijks kon beheersen. Ze kon niet eens iets zeggen, omdat ze dan blijkbaar zou gaan schreeuwen, en ze wist dat ze ons respect moest betonen. Ik besefte dat ze niet alleen nooit meer terugkwam om voor ons te werken, maar ook dat dit de laatste keer was dat we haar zouden zien. Ze durfde me niet recht in de ogen te kijken en uit haar gezichtsuitdrukking sprak afkeer, walging zelfs, dat ze onder hetzelfde dak moest zijn als wij.

Esperanza was degene die uiteindelijk begon te praten. 'Op een avond, net toen we de apotheek wilden sluiten, kwamen ze Rafael halen. In een voertuig vol soldaten. Ik raapte de moed bijeen om hen uit te dagen en te vragen waarom ze hem kwamen arresteren, wat hij had gedaan, waarom ze hem meenamen, maar niemand gaf me antwoord. Ze negeerden me en namen mijn zoon mee.'

In haar wanhoop ging Esperanza alle plaatselijke politiebureaus langs, maar zonder succes. De volgende dag hoorde ze dat ze alle jongemannen van zestien jaar of ouder die tot de Jehova's getuigen behoorden oppakten en naar een stadion in de wijk Marianao brachten. Toen ze begreep wat er aan de hand was, wierp ze zich thuis op de vloer en barstte in tranen uit. Ze vervloekte zichzelf, veroordeelde zichzelf om de religieuze hartstocht waarmee ze haar zoon had opgevoed. Rafael was een jongen die alleen maar het goede kende en geen vlieg kwaad zou doen. Ze probeerden al lange tijd weg te komen van Cuba, maar het was onmogelijk voor hen geworden om een uitreisvisum te krijgen sinds de 'grote leider' hun religieuze groepering ervan had beschuldigd een 'afschuwelijke vloek op de maatschappij' te zijn. Ze hadden geen geld of familieleden in het buitenland om hen te helpen. Ze waren afhankelijk van de compassie van hun gemeente, die officieel al als illegaal werd beschouwd.

Moeder bewoog zich niet terwijl ze naar Esperanza luisterde, met haar armen strak tegen haar zijden gedrukt en haar handen gevouwen op haar schoot. Deze keer werd ze niet geconfronteerd met rassenzuivering om fysieke perfectie, lengte, en kleur te creëren om zo zuiverheid te bereiken. Nu was het een ideeënzuivering. Het waren de gedachten van mensen waar ze bang voor waren, niet hun lichamelijke kenmerken. De twijfels die werden geuit door een gestoorde filosoof uit haar eigen land, wiens werk ze vroeger ook gelezen had, flitsten door haar hoofd: 'Is de mens een vergissing van God of is God een vergissing van de mens?'

Omdat Rafael als minderjarige werd beschouwd – hij werd over een paar maanden pas achttien – hadden ze toestemming gekregen hem te bezoeken in een werkkamp midden op het eiland. Daar werden de vijanden van de nieuwe regering en mensen met religieuze overtuigingen gevangengezet. God was de voornaamste vijand van de nieuwe heersers geworden. De regering stortte zich op politieke, morele en religieuze zuiveringen. Het werkkamp waar Rafael geïnterneerd was, werd omgeven door prikkeldraadhekken, en bij de ingang stond een enorm bord met daarop WERK ZAL MANNEN VAN JULLIE MAKEN.

Ze mochten hem een half uur zien. Rafael kreeg de kans niet om hun te vertellen hoe erg het allemaal was, dat lukte niet omdat er voortdurend bewakers bij waren. Hij was meer dan tien kilo afgevallen. Zijn hoofd was kaalgeschoren.

'Zijn handen zaten onder de blaren,' vervolgde Esperanza. 'Hij moest de vlag groeten of het volkslied zingen om zijn geloof af te zweren. Dat weigerde hij, en dus verzwaarden ze elke dag zijn straf. Hij is nog maar een jongen, Alma, een jongen...'

Rafael had echter wel genoeg tijd om hun te vertellen dat er een delegatie was geweest om de kampen, die bekendstonden als 'therapeutische werkkampen ter rehabilitatie', te inspecteren. In die groep zaten verschillende leden van de regering die bezorgd waren over de omstandigheden waarin de gevangenen verkeerden en die vroegen hoe het heropvoedingsproces in zijn werk ging. Hij had een van hen herkend, en die man had zijn blik beantwoord. Rafael had geglimlacht en plotseling een sprankje hoop gekregen.

'Gustavo maakte deel uit van die delegatie,' zei Esperanza, en ze keek moeder strak aan.

Toen ze de naam van haar zoon hoorde – de jongen die ze niet had laten besnijden, die ze had opgevoed om vrij te zijn – begon moeder te trillen. Ze vergoot geen tranen, maar haar lichaam schokte van de geluidloze snikken. Het was wel duidelijk dat niet alleen haar ziel gekweld werd, ze leed ook lichamelijk.

Catalina legde haar arm om me heen. Ik was met stomheid geslagen, ik kon het niet geloven. Hortensia ging op haar knieën voor moeder zitten en vouwde haar handen.

'Alma, jij bent de enige die ons kan helpen. Rafael is ons leven, Alma,' smeekte ze.

Moeder kneep haar ogen zo stijf mogelijk dicht. Ze wilde niet luisteren. Ze begreep niet waarom zij nog steeds moest boeten voor haar schuld.

‘Praat met Gustavo. Smeek hem om Rafael terug naar ons te sturen. Dat is het enige wat we van hem vragen. Als Rafael sterft...’ Hortensia maakte de zin niet af.

Moeder was nog steeds afwezig, ze staarde naar de muur. Haar hele lichaam trilde.

Na een lange stilte stond Hortensia op. Esperanza pakte haar bij de arm en ze beenden naar de deur. Ze namen geen afscheid en we hebben nooit meer iets van hen gehoord.

Nog steeds trillend probeerde moeder uit haar stoel op te staan. Catalina en ik gingen snel naar haar toe om haar te helpen. Ze kon niet zo goed lopen en we moesten ons uiterste best doen – we moesten haar bijna tillen – om haar in bed te krijgen. Ze verstopte zich onder de witte lakens, begroef haar hoofd in het kussen en leek in slaap te zijn gevallen.

Bij zonsopgang de volgende ochtend ging ik met Louis haar kamer binnen zodat hij dag kon zeggen voordat hij naar school ging. Toen hij haar een kus op haar voorhoofd gaf, opende ze haar ogen, pakte hem bij zijn arm en staarde hem aan. Terwijl ze het kleine beetje kracht dat ze nog had verzamelde, fluisterde ze in zijn oor in een taal die hij niet verstond: ‘*Du bist ein Rosenthal.*’

Het was de eerste keer dat moeder Duits sprak sinds we de haven van Havana hadden bereikt en van boord waren gegaan van de onheil brengende St. Louis. Het was ook de laatste keer.

Anna

2014

Deze reis is moeilijker voor mam geweest dan ze had gedacht. Als tante Hannah haar vertelt wat er met Rafael is gebeurd, snapt mam niet hoe Cuba, het land dat ze idealiseerde als een bolwerk van sociale vooruitgang, concentratiekampen heeft kunnen instellen om de 'ongewensten' te zuiveren, terwijl de wereld er gewoon bij stond te kijken. Misschien dacht opa Gustavo wel dat hij er goed aan deed, dat hij echt degenen die de verkeerde weg op waren gegaan, die 'vloek van de maatschappij' die tot inkeer moest komen, heropvoedde. Het misdrijf van opa Gustavo was een gebaar van verlossing. Wat ik niet begrijp is waarom tante Hannah haar broer niet heeft gevraagd Rafael te helpen. Ze heeft het allemaal aan mijn overgrootmoeder overgelaten.

Het duurde een jaar voordat ze Rafael vrijlieten en zijn hele familie als bannelingen het land mochten verlaten. Catalina vertelt ons dat ze, toen ze dat te weten kwam, naar oma rende om haar het nieuws te vertellen. Oma hield het bed als een soort daad van eeuwige zelfbestraffing. Overgrootmoeder was er niet tevreden mee dat Rafael werd vrijgelaten. Haar schuldgevoel zat veel dieper en Gustavo zou er ook voor moeten boeten.

Catalina zegt dat toen Gustavo en Viera Alma op een dag kwamen vertellen dat ze naar een verafgelegen land gingen als ambassadeurs van het land waar ze zo'n hekel aan had, mijn overgrootmoeder haar gezicht van hen afwendde. Dat was haar enige reactie. Catalina zegt dat ze daarmee aangaf dat ze haar zoon vervloekte, dat ze wilde dat ze allebei dood waren. Haar gebaar kwetste Gustavo tot diep in zijn ziel. Vanaf de dag dat zijn ouders naar de andere kant van de wereld vertrokken, bleef pap bij tante Hannah.

Catalina wijdde zich aan de verzorging van Alma. Ze gaf haar te eten en waste haar, verschoonde elke dag haar bed en behandelde de afschuwelijke doorligplekken waardoor haar lijf langzaam wegteerde. Vreemd genoeg kreeg haar haar terwijl ze wegkwijnde zijn vroegere glans terug.

Ik ga in mijn eentje naar de kamer van overgrootmoeder, die naar desinfectiemiddel ruikt. Het grijze hoeslaken, dat over de matras met de kapotte veren is getrokken, lijkt nog steeds iets van haar aanwezigheid in zich te hebben. Ik ga op een hoekje van het bed zitten en voel haar, voel de pijn van haar laatste jaren terwijl ze hier in eindeloze stilte lag.

Tante Hannah bewaart een haarlok van Alma in een zwart houten kistje, samen met hun kostbaarste sieraden. Het is een relikwie van de familie Rosenthal. Ik zie er ook een verschoten leren notitieboek liggen, en het blauwe doosje dat mijn tante nooit heeft opengemaakt, omdat ze de belofte hield die ze lang geleden op het schip had gedaan.

Catalina komt binnen en legt een arm om mijn schouders.

'Dat is alles wat we van Viera hebben. Het zijn haar familiefotoalbum en een paar brieven die haar moeder schreef toen ze haar bij haar oom in Havana achterliet. Ze moet het gevoel hebben gehad dat ze elkaar nooit meer zouden zien,' zegt Catalina, en dan zwijgt ze.

'Alma was een goede vrouw,' vervolgt ze na een tijdje, alsof ze me wil geruststellen. 'Ik was degene die haar vertelde dat haar zoon en Viera waren omgekomen bij een vliegtuigongeluk. Hoe erg je je zoon ook haat, de dood is altijd een schok, mijn kind. Weer een graftombe op de begraafplaats zonder lichaam erin.'

Volgens Catalina leefde overgrootmoeder al lange tijd niet echt meer, maar wist ze niet hoe ze moest loslaten, hoewel ze wist dat het tijd was om zich bij haar man en zoon te voegen.

'Als je geen geloofsovertuiging hebt en niet van plan bent om mensen te vergeven, als je nergens echt in gelooft, zullen je lichaam en ziel nooit samen vertrekken. Ik heb niet lang meer te leven. De dag dat ik word geveld, zal ik mezelf laten gaan en dat is dan dat! Wat heeft al dat lijden voor zin?'

Catalina is een wijze oude vrouw.

De laatste dagen van overgrootmoeder waren vreselijk: ze kon niet meer goed ademen of slikken. Catalina zat in een leunstoel naast haar bed en fluisterde dag en nacht in haar oor: 'Je kunt gaan, Alma. Het is goed. Je hoeft niet meer te lijden.' Catalina vertelt me dat ze op een ochtend toen ze wakker werd zag dat overgrootmoeder Alma niet meer ademde en dat haar hart niet meer klopte. Catalina sloot haar ogen en waagde het om een kruisteken boven haar koude, grijze gezicht te maken voordat ze haar een laatste kus ten afscheid gaf.

Nu snap ik waarom volgens mijn tante niemand in onze familie sterft: het is meer dat we onszelf laten gaan, we besluiten wanneer het tijd is om te vertrekken. Dat doet me aan pap denken. Misschien heeft hij zich ook, toen hij eenmaal vast was komen te zitten, onder het puin laten sterven.

Hannah

1985–2014

Elke dag als ik mijn slaapkamerraam opendoe en de bomen vol bladeren zie die me tegen de agressieve ochtendzon beschermen, ontdek ik dat ik nog steeds in leven ben en nog steeds op dit eiland woon, waar mijn ouders me tegen mijn wil naartoe hebben gebracht. Mijn gedachten tollen met een snelheid die mijn geheugen niet kan bijhouden. Ze vliegen sneller dan ik ze kan vangen. Ik herinner me niet wat ik droom. Ik herinner me niet wat ik denk.

Mijn nachten zijn woelig. Ik kan geen rust vinden. Ik schrik wakker zonder te weten waarom. Ik ben niet meer in ons appartement in het centrum van Berlijn, ik kan de tulpen niet meer zien vanuit de woonkamer. De St. Louis is zo ver uit mijn gedachten verbannen dat ik de geuren aan boord niet meer kan oproepen.

De jaren in Havana zijn door elkaar geraakt. Soms denk ik dat Hortensia zo mijn kamer binnen zal komen of dat ik met Eulogio naar een boekwinkel in de stad ga. De apotheek, Esperanza, mijn wandelingen met Julian, de aankomst van Gustavo, de geboorte van Louis. Alles is door elkaar gehaspeld. Ik zie Gustavo als jongen naast me terwijl ik Louis afscheid zie nemen.

Hij is de enige die misschien gered had kunnen worden.

Nadat Louis was afgestudeerd, ging hij bij het Centrum voor Onderzoek naar Natuurkundeonderwijs werken. Als hij thuiskwam van zijn werk, sloot hij zich op in zijn kamer om te lezen. Hij verslond elk boek dat hij tegenkwam. Alles ging door zijn handen: onderzoeken naar suikerproductie, een verhandeling over algebra, de relativiteitstheorie of de verzamelde werken van Stendhal. Hij las elke bladzijde zeer geconcentreerd.

Hij zei heel weinig, maar had een bijzondere relatie met Catalina. Ze wist wat hij nodig had zonder dat hij erom hoefde te vragen. Hij gaf me een kus op mijn voorhoofd als hij het huis verliet of wanneer hij terugkwam. Dat was genoeg voor mij.

Zijn weekenden bracht hij door in de bioscoop. Daar hoefde hij met niemand te praten, hij was de eeuwige observeerder.

Nadat hij naar New York was gegaan, belde hij ons één keer per maand om te vertellen dat hij geld voor ons had gestort, maar in de loop der tijd kwamen zijn telefoontjes steeds minder vaak. Toen we hoorden van de aanslag op die afschuwelijke dinsdag in september, dachten we dat we een tijdje niets van hem zouden horen. Maar dat tijdje duurde te lang, en dus besloot ik naar het kantoor van onze trustfondsmanager te schrijven. Jaren later kreeg ik op een ochtend ineens een telefoontje: Louis was dood. Zo simpel ging het.

Ik stortte bijna in van verdriet, ook al hadden we hem eigenlijk lang daarvoor al verloren.

'Huil niet twee keer om hetzelfde lijk,' zei Catalina. 'Zijn vertrek had ons hier al op voorbereid.'

Ik weet het, we zijn allemaal gedoemd tot een voortijdige dood.

Tijdens een van die avonden waarop het te warm is om te slapen, nam ik een bad met viooltjesextract. Om me te verfrissen en om Louis dicht bij me te hebben. Ik viel in minder dan een uur in slaap.

Ik deed mijn ogen open en zag hem door de straten van New York lopen, tussen de parallelle rijen wolkenkrabbers. Hij was een piepklein stipje in een enorme stad. Het was helemaal stil, je hoorde geen geluid van auto's, geen snelle voetstappen van voorbijgangers, geen wind. Er was niemand in de buurt en ik zag hem in de verte op een koude donkere hoek zitten. Ik hoorde zijn moeizame ademhaling en dacht: hij is klaar voor wat er staat te gebeuren.

Plotseling werd de zon verduisterd. Een explosie. Toen, kort daarna, nog een, en toen werd de stad verzwolgen.

Ik rende door het halfduister naar hem toe en trof hem slapend als een roos aan. Hij was weer mijn kleine jongen. Ik deed mijn ogen dicht en rook zijn geur. Ik opende ze weer en daar was hij, mijn baby. Ik begon een slaapliedje voor hem te zingen: *'Morgen früh, wenn Gott will, wirst du wieder geweckt.'*

'We gaan samen de zon zoeken,' fluisterde ik in het Spaans tegen hem. Ik was niet in Berlijn, of in New York, of in Havana.

Die noodlottige dag hield ik op te bestaan, totdat ik ontdekte dat Louis een dochter had.

Een advocaat uit New York nam contact met me op met de vraag of ik een rechtszaak wilde aanspannen om aanspraak te maken op mijn deel van het trustfonds dat mijn vader had opgezet voor de Rosenthals. Die man, die een graantje wilde meepikken van een vordering die ik nooit zou indienen, had me een kostbaar geschenk gegeven: er was een Rosen, Anna, ter wereld gekomen, geboren zonder de last van de Rosenthals.

We konden het niet geloven. Catalina sprong een gat in de lucht en omhelsde me. Die dag zag ik haar voor de eerste keer huilen. Louis had niet alleen een vrouw, maar ook een dochter, die zijn naam droeg. Zij waren zijn erfgenamen. Na regen komt zonneschijn, verzekerde Catalina me.

Ik lachte toen Catalina tegen me zei dat wij Rosens ter wereld kwamen om een kruis te dragen. Ik probeerde uit te leggen dat dat juist wat Rosenthals betrof onmogelijk was.

In ons huis werd viooltjeswater sterk geassocieerd met Louis. Vanaf het moment dat ik hoorde dat er een nieuwe Rosenthal was, zijn dochter, besprenkelde ik mijn haar elke dag met een paar van die paarse druppeltjes. Dan bleef de geur altijd bij me.

Ik was bijna 87, de leeftijd waarop iemand afscheid zou moeten gaan nemen. Ik wilde in contact komen met Anna, het enige spoor dat onze familie op deze wereld zou achterlaten. Het zou onrechtvaardig jegens mijn ouders zijn geweest als ik haar haar erfenis had onthouden. Je moet weten waar je vandaan komt. Je moet weten hoe je je moet verzoenen met het verleden.

Intussen had ik nog maar één schuld, één verlangen dat nog vervuld moest worden: samen met Leo het paarsblauwe doosje openmaken.

De laatste keer dat ik een verjaardagskaars had uitgeblazen, was op de St. Louis geweest. Dat was zo lang geleden. Het moment was aangebroken om een feestje te vieren.

Anna

2014

Toen pap opgroeide had hij een heel hechte band met tante Hannah en Catalina. Ze wijdden zich er allebei aan om een onafhankelijke man van hem te maken en ook, misschien zonder het te willen, een einzelgänger.

'Het overlijden van Gustavo en Viera had niet heel veel effect op je vader, omdat hij toen pas negen was,' vertelt mijn tante me. 'Waar hij wel door van slag raakte, was de aanblik van het bijna gewichtloze lichaam van zijn oma, toen ze op de begraafplaats in haar graf werd gelegd. Wat Louis betreft waren zijn ouders gewoon op een dag vertrokken zonder ooit terug te keren. Dat was genoeg voor hem. Maar deze keer was er een lijk, het eerste dat hij ooit had gezien, in een kist, dat ze gingen begraven.'

Mijn vader leefde tussen twee talen. Engels werd de taal die hij thuis sprak en Spaans de taal die hij voor school gebruikte, waar hij het niet leuk vond. Tante Hannah besloot dat hij Duits niet nodig had. Hij studeerde kernfysica en kort voor zijn afstuderen ging tante Hannah samen met hem naar het kantoor van de Amerikaanse vertegenwoordiging in Havana, bij de Malecón in de buurt. Ze nam Gustavo's geboorteakte met zich mee om een aanvraag voor het Amerikaanse staatsburgerschap in te dienen voor zijn zoon, Louis.

'Het was je vader die uiteindelijk de kans kreeg om zich te bevrijden van het stigma van de Rosenthals,' zei ze.

Tante Hannah vond dat zij op Cuba moest blijven, bij de overblijfselen van haar moeder, zodat haar eigen botten naast de hare zouden komen te rusten en het land zou boeten voor het feit dat het haar man niet had toegelaten. Maar hoe ze ook uitlegt wat haar redenen waren om niet in New York te gaan wonen, ik begrijp het niet.

Toen pap zijn nieuwe land bereikte, nam hij het appartement in New York over dat nu van ons is en heractiveerde de trustrekeningen die overgrootvader Max had geopend.

Er is geen teken van zijn aanwezigheid in zijn kamer of waar dan ook in dit huis. De sporen van tante Hannah en overgrootmoeder Alma zijn zo sterk dat dat van hem niet kon overleven.

Er zijn hier ook geen familiefoto's. Het enige kiekje dat mijn tante heeft is de wazige, vergeelde afbeelding waarop ze op haar moeders schoot zit. De foto die haar vader bewaarde tot de dag dat hij zich liet sterven in het gebied dat door de Bruten werd veroverd. Wij zijn nu degenen die alle andere afbeeldingen hebben, van haar tijd in Berlijn en op de St. Louis.

Ik ben uitgeput, dus ga ik Diego zoeken. Hij had beloofd dat we bij de Malecón gingen zwemmen. Híj zou in elk geval gaan zwemmen, ik durf niet in dat donkere water te duiken, waar heftige golven tegen de zeewering slaan. Op dit tijdstip van de dag hangen alle kinderen uit de buurt rond bij de kustlijn, met zijn klippen en zee-egels.

Eerst denk ik dat ik misselijk ga worden van de geur van rottende vis, zeewier en urine, maar een paar minuten later besef ik verbaasd dat ik het ben vergeten. Diego duikt in het woeste water. Het lijkt alsof hij verdrinkt: hij gaat kopje-onder en hij worstelt om weer boven te komen, maar vervolgens lacht hij en speelt met de andere jongens in het water.

Als ik mijn camera op hem richt, springt hij glimlachend tussen al die wilde golven.

Als hij weer bij de muur komt, zie ik dat hij mank loopt. Ik neem nog een foto van hem en hij poseert met zijn gewonde been omhoog. De zool van zijn rechtervoet zit onder de stekels van zee-egels. Hij gaat naast me zitten en ik trek geduldig een voor een de zwarte naalden eruit. Hij verdraagt de pijn zonder gemopper, hoewel de tranen in zijn ogen opwellen. Hij glimlacht weer, waarbij hij een hoge borst opzet en zijn tanden ontbloot, alsof hij wil zeggen: 'Dit stelt niks voor, ik heb nog veel ergere dingen meegemaakt!' Nadat ik alle stekels heb verwijderd, duikt hij het water weer in. De zon gaat onder en mijn gedachten dwalen af. Ik wil zo veel mogelijk foto's van hem mee naar New York nemen. Een wolk trekt voor de zon, en we zijn een paar minuten in de schaduw.

Ik leg mijn camera neer en ben plotseling heel emotioneel. Ik blijf maar aan Diego en deze familie, mijn familie, denken, die ik nu pas ontdek. Ik ben een Rosenthal! Nu kan ik niet meer terug.

Op de terugweg is Diego verdrietig. Hij weet dat mam en ik over een paar dagen vertrekken. De school gaat bijna weer beginnen, en misschien zullen we elkaar schrijven. Ik moet mam overhalen terug te gaan naar Cuba. Nu we tante Hannah hebben ontmoet, denk ik niet dat we haar zomaar kunnen achterlaten. We zijn haar enige familie.

Diego praat maar door over zijn plannen om het land te verlaten. Hij wil niet zo worden als zijn ooms en tantes, die altijd bang zijn dat hun huis zal instorten en verbitterd hun leven leiden, zonder enige hoop. Eén ramp per familie is wel genoeg. Misschien kan hij zijn vader wel vinden in de Verenigde Staten, of kan ik hem helpen zoeken. Misschien is hij in Miami, waar heel veel Cubanen wonen, misschien heeft hij wel medelijden met zijn zoon en mag die bij hem komen wonen. Diego zegt dat hij in een oogwenk in het noorden kan zijn. Hij praat voortdurend over vertrekken, niet over het feit dat wij van elkaar gescheiden zullen raken.

Ik moet gaan slapen, morgen is er weer een nieuwe dag.

Voordat we terugkeren naar New York wil mam nog een keer naar de begraafplaats om afscheid te nemen. We gaan met zijn tweeën, en de taxi zet ons vlak bij de kapel af. Mam gaat niet naar binnen, maar blijft even buiten staan, ze sluit haar ogen en haalt een paar keer diep adem.

Ik wil ook geen grafstenen lezen, in marmer verstarde engelen bewonderen of huilende mensen zien. Weer al die doordringende geuren!

In de verte zien we het familiemausoleum. Mam beseft dat tante Hannah het opschrift op de geveldriehoek heeft laten veranderen. Er staat nu in het Spaans: FAMILIE ROSENTHAL, en daaronder de vertaling van de naam uit het Duits, ROZENVALLEI. Ze is naar de essentie teruggekeerd. Ze is geen Rosen meer, maar ze is geworden wat ze altijd al was: de dochter van haar vader.

De grafstenen zijn er, met hun opschriften. Mijn overgrootouders Alma en Max, mijn opa Gustavo, die van pap en... van mijn tante! HANNAH ROSENTHAL, 1927-2014. Als we dit zien, grijpen we elkaars hand vast. Tante Hannah moet hebben besloten dat dit haar laatste jaar is. En zoals we intussen weten, sterven we niet in onze familie, maar laten we ons gaan.

Mam wil niet dat ik me zorgen ga maken, dus doet ze net alsof dit niet zo'n belangrijke ontdekking is. Maar toch zie ik een blik van ontzetting op haar gezicht, die ik nog nooit eerder heb gezien. Ze probeert de spanning te verlichten: 'Ze zal die datum nog wel veranderen. Op haar leeftijd denk je dat je al met één voet in het graf staat. Maak je maar geen zorgen, tante Hannah blijft nog wel een tijdje onder ons.'

Catalina's verwelkte bloemen liggen er nog, net als de steentjes die mam op elke grafsteen, behalve op die van tante Hannah, had gelegd. Ze geeft ieder van onze dode familieleden nog een steentje. Even staat ze voor tante Hannahs grafsteen, waarschijnlijk omdat ze overweegt er daar ook een neer te leggen, maar ze besluit het dan niet te doen. Ze weet wat ik ook weet: tante Hannah heeft haar besluit al genomen en niemand kan haar daar meer van afbrengen. Ze stopt het steentje weer in haar tas.

Terwijl we teruglopen naar onze taxi schijnt de zon fel op deze witte zee van marmer en verblindt ons. Ik denk dat mijn tante een leeftijd heeft bereikt die ze nooit had verwacht, in een land waar ze nooit had gedacht te zullen blijven. Ze gaat liever terug naar haar rozenvallei.

We keren terug naar huis en treffen voorbereidingen voor het verjaardagsfeest. Catalina en ik gaan een taart bakken voor mijn tante. Ik klop de eieren totdat ze schuimig zijn en zo ver omhoogkomen dat ze bijna over de rand van de porseleinen kom stromen. De bloem maakt het schuim dikker. Een lepel olie, een snufje zout, het bakblik invetten en in de oven ermee! Maar daarvoor besprenkel ik hem nog met vanille, en de lucht wordt zoet en warm. Mijn eerste taart!

Daarna maak ik het glazuur. Het witte schuim rijst, ik zoet het totdat het dikker wordt. Een paar druppels citroensap, wat zout en kaneelpoeder. Als het glazuur de taart bedekt, wordt het een wiebelige sneeuwbal, mijn cadeau aan tante Hannah.

Mam is verbaasd en zegt dat we elk jaar samen een taart moeten bakken. De jarige jet heeft ons de hele tijd met die lieve glimlach van haar zitten op te nemen. Ze straalt een kalm en vredig gevoel uit dat ik nog nooit eerder heb gezien. De wetenschap dat wij het eiland weer zullen verlaten, dat wij de mogelijkheid die haar en haar moeder was ontzegd wél hebben, is genoeg om haar gelukkig te maken.

Catalina gaat in een leunstoel zitten om uit te rusten en valt in slaap. Wanneer ze de kans maar krijgt, gaat ze zitten, doet haar ogen dicht... en dan moeten we haar weer wakker schudden. Ze hoort steeds slechter. Ze heeft blijkbaar zo'n symfonie van geluiden in haar hoofd dat ze niet goed kan horen wat er om haar heen gaande is.

'Het is de leeftijd, er is niets aan te doen,' zegt ze met een korte glimlach, en dan staat ze weer op om iets te doen, wat dan ook, om maar iets omhanden te hebben.

Volgens mam hebben tante Hannah en Catalina iemand nodig om hen te helpen. Ze praat over hen beiden alsof ze familie zijn. Dat zijn ze ook.

Tante Hannah vraagt ons haar verjaardag bij zonsondergang te vieren. Haar twaalfde verjaardag. Wat volgde was een lang leven op deze plek, waar ze zich nooit thuis heeft gevoeld. Voor haar zijn de jaren op Cuba de onbelangrijkste. Haar echte leven speelde zich af in Berlijn en aan boord van de St. Louis. Het grootste deel van de rest was een nachtmerrie.

Catalina heeft een half opgebrande kaars in een keukenla gevonden en heeft hem in het midden van de witte luchtige taart gezet. Ik ga Diego halen om hem uit te nodigen mijn eerste taart te proeven.

We doen de eetkamerlampen uit en mam steekt de kaars aan. Eerst zingen we in het Engels, vanwege mij, hoewel mijn verjaardag al voorbij is. Mijn tante wil het graag, en we doen het om haar een plezier te doen. Ik sluit mijn ogen en doe een wens. Wat ik op dit moment het liefste wil, is terug naar Cuba kunnen komen.

We steken de kaars weer aan, deze keer voor tante Hannah. Catalina zingt een liedje in het Spaans dat ik nog nooit heb gehoord: 'Gefeliciteerd met je verjaardag, Hannah, moge je gelukkig en vrolijk zijn, nog veel jaren vol vrede en harmonie gewenst, wel gefeliciteerd...'

Ontroerd buigt tante Hannah zich over de taart, sluit haar ogen en doet in het geheim een wens. Het is even stil en dan blaast ze tegen de vlam, maar haar zwakke ademtocht is niet genoeg om de kaars uit te blazen. Uiteindelijk dooft ze hem met haar vingers, ze glimlacht naar ons allemaal en geeft me een dikke knuffel.

Als ik die avond naar bed ga, ligt er op mijn kussen een flesje viooltjeswater en een briefje met een tekst in een groot, beverig handschrift: *Voor mijn meisje.*

DEEL 4

Hannah en Anna

Havana, dinsdag 27 mei 2014

Anna

Het is tijd om te vertrekken, en ik weet niet hoe ik afscheid moet nemen. Mam loopt het huis in en uit met onze koffers. Ze strijkt zenuwachtig haar haar glad en veegt het zweet weg, terwijl ik buiten op de stoep blijf staan, halverwege tussen tante Hannah op de veranda, en Diego. Hij staat met zijn rug naar me toe op de straathoek.

'Anna, we moeten gaan! We kunnen niet meer wachten. Toe nou, we gaan niet naar het einde van de wereld!' Mams stem wekt me ruw uit mijn dagdroom.

Ik ren terug naar mijn tante, en als ik haar omhels, voel ik dat ze tegen me aan leunt om niet te vallen.

'Doe voorzichtig!' waarschuwt mam. 'Denk eraan, je tante is 87.'

87. Ik weet niet waarom ze denkt dat ze me daaraan moet herinneren.

'Geef me nog een knuffel, Anna. Zo ja, mijn kind, en vertrek nu zo snel mogelijk van dit eiland,' zegt mijn tante met bevende stem.

Ik voel haar koude handen op mijn schouders, maar ik houd mijn armen nog steeds om haar heen. Ik weet niet of Diego er nog is of dat hij weggegaan is.

'Kijk eens, Anna, deze Traan is voor jou. Zal ik hem bij je omdoen?' Haar stem klinkt nu echt heel zwak. 'Het is een imperfecte parel, en jij bent ook een beetje zo: uniek. Hij was al voor mijn geboorte in onze familie, en nu wordt het tijd dat jij hem krijgt. Zorg er goed voor. Parels gaan een leven lang mee. Je overgrootmoeder zei altijd dat elke vrouw er minstens één moet hebben.'

Ik raak het piepkleine pareltje aan. Ik mag hem niet verliezen. Als ik thuis ben, moet ik hem veilig opbergen, in mijn nachtkastje, samen met de souvenirs die me aan pap doen denken.

Het lijkt wel alsof de minuten voorbijvliegen en we nooit meer terug zullen komen.

'Mijn moeder heeft hem me op mijn twaalfde verjaardag gegeven, in onze hut op de St. Louis. Hij is nu van jou.'

Ik omklem de parel en probeer bij haar weg te lopen, maar ze houdt me nog steeds stevig vast.

'Vergeet het niet, Anna, als je terug bent in New York moet je tulpen planten,' fluistert ze. 'Papa en ik genoten ervan ze te zien bloeien door het raam van ons appartement in Berlijn van waaruit je uitzicht had op de binnenplaats. Op dit eiland groeien ze niet.'

Ik ren naar Diego en sla mijn armen van achteren om hem heen. Hij durft me niet aan te kijken, ik weet dat zijn ogen vol tranen staan.

Hij draait zich om en geeft me een kus, die ik niet kan ontwijken. Diego heeft me gekust! Ik vraag me af of iemand het heeft gezien. Mijn eerste kus! Ik wil het wel uitschreeuwen, maar dat durf ik niet.

'Dit is voor jou,' zegt hij, terwijl hij me aan blijft staren.

Hij doet zijn rechterhand open en steekt me een kleine schelp toe, die geel, groen en rood is. Ik pak hem heel zorgvuldig aan en omhels Diego dan nog een keer.

'We zien elkaar snel weer, wacht maar af.' Ik wil dat hij ervan overtuigd is dat ik terug zal komen.

Ik loop weg en tel elke stap tot aan de auto, waar mam zit te wachten. Tante Hannah staat nog steeds op de veranda, maar ik wil niet naar haar kijken, want ik wil niet huilen. Ineens gaat het briesje liggen. Ze zijn allemaal bevroren in de tijd, en ik zet de laatste stap in slow motion.

'Anna!' roept mijn tante, en ik loop naar haar terug. 'Hier is nog een verhaal dat je kunt uitpluizen.'

Ze geeft me het bruine leren album van mijn oma Viera, dat ze bij het blauwe doosje bewaarde. We omhelzen elkaar nog een keer.

'Dit is nu van jou.'

Langzaam laat ze me los. Ik stap in de auto en leun tegen mam, die het raampje opendoet als we wegrijden, zonder achterom te kijken.

In de ene hand heb ik de schelp. In de andere het fotoalbum. 'Mijn eerste kus, mam. Ik ben net voor het eerst gekust...'

'Je eerste kus zal je nooit vergeten,' zegt ze met een glimlach.

We zwijgen terwijl we langs de oude school van rode baksteen rijden, waar pap heen ging. Ik zie hem voor me in het blauw-witte uniform dat mijn tante voor me had beschreven. Daar is hij, marcherend in een of andere optocht waaraan ze moeten deelnemen. Of zittend op de schoolmuur met zijn klasgenoten, terwijl hij met een papieren Cubaanse vlag zwaait.

Dag, pap. Ik pak zijn foto uit de zak van mijn blouse.

'We zijn hier, we maken je droom waar,' zeg ik tegen de foto, waar ik een kus op druk. 'We hebben de reis samen gemaakt.'

Ik stop de foto in het album van mijn oma Viera en doe mijn ogen dicht.

We komen bij het vliegveld, waar het heel druk is, allemaal gezinnen met enorme koffers. Ik kijk naar de gezichten, waar ik zo gewend aan ben geraakt: een frêle oude dame die naar Miami gaat, een soldaat die zorgvuldig de reisdocumenten controleert van een stel met een dochter, een meisje dat naar me kijkt en zich dan achter haar moeder verstopt. In hun ogen bespeur ik de angst om vergeten te worden door degenen die blijven.

Door het vliegtuigraampje zeg ik gedag tegen het land waar de vader die ik nooit heb gekend geboren is. We laten Havana achter en vliegen over de Straat van Florida. Ik vraag me af of ik Diego en tante Hannah voor het laatst heb gezien. Ik weet niet of we op een dag zullen terugkeren naar het land waar mijn overgrootmoeder begraven is. Ik leun met mijn hoofd tegen het raampje en val in slaap, om pas wakker te worden bij de aankondiging dat we bijna in New York zijn.

Ik kijk op naar mam, die mijn haar streelt, en zie dat ze tranen in haar ogen heeft.

We gaan zo landen. Ik doe het fotoalbum open en het eerste wat ik zie is een ansichtkaart van een Atlantische oceaanstomer met de aanduiding ST. LOUIS, HAMBURG-AMERIKA LIJN.

'Vergeet de tulpen niet, mam. We gaan tulpen planten.'

Hannah

Ik heb nog steeds een bestemming; ook op een dag als vandaag, een dinsdag. En ik ga kiezen. Ik kan beslissen waar ik heen ga, welk doel ik moet bereiken. Ik kan zijn wie ik maar wil, alles achter me laten en opnieuw beginnen of eens en voor altijd een einde maken aan dingen. Dat is mijn straf. Ik heb het gevoel alsof ik vrijgelaten ben.

Ik kan nog een laatste keer tussen de kleurrijke kreeftsbloemstruiken door lopen, de kerststerren, de rozemarijn, basilicum en pepermuntkruiden in de verwaarloosde tuin van wat mijn fort was, in een stad die ik nooit heb leren kennen. Ik laat me omhullen door het aroma van vers gezette koffie, vermengd met de geur van kaneel uit de oven. Ik kan zien en ervaren wat ik maar wil. Wat heb ik toch een mazzel!

Op de drempel van ons Petit Trianon, waar ik Anna voor het eerst zag en mezelf in haar herkende, omklem ik haar warme hand en om me heen zie ik de wereld die ik nooit door haar ogen zal kennen, haar ogen die de mijne zijn.

Moeder had een hekel aan afscheid nemen. Ze had niet de moed om dag tegen me te zeggen. Ze verstopte zich in bed met haar ogen dicht en liet haar lichaam afsterven.

Maar het is nou eenmaal zo dat ik een afscheid nodig heb. Er is zo veel tijd verstreken en toch kan ik nog steeds niet vergeten dat ik geen afscheid mocht nemen van Leo, mijn vader, de kapitein, of Gustav, Louis of Julian. Vandaag zal niemand me ervan weerhouden het toch te doen. Met elke minuut zie ik meer van mezelf in Anna; in wat ik had kunnen zijn, maar niet was.

Ik raak in de war. Anna staat in de schaduw van het schip dat uit de baai wegvaart. Ik herken de gezichten van degenen die nog steeds dag tegen ons roepen niet, maar plotseling hoor ik papa's stem: 'Vergeet je naam!'

Ik kan niet rustig afscheid nemen van Anna. Ik hou haar in mijn armen terwijl ik het wanhopige huilen van de edelmoedigste man ter wereld in mijn oren hoor.

Als ik mijn ogen sluit, ben ik samen met Diego en Anna, die elkaar omhelzen. Ja, Diego, het is verdrietig om afscheid te nemen. Toe maar, kus haar, benut elke seconde. Dank jullie wel, mijn kinderen, dat jullie me dit moment geven.

De lucht is dieper blauw geworden, de wolken ijlen voorbij, zodat de zon tijdens het ondergaan kan blijven schijnen. De afnemende stralen zijn minder pijnlijk op mijn huid, die niet veel meer kan verdragen. De geur van de zee dringt mijn neus binnen. De bries woelt ons haar door elkaar. Wij drieën, alleen in dit hoekje in Vedado. En Leo? Leo is er niet.

Naast Anna ben ik gelukkig. We hebben zo'n hechte band... Diego kust haar. Het is haar eerste kus. Dat kan ik ook niet geloven. Ze heeft een jongen gekust, aan het begin van haar dertiende levensjaar, en ik moet het verdragen om afscheid van haar te nemen.

Ik open mijn ogen en laat haar gaan. Alles komt tot stilstand. Ze vertrekt. Ik raak haar kwijt. De afstand tussen Anna en Diego, tussen Anna en mij, begint pijnlijk groot te worden.

Diego en ik weten ons geen raad. Hij blijft maar huilen, maar als hij ziet dat ik kijk, rent hij weg.

Deze laatste twee weken duurden eindeloos. Ik heb elk ogenblik van een leven dat altijd verstoken was van betekenis herleefd. 75 jaar vast in een onwerkelijke stad, zo veel mensen zien vertrekken, vluchten, ons hier achterlatend, en veroordeeld om begraven te worden in een land dat ons nooit wilde hebben.

Ik had graag een paar minuten langer Anna willen zijn. Ik laat het verleden in dit vervallen herenhuis achter; ik heb er genoeg van om voor de zonden van andere mensen te betalen, voor hun vervloeking. Het interesseert me niet of ons lijden totaal vergeten wordt. Ik hoef me niets te herinneren.

Ze zijn allemaal weg. Alleen Catalina is er nog, achter me. Ik draai me om en omhels haar. Ik weet ook niet hoe ik afscheid van haar moet nemen. Ze kijkt me aan en weet het. Ze begrijpt het, maar wil liever niets zeggen. Ze draait me de rug toe en loopt langzaam en met zware tred mijn Petit Trianon weer in, dat nu van haar is. De deur slaat met een klap dicht.

Ik hoor het sein van het schip. Dat is het signaal. Het is tijd om terug te keren naar zee.

Ik loop de Paseo af en tel elke stap die ik nog moet zetten om de Malecón te bereiken. Ik ontdek nieuwe gebouwen, overwoekerde tuinen, de wortels van bladerrijke bomen die niet onder het asfalt willen blijven.

Anna is niet meer bij me en dat doet pijn. Ik doe mijn best om naar de huizen met hun vervaagde kleuren en de kinderen die op hun fiets over de Paseo racen te kijken, maar het lukt me niet. Ik kan alleen haar zien, ook al weet ik dat ze niet geboren is om op het eiland te leven waar ik gedoemd ben te sterven, zoals moeder het altijd zei. Uiteindelijk troost dat idee me.

Op een dag als vandaag, na het vieren van mijn verjaardag, kan ik bijna niet begrijpen hoe ik iedereen in mijn familie heb overleefd. Leo, die ons lot uittekende in de straten van Berlijn, op kaarten gemaakt van water en zand. Julian, een ijdele hoop die vanaf het begin voorbestemd was om in het niets op te lossen.

Ik wil helemaal niet terug naar het verleden. Tijd om overal een eind aan te maken; zelfs pijn heeft een houdbaarheidsdatum. Ik leef in het heden, ja, het hier en nu, wat me maar een ademtocht kan bieden, ook al is het dan de laatste. Het doel is in zicht, en ik voel dat ik een stem heb. Ik besta, ook al ben ik nu niet meer dan een schim van wat ik ooit was.

Het lijkt wel alsof alles wat ik draag me verstikt. De parels trekken me als een loden last naar beneden. Mijn jurk is als een wapenrusting die verhindert dat ik kan ademen. Mijn schoenen plakken aan de stoep alsof ze niet nog een stap willen zetten. De vage rouge die ik heb opgedaan om mezelf te laten zien dat ik nog leef is niet meer dan het wapen van een kind in deze strijd om in het heden te leven.

Mijn geheugen is een groot gat, zo'n groot gat dat alle keren dat ik afscheid heb genomen in vergetelheid zijn geraakt.

Ik kan me elk detail van de jurk die moeder droeg toen ze 75 jaar geleden aan boord van de St. Louis ging voor de geest halen, maar ik kan me niet meer herinneren wat ik heb gedaan voordat ik afscheid nam van Anna. Heb ik mijn slaapkamerdeur dichtgedaan? Ik heb geen idee of ik de lichten aan heb gelaten, of ik dag tegen Catalina heb gezegd, of Anna onze parel heeft aangenomen. Ik weet in elk geval dat ik rouge opheb. Ja, mijn gezicht heeft wat leven. Of in elk geval de schijn ervan.

Het enige waarin ik geïnteresseerd ben is vandaag. Gisteren en morgen zijn voor andere mensen, niet voor een oude vrouw die de leeftijd van 87 heeft bereikt. Anna, jij hebt de leiding over de resterende overblijfselen van een familie die nooit had mogen overleven. Daarom heb ik die foto's en de parel doorgegeven.

Ja, het moment is gekomen, en ik ben er voor je.

Kun je me horen, Leo? Ik heb mijn kleine bruine tas bij me. Met daarin de sleutels, mijn poederdoos, de lippenstift, de versleten kanten zakdoek die papa op een van zijn reizen uit Brugge voor me had meegenomen. En jouw geschenk, Leo, het laatste, het geschenk waarmee ik tot vandaag heb gewacht om het te openen: het kleine paarsblauwe doosje dat je in mijn hand drukte voordat ik van je werd weggerukt. We hebben geen kans gehad om afscheid te nemen, niet zoals Anna en Diego. Ik heb jou nooit de beloofde kus kunnen geven.

Ik heb nog steeds een stem, houd ik mezelf weer voor, om me te overtuigen, maar de rouge op mijn wangen scheidt me van jou, van mijn jeugd. En toch weet ik dat elke stap die ik zet me dichter bij jou brengt.

Eindelijk zie ik de horizon. Ik leun tegen de muur die de stad tegen de zee beschermt, weggevreten door de jaren en het opspattende zoute water.

'Ik ben 87,' zeg ik hardop, waarmee ik een liefkozend stelletje verbaas dat op de muur langs de Malecón zit. Ze geven antwoord, maar ik versta hen niet. Ik ben eraan gewend geraakt om in een voortdurend gemompel te leven. Met het verstrijken van de tijd ben ik steeds minder gaan begrijpen van wat andere mensen zeggen. Ik probeer niet eens meer zinnen te ontcijferen of nieuwe woorden te leren. Wat heeft dat op mijn leeftijd nog voor zin?

Ik loop door totdat ik bij de tunnel kom die Vedado met Miramar verbindt. Ik kan bijna niet ademen, ik heb het koud en begin te trillen, maar dat betekent niet dat ik bang ben. Mijn hartslag wordt zwakker en mijn ademhaling begeeft het.

Hier tussen de rotsen bij de restanten van een verlaten restaurant laat ik me op een ijzeren stoel vallen die ooit zilverkleurig was. Ik ga zitten en kijk hoe de golven op de klippen ver buiten de haven breken. Ik heb de leeftijd bereikt die we samen zouden delen, zo hadden we elkaar beloofd. *Weet je nog, Leo?*

'Ik ben de enige overlevende van mijn familie, maar ik lig niet verslagen in bed zoals de Adlers,' zeg ik, om mezelf ervan te overtuigen dat het wachten de moeite waard was. 'Ik hoef niet meer na te denken. Ik ben er klaar voor.'

Ik heb al mijn beloftes gehouden, en het troost me om te weten dat Anna het beste is wat ons, de Rosenthals, kon overkomen. Zo veel verloren generaties...

Ik zoek zorgvuldig in mijn tas naar het paarsblauwe doosje dat je me had gegeven toen het op het dek van de St. Louis zo'n chaos was. Ik heb mijn belofte gehouden, Leo. Ik kan een glimlach niet onderdrukken, want ondanks alle jaren van eenzaamheid in de stad waartoe mijn ouders mij veroordeeld hadden, was jij er altijd.

Het moment is gekomen om mijn handen met paarsblauw te bevlekken. Met alle kracht die ik nog heb pak ik het doosje vast dat je me 75 jaar geleden gaf terwijl mijn vader me smeekte om mijn vervloekte naam te vergeten.

Het is tijd om afscheid te nemen van het eiland. Het kleine, verschoten doosje is tot de dag van vandaag mijn amulet geweest. 87 jaar oud. *Het is ons gelukt, Leo.*

Ik haal het kleine beetje energie dat ik nog heb naar boven om aan jou te besteden. Dit is ons moment, het moment waarop we zo lang hebben gewacht. *Dank je wel, Leo, voor dit geschenk, maar ik kan het niet in mijn eentje openen. Ik heb je nodig.*

Ik sluit mijn ogen en voel dat je dichterbij komt. Ook jij bent 87, Leo, en je loopt langzaam. Je haast je niet. Ik heb zo lang op je gewacht dat één minuut langer ons lot niet zal veranderen. Ik haal diep adem en je komt naar me toe met alle intensiteit die je tijdens onze jeugd in Berlijn ook tentoonspreidde, toen we speelden dat we volwassen waren.

Je bent dichtbij. Ik kan je voelen. Je bent hier.

Je pakt mijn hand en ik sta op om je te omhelzen, iets wat we toen nooit durfden. Ik tril, en ik leun tegen je aan zodat je me geleidelijk jouw warmte kan geven. Dit is niet het moment voor tranen, dit is onze droom.

Je bent langer en sterker dan ik. Je huid ziet er zelfs donkerder uit nu je krullen wit zijn, zo wit als mijn arme haarlokken. En je wimpers? Die bereiken me nog steeds eerder dan jijzelf...

Je hebt 75 jaar gewacht om opnieuw te verschijnen, omdat je zeker wist dat ik hier zou zijn, aan de kust, terwijl de zon ondergaat, zodat we samen de schat die ik voor jou heb bewaakt kunnen onthullen.

Ik droom, dat weet ik. Maar het is mijn droom, en ik kan ermee doen wat ik wil.

Samen maken we het doosje heel langzaam open. Daar is hij, intact:

de diamanten ring van je moeder. Moet je zien hoe hij schittert in het zonlicht, Leo. En daarnaast, ik geloof mijn ogen niet, iets kleins van gelig glas.

Mijn hart zoekt kracht terwijl die er niet is en gaat iets sneller slaan. Ik moet het volhouden.

Ik sluit mijn ogen en begrijp het uiteindelijk. Het is de laatste cyaankalicapsule die mijn vader had gekocht voordat we aan boord van de St. Louis gingen. De derde capsule, de enig resterende. *Je hebt hem voor mij bewaard, Leo!*

Het spijt me – en dit is een van de weinige keren in mijn leven dat dat zo is – het spijt me dat ik je ervan heb beschuldigd me verraden te hebben, dat ik dacht dat jij en Herr Martin de capsules die voor mij en mijn ouders waren bedoeld hadden gestolen. Ik begrijp het nu: je kon niet weten hoeveel andere eilanden gesloten voor jullie zouden blijven. Alle eilanden ter wereld verborgen achter stilte. En zoals we weten is stilte tijdens een oorlog net een tijdbom.

Het was onvermijdelijk dat je ze zou houden. Het stond in de sterren van ons allemaal geschreven.

De oude, onbetaalbare capsule die je voor mij had bewaard is nu over datum. Ik kan er geen onmiddellijke hersendood door krijgen, mijn hart zal er niet verlamd door raken. Maar ik heb hem niet meer nodig. Ik heb zo lang gewacht omdat ik je mijn woord had gegeven, ik heb de belofte gehouden die ik aan de jongen met de lange wimpers had gedaan. Het is tijd om op weg te gaan, om mezelf te laten vertrekken.

Ik zie je nu dichterbij dan ooit, Leo, en ik ben zo gelukkig dat ik er helemaal van tril. En toch voel ik me schuldig, omdat mijn ouders niet in mijn laatste gedachten zijn. Want eerlijk gezegd zijn jij en Anna mijn hoop en licht, terwijl Max en Alma een onlosmakelijk deel van mijn tragedie vormen.

Ik wil me niet schuldig voelen. Lichtheid is essentieel vanaf het ogenblik waarop je hebt besloten te vertrekken.

De zonsondergang is des te intenser als het je laatste is. De bries voelt anders aan. Mijn lichaam is nog steeds te zwaar, dus concentreer ik me op de golven, de vreselijke geur van waterdruppeltjes waar moeder altijd misselijk van werd, de lawaaierige jongeren die door de tunnel lopen en de muziek die uit voorbijrijdende auto's schalt. En natuurlijk voel ik voortdurend de vochtige, irritante hitte van de tropen die ik tot vandaag heb moeten verdragen.

Ik verlies alle gevoel van tijd. Ik laat mijn geest wegdrijven, en net als ik voel dat mijn hart het opgeeft, doe je de diamanten ring om mijn vinger. Ik breng de capsule naar mijn lippen – het laatste wat je met je nog warme handen hebt aangeraakt – alsof ik je uiteindelijk kus. Op dat moment zijn we samen in de lichte hut van mijn ouders op de St. Louis.

De tulpen, Leo, binnenkort bloeien de tulpen, fluister ik in je oor terwijl ik naar je kijk. Kun je me horen? Met je ogen stijf dicht en die lange, o, zo lange wimpers die altijd eerder ergens zijn dan jij.

Je bent nu twintig, een knappe jongeman. Ik ben ook twintig, een leeftijd waar we beiden niet van hebben kunnen genieten. Ik breng mijn gezicht naar jouw nog warme gezicht en geef je ten slotte de kus die ik je had beloofd te geven op de dag dat we elkaar op ons denkbeeldige eiland weer zouden zien. We houden nog steeds elkaars hand vast, steviger dan ooit, en ik zie je naast me, in de top van de mast, het punt van de prachtige St. Louis dat het dichtst bij de hemel is. De last die ik op mijn schouders heb gehad sinds we uit elkaar werden gerukt valt weg, en ik voel de lichtheid die ik nodig heb om mezelf te laten vertrekken.

We vliegen over de lange zeewering die de Malecón is, kijken van grote hoogte neer op de boulevard. Voor het eerst behoort Havana ons toe. We vliegen over de baai en landen bij het stille Castillo del Morro en kijken naar de stad, die eruitziet als een oude ansichtkaart die door een passerende toerist is achtergelaten.

We zijn weer twaalf en niemand kan ons scheiden. De dag loopt niet ten einde, Leo, hij staat op het punt aan te breken. Havana is nog in duisternis gehuld, zacht verlicht door de geelbruine gloed van de straatlantaarns. We kunnen alleen een paar gebouwen ontwaren tussen alle palmen.

Dan horen we het oorverdovende signaal van de scheepstoeter.

We staan op hetzelfde punt op het dek waar we voor het eerst de stad zagen. Op een leeftijd waarop we niet konden begrijpen waarom niemand ons wilde. Maar nu is alles stil. Niemand smeekt, er zijn geen wanhopige stemmen die namen in de lege lucht roepen. Opnieuw staan mijn ouders erop me van jou te scheiden, me tegen mijn wil naar een piepklein stukje land tussen twee continenten te slepen.

En ik schreeuw het niet uit, ik pleng geen tranen, noch smeek ik hun om me bij jou te laten blijven, op de St. Louis, de enige plek waar we vrij en gelukkig waren. Ik pak mijn moeders tengere, gladde hand en zonder een blik achterom te werpen laat ik me door hen in de afgrond storten.

En deze keer kan ik *sjalom* tegen je zeggen.

Opmerking van de auteur

Op zaterdag 13 mei 1939 om acht uur 's avonds zette het lijnschip de St. Louis van de Hamburg-Amerika Lijn (HAPAG) vanuit de haven van Hamburg koers naar Havana, Cuba. Op het schip bevonden zich negenhonderd passagiers, de overgrote meerderheid van hen Duits-Joodse vluchtelingen, en een bemanning van 231 mensen. Twee dagen later kwamen er in de haven van Cherbourg nog eens 37 mensen aan boord.

De vluchtelingen hadden een vergunning om aan land te gaan, die was uitgegeven door Manuel Benítez, de directeur van het Cubaanse Departement voor Immigratie, verstrekt door HAPAG, dat een kantoor op Cuba had. Cuba was een doorgangspunt, aangezien de reizigers al visa hadden voor de Verenigde Staten. Het was de bedoeling dat ze op Cuba zouden blijven terwijl ze op hun beurt wachtten, een verblijf dat tussen een maand en een aantal jaar kon duren.

Een week voordat het schip uit Hamburg vertrok, publiceerde de president van Cuba, Federico Laredo Brú, Verordening 937 (vernoemd naar het totale aantal passagiers aan boord van de St. Louis), waarin de vergunningen die Benítez had ondertekend ongeldig verklaard werden. Alleen de documenten die waren afgegeven door de Cubaanse minister van Buitenlandse Zaken en Arbeid zouden geaccepteerd worden. De vluchtelingen hadden honderdvijftig dollar voor elke vergunning betaald en de overtocht op de St. Louis kostte tussen de zeshonderd en achthonderd Reichsmark. Duitsland had geëist dat elke vluchteling een retourticket kocht, en stond hun toe slechts tien Reichsmark per persoon mee te nemen.

Het schip kwam op 27 mei 1939 om vier uur 's ochtends aan in de haven van Havana. De Cubaanse autoriteiten gaven geen toestemming aan te meren in het gedeelte dat van het bedrijf HAPAG was, dus moest het schip in Havana Bay voor anker gaan.

Sommige passagiers werden in Havana opgewacht door familieleden, van wie er velen bootjes huurden om naar het schip te gaan, maar ze mochten niet aan boord.

Er mochten slechts vier Cubanen en twee niet-Joodse Spanjaarden van boord, samen met 22 vluchtelingen die de vergunning om aan land te gaan hadden verkregen van het Cubaanse ministerie van Buitenlandse Zaken. De vergunningen die Benítez, gesteund door de legerleider, Fulgencio Batista, had afgegeven, waren ongeldig verklaard.

Op 1 juni hield advocaat Lawrence Berenson, vertegenwoordiger van het American Jewish Joint Distribution Committee, in Havana een bespreking met president Laredo Brú, maar hij kon geen overeenstemming bereiken om passagiers aan land te laten gaan.

De onderhandelingen gingen door, en de volgende ontwikkeling was dat de Cubaanse president een borg van vijfhonderd dollar per passagier van Berenson eiste voordat ze van boord mochten. Vertegenwoordigers van verschillende Joodse organisaties en leden van de Amerikaanse ambassade op Cuba, hielden besprekingen met Laredo Brú, maar zonder resultaat. Ze probeerden ook in contact te komen met Batista, maar kregen van diens lijfarts te horen dat de generaal verkouden was geworden op dezelfde dag dat de St. Louis in Cuba was aangekomen, en dat hij moest rusten en niet eens aan de telefoon kon komen.

Toen Berenson voorstelde de borg per passagier te verlagen tot $ 23,16, besloot de Cubaanse president de onderhandelingen te staken en hij eiste dat het schip op 2 juni om elf uur 's ochtends de Cubaanse territoriale wateren zou verlaten. Als dit bevel niet werd opgevolgd, zou de St. Louis door de Cubaanse autoriteiten naar open zee worden gesleept.

De kapitein van het schip, Gustav Schröder, had de passagiers sinds hun vertrek uit Hamburg beschermd, en hij deed alles wat hij kon om een niet-Duitse haven te vinden waar ze van boord konden gaan.

De St. Louis ging op weg naar Miami, maar toen het de kust van Florida heel dicht was genaderd, ontzegde de regering van Franklin D. Roosevelt het de toegang tot de Verenigde Staten. Deze weigering werd in Canada herhaald door de regering van Mackenzie King.

Daardoor moest het schip terug over de Atlantische Oceaan naar Hamburg. Een paar dagen voordat het aankwam, sloot Morris Troper, directeur van het European Committee for Joint Distribution, een overeenkomst met een aantal landen om de vluchtelingen op te nemen.

Groot-Brittannië wilde 287 vluchtelingen opnemen, Frankrijk 224, België 214 en Nederland 181. In september 1939 begon Duitsland de oorlog, en de landen van het Europese vasteland die de passagiers hadden geaccepteerd werden al snel bezet door de legers van Adolf Hitler.

Alleen de 287 mensen die door Groot-Brittannië zijn opgenomen, waren veilig. Het merendeel van de overgebleven voormalige passagiers van de St. Louis leed onder de gruwelen van de oorlog of werd vermoord in concentratiekampen.

Kapitein Gustav Schröder voerde nog één keer het bevel op de St. Louis, en zijn terugkeer naar Duitsland viel samen met het begin van de Tweede Wereldoorlog. Hij voer niet meer uit, maar kreeg een kantoorbaan bij de scheepvaartmaatschappij. De St. Louis werd vernietigd tijdens geallieerde luchtaanvallen op Duitsland. Na de oorlog, tijdens het denazificatieproces, werd kapitein Schröder voor de rechter gebracht, maar dankzij ondersteunende getuigenissen en brieven van overlevenden van de St. Louis werden de aanklachten tegen hem ingetrokken. In 1949 schreef hij het boek *Heimatlos auf hoher See*, over de reis die de St. Louis had gemaakt. In 1957 ontving hij van de Duitse overheid de Orde van Verdienste voor zijn hulp bij de redding van de vluchtelingen.

Kapitein Schröder overleed in 1959 op 73-jarige leeftijd. Op 11 maart van dat jaar verleende Yad Vashem, de officiële Israëlische instelling die de herinnering aan de slachtoffers van de Holocaust levend wil houden, hem postuum de erkenning *Righteous Among the Nations.*

In 2009 nam de Amerikaanse senaat een resolutie aan waarin 'het lijden van de vluchtelingen als gevolg van de weigering door de regeringen van Cuba, de Verenigde Staten en Canada om hun politiek asiel te verlenen' werd erkend. In 2012 verontschuldigde het Amerikaanse ministerie van Buitenlandse Zaken zich publiekelijk voor wat er met de St. Louis was gebeurd, en nodigde de overlevenden uit om hun verhaal te komen vertellen.

In 2011 werd in Halifax, Canada, een door de Canadese regering gefinancierd monument onthuld, met de naam *The Wheel of Conscience.* Daarmee wordt de weigering van dat land om de vluchtelingen van de St. Louis op te nemen herinnerd en betreurd.

Tot op dit moment wordt de tragedie van de St. Louis op Cuba niet behandeld op school en in geschiedenisboeken. Alle documenten die betrekking hebben op de aankomst van het schip in Havana en de onderhandelingen met de regering van Federico Laredo Brú en Fulgencio Batista zijn verdwenen uit het nationale archief van Cuba.

Dankwoord

Dank aan Johanna V. Castillo, mijn redactrice, die me heeft gestimuleerd om de tragedie van de St. Louis opnieuw te bekijken. Ze was mijn eerste lezer en de drijvende kracht achter dit verhaal.

Dank aan Judith Curr en het geweldige team van Simon & Schuster's Atria Books, voor jullie geloof in mij, jullie steun en jullie grondige werk aan *Het Duitse meisje.*

Dank aan mijn oma Tomasita, de eerste die me, toen ik nog een kind was, over de tragedie van de St. Louis vertelde, en me samen met een buur die in 1939 uit Duitsland was geëmigreerd en die onterecht in de buurt bekendstond als 'de nazi', in Havana naar Engelse les stuurde.

Dank aan Aaron, mijn Joodse vriend in Havana.

Aan Guido, mijn vriend van de basisschool en Jehova's getuige.

Dank aan mijn tante Monina, voor de verhalen over haar leven als scheikundestudente aan de Universiteit van Havana en voor het feit dat ik via haar familie het leven van de Jehova's getuigen op Cuba leerde kennen.

Dank aan Lydia, 'La Madrina', die haar tijd als leerling op Baldor in de jaren veertig in Havana heeft herbeleefd.

Dank aan Scott Miller, hoofdconservator van het United States Holocaust Memorial Museum in Washington, DC, expert op het gebied van de tragedie van de St. Louis, die me toegang heeft gegeven tot meer dan 1200 documenten en me in contact heeft gebracht met overlevenden.

Dank aan Carmen Pinilla, omdat ze mijn gids was in Berlijn en omdat ze het eerste deel van het boek zo zorgvuldig heeft gelezen, en me van onschatbaar advies heeft voorzien.

Dank aan Nick Caistor, mijn vertaler, die de essentie en stem van Hannah en Anna in de Engelse taal heeft gevat. Dank je wel voor een uitstekende vertaling.

Dank aan Elaine, voor je nauwgezette redactiewerk aan de Engelse versie.

Dank aan Néstor en Esther María, voor hun nauwkeurige persklaarmaakwerk.

Dank aan Ray, voor zijn steun en vertrouwen.

Dank aan Mirta, die vanaf het begin in dit project geloofde.

Dank aan Mirta's moeder, die Hannah niet zonder Leo liet vertrekken.

Dank aan Carole, die al verliefd werd op mijn roman voordat ze hem ook maar gelezen had en me aanmoedigde om hem te schrijven.

Dank aan María, die geëmotioneerd raakte zodra ze 'het Duitse meisje' ontmoette en die ervoor zorgde dat Hannah niet helemaal ongelukkig was in Havana.

Dank aan Annie Philbrick, met wie ik na het schrijven van het boek naar Cuba ben gegaan. Dank je wel dat je de eerste lezer was in het Engels, dank je voor je aardige woorden en voor het feit dat je peettante van *The German Girl* bent.

Dank aan Leonor, Osvaldo, Romy, Hilarito, Ana María, Ovidio, Yisel, Diana, Betzaida, Rafo, Rafote, Herman, Sonia, Sonia María, Radamés, Gerardo, Laura, Boris: mijn familie en vrienden, die mijn obsessie met de St. Louis geduldig hebben verdragen.

Dank aan mijn moeder en zus, die niet alleen de hoofdpersonen zijn op deze bladzijden.

Dank aan Gonzalo, voor zijn onvoorwaardelijke steun, en voor het feit dat hij voor mijn gezin zorgde als ik tijd nodig had om te schrijven.

Dank aan Emma, Anna en Lucas, de ware inspiratiebronnen van dit verhaal.

Dank aan de 907 passagiers van de St. Louis die Cuba, de Verenigde Staten en Canada niet in mochten en die we voor altijd iets verschuldigd zijn.

Bibliografie

Afoumado, Diane, *Exil impossible. L'errance des Juifs du paquebot 'St-Louis'* (Parijs: Éditions L'Harmattan, 2005).

Almendros, Néstor en Orlando Jiménez Leal, *Conducta impropia*, documentaire (1984).

Arditi, Michael, *A Sea Change* (Londen: Maia Press, 2006).

Bahari, Maziar, *The Voyage of the St. Louis* (National Center for Jewish Film, 2006).

Bejar, Ruth, *An Island Called Home: Returning to Jewish Cuba* (New Brunswick, NJ: Rutgers University Press, 2007).

Bejarano, Margalit, *La comunidad hebrea de Cuba* (Instituto Avraham Harman de Judaísmo Contemporáneo, Universidad Hebrea de Jerusalem, 1996).

—, *La historia del buque San Luís: La perspectiva cubana* (Instituto Avraham Harman de Judaísmo Contemporáneo, Universidad Hebrea de Jerusalem, 1999).

Breitman, Richard en Allan J. Lichtman, *FDR and the Jews* (Cambridge, MA: Harvard University Press, 2013).

Buff, Fred, *Riding the Storm Waves: The St. Louis Diary of Fred Buff. May 13, 1939 to June 17, 1939* (Margate, NJ: ComteQ, 2009).

Castro, Fidel, toespraak (tot Jehova's getuigen) aan het einde van de ceremonie ter herdenking van de aanslag op het presidentieel paleis, gehouden op de trappen van de universiteit van Havana, Departa-

mento de versiones taquigráficas del gobierno cubano (13 maart 1963).
De la Torre, Rogelio A., 'Historia de la enseñanza en Cuba', Proyecto Educativo de la Escuela de Hoy (2010).
Goeschel, Christian, *Suicide in Nazi Germany* (New York: Oxford University Press, 2009).
Goldsmith, Martin, *Alex's Wake: A Voyage of Betrayal and a Journey of Remembrance* (Boston: Da Capo Press, 2014).
—, *The Inextinguishable Symphony: A True Story of Music and Love in Nazi Germany* (New York: John Wiley & Sons, 2000).
Hassan, Yaël, *J'ai fui l'Allemagne nazie. Journal d'Ilse, 1938-1939* (Parijs: Gallimard Jeunesse, 2007).
Herlin, Hans, *Die Tragödie der St. Louis. 13. Mai-17. Juni 1939* (München: Herbig, 1979).
Hitler, Adolf, *Mein Kampf*, Kindle edition (Montecristo, 2011).
Jewish Virtual Library, 'U.S. Policy During the Holocaust: The Tragedy of S.S. St. Louis (May 13-June 20, 1939)', Jewishvirtuallibrary.org.
Kacer, Kathy, *To Hope and Back: The Journey of the Saint Louis* (Toronto: Second Story Press, 2011).
Kidd, Paul, 'The Price of Achievement Under Castro', *Saturday Review* (3 mei 1969).
Korman, Gerd, *Nightmare's Fairy Tale: A Young Refugee's Home Fronts, 1938-1948* (Madison: University of Wisconsin Press, 2005).
Lanzmann, Claude, *Shoa*, documentaire (1985).
Levine, Robert N., *Tropical Diaspora: The Jewish Experience in Cuba* (Gainesville: University Press of Florida, 1993).
Lozano, Álvaro, *La Alemania Nazi, 1933-1945* (Madrid: Marcial Pons, 2008).
Luckert, Steven en Susan Bachrach, *State of Deception: The Power of Nazi Propaganda* (Washington, DC: United States Holocaust Memorial Museum, 2011).
Mautner Markhof, Georg J.E., *Das St. Louis-Drama* (Graz: Leopold Stocker Verlag, 2001).

Mendelsohn, John en Donald S. Detwiler (red.), *Holocaust Series*, dl. 7: *Jewish Emigration: The s.s. St. Louis Affair and Other Cases* (New York: Garland, 2010).

Meyer, Beate, Hermann Simon en Chana Schütz (red.), *Jews in Nazi Berlin: From Kristallnacht to Liberation* (Chicago: University of Chicago Press, 2009).

Montaner, Carlos Alberto, *Otra vez adiós. Tres mujeres, tres vidas, una huida infinita* (SUMA de Letras, 2012).

Ogilvie, Sarah A. en Scott Miller, *Refugee Denied: The St. Louis Passengers and the Holocaust* (Madison: The University of Wisconsin Press, 2006).

Ortega, Antonio, 'A La Habana ha llegado un barco', *Bohemia* 24 (11 juni 1939).

Padura, Leonardo, *Herejes* (Barcelona: Tusquets, 2013).

Porcheron, Michel, 'Le drame du paquebot *Saint Louis* à La Havane (mai 1939): Une page de honte de l'histoire des USA, et donc de Cuba aussi', Tlaxcala.es (2010).

Reinfelder, Georg, *MS 'St. Louis': Frühjahr 1939 – Die Irrfahrt nach Kuba. Kapitän Gustav Schröder rettet 906 deutsche Juden vor dem Zugriff der Nazis* (Berlijn: Hentrich & Hentrich, 2002).

Ros, Enrique, *La UMAP: El gulag castrista* (Miami: Ediciones Universal, 2004).

Rosenberg, Stuart, *Voyage of the Damned* (Sir Lew Grade for Associated General Films, 1976).

Schleunes, Karl A., *The Twisted Road to Auschwitz: Nazi Policy Toward German Jews, 1933-1939* (Champaign, IL: Illini Books, 1990).

Schröder, Gustav, *Heimatlos auf hoher See* (Berlijn: Beckerdruck, 1949).

Seiden, Othniel, *The Condemned Journey of the s.s. St. Louis*, The Jewish Series History Novel Series, boek 6 (Parker, CO: Books to Believe In, 2013).

Shilling, Wynne A., *Over the Big Water: Escaping the Holocaust Twice* (CreateSpace Independent Publishing Platform, 2012).

Shirer, William L., *Berlin Diary: The Journal of a Foreign Correspondent, 1934-1941*, e-book (Rosetta Books, 2011).
—, *The Rise and Fall of the Third Reich: A History of Nazi Germany*, e-book (Rosetta Books, 2011).
Sosa Díaz, Adriana, 'Aproximaciones lingüísticas al estudio del antisemitismo en la prensa cubana: *Diario de la Marina*', *Perfiles de la cultura cubana* 14 (mei-augustus 2014).
Sotheby's, *The Greta Garbo Collection*, catalogus (1990).
Thomas, Gordon en Max Morgan-Witts, *Voyage of the Damned: A Shocking True Story of Hope, Betrayal, and Nazi Terror* (New York: Skyhorse Publishing, 2010).
United States Holocaust Memorial Museum, *Voyage of the Saint Louis*, catalogus.
Whitney, Kim Ablon, *The Other Half of Life: A Novel Based on the True Story of the MS St. Louis* (New York: Alfred A. Knopf, 2009).
Wyman, David S. (red.), *The World Reacts to the Holocaust* (Baltimore: Johns Hopkins University Press, 1996).
Yahil, Leni, *The Holocaust: The Fate of European Jewry, 1932-1945* (New York: Oxford University Press, 1990).

DE PASSAGIERS VAN DE ST. LOUIS

Op de volgende pagina's staat een reproductie van de oorspronkelijke lijst met de namen van de 937 passagiers die aan boord gingen van de onfortuinlijke St. Louis, en foto's die hun zoektocht naar vrijheid vangen. *Het Duitse meisje* is opgedragen aan hen.

Het materiaal in dit gedeelte is aangeleverd door het United States Holocaust Memorial Museum in Washington, DC.

United States Holocaust Memorial Museum, met dank aan Julie Klein, foto door Max Reid.

Dr. Levitt Julius u. Valerie
J. Sophie
Heymann
Lea Sietz
Moses Eppstein u. Frau
Susanne Jacoby
Wilhelm Goldberg
Emil Blank
A. Wolf Frau
Walter Hüneberg
Oskar Blechner
Kurt Schwerin u. Frau u. Kind
Egon Lustig u. Frau
Otto Jacoby und Familie
Bruno Dzialowski
Lili Dzialowski.
Adolf Grünthal
Berta Grünthal
Walter Grünthal
Grete Grünthal
Eduard Weil
Emma Weil
Alfred Friedheim
Herta Friedheim
Elly Reutlinger

Siegfried Weinstein
Siegfried Frank
Walter Weinberg
Arno Heymann
Fritz Strauss
Alfred Braun
Ilse Ruth Lewin
Hans Wolfgang Philippi
Ruth Heilbronn
Heinz Gembitz
Günter Zweig
Manfred Frank
Alfred Arons
und Samuel Schillinger
Marie Schillinger
Lotte Hetz
Oskar Wurschmann u. Frau
Johanna Fischer u. Kinder
Moritz Salomon
Sibilla Salomon
Siegfried Prager u. Frau
Johannes Brandt u. Familie
Rosa Stahl
Lilli Bornstein
Joseph Wachtel u. Frau
Hermann Goldstein u. Familie
Julius Hoffmann
Ernst Roth u. Frau
[illegible]mann

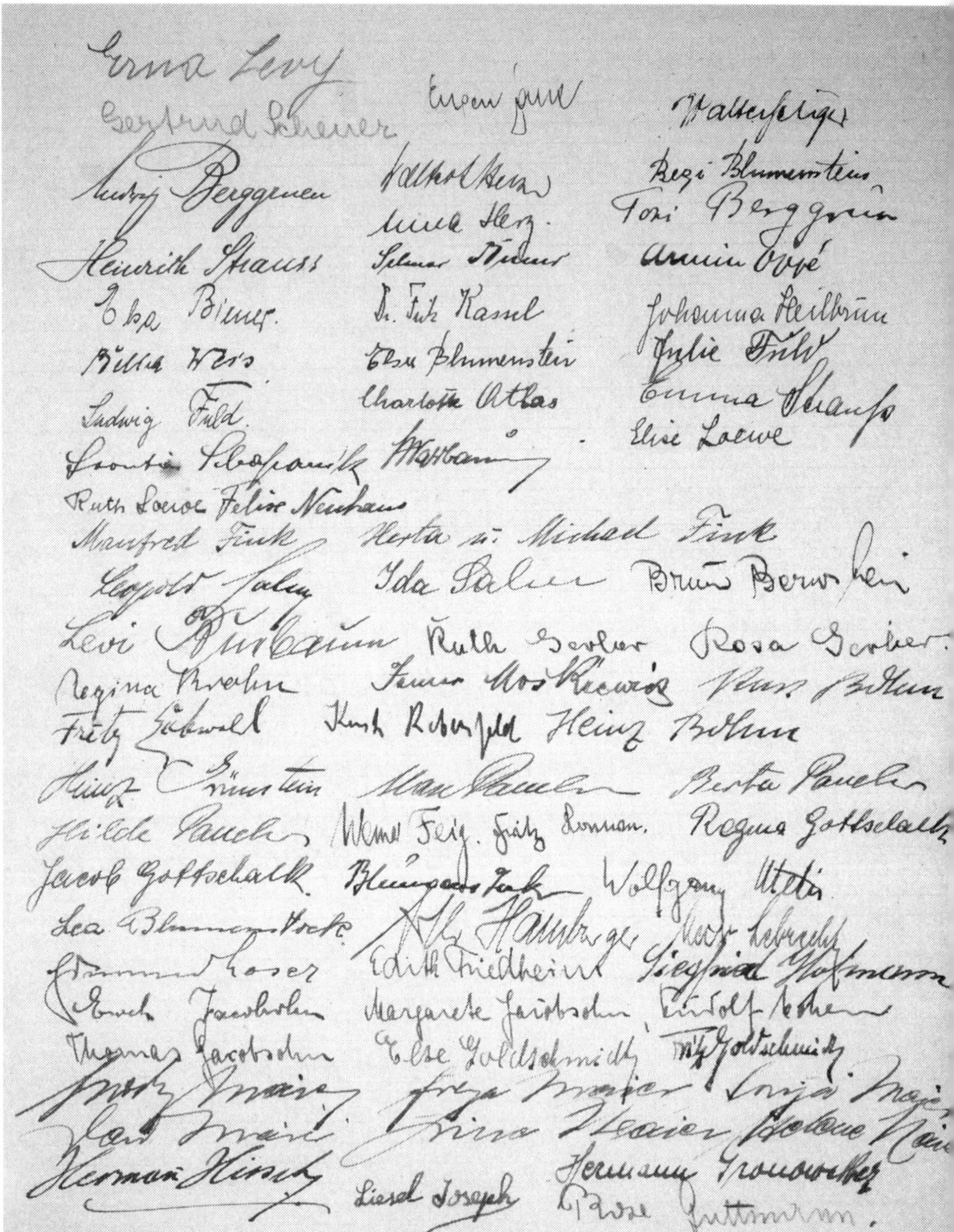

Erna Levy
Eugen ... Walter ...
Gertrud Scheuer
Ludwig Berggruen Walter Herz Regi Blumenstein
... Herz Toni Berggruen
Heinrich Strauss Selma ... Armin ...
Elsa Biener Dr. Fritz Kassel Johanna Heilbrunn
Bella Weis Else Blumenstein Julie Feld
Ludwig Feld Charlotte Atlas Emma Strauss
Elise Loewe
... ...
Ruth Loewe Felix Neuhaus
Manfred Fink Herta u. Michael Fink
Leopold Salm Ida Salm Bruno Bernheim
Levi Nussbaum Ruth Gerber Rosa Gerber
Regina Krohn ... Moskiewicz ... Bohm
Fritz Gabriel Kurt Rosenfeld Heinz Bohm
Heinz Grünstein Max Pauler Berta Pauler
Hilde Pauler Werner Feig. Fritz Ronnau. Regina Gottschalk
Jacob Gottschalk Blumenstock Wolfgang Uster
Lea Blumenstock Alex Hamburger Max Lebrecht
... Koser Edith Friedheim Siegfried Hofmann
Erich Jacobsohn Margarete Jacobsohn Rudolf Cohen
Thomas Jacobsohn Else Goldschmidt ... Goldschmidt
Fritz Maier Freya Maier Sonja Maier
Karl Maier Irina Maier Helene Maier
Herman Hirsch Liesel Joseph Hermann Gronowski
Rose Guttmann.

Cäcilie Michaelis
Richard Schlesinger
Meta Schlesinger
Julius Schulhof
Stella Schulhof
Moses Singer
Amalie Singer
Josef Singer
Aron Secemski
Luise Secemski
Otto Löwenstein
Arthur Breitbarth
Ludwig Meyerstein
[illegible] Lichtmann
Dr. Oscar Schwarz
[illegible]
Richard Dresel
Ruth Dresel
Percy Craig
" Emma
" Jacques
Flora Kapliner
Herta Arndt
Paula Kühnemann
Salomon Carr
Hilde Falkenstein

Walter Michaelis
Ruth Fellner
Margot Bernstein
Dr. Adler
Günther Skotzka
[illegible]
[illegible]
Val. [illegible]
Rudi [illegible]
[illegible]
Gerda Stein
Kurt Schloß
Hugo Israel
Dr. Fritz Simon
Alice Meyerstein
Dr. Arthur Knappel
Felix Weil
Val. Spitz
Josef Spitz
Erich Spitz
Dr. Arthur Arndt
Georg Moses
Louis Cohn
[illegible] Weisz
Géza Lörincz

3

Hermann Riesenburger
Georg Cohn u. Frau
[illegible]
Max Rosenthal u. Frau
Sara Cohn
Dr. H. Borchardt u. Frau
Dr. Schönemann Gertrud Schönemann
Berthold Weil
Westheimer u. Frau
Alfred Behrens
Emma Behrens
Hermann Strauss.
Moritz Frank u. Familie
Selig Rosenberg
Louis Rosenberg
Fanny Becker Rosenberg
Moritz Selig u. Frau
Olga Koch u. Hans Otto Koch
Aron Einhorn u. Frau
Dr. Ira Finkelstein
Dr. Fritz [illegible]
Frau Gusti Gollen
Betty Unger
Max Czerninski u. Frau
Ernst Philippi u. Familie
Thea Freund u. Kinder

Emma Hoffmann
Dr. Hinrichsen u. Familie
Max Hirsch u. Familie
Berna Liepmann
Herbert Liepmann
Philipp Bornemann u. Frau
Erwin Rothschild
Sophie Gronik
Moritz Gronik
Adolf Auerbach
Hanna Auerbach
Irene Gronik
Hermann Gruenberg
Gisella Gruber
Max Gruber
Alex Gruber
Kurt Stein u. Familie
Frau Betty Sklow
Frau Grete Oppé
Max [illegible]
Dr. [illegible]
Harry Fischler
Lina Fischler
Etty Gamberg
Paul Silzer
Leontine Silzer.
Ida Lauchtmann
Hilde Levin 3 Kinder
Ernst Ostrodatti
Gisela Alexander

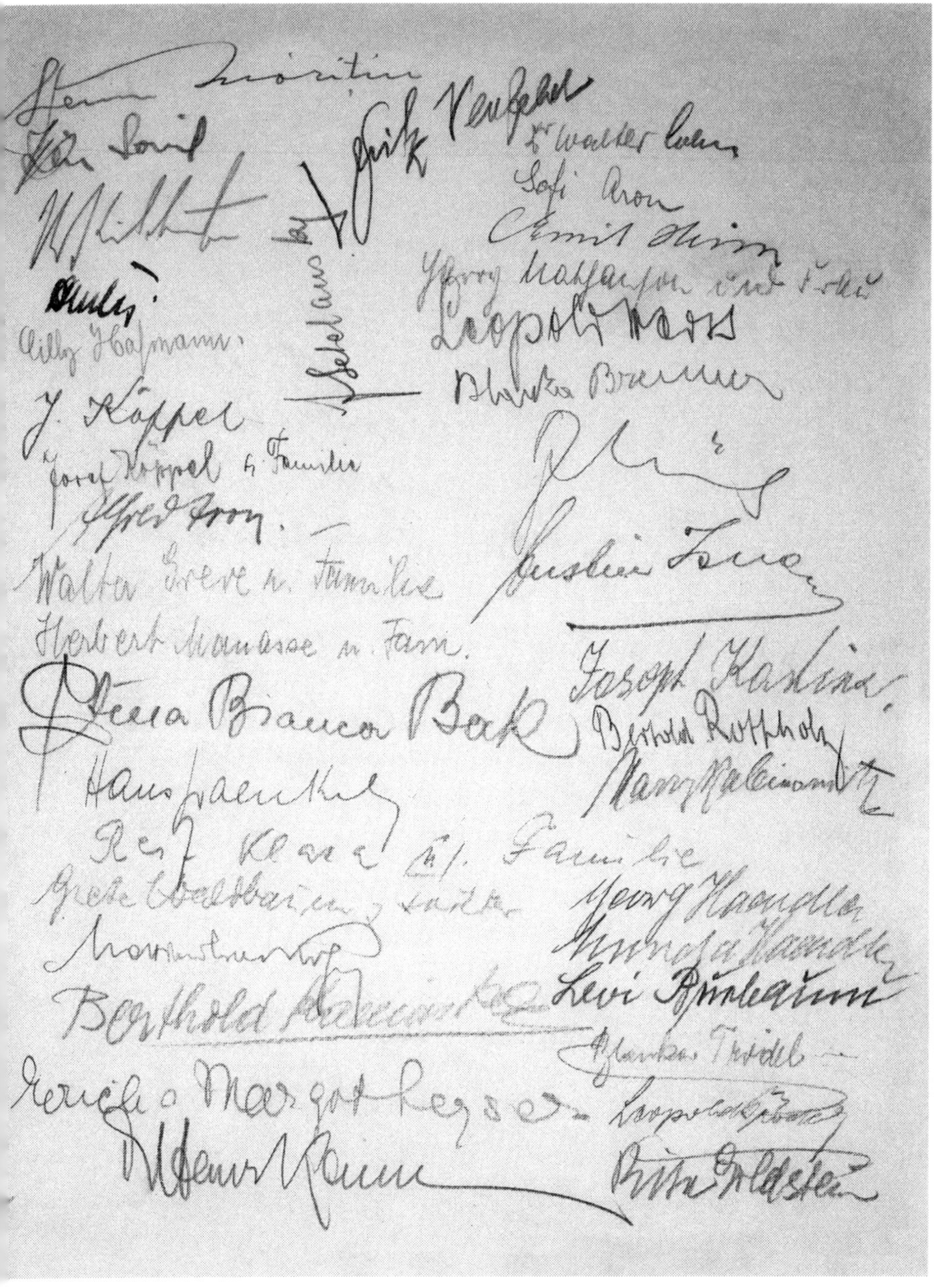
Dr. Walter Cohn
Sofi Aron
Leopold Weiss
Willy Hofmann
J. Köppel
Georg Köppel u. Familie
Alfred Aron
Walter Greve u. Familie
Herbert Manasse u. Fam.
Bianca Bak
Josef Kadina
Berthold Rothholz
Familie
Georg Haendler
Levi
Berthold
Margot
Goldstein

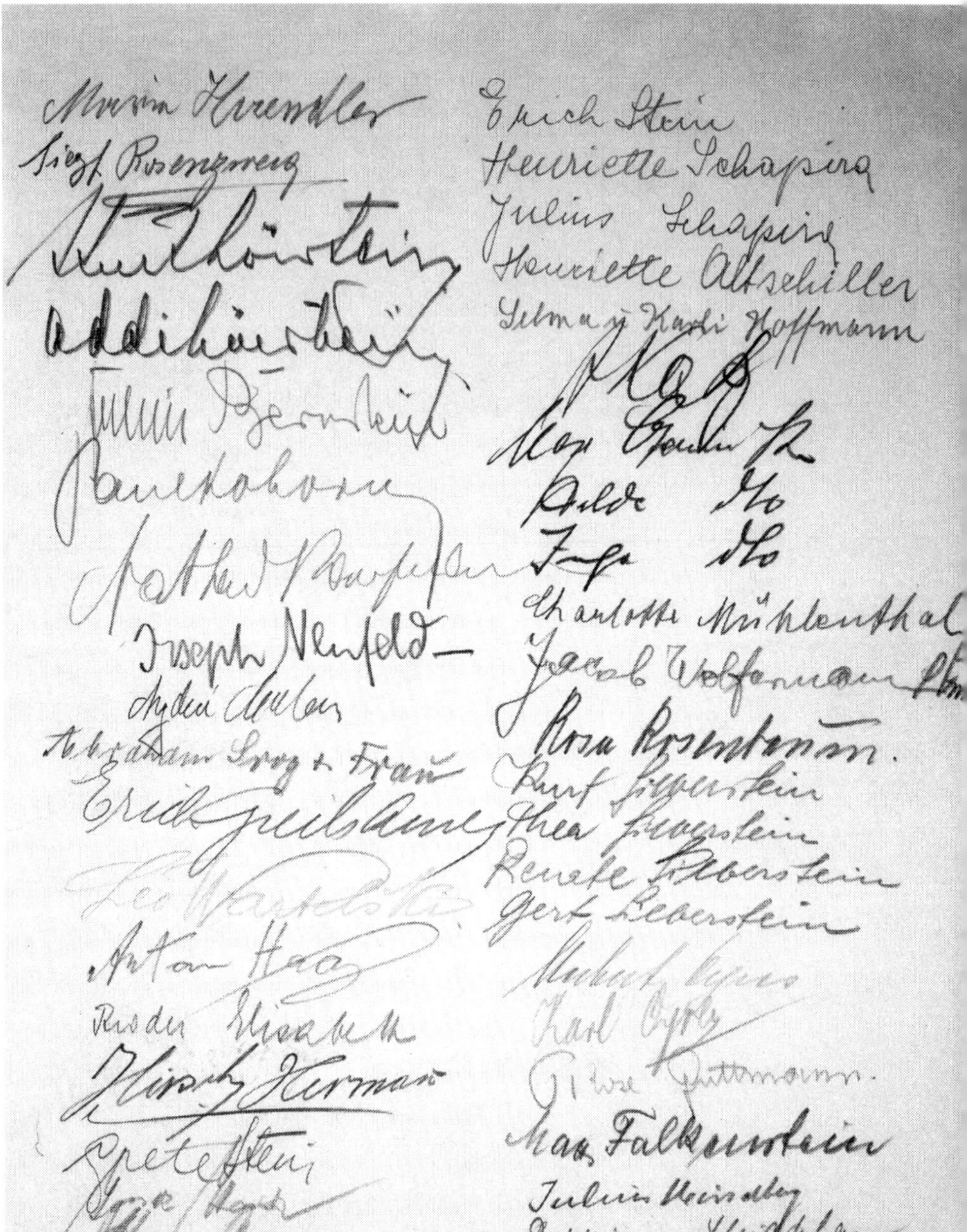
Siegf. Rosenzweig
[illegible]
Joseph Neufeld
[illegible]
Hirsch Hermann
Grete Stein
[illegible]

Erich Stein
Henriette Schapira
Julius Schapira
Henriette Altschiller
Selma u. Karli Hoffmann
[illegible]
Charlotte Mühlenthal
Jacob Wolfermann
Rosa Rosentenann.
[illegible]
Else Guttmann.
Max Falkenstein
[illegible]

Martin Rothmann

Carl Alexander & Braun

Fritz Gotthelf & Frau

Max Norbert Lichtenstein

Dr Georg Haering

Herbert Brück

Herbert Marx & Frau

Walter Greve

Arthur Blaut

Alfred Heldenmuth + Frau

Gustav Kahn & Frau

Maashauser

Regina Freiberg u. Tochter

Frau Ida Salzstein

Günther Rothholz

Theodor Maas

Familie Ernst Lilienstein

Frau Johanna Lindner

Familie Adolf Goldschmidt

Familie Josef Turkowsky

Adolf Oppenheimer

Frau Lilly Joseph

Rudolf Wall + Frau

Dr Heinemann

Heinz Rosenbach

Ernst Weil

Wilhelm ... Tannenberg

Siegfried & Else Schloss

Dr. Ernst Löwenstein & Frau Alice

A. Wolff

Albert Schwarzer

Resi Schwarzer

Siegf. Rosenzweig

Emil Flammersheim

Dr Hoffmann

Bruno Fleisch

Gustav Weil

Siegbert Seligmann

Adolf Haas

Max u. Fritzi Schlesinger
Lilli Haber
Walther Fuchs-Marx
Anna Fuchs-Marx
Lea Sietz.
[illegible]
[illegible]
M. Mannheimer.
Hermann Gronowetter
Benjamin Gelbard
Chana Gelbard
Adel Grossmann
Helene Grossmann
Friedrich Grossmann
Nathan Haber
Sally Guttmann
Maja Knepel
Gisela Knepel
Sonja Knepel
Minna Leinkram
Klara Marx
Julius Weil
Klara Weil
Willy Bark
Susanne Weil

Bertha Ackermann
Lieselotte Arndt.
[illegible]
Hermine Obstfeld.
[illegible]
Paula Oberndorfer
Albert Weil
Annelise Weil
Ingeborg Suse Weil
Max Goldschmidt
[illegible]
und Frau Ruth Guttmann
Herbert Glass
Leinkram, geb. Aron
Eva Rothschild.
Berthold Adler
Robert Weil
Fritz Haendler
Josef u. Grete Guttmann
Helga Guttmann
Harry Guttmann

9

1

2

3

4

5

6

7

8

9

10

FOTOBIJSCHRIFTEN EN NAAMSVERMELDINGEN

1. Elly Reutlinger en haar negenjarige dochter Renate poseren bij een van de eetzalen op het schip.

(*United States Holocaust Memorial Museum, met dank aan Renate Reutlinger Breslow*)

2. Herbert Karliner poseert met zijn vader, Joseph, op het dek van de MS St. Louis. Herbert en zijn broer Walter (niet op de foto) waren de enige leden van hun familie die de oorlog hebben overleefd, en zijn in 1946 naar de Verenigde Staten geëmigreerd.

(*United States Holocaust Memorial Museum, met dank aan Herbert en Vera Karliner*)

3. Ana Maria (Karman) Gordon en haar moeder, Sidonie, op het dek, mei 1939.

(*Met dank aan Ana Maria Gordon*)

4. Op de voorgrond van links naar rechts: Ilse Karliner, Rose Guttman, Henry Goldstein (Gallant), Harry Guttman. Erachter, rechts: Alfred en Sophie Aron.

(*United States Holocaust Memorial Museum, met dank aan Herbert en Vera Karliner*)

5. Van links naar rechts: Irmgard, Josef, Jakob en Judith Koeppel, een Duits-Joodse vluchtelingenfamilie. Irmgard en Josef zijn later in Auschwitz vermoord, en Judith werd naar de Verenigde Staten gestuurd, naar haar oom en tante.

(*United States Holocaust Memorial Museum, met dank aan Judith Koeppel Steel*)

6. Groepsportret van Joodse vluchtelingenkinderen. Onder anderen zijn afgebeeld Evelyn Klein (achterste rij, in het midden), Herbert Karliner (voorste rij, links), Walter Karliner (voorste rij, tweede van links), en Harry Fuld (eerste rij, helemaal rechts). De Kleins mochten in Cuba van boord.

(*United States Holocaust Memorial Museum, met dank aan Don Altman*)

7. Portret van Gustav Schröder, kapitein van de St. Louis.

(*United States Holocaust Memorial Museum, met dank aan Herbert en Vera Karliner*)

8. Passagiers aan boord van de St. Louis.

(*United States Holocaust Memorial Museum, met dank aan dr. Liane Reif-Lehrer*)

9. Fritz (nu Fred) Buff en Vera Hess dansen in de balzaal. Nadat Fritz in België van boord van de St. Louis was gegaan, kon hij in 1940 een overtocht naar New York bemachtigen.

(*United States Holocaust Memorial Museum, met dank aan Fred Buff*)

10. Passagiers proberen te communiceren met vrienden en familieleden in Cuba, die het aangemeerde schip met kleine bootjes mochten naderen.

(*United States Holocaust Memorial Museum, met dank aan National Archives and Records Administration, College Park*)